心の死

エリザベス・ボウエン

太田良子 訳

The Death of the Heart

Elizabeth Bowen

晶文社

Elizabeth Bowen : THE DEATH OF THE HEART

First Published in Great Britain by Jonathan Cape 1938
First Published in the United States of America by Alfred A. Knopf Inc 1939
Published in Japan, 2015 by Shobunsha, Tokyo

装　丁
柳川貴代

カバー写真
岩永美紀

目次

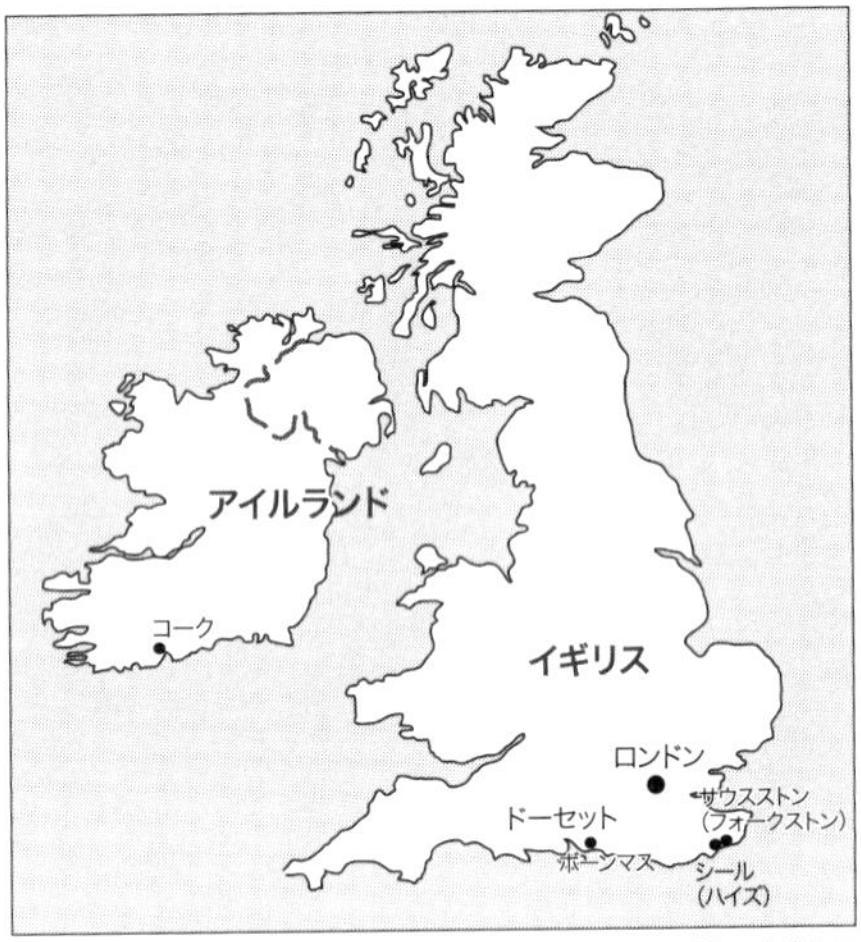

アイルランド、イギリス

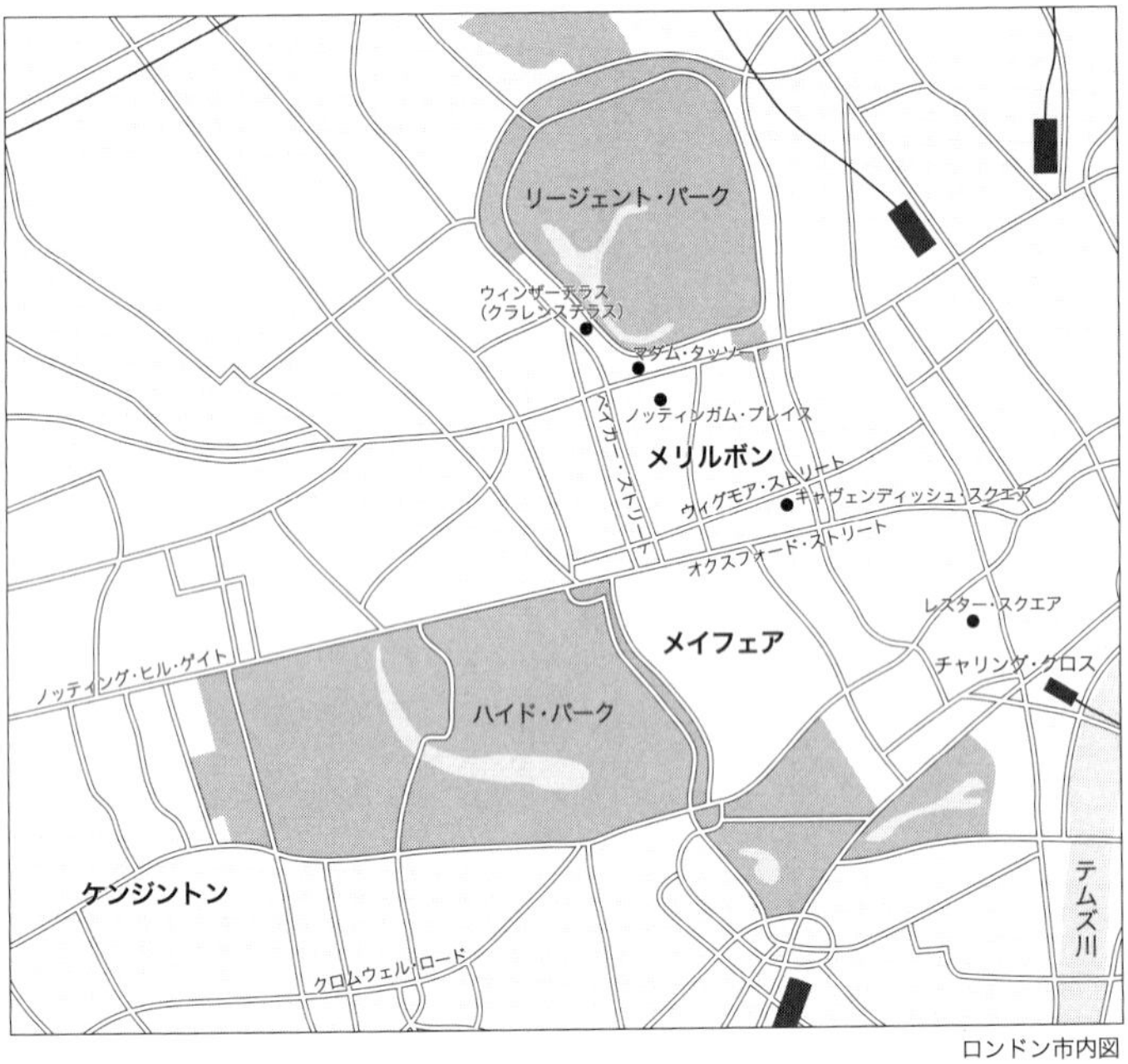

ロンドン市内図

主な登場人物

アナ・クウェイン……ロンドン在住、八年前に結婚、旧姓フェロウズ、三十四歳
トマス・クウェイン……広告会社経営、アナの夫、三十六歳
セント・クウェンティン・ミラー……人気作家、アナの友人、独身
ポーシャ・クウェイン……トマスの異母妹、十六歳、ミス・ポーリーの学校の生徒
エディ……アナの従弟のオクスフォード大学時代の同級生、二十三歳
ミスタ・クウェイン……トマスとポーシャの父、すでに他界
ミセス・クウェイン……ミスタ・クウェインの最初の妻、トマスの母、数年前に他界
アイリーン・クウェイン……ミスタ・クウェインの愛人、後に結婚、ポーシャの母
ロバート・ピジョン……アナのかつての恋人、第一次世界大戦に従軍
エリック・ブラット……ロバート・ピジョンの戦友
R・マチェット……ミセス・クウェインの召使、現在はトマス夫妻の家政婦
ミセス・ヘカム……アナの元家庭教師、海岸の町シールに住む未亡人
ドクタ・ヘカム……元医師、ミセス・ヘカムの夫、すでに他界
リチャード（ディッキー）・ヘカム……ドクタ・ヘカムと先妻の息子、銀行員、二十三歳
ダフネ・ヘカム……ドクタ・ヘカムと先妻の娘、地元の図書館勤務
リリアン……ポーシャが通うロンドンの学校のクラスメート、十六歳
ミス・ポーリー……ポーシャが通う学校の経営者

第一部

世界

一

その朝の氷はフィルムより薄くて、ひびがはいり、いまは断片になって浮かんでいた。かすかな音を立てて、ぶつかったり離れたりして、できた暗い水路を白鳥たちが怒ったように泳いでいた。小島がいくつか、木々も枯れて凍りついた夕闇の中に見えた。時間はいま午後の三時と四時の間だった。土から、あるいは公園の外の街から上がる吐息のようなものが、濃くなって、空気を不透明にしていた。湖の周りを囲む木々は、この空気を突いて高く冷ややかに立っていた。一月は冷たい青銅色をして、空と風景を縛り付けていた。空は太陽を閉ざしていた――しかし白鳥たちや氷のふちや、青白く控えている摂政時代《リージェンシー》様式のテラスハウスには不自然な光沢があり、寒さは光線なのかと思わせた。冬の絶頂期には、どこか容易ならざるものがある。足音が橋の上で、また黒ずんだ歩道にそって鳴り響いた。そんな天候がすでに到来していた。今夜はさらに固く凍るだろう。

　小島と本島をまたぐ歩道橋の上に、男と女が欄干にもたれて話し合っていた。厳しい寒さの中、みんな急ぎ足だったが、彼らはこの真夏のような姿勢を好んで長く続けていた。周囲を忘れたその静かなたたずまいが、恋人同士に見せている――実際には彼らの肘は数インチ離れたままだった。彼らが鋲で留められたように動かないのは、お互いのせいではなく、彼女の言ったことが原因だった。分厚いコートは二人の性別を不明にし、四角くてチェスの駒のようだった。彼らは裕福な人間で、毛皮と衣服の砦の内側で、その肉体は安定した暖かさを生成していた。寒さはその目で見ているだけ——というか、彼らがもし寒さを感じているとしたら、手足の先端で感じているだけだった。男はときどき橋の上で足踏みをしたり、女はマフを顔まで持ち上げたりしている。氷が流れを橋の下に低く押し下げていて、彼らが話している間、その映像は絶えず壊れて乱れた。

彼が言った。「君は頭がおかしくなったんだ、そんなものにさわるなんて」

「それはそうだけど、あなただったら、さわると思ったのよ、セント・クウェンティン」

「いや、それはどうかな。僕は知りたいなどと思わないよ、ああ、人が考えていることなど」

「私が少しでも察していたら——」

「ところが君は察したんだ」

「それに、私、こんなに動揺したことない」

「可哀相なアナ！……どうして見つけたんだい、それにしても？」

「ああ、そんなもの私が探したりするものですか」アナはあわてて言った。「これが存在するなんて、まったく知らないでいたかったのに、いままで、そうよ、そんなものがあるなんて夢にも思わなかった。彼女の白いドレスが私のと一緒に洗濯屋から戻ってきたのよ。私は自分のを包みから出したわ、着たかったからよ、それから、マチェットがその日は出かけていたので、私は彼女のドレスを持って二階へ上がり、彼女の部屋に吊るそうとしたの。ポーシャはその日はクラスがあって、もちろん出かけていたから。彼女の部屋は、覚悟していたとおり、ショッキングだった。彼女はあらゆる物に段取りがあって、マチェットは手も付けないのよ。知ってるでしょ、そういう召使もいるって——人を押しのけておいて、その裏で何でも子供や動物の言いなりになるの」

「君は彼女を子供と呼ぶの？」

「いろんな意味で彼女はむしろ動物よ。私はあの部屋をとても綺麗にしておいたのよ、彼女がくる前は。彼女がどんなにでたらめな生き方をするものか、考えたこともなかった。いまではもうあそこに入ることもほとんどないわ。がっかりするだけだもの」

セント・クウェンティンはどことなく曖昧に言った。「困ったものだね！」彼はスカーフの重なりにうもれて頭をひねり、はっきりしない気遣いながらアナのことを考えた。というのも、彼と一緒にいるときは、彼女は自分を茶化したり、自分を哀れんだりという小細工をして、彼女が抱く自分観を、彼が抱く女性観に協調させようとするからだった。彼女はいまのように自分のレベルを下げて、おとなしく彼に合わせ、そこに友だちみたいな横柄な味をにじませている。彼はこの演技過剰に一種の空威張りを見て取り、それゆえにアナを好ましく思い、彼女がいっそう好きになった。その滑らかな体つき、落ち着いたからかうようなほほ笑み、ほほ笑むときの顎の引き方などが、ときどき人を小ばかにしたような温和な白いアヒルを思わせた。しかしこのとき、彼女は演技どころではなく、本当に困り果てていた。顎は毛皮の大きな襟元にうずめられ、深くかぶった毛皮の帽子の下の額には、しわが吊り上っていた。面白くなさそうにマフを見下ろし、細かいブロンドの睫《まつげ》毛が頬に落ちている。ときどきマフから片方の手を出して、ハンカチで鼻の先を軽く叩いた。セント・クウェンティンが見ているのを感じたが、意に介さなかった。女性に対する彼の哀れみに悪意がまじるのを彼女は探り当てていた。

「私のしたことは」と彼女は続けた。「彼女のドレスをハンガーに掛けてから、一目見回しただけ、そうしないといけないと感じたの。いつものとおり、心が沈んだわ。今度こそすごく感じたの、方針を決めようと。だけど彼女と私はとても奇妙な関係にあるから――私が方針を決めても、彼女にはそれが伝わらないのよ。彼女は物品に対して不自然なくらい無感覚でね――どんな帽子でもね、たとえば、古い封筒みたいに取り扱うわ。自分の物でも、何一つ、私の言う意味がわかるかしら、自分の物だという感覚がないみたい。ということは、彼女に何をプレゼントしようが、意味をなさないわけよ、食べるものだけが例外だけど、それでもいつも喜ぶわけじゃないわ。彼らはずっとホテル住まいだったからかなあ。まあ、私が一つ考えた彼女の好きな物は、小さな書き物机《エスクリトワール》というやつで、トマスの母親ゆずりなの――彼女の父親がさんざん使ったんじゃないかしら。それを彼女の部屋に置いてあげたわけ。鍵の掛かる引き出し付きで、大きな揚げぶた《フラップ》の上で書くの。そのフラップにも鍵が掛かるのよ。それで彼女にわかればいいと思って、あなたには自分の生活を持たせたいのだという私の意図が。そうなの、やりすぎに見えるかもしれないけど、私たちは彼女に合鍵も渡しているわ。でもどうやら鍵をなくしたらしい――鍵をかけた物はないし、その形跡もないのよ」

「困ったものだ！」セント・クウェンティンがまた言った。

「そうなのよ、まったく。ただ、もしも――だけど……。まあ、そのみじめな小さなエスクリトワールが目に付いたの。やたらに押し込んであってね、というか、詰め込んであって、まるで貯蔵庫。

どうやら紙という紙を溜め込むのが好きらしいの。手紙はほとんど来ないのに、トマスと私の捨てた物が全部とってあるの——たとえば無心の手紙とか、または健康についての無駄話とか。マチェットが言うように、私は何だか怖くて」

「いつ机を開けたの？」

「そう、目に余ったものだから、ええ。机の上げぶたが閉まってないのよ——紙切れが四方からはみ出していて、蝶番《ちょうつがい》にも紙がはさまってるんだもの。それには私、身震いするほど腹が立って——べつに理由はないけれど。だから紙を全部掻き出して、肘掛け椅子に置いたのよ——そのままにしておいて、もっときちんとしなさいと彼女に言うつもりだったのよ。紙の下に彼女が授業で取ったメモ書きのある練習帳が何冊かあって、その練習帳の下にこの日記があって、それを、そうなの、私、読んだわ。粗末な黒い手帳よ、一シリングくらいで買う波型模様《モアレ》の表紙が付いたやつよ……。そのあとで、もちろん何もかも元通りにしなくてはならなくて」

「ほんとに元通りにした？」

「ほんとよ、自信満々よ。めちゃくちゃなものをまったく元通りに再現するのは無理でしょうが、彼女は絶対に気づいたりしない」

ここで中断が入り、セント・クウェンティンは一羽の鷗《かもめ》に目をとめた。それから言った。「面倒なことだね、こいつは！」

マフの中でアナは両手を強く組んだ。そして目を上げ、怒ったように湖を見つめた。「彼女は問題ばかり起こしてきたわ、もう生まれる前から」

「つまり、彼女が生まれて残念だった？」

「あら、当然でしょ、いまはそう感じるわ。でも、もちろん、私としては、あなたにそう言って欲しくないの——彼女はやっぱりトマスの妹なのだから」

「だけど、君は少し誇張していると思わないかい？　まったく予想外のことを見たときの動揺は、実態以上にそれを悪く見せるものだよ」

「あの日記は、実態以上に悪いという程度じゃないの。言ってみれば、私にとってあれ以上悪いものはないわ。そのときは、表面的に腹が立っただけだった——でも、時間が経ってみると、あれこれと考えてしまって。まだけりが付いてないの——余計なことまで思い出して」

「相当……ひどいこと？」

「いいえ、そうとも限らないの。違うのよ、彼女は私たちを助けたいのよ、絶対に」

「じゃあ、むかつく、ということ？」

「そうね、もっとよ、完全にねじ曲げて、ゆがめているの。読みながら、私、思ったわ、この少女か私のどちらかが正気ではないのだと。で、私は正気だと思うけど、あなたはどう思う？」

「まさか、そんな。それにしても、君がどうしてそこまで動揺するのかな、彼女が問題だということを示しているだけなら？　こたえたんだね？」

「心底ヒステリーになった」

「でも、文体《スタイル》は割り引いてやらないと。何事も、紙に書くと、始めたとおりには行かないし、結局のところ、何も始めなかったのと同じになる。書くと、たいてい、うわ言めいてくる——言いたいことがちゃんとわかっている人間でもそうなのだから、彼女の年齢ではまだ無理だろう。ことをでっち上げる方法なんて、掃いて捨てるほどあるからね。人はますます目が肥えてくるが、ますます正直になるわけじゃない。僕はそのくらいはわかるさ、結局」

「それは信じるわ、セント・クウェンティン。でもこれはあなたの美しいご本とはまるで別物。実際あれは、書くというようなものじゃないの」彼女はここで話を切って、また言い足した。「私のことで、彼女はすごく奇妙なことを」

セント・クウェンティンは、いかにも板ばさみになり、ハンカチを手探りし始めた。彼は鼻をかんでから、鉄の意志をもって続けた。「文体というのは、いつもちょっとインチキをやるものなんだが、かといって、文体なしには何も書けない。見ればわかるでしょう、どれほど多くのことが封筒の宛名書きに頼っていることか――だって、つまるところは、出だしが問題なんだ。それに日記とくると、つまるところは、自分を喜ばせるのが目的で書くのだから――だから、盛大に書き立てるに決まってるでしょう。日記を書こうという義務感からして、すべて自分の視点からだし、見ればわかるでしょう、だいたい日記を書くときは人がどうなるか――二階で、夜遅く、疲れ果てていて、一人ぽっち……。とはいえ、アナ、君を面白がらせたのは間違いないね」

「開けたら私の名前があったの」

「それでそのまま読んでしまった？」

「いいえ、開けたのが最後の記述のところだったの。そこを読んでから、戻って、最初から読み始めたのよ。一番新しい記述は、昨晩のディナーのことだった」

「なるほど。パーティをしたの？」

「いいえ、そうじゃない。それよりもっと悪いの。ただ彼女とトマスと私だけしかいなかったから。彼女は脱走して二階へ行き、あらゆることを書いたのね。当然だけど、私はそこを読んでから最初に戻り、彼女がどうしてそんな心理状態になったのか見たわけよ。いまでも理解できないわ、なぜ彼女がそこまで全部書いたのか」

「おそらく」と、セント・クウェンティンは穏やかに言った。「彼女は経験そのものが面白いのさ」

「どうして彼女が？　あの年で、経験なんて、ほとんどないわよ。経験が面白くなるのは、繰り返すようになってからよ——事実、繰り返すまでは、経験にはなりません」

「どうなの、最初の文章を覚えてる？」

「むろん覚えてるわ」とアナ。「『かくして私は彼らとともに、ロンドンにいる』」

『彼らとともに』のあとにカンマがあった？……そのカンマがいいね。それが文体なんだ……僕も拝見したかったな、ほんとに」

「でも、あなたの目に留まらなくてよかったわ、セント・クウェンティン。あなたがもう二度と我が家に来なくなったかもしれないから。あるいは、また来たとしても、あなたは口をきかなくなったかもしれない」

「わかった」セント・クウェンティンは短く言った。かじかんだ手袋の指で橋の欄干を叩き、顔をしかめて一羽の白鳥を見つめ、白鳥はやがて橋の下に消えた。彼の目は、白鳥の目のように、むしろ内側に寄っていた。彼が突然言った。「彼女が僕を見つめるのか！　彼女、ちょっとした怪物だな。

それに、見るからに超然としている。僕が利口ぶってると思ってるのかな？」

「あなたの礼儀正しさについて、もっと言ってた。あなたのことを草むらの蛇とは思っていないらしいけど、彼女は草むらをじっと見て、中にいる蛇を探しているの。彼女が見逃すものは一つもないみたいだし、ましてや意味を取り違えないものは一つもないとくるから。事実、あなたもまごつくわよ、ええ――どうして足を踏み鳴らすの、セント・クウェンティン！　そんなに足が冷たいの？　橋が揺れてるじゃないの」

セント・クウェンティンは、うわの空になり、人を寄せ付けないで、提案した。「歩いたほうがいいでしょう」

「そろそろ中に入らないと」アナは認めて、ため息をついた。「だけど、いまは、なぜかあまり帰宅したくないんだけど？」

セント・クウェンティンは、優雅に一歩踏み出し、湖の景色はもうたくさん、というふうにいつもの難色を一瞬のぞかせた。寒さが彼らの顔の造作を噛み、足元の靴底を突き上げていた。アナは名残惜しげに橋を振り返った。そこで言い始めたことがまだ言い終わっていなかった。湖を背後に残して、彼らは公園のフェンスのすぐ内側の木立のほうに向かった。この時刻、リージェント・パーク外周を走る車は混み合う。ブレーキも踏まずに唸りを上げて通り過ぎる車、点灯時刻直前だった――いまにも「全車輌点灯」の呼子が鳴る。道路の一番奥の辺りで、夕闇が摂政時代様式の建物を嘘みたいな遠方に押しやっていた。建物は空を背景に無色の影絵を描き、味気ない装飾品のように、壊れそうで、寒々としていた。窓の黒さは、まだ照明が入らないか、カーテンが降りているか、家々は中が空洞のように見えた……。セント・クウェンティンとアナは公園の手すりの内側をたどり、彼女が住んでいる一角へ向かっていた。自分が話をしている最中にさえぎられたので、アナは不機嫌に黒いマフを振り回しながら、彼と歩調を合わせないで歩いた。

セント・クウェンティンは、ともすれば歩くのが早すぎた——自分のいる場所が気に入らないような、時間または場面の誘引力の外に出ると決めているようなときもあった。背筋を伸ばした、人を寄せ付けない物腰は、彼を旧式な男に見せており、軍人にすら見えた——しかしそうではなかった。背が高く、黒っぽい、むしろ縮れた髪の毛は、短く刈り上げ《アーン・ブロス》にしてあり、フランス人のような口髭を蓄えていた。部屋に入るときは、名前がよく知られているために、性格的に反感を覚える状況に巻き込まれると予想している人間の気配がした——なぜなら作家たちには、自分たちと馴れ馴れしくしたいと身構えている人間と絶えず顔を合わせるという自覚があり、セント・クウェンティンは、アナとそのほか一人か二人の友人に見せる生ぬるい親切心を別にすれば、親密さを毛嫌いしていた。親密さは、これまでのところ、苦痛以外のものをもたらさなかったからだ。これが露見するのではという恐れから、彼は先を急ぎ、無礼なくらい軽薄になり、ひねくれた誤解をするのだった。アナですら、いつになったらセント・クウェンティンが自分は仮想の対象なのだと感じるのかわからなかった——だが、彼と彼女はおよそ気楽な関係にあって、彼女は気にかけるのをもう諦めていた。セント・クウェンティンは彼女の夫トマス・クウェインも好きだったし、幽霊のようによくクウェイン家に出没していた、結婚はいいものだという感じを一度は理解した幽霊として。クウェイン家が家族であるかぎり、セント・クウェンティンは家族の友人だった。今日、言い過ぎたことで神経質になったアナは、もっと言いたい欲望で息を切らし、セント・クウェンティンがそんなに早く歩かなければいいのにと思った。話すのに一番都合がいいのは、彼にじっとしてもらうことだった。

「トマスとは似ても似つかないなあ！」セント・クウェンティンがいきなり言った。

「何が？」

「もちろん彼女が、ですよ」

「それはもう。だけど、考えてみてよ、彼らはすごく違った母親を持ったのね。そこで、気の毒なのがミスタ・クウェンティンよ、どうやら、物の数に入ったこともないらしいわ」

セント・クウェンティンは繰り返した。「『かくして私は彼らとともに、ロンドンにいる』か。それはまず不可能なことだね」と彼。

「彼女が私たちと同居することが？」

「ほかに打つ手がなかったのかい？」

「なかったの、遺書めいたものの中で、彼女が、私たちに残されていたのよ――というか、死の間際に要望があって、正式なものじゃないだけに、余計に具合が悪くて。死ぬことで気の毒なミスタ・クウェインは、生涯で初めて強い立場に立ったのね――というか、少なくとも、アイリーンからこっちでは初めてね。トマスは父親の手紙をとても重く受け止めていて、私でさえ、お行儀よく振舞うほかないと感じたの」

「それでもやっぱり、怪しいなあ。正しい感情に近づいてみても、役に立つのかしら。今の感情を後悔するに決まってるさ。君は本当に想像したの、その子が楽しく暮らすだろうと？」

「もし義父のミスタ・クウェインがポーシャのほかにも何か残してくれていたら、事態はそれほど厄介じゃなかったかもしれない。だけど、彼が死んだときに持っていたものは、もちろん、アイリーンに行ってしまい、彼女の死後は、ポーシャに行ったから——年に二、三百ポンドほどが。彼はその遺書を書いただけで、ほかに条件は付けなかったわ。彼はひたすら懇願したわ、私たちが彼の娘を引き取るようにと。声がひどく震えているような手紙だった（そうやって彼は死に、私たちは手紙を受け取ったの）。トマスの母親が、ご存じね、お金の大半を持っていたの——気の毒なミスタ・クウェインがなにがしかのお金を儲けたかどうか——それで、トマスの母親が死んで、彼女のお金はすんなりと私たちに来たわけ。あなたも覚えてるはずよ、トマスの母親は四、五年前に亡くなったわ。私は思うのよ、奇妙な話ではあるけれど、場所は離れていたけれど、彼女の死が、気の毒なミスタ・クウェインの終わりだったのよ、アイリーンとの暮らしが支えだったと言えなくはないけど。彼とアイリーンとポーシャは、ますます音沙汰がなくなって、リヴィエラの寒い辺りを右往左往して、ついに彼が風邪を引き、養護ホームで死んだの。死ぬ二、三日前に、彼はポーシャのことで私たちに宛てた手紙をアイリーンに口述したのに、アイリーンは私たちをひどく嫌っていて——きっと理由があるのね——それを自分の手袋を入れる引き出しに入れてしまい、そのまま自分も死んだのよ。言うまでもないけど、ミスタ・クウェインだって、アイリーンに何かあったときに、手紙が物を言えばいいと思っただけだから。子猫を親猫から取り上げろなどと、私たちに言うつもりはなかったのよ。でも、そうよ、彼は先が見えていたんだわ、アイリーンはあまり有能じゃないから長くは生きていけないと。もちろん、彼が正しかったわけ。アイリーンが死んだ後（彼女はスイスで死んだのよ）、彼女の姉が手紙を見付けて、私たち宛てに郵送してきたの」

「トマスの家族も、大勢亡くなったんだなあ！」

「アイリーンの死には、もちろん、率直に言ってほっとしたわ――でも、それも手紙を受け取って、その意味に気づくまでのことだった。まったくもう、何て恐ろしい女だろう！」

「トマスには気詰まりだったんでしょう、継母がいることが？」

「アイリーンは、そうね、彼女にいて欲しいと思う人はいなかったでしょう。私たちがそのことから目をそらしてきたのは、トマスの父親のためでした。彼は過ちを強く感じていたから、気の毒な人ね、みんな不自然なくらい彼に優しくしてしまって。私たちが彼と会わなかったというのではないのよ。しょっちゅうトマスに会うのは正しいことではないと彼が考えていたんだと思う――すごく息子に会いたかったのよ。彼が言ったことがあるの、ある日、フォークストンでみんなでランチをしたときに、私たちの人生を影で覆わないからって。もし私たちが彼に、そんなこと何でもないと感じさせていたら、私たちの評価は彼の中できっと格下げになっていたわ。私たちが会うときは――正直に言えばほんの二、三度だけだった――彼はトマスの父親のような振舞いはまったく見せず、系図にもない、貧相な、老いた、家族の友人が、そもそも出てきたのが正しかったかどうか疑っているような様子だった。自分を罰するために私たちに会わないことが、彼の第二の性格になった。最後の頃になると、彼はもう私たちに会いたくなかった、と私は思うの。私たちもやがて考えるようになってね、彼は彼なりに幸せだったに違いないと。私たちが何も知らなかったところに、彼のあの手紙が届いて、彼は心が破れる思いをしていたらしいの、この長い年月、海外にあって、ポーシャが逸した機会のことで――というか、彼女が逸した機会と彼が思ったことで。私はずっと感じてきた、と彼は手紙に書いてきたのよ、彼の娘であるということ（それと彼女が巡り合わせた方法で彼の娘になったこと）で、ポーシャは自分自身の国からも追放され、正常で快活な家庭生活からも追放されて成長したことを。だから私はあなた方にお願いする、彼女にその味を一年間与えてやってくれることを」と。アナは一息ついて、セント・クウェンティンを横目で見た。「彼は私たちを理想化していたのね、ええ」と彼女は言った。

「一年で役に立つのかなあ――君たちがいくら正常でも？」

「彼は間違いなく心の中で望んでいるのよ、私たちが彼女をずっと置いておくように――さもなければ、おそらく、彼女が私たちの家から結婚することを。もしどちらも実現しなかったら、彼女はどこかの伯母のところへ行き、アイリーンの姉とか、海外へ……。彼は一年と明言したけど、トマスと私は、いまは、その先を見たくない気持ち。歳月ってきりがなくて――ときにはびっくりするほど長いから」

「この一年が長いということでしょ？」

「まあね、昨日から長くなったみたい。だけど、もちろん、トマスにそうは言えっこないし――。はい、はい、わかってます、あれがうちの正面ドアよ、この先の。でも、もう入らなくちゃいけないの？」

「ご気分次第ですよ、もちろん。しかし、いずれは入らないと。いまは、あと五分で四時だ。あの別の橋を渡って、もう一度湖を一周する？――だけどね、アナ、はっきりわかるくらい寒くなっている――そのあとで、お茶にしようか？　君がお茶に反対するのは（僕は死ぬほど欲しいんだ）、僕らが二人きりではなさそうだから、ということ？」

「彼女はリリアンとお茶に行ったところじゃないかしら」

「リリアン？」

「ああ、リリアンは彼女の友だち。でもポーシャはめったにお茶には行かないわ」アナは元気なく言った。

「でもさ、ほら、アナ、だめですよ――こんなことでくじけては」

「それはそうだけど、あなたは彼女が書いたことを見ていないから。それに、わかってるでしょ、あなたは、他人には自明の生きる道があるはずだと思っているみたいだから。この場合は、それが全然ないのが心配で」

十字を菱型に組んだ鉄橋の横にポプラの木が三本、凍った箒《ほうき》のように立っていた。セント・クウェンティンは橋の上で立ち止まると、スカーフをきつく巻きなおし、身震いして外套《がいとう》の中にいっそう深く身をうずめた――彼はホームシックめいた視線を上げてアナの居間の窓を見た。中で、暖炉の火が楽しげに遊んでいるのが目に浮かぶ。「全体として相当複雑なことは確かなようだね」と彼は言い、諦めたような軽快さで、橋を渡っていった。前方に小山があり、人気のない寒々とした土はリージェント・パークの中、暮れ行く空の下で静まり返っていた。セント・クウェンティンは、生来の素朴な気分でいたわけではなく、喜んで居間に背中を向けていたわけではないのは、アナも同様だった。

「複雑ですらないのよ」とアナ。「最初から馬鹿げてるの。よくあるごたごたの一つで、威厳のかけらもないのよ。ミスタ・クウェインは、最初の妻一筋だったの——トマスの母親よ——それで、何があろうと彼女を置いて出るつもりなどまったくなかったの。アイリーンがいても、アイリーンがいなくても、最初のミセス・クウェインは、いつも夫を自分の手中に収めていたから。彼女は例によって手が付けられないほど優しい女で、その優しさは誰も無視できず、その物分かりのよさは相手の気質の裂け目に食い込むほどだった。彼は、彼女と一緒にいた間は、いつも単純に心地よく感じていた——そう感じるほかなかった。仕事から引退したあと、彼らはドーセット州に住むことにし、住まいは、引退する彼のために彼女が買った、魅力的な家だったの。ドーセット州の暮らしが数年続いたあと、気の毒なミスタ・クウェインがよそ見をし始めたの。彼と彼女はたいそう若くして結婚したの——ただし息子のトマスは、どういうわけか相当な年月が経っても生まれなかったので——彼はうつつを抜かしていい時間をほとんど持たなかったのね。それにまた、私は思うのよ、彼女は彼に催眠をかけて、彼が感じる以上に安定した人間に仕立てていたのね。それと同時に彼女は、すべての男性は偉大な少年の心を持っていると思い込む女で、彼女はあらゆる配慮をして彼をそういう男にしてきたのよ。でもこれが裏目に出て、害のあることがわかってきたわけ。危機がくる直前に撮った写真を見ると、彼は血色のいいお爺さんになってる。印象的で、愚かしく、道徳のかたまりみたいで、何だか自分を捨ててしまいたいように見えるの。彼女は断固として彼に自分を捨てさせなかったわ、誰かの玩具を取り上げるようなものよ。彼は、彼女の自分への信頼がすべてを意味する、とよく言っていたけど、それが彼には相当な欲求不満になったのではないかしら。無視するのと同じだったのではないかしら？」

「そうだね」とセント・クウェンティン。「あり得ることだ」

「このこと、前にすっかり話したっけ？」

「一連の話としては、まだ。もちろん、僕は君が言ったことからいくつか推論しているけど」

「一連の話となると、けっこう長くなるし、私は、ある意味、むしろ落ち込んでしまいそう……。でも、何が起きたかというと、ミスタ・クウェインが五十七歳のときに起きたの、トマスはオクスフォードの二年目だった。彼らはもうすでにドーセット州に暮らして数年になり、ミスタ・クウェインも残る人生をそこに落ち着くものと思われていたの。彼はゴルフとテニスとブリッジをやり、ボーイ・スカウトにたずさわり、いくつかの委員会に席を置いていたわ。そのほかにも彼は庭のほとんどにレンガを敷き、それが済むと、彼女は彼に小川の流れを変えさせたわ。彼はずっと一人でいるとパニックに陥ったので、彼はいつも彼女の後にくっついていた。ドーセットの人たちは、一緒にいる彼らを見ると気持ちがいい、まるで恋人同士みたいだったから、と言っていた。彼女はロンドンがそれほど好きではなく、だからこそ彼に若くして引退するよう圧力を掛けたのよ――仕事は大したことはなかったと私は思うけど、仕事は彼が唯一彼女とは別個に持っていたものではあったのよ。でも彼女は、ひとたび彼をドーセットに連れてくると、やたらに優しくなって、しょっちゅう荷造りをして彼をロンドンに送り出した――そうね、二ヶ月に一度かな――彼はクラブに二、三日滞在し、旧友たちに会い、クリケットや何かを見物したり。彼はロンドンでは打ちのめされたように感じると、矢のように飛んで帰り、それが彼女にはとてもうれしいことだったの。ところがあるとき、そのときは理由がわからなかったんだけど、彼は彼女に電報を送り、ロンドンにもう二、三日滞在していいかと訊いてきたの。何が起きたかというと、彼はアイリーンと出会ったというわけ、ウィンブルドンで開かれたある晩餐会でね。彼女は未亡人のはしくれで、やたらに張り切っていて、中国から帰ったばかり、湿った小さな手をして、声はハスキーボイス、涙管がこわれていて、これが彼女の目をいつもうるませていたの。彼女は虚脱したように人を見上げる癖があって、ふわふわした鳥の巣みたいな髪の毛にヘアピンが隠れてしまうの。当時は二十九歳くらいだったはず。彼女はほとんど誰も知らなかったのに、とにかくやたらに張り切っていたから、誰かが花屋に仕事を見つけてあげたのね。ノッティング・ヒル・ゲイトにある小さなフラットに住んで、彼のウィンブルドンの友人の妻の子分だっていたの。ミスタ・クウェインはディナーのとき、彼女の隣に座らされたの。晩餐会が終わり、ミスタ・クウェインは、すでにうっとりしてしまい、彼女をタクシーに乗せてノッティング・ヒル・ゲイトまで送り、中に入って麦芽飲料の「ホーリックス」でもいかがと言われたのよ。何が起きたのか誰も知らないわ――ましてや、どうしてそれが起きたのかなんて。でもその晩から、トマスの父親は完全に頭がおかしくなってね。十日間もドーセットに帰らず、その十日後には――あとでわかったのよ――彼とアイリーンはとてもいけないことになっていました。私は、ノッティング・ヒル・ゲイトの夜明けを何回も思うのよ、アイリーンは涙をこぼしながらヘアピンを探し、ミスタ・クウェインはベッドで体を起こして自分を罵倒しているところを。彼の妻はあまりにも優しすぎて強硬手段に出なかったけれど、はっきり言って、アイリーンは強硬手段ならいくらでも――もしそう言いたいならだけど。疑う余地はないと思うの、彼女は最高にややこしい降伏文書をこしらえたのよ。そして彼に痛感させたんだわ、私はこれまでに一度も堕落したことはありませんと――私はそれは認めないと、彼女にはそんな経験は一度もないと。彼女だって誰でもよかったわけではなかったでしょう。確かだと思うわ、彼女はミスタ・クウェインに釘を刺したのよ、私のささやかな人生はこれから先は完全にあなたの手の中に握られましたと。その十日間が終わる頃には、彼自身よく摑《つか》めていなかったんじゃないかな、自分が人間のクズなのかセント・ジョージなのか。

「とにかく、彼はドーセットに戻り、物思いはあっても元気もあって。まず睡蓮の池を掘り始めたのよ、でも二週間が過ぎる頃に、洋服屋がどうしたとか言い出して、大急ぎでロンドンに戻ったの。これが明らかに、その夏いっぱい続いたわ――彼とアイリーンが出会ったのは五月だった。トマスは、六月に帰省したとたんに気づいたのを覚えているって、彼の家庭が元のままではなくなっていたのね。でも彼の母親は何も言わなかったそうよ。トマスは友人と海外に行き、九月に帰ってくると、父親は人相が変わっていて――一マイル向こうから分かったって。トマスが家にいる間、彼はロンドンには一度も行かなかったんだけど、あの小妖精は彼に手紙を書き始めたのよ。

「哀れなトマスがオクスフォードに戻る直前に、ついに爆弾が炸裂。ミスタ・クウェインは朝の二時に妻を起こして、すべてを話したの。何があったかは、あなたもきっと推測できるでしょ――アイリーンにポーシャが始まっていたのよ。彼女はほかに何の手段もとらず、ただ彼に知らせただけ。ノッティング・ヒル・ゲイトに居座り続け、次に何が起きるかなと考えたのね。ミセス・クウェインは、いつに変わらず見事だったわ。夫のミスタ・クウェインに泣くのをやめさせてから、真っ直ぐキッチンに行って、お茶を淹れたのよ。同じ階に寝ていたトマスは、異常なにかを感じて目を覚ましたって――部屋のドアを開けたら、階段の踊り場の明かりが点いていて、母親がお茶のトレーを持って通り過ぎたの、ガウン姿で、彼が言うには、病院の看護婦そっくりだったそうよ。トマスを見てほほ笑んだけれど、何も言わなかった。彼はふと、父親が病気かなと思っただけで、姦淫を犯したとは予想もしなかったそうよ。ミスタ・クウェインは、明らかに、記念すべき夜を演出したわね。突っ立ったまま、大きなベッドのはじをこぶしで叩き、繰り返すばかりだったの、『彼女はすごく身持ちのいい、いい子なんだ！』と。そして彼はアイリーンからきた手紙と彼女の写真を三枚ぱっと持ち出して、ミセス・クウェインの手に運命をゆだねたの。彼女は手紙の始末をつけ、写真に優しくしたあとで、こうなったらアイリーンと結婚しないといけないでしょうねと彼に言ったのよ。彼は納得したものの、つまりそれでお払い箱になると気づくと、またもや、わっと泣き出して。

「最初から彼はその考えは好まなかった。事の根幹に少しでも近づくには、ミスタ・クウェインがいかに愚鈍であるかを理解しないと。彼はこれをあれにつなげる頭がなかった。彼はアイリーンと一種の夢の森の中で結ばれていたけれど、彼は考えたこともなかったのよ、その森の中に永久に留まるなんて。まともに目が覚めていれば、彼は平凡で堅実でいたかった人だわ。平凡で堅実でいるとは、ミセス・クウェインと結婚していることでしょ。彼は知らなかったんだと思うの、彼自身の感じ方では、どこで情緒が終わって欲望が始まるのかが――誰が彼に教えられますか、あんな老いぼれに？とにかく、彼は夢にも思わなかったのよ、身ぐるみすべてはがされるとは。彼は子供のように家庭を愛していたから。その夜、彼は大きなベッドのはじに座り、羽根布団にくるまって、泣きわめき、ついには息が切れてしまった、自分を罵倒できなかったの。でも彼の妻は、もちろん、誰にもなだめられない人だから。実のところ、次の日までは、彼女は完全な忘我の境にいたわ。このときのために何年間も自制してきたのかもしれない――実のところ、そうよ、いつの間にか彼女は自制していたのね。ミスタ・クウェインの最後の望みは、いまから丸くなって寝てしまい、朝には何も起きなかったと知ることだったのよ。だから彼はついに丸くなって寝ちゃったの。彼女はおそらく眠らなかったでしょ――。この話って退屈、セント・クウェンティン？」

「その反対ですよ、アナ。実は僕、血が騒いじゃった」

「ミセス・クウェインは朝食に降りてきて、疲れていたのに輝いていて、ミスタ・クウェインは必死でご機嫌を取って。トマスは、もちろん、何かとんでもないことが起きたのを察し、すべてを先延ばしにすることを考えた。朝食後、母親はあなたはもう男なのよと言い、彼と庭をめぐり歩き、もっとも理想的な形ですべての物語を話して聞かせたの。トマスは父親が喫煙室のカーテンの陰からこっちを見ているのをそのとき見たって。母親はトマスの同意をとり付け、母と息子でできることはすべてやって父親とアイリーンと生まれてくる子供を助けないと、と言い含めたのよ。赤ん坊のことを考えると、トマスは父親の代りに、非常にきまりの悪い思いをしたみたい。彼には言葉にならないほど、事の全体が不名誉で馬鹿げて見えたのね。でも彼は、父親が家を出なくてはならないのを残念に思い、母親にそれは本当に必要なことなのか訊いてみたわ。彼女はそれは必要だと言ったの。彼女はその夜のうちにすべての整理をつけて、彼が乗る列車まで決めていました。彼女は自分のアイリーン観が非常に気に入っていたらしいの。アイリーンの手紙は、文字で書いたものが嫌いなミスタ・クウェインにではなく、彼女のほうに届いたほうがよかったのではないかしら。実際、私は心配なのよ、ミセス・クウェインは、あとになると、アイリーンのほうが私よりもずっと好きだったんじゃないかしら。

ミスタ・クウェインには、すべてがご破算になるか、妻が一件落着させる方法を見つけるのでは、というかすかな望みがあったんだけど、トマスが庭を歩くふたりを見ていたら、それもはかなく消えるしかなかったのね。彼はわずか一分の発言も許されなかったの——何よりもまず、彼は離婚には強く反対したのに。

「出発まで二日というときに（その間彼は食事を喫煙室でとり、トレーに乗せて持ってこさせていたわ）、ミセス・クウェインの理想主義がインフルエンザのように屋敷の周囲に広まって。気の毒なミスタ・クウェインはすっかり感染してしまったの。アイリーンとの情事の快感がきれいに消えてなくなると、彼は道徳的に、そっくりもう一度、妻と恋に落ちたのよ。彼が二十五歳のときに彼女はそういう彼を手中におさめ、今度また五十七歳の彼をそうやって我が物にしたのね。彼はおいおい泣きながらトマスに言ったのよ、君の母親は生ける聖人だって。二日目が終わると、ミセス・クウェインは夫に荷造りをさせて、午後の列車でアイリーンのところへ送り出したわ。トマスは車で駅まで送るように言われていたの。その道中と、プラットフォームで待っている間、ミスタ・クウェインは無言だったそうよ。列車が出る寸前に、彼は身を乗り出して手招きし、何か言いたいことがあるみたいだった。でも彼はただ、「ついてないね、列車の見送りとは」と言っただけ。その後、彼は座席にどかっと座り込んで。トマスは列車が出て行くのを見送った後で言ったわ、列車の後ろ姿には未来がなくて悲惨だったと。

「ミセス・クウェインは次の日にロンドンに出て、ただちに徒歩で離婚の手続きに向かいました。噂だけど、彼女は電話でアイリーンにひと言優しい言葉をかけたそうよ。それから颯爽《さっそう》とドーセットに戻り、英雄的な寡黙さのうちに、屋敷を維持し、そこに最後まで留まったの。ミスタ・クウェインは、海外の暮らしが大嫌いだったのに、フランスの南部に直行、そこが正しい場所だと思えたので、何ヶ月かあとでアイリーンが彼に合流し、かろうじて結婚式に間に合ってね。それからポーシャが生まれたのよ、マントンで。そうよ、彼らはその辺りに住んで、ほとんど帰国しなかったかな。トマスが母親に言われて三、四回ほど彼らを尋ねたけど、思うに、彼らはそろって、恐ろしく落ちぶれたものだと悟ったでしょうね。ミスタ・クウェインとアイリーンとポーシャは、いつもホテルの裏部屋とか、別荘の眺めの悪い暗いフラットを流れ歩いたの。ミスタ・クウェインは日没の冷気に最後まで馴染めなかった。トマスはこれで彼が死ぬと見ていたけど、そのとおりだった。彼が死ぬ二、三年前に、彼はアイリーンと一緒に帰国して、ボーンマスに四ヶ月いたのよ——推測だけど、なぜボーンマスだったかというと、知人が一人もいなかったからでしょ。トマスと私は二、三度彼らに会いに行ったけど、ポーシャはフランスに残して来ていたから、私たちとここで同居するときに初めてポーシャに会ったわけ」

「同居？　僕は、彼女は一時的にいるだけかと思ってた」

「どう言おうと、結局同じことよ」

「でも、彼女はなぜポーシャという名前なの？」

アナは、びっくりして、言った。「その質問は私たち、したことがないと思う」

ミスタ・クウェインの恋愛人生は、彼らに湖をゆうに一周させた。すでに「全車両点灯」の呼子が鳴っていた。公園の門が一インチだけ開いていたのは彼らだけのため、門番がそのそばにひどく苛々して立っていたので、セント・クウェンティンはもったいぶった早足になった。無数の車が明かりを点けて外郭環状線を回っていた。街灯が凍った霧ににじんで、クウェイン家のドアまで続いている。アナは手首のマフを前より気軽に振り上げた。中でお茶にするのがそれほど億劫でもなくなっていた。

二

ウィンザーテラス2番地の正面扉が玄関マットをかすり、カチッといって閉じた。生々しい空気がひと吹き、ポーシャと一緒に入ってきて、玄関ホールの揺るぎない暖気を消した。暖気は階段の本体にそって立ち上がり、白い双子のアーチの背後にいた。ポーシャは肘に抱えていた本をコンソールテーブルの上に置き、合鍵をポケットに戻し、ラジエーターのほうに行って、手袋をごそごそと脱いだ。自分の姿が姿見を横切るのがちらりと目に映ったが、ホールは暗闇の井戸――まだ明かりが点いておらず、階下も階上も暗かった。あらゆる所から生気のないこだまが聞こえてくる。彼女は屋敷の生活にありがちな一時休止状況の中に入ったが、お茶の前のその時間は、いつまでもいつまでも続くようだった。ここは階上には何の生活もない屋敷、誰一人戻ってきたことのない屋敷、大きな窓を通して、暗闇と静寂が当然のように忍び込み、棲み始めた場所だ。我に返り、彼女は立ったまま両手を温めた。

下の地下の階で、ドアが開いた。緊張した一瞬があり、それから足音が上がってきた。用心深い足音――召使が自分を満足させている足音だ。白っぽいマチェットの長い顔とエプロンの前垂れがアーチの暗がりをしっかりとせり上がってくる。彼女が言った。「ああ、帰っていたんですね？」

「たったいま」

「ちゃんと聞こえましたよ、ええ。ドアではずいぶんあわててましたね。どうやら、また鍵を外の錠前に挿しっぱなしにしたんですね？」

「ううん、ここにあるわ、ほら」ポーシャは鍵をポケットから取り出した。

「鍵はポケットに入れて歩いちゃいけないんですよ。そうやってホルダーもなしで——それにお金だって。そのうちたくさんなくしますよ。彼女がバッグをくれたでしょう？」

「バッグを持ってるとバカになった気がするの。すごく馬鹿げた感じ」

マチェットが鋭く言った。「あなたの年になれば少女はみんなバッグを持つんです」

ポーシャに対するもやもやした野心がマチェットを歯軋《はぎし》りさせていた。怒ってため息をつくとベルトがきいと鳴った。夕闇が気分を腐らせているようだった。二人ともお互いがほとんど見えなかった——彼女の手がきっぱりと伸びて、アーチの間にあるスイッチに向かった。たちまちアナのカットグラスのランプがさっと明るくなって頭上を照らし、複雑な陰影を白い石の床にこぼした。ポーシャは、帽子を額の上に押し上げたまま、横目になって明かりの下に立っていた。彼女とマチェットは目をぱちぱちさせた。ついで、いつもの小休止がきて、顔と顔を合わせた動物が交信しているみたいだった。

マチェットは片方の手を円柱について立っていた。厳粛で、皮肉まじりの、真っ直ぐな顔をしていて、ふっくらした筋肉が滑らかに頑丈な骨格を覆っていた。硬くて、ぴんとした、つやのない髪の毛は真ん中で分けられ、ぐっと引っ詰めになっていた。キャップはかぶっていない。習慣から彼女は伏し目がちになって歩き、静脈が浮いた瞼《まぶた》は、妥協を拒んでいた。口は、いまはかたくなに表情をなくしていたが、さっき心ならずもほほ笑んだせいで、両端にしわが寄っていた。表情も態度も張り詰めていて油断がなかった。修道士みたいに受身的な顔の造作は、彼女の大きな胸とそぐわなくて、場違いだった。エプロンの胸当て部分のために造られた胸のようで、金のピンで上までしっかり留められていた。心の中のドラマに対して感覚は無意識だったが、両手だけは動きがあった。手の一方は摂政時代風の華奢《きゃしゃ》な柱を支えているのか、もう一方の手は扇のように広げられ、肖像画に描かれた手のように、エプロンをした腰に添えられていた。彼女が考えている、というか計算している間、その瞳は、伏せた瞼の下でゆっくりと動いた。

あと五分で四時だった。コックは今夜は非番で、午後の入浴をしていた。食器室《パントリー》の鏡の前で、小間使い《パーラー・メイド》のフィリスが、新しいキャップをかぶって試している。コックとフィリスは二十代で、アナに雇われ、いわば、階下《ビロウ・ステアーズ》でアナ連隊を形成していた。マチェットはそうではなく、選択外に属する存在だった。彼女は何年となくドーセットでトマス・クウェインの母親に仕えていて、そのミセス・クウェインの死後、ウィンザーテラス2番地に、いつも彼女が担当・管理してきた家具とともに、やってきたのだ。いまは下働きのミセス・ウェイズが掃除と家具磨きに来ていたので、表面上マチェットは解放されて、アナとポーシャの世話をし、トマスに仕えることができた。だがミセス・ウェイズの守備範囲は、事実、マチェットによって嫉妬深く限られていた——したがって、マチェットは家中の誰よりも長時間働いていた。彼女は一人で納戸《ボックス・ルーム》の隣で寝ていた。一番上の階段の踊り場では、コックとフィリスが風通しのいい屋根裏部屋を共同で使っていて、そこからパーク・ロードが見えた。

日中は、マチェットもみなと同じプライバシーを求めた。地下室の正面はフィリスの小部屋《パントリー》と居間のような場所に区切られていて、それは取り決めによって、アナは質問しないことになっており、マチェットは空き時間にそこを占領していた。自分のガス台にやかんをかけ、正餐のときだけキッチンの一行に合流した。もし地下室のドアが開けっ放しになっていたら、彼女がふたたび引き取ったあとで、歓声が上がるのが聞こえただろう。彼女の卓越した地位のほどは、キャップをかぶっていないことによって、さらに裏付けられた。二人の娘はアナから命令を受けたが、マチェットは示唆されるだけだった。二人の若い召使はマチェットに腹を立てなかった――マチェットは抑圧的かもしれないが、自制心があった――彼女たちはどんな地位も完璧ではないことを学び、アナはいい感じがする、だらしない女主人だった。マチェットが非番の午後にどこへ行くのか、誰も知らなかった。彼女は田舎出の女で、ここには友人らしい友人はいなかった。疲れを見せたことはなく、例外は目の疲れだけだった。自分の居間にいるときは、読書や縫い物をするときに掛けている眼鏡をときどき外して、片方の手を額に付けて影を作り、遠くを見ている人のようだった――しかし目は閉じていた。また、何も気づかないままでいたいのか、足のふくらはぎに食い込んだ靴紐をボタンもろとも外していることがあった。しかし多くの場合、背中を真っ直ぐにして座り、低く引き下げた電灯の下で縫い物をしていた。

家の中間に当たる二階部分は、彼女の働き場所でクウェイン一家が住んでおり、寄木の床とか階段を踏む足音は、不気味でもあり控え目でもあった。

あと五分で四時、まだお茶の時間きっかりではなかった。ポーシャは何気なく深刻に振り向いて、またラジエーターに面と向かい、その二、三インチ上で指を広げると、熱い振動が指の間から伝わってきた。その手は戸外の寒気でまだらになったままだった。指先に血の気がなかった。マチェットが黙って見ていて、おもむろに言った。「そういうことをするから霜焼けになるんです。そこはこすってやらないと――ほら、私に寄越しなさい！」彼女は近づいてポーシャの手をとって、強くこすると、その大きな骨がポーシャの骨にごしごしとこすれて痛かった。「じっとして」とマチェット。「そうやって引っ張らないで。寒さにこんなに弱い娘は見たことがないわ」

ポーシャは顔をしかめるのをやめて言った。「アナはどこなの？」

「あのミスタ・ミラーがいらっしゃって、お二人でお出かけに」

「じゃあ、あなたとお茶をしていい？」

「四時半には戻ると言い残されまして」

「あーあ」とポーシャ。「それじゃダメだ。アナがいまさらお出かけだなんて、あなたどう思う？」

マチェットは、何も感じないで返事もせず、身をかがめてポーシャの毛糸の手袋の片方を拾った。

「きちんと持って」と彼女。「それから本も。ミセス・トマスが練習帳のことをおっしゃってましたよ、ここで見ないものはここにあってはならないと」

「ほかに何か間違ってた？」

「彼女はあなたの寝室を調べてました」

「ああ、ひどいな！　中に入ったの？」

「ええ、ずいぶん怒っていたようです」マチェットは単調に言った。「今朝おっしゃったんです。あなた、はたきを掛けるのに困るでしょう、あれだけ散らかっていると？って。あなたのたくさんの熊たちのパーティのことですよ、そのほか何かと。『困るですって、マダム！』と私は言いましたよ、

『もし私が困る人間だったら、いまいる所にはまずいませんから』と。それから何かご不満でも、と訊きました。彼女は帽子をかぶっていて――ええ、上のご自分の部屋で。『ああ、そんな、ないわ』と彼女、『あなたのことを考えていたのよ、マチェット。もしミス・ポーシャがあれをいくつか片付けたら――』とおっしゃったんですが、私が返事をしないので、手袋はどこかとおっしゃいました。ドアを半分出たところで、私をキッと見たようでした。『あの段取りはミス・ポーシャのご趣味ですから、マダム』と私は言いました。彼女は『ああ、そうね』と言ってお出かけになりました。そのときはそれ以上のお話はなく。彼女は、綺麗好きというのではなくて、物の見た目を考えるんですね」

マチェットの声は平板で、熱意がなかった。話し終わると、唇を固く結んだ。ポーシャは髪の毛を前に垂らしてマチェットから顔を隠すと、テーブルの上に身をかがめ、自分の本を一緒にまとめた。本を小脇に抱え、立ち上がり、出て行こうとした。

「私が申しているのは」マチェットが続けた。「マダムにこれ以上つつかれないようにしてくださいということです。一日か二日くらい、ほとぼりが冷めるまで」

「でも、彼女は私の部屋で何をしてたの?」

「ちょっとその気になったんじゃないですか。彼女の家ですからね、何と言っても」

「でも彼女はいつも言ってるわ、これは私の部屋だって……。何かにさわってた?」

「どうしてそんなことがわかります? さわったからって、どうなんです? あなたには秘密なんかあってはいけないのです、その年で」

「気がついたのよ、私の熊たちのケーキについていた歯磨き粉が拭いてあったけど、すきま風のせいだと思ってた。ちゃんとわかっていないといけないのね。鳥はわかるのよ、人が卵にさわったら。鳥はいなくなるわよ」

「それで、どうなの、あなたはどこにいなくなるんですか？——もしマダムとミスタ・ミラーに会いたくないなら、もうお二階へ上がったら。この寒さだから、あの方たちはきっと早めに帰宅するのでは」

ポーシャはため息をついて、上に上がりかけた。硬い石の階段は絨毯に深く埋もれていたので、足音はしなかった。ときに彼女の肘が、ときには女学生らしい外套が、ボタンを留めていないので、白い壁をさっとかすった。最初の踊り場に来たとき、彼女は下へ呼びかけた。「ミスタ・セント・クウェンティン・ミラーはお茶をなさるの？」

「しないはずないでしょ？」

「彼って、おしゃべりね」

「ああ、でも、あなたを食べたりしませんから。馬鹿を言うんじゃありません」

ポーシャは上に上がり、次の踊り場へ進んだ。寝室のドアの閉まる音がしたので、マチェットは地下室に戻った。フィリスが新しいキャップをかぶって飛び回り、客間にお茶を出す支度をしていた。

アナがセント・クウェンティンを従えて客間に入ってくると、客間は無人のように見えた——そして、遠くのランプの淡い光と暖炉の火で、ポーシャがいるのがわかった、スツールに座っている。その暗いドレスが背後の暗い漆の衝立《ついたて》てににじんで見分けが付かない——しかし彼女は上品に立ち上がり、セント・クウェンティンと握手をした。「ああ、帰ってたのね」とアナ。「いつ戻ったの？」

「たったいま。手を洗っていたんです」

セント・クウェンティンが言った。「手が汚れる勉強なんだ！」

アナが一音階上げた快活さで続けた。「いい一日だった？」

「憲法制定の歴史と、音楽鑑賞と、フランス語をやりました」

「あらまあ！」とアナは言い、カップがまぎれもなく三つ乗ったお茶のトレーをちらりと見た。そして残りのランプのスイッチを全部つけ、マフを椅子に落とし、毛皮のコートから出てきて、その下に着けていたトリコットを二枚するりと脱いだ。それから、これらの衣類を腕に掛けたまま周囲を見回した。ポーシャが言った。「それを片付けましょうか？」

「天使になってくれるの——ああ、私のキャップもお願い」

「何て素直なんだ……」セント・クウェンティンが言ったが、ポーシャの耳には届かなかった。だがアナは、肘を暖炉にひょいと乗せて、憂鬱さが消えない顔で彼を見た。空気が相当こもった部屋はアクアマリンのカーテンが下りていて、渦巻き模様のソファと半円を描いて置かれた黄色い椅子がいくつかあり、シルクの笠をかぶったランプが、鏡とサマルカンド産の敷物に光を投げかけていた。フリージアと白檀《サンダルウッド》の香りが漂っている。寒かった公園から入った室内は快適だった。「さて」とセント・クウェンティン。「みんなでお茶が楽しみだなあ」嬉しさに大声で歌いながら、彼はひとまず肘掛け椅子に落ち着いた——足を組み、顎をつんと上げ、鼻を見下ろして暖炉の火を見ている。この座り方で、彼は部屋にあると感じた緊張感を誇張し、自分は意識的にその外に身を置いた。あらゆるものがいまにもすごく楽しくなりそうだ。アナは大理石を指の爪でコツコツと叩いた。

彼が言った。「マイ・ディア・アナ、いつものお茶が始まるわけだね」

ポーシャが戻ってきて、言った。「あなたの物はあなたのベッドの上に置いてきました。それでいいのね？」お茶のために彼女は暖炉のそばのスツールに戻った。そして皿を膝の上に、カップとソーサーはそばの寄木の床の上に置いた――お茶を飲むときは、床のカップに届くよう体を半分かがめた。暖炉のかたわらを横目で見ると、ソファに座ったアナが同じ姿勢をとってお茶をつぎながら煙草を吸っていて、セント・クウェンティンは指に付いたトーストのバターをひっきりなしにハンカチに拭き取っているのが見て取れた。彼女の視線は、しっかりと、真っ直ぐで、少しも気取った感じがなく、しかも二人のすることを一つとして見逃さなかった。電話が鳴った。アナは、ぷりぷりしてソファの向こうに手を伸ばして受話器をとった。

「ええ、そうよ」彼女は答えた。「でも私はお茶の時間にここにはいないのよ。決していないわ。そう言ったでしょ。いまはあなたは忙しすぎるときじゃなかった？　さぞかし？……ええ、もちろん私は……。ほんとうにその必要が？……では、六時に、いえ、六時半で」

「十五分過ぎた」セント・クウェンティンが口をはさんだ。「僕は六時に失礼する」

「十五分過ぎに」とアナが言い、顔色も変えずに電話を切った。そしてまたソファに深く座りなおした。「しつこいこと……」

「ああ、困るの？」とセント・クウェンティン。彼らはちょっと目を見交わした。

「セント・クウェンティン、あなたのハンカチがバターでベタベタよ」

「見事なトーストで……」

「ずいぶん振り回すのね——ポーシャ、あなたは背もたれのないスツールが本当に好きなの？」

「このスツールがとくに好きなんです——ずっと歩いて帰ってきたのよ、アナ」

アナは返事をしなかった。うっかり聴きそびれたのだ。セント・クウェンティンが言った。「そうだったの？　僕らは公園の中を歩いていたんだ。湖が凍ってね」と言い足して、ケーキを少し切った。

「あら、そんなはずないわ。私、白鳥たちが泳いでいるのを見たもの」

「君の言うとおりだ。完全に凍っていたわけじゃない。アナ、どうかしたのかい？」

「ごめんなさい、ちょっと考えていたの。私は自分のだらしない性格が大嫌いなの。人がそこにつけこんでくると、余計に嫌になる」

「悪いけど、いまさら君の性格には手が出せないよ。もう固まってしまったかもしれないから——わかってますよ、僕のはもう固まってしまってる。ポーシャはラッキーだよ、まだ形成中だから」

ポーシャは虚ろな暗い瞳でサン・クウェンティンをじっと見た。警告するような曖昧なかすかな微笑が、もう子供のものではない微笑が彼女の顔を変え、そして消えた。彼女は無言を続けた——セント・クウェンティンは、やや激しく足を組み替えた。アナはあくびを洩らして言った。「彼女は何にでも成れるわ……。ポーシャ、あなたの暖炉の上には、熊が何百匹もいるのね。みんなスイスから来たの？」

「ええ、でも心配なの、埃が積もるから」

「埃は目に付かなかったわよ。私はただ、何百匹いるのかなと思っただけ。みんな手彫りなんだって、スイスの農民の……。あなたの白いドレスをハンガーに掛けようと思って、中に入ったの」

「もしそのほうがいいなら、アナ、みんな片付けましょうか?」

「あら、いいのよ、どうして? みんなでお茶をしているみたいね」

クウェイン家には部屋と部屋をつなぐ電話があり、ベルが鳴る代わりに、ピッという鋭い音を発した。いまそれが音を立てていて、アナは片方の手を出して言った。「きっとトマスからよ」彼女は受話器を外した。「ハロー? ……はい、セント・クウェンティンはいまここに。ええ、いいわ、ダーリン、すぐに」彼女は受話器を置いた。「トマスが帰ってくる」と彼女が言った。

「彼に言えばよかったのに、僕はちょうど出て行くところだって。彼は何か特別な用事でもあるの?」

「いまから帰るとだけ」アナは腕を組み、頭を反らして天井を見た。そして、「ポーシャ」と言った。

「下へ降りてトマスを書斎に通してくれる?」

ポーシャがパッと明るくなった。「私にそうしてくれと彼が言ったの?」と彼女。

「あなたが帰っていることは彼は知らないのじゃないかしら。彼はすごく喜ぶわよ、絶対に……。彼に言うのよ、私は元気で、セント・クウェンティンが帰ったらすぐに降りてくるって」

「それからトマスに僕からよろしくと」

スツールから用心深く立ち上がると、ポーシャは自分のカップとソーサーをトレーに戻した。それから身体を真っ直ぐにしようとしたら身震いがして、足の指の付け根のふくらみ部分を踏みしめ、大股でゆっくりとした足取りで、同時に孤児として身についた遠慮を見せて、ドアのほうに進み始めた。

蟹《かに》みたいに横に動き、ほかは全員が皇族であるかのように、彼らに自分の背中は決して向けなかった――彼らは、彼女が完全にいなくなるのを待って、じっと見ていた。彼女が着ている黒っぽいウールのドレスは、アナの卓越した趣味にかなうもので、喉元から裾までボタンが並び、重い皮のベルトが付いていていた。短い袖からとても細い腕とデリケートな肘の関節が出ていた。彼女は神経質にそれをつかみ、引き上げていた。ベルトは細い腰の下に滑って落ちてしまい、彼女は神経質にそれをつかみ、引き上げていた。身体は全体が凹状にへこんでいて、気まぐれな流れるようなラインを描いていた。その動きには敏感なゆとりがあり、ゆったりと縫い合わされてつながっていた。どんな動作にもやや誇張した気配があり、秘密の力が飛び出すのをこらえているようだった。同時に用心深いところがあり、自分が生きていかなくてはならない世界を知っているようだった。彼女は十六歳、子供にある威厳を失いつつあった。サン・クウェンティンとアナの刺すような凝視が、潮流のように押し寄せてきて、攻撃してくるようだった。客間を出る試練が彼女の口を固く引き結ばせ、手足の指を丸めさせた――両手は拳に握られて、太ももに強く押し付けられていた。ドアまでくると、儀式的にさっと押し開け、片方の手をそこに添えて振り向き、また口を利く用意ができたことを立派に示そうとした。しかし、すぐさまアナが冷めた紅茶をカップに注ぎ、セント・クウェンティンは、靴のかかとで、ラグにできたしわを一つ伸ばした。彼らの沈黙を耳にしながら、ポーシャはドアを閉めた。

ドアが閉まると、セント・クウェンティンが言った。「いや、僕らはもう少しましなことができたんじゃないか。君はうまくなかったな、アナ――熊のことでいきり立つなんて」

「わかってるでしょ、どうして私がそうなったか」

「それに馬鹿だよ、君の電話の応対ときたら」

アナはカップを置いて、くすくすと笑った。そして「ああ、大変なことよ」と言った。「書き立てられるのは。大変なことなのよ、彼女が私たちにあそこまで興味を持つなんて。考えてみると、私たちは相当退屈な人間なのね、サン・クウェンティン」

「いや、僕は自分が退屈な人間だとは思わないな」

「ええ、私だって。つまり、退屈人間だとは思わないわ。でも彼女はたしかに、私の言う意味がわかるでしょ、私たちを元気にしてくれているわね。彼女は私たちが何者かであって欲しいのよ――それが何だか、私は全然わからないけれど」

「不良《キャッド》が二人か――彼女はとても秀でた額をしてるね」

「それであなたのことをいっそう考えるわけね、マイ・ディア」

「それでも僕は不思議だな、彼女はどこでそういう区別を知ったんだろう。君の話では、彼女の母親は大変な厄介者だったらしいが」

「ああ、クウェイン家にはその気《け》があるの。トマスにもあるでしょ」アナはそう言ってから、明らかに興味を失い、ソファの片側に丸くうずくまった。そして両腕を高く上げて袖を下にさげ、自分の手首をほれぼれと見た。手首の片方にダイアモンドの小さな消音式の腕時計があった。セント・クウェンティンは、注目されていないとは知らずに続けた。「秀でた額は僕には暴力を思わせる……。エディだったのかい、いまのは？」

「電話のこと？　そうよ。なぜ？」

「僕らはエディは馬鹿だと知っているが、君はなぜ彼と馬鹿みたいな話し方をするの？　ポーシャがここにいたにしても。『私はここにいないのよ。決していないわ』とか。チェッ！」とクウェンティン。「僕が口を出すことじゃないが」

「ええ」とアナ。「そうよ、口を出すことじゃないわね？」もっと言うことがあったようだが、ちょうどドアが開き、ポーシャがすうっと入ってきて、お茶の道具を片付けた。サン・クウェンティンはハンカチを見つめ、そこに付いたバターに顔をしかめ、またハンカチをしまった。彼らには話すそぶりすらない。お茶が片付くと、アナが言った。「もう下へ行って、トマスと話をしないと。あなたも来れば？」

「いいよ、仮に彼が僕に同席して欲しければ」セント・クウェンティンは嫌味なくそう言った。「彼がここに上がってきただろうから。僕はいますぐお暇《いとま》します」

「ああ、訊きたいことがあったの——あなたの本は進んでるの？」

「しごくスムースにね、おかげさまで」彼は即座に、ひどく自制して答えた。そして逆に関心を見せて言い足した。「君が下に降りたら何が起きるの？　ポーシャを追い出すのかい？」

「彼女の兄の書斎から追い出すの？　私にどうしてそんなことが？」

トマス・クウェインは電気ストーブのそばに立って、手にタンブラーを持ち、顔をしかめ、疲れたその日を払いのけようとしていたら、彼の異母妹《ハーフ・シスター》が書斎のドアを回って入ってきた。その顔は——ヘアネット《スヌード》をかぶった髪の毛が高いこめかみの上に引き上げられ、広く離れた二つの黒い瞳はどこを見ているのか——彼に向かって、読書用のランプを越えて泳いでくるように見えた。ここに入ること自体がとにかく気後れのする行為であった、というのもここはトマスの私室だったから。書斎といっても彼はここで調べごとをしたことはない。リラックスすることを調べることとすれば話は別だが。部屋は書斎と呼ばれることで、重要性と静寂をほのめかしていた。艶消しの灰色の壁に、ピカソ・ブルーのカーテン、ソファと数客の肘掛け椅子にはストライプ模様のカバーが掛かり、書物用のテーブルと本棚がいくつか、それに正餐用ほどもある大きなテーブルが一台あった。足音がしてアナのではないと思い、トマスは腹立たしげに両足で山羊の毛皮のラグを踏んづけた。

「おや、ハロー、ポーシャ。元気にしてる?」

「アナが言ったんです、あなたが私に降りてきて欲しいかもしれないと」

「アナは何をしてる?」

「ミスタ・ミラーが来ています。彼らは何か特別なことはしていない、とは私は思わないけど」

残ったものをグラスの中でとにかく回して、トマスは言った。「僕の帰りが早かったようだ」

「疲れたの?」

「いいや。いや、帰宅したところだ」

ポーシャは片方の手を肘掛け椅子の背に置いていた。指を一本、濃い赤のストライプにそって這わせ、その指を注意深く眺めた。そして、トマスが何も言わないので、椅子を回ってそこに腰を下ろした——膝を引き寄せ、肘をそっと撫で、凹状になった赤い電気の火にじっと見入った。暖炉の前のラグの向こう側にトマスが座っていて、やはり見つめていたが、彼が見つめているものは何もなく、退屈と倦怠が蓄積しているだけだった。アナ以外の人間で彼の近くにいる人や、アナ以外の人間で何か期待している人は、夕刻のこの時間、彼としては重荷と感じるだけで、ほとんど我慢できなかった。彼が一番好んだのは、夕刻のこの時間、自分の顔にあてのない皺を刻むことだった。そこに誰かがいると何か言い訳をする必要を感じてしまい、何らかの表情を浮かべなくてはならなかった。現に彼は、六時と七時の間はほとんど何も考えないし、何も感じなかった。

「凍ってるね」彼は無理して言った。「顔を翳《かじ》られるよ、外にいると」

「ええ、私の顔も少し翳られました――それと手も。ずっと歩いて帰ってきたの」

「アナは出かけていたの？」

「彼女は公園の中を歩いたみたいよ」

「正気じゃない」トマスは親しげに嬉しそうに言った。そして煙草のケースを取り出して、中をぽかんと見た。空っぽだった。

「いいかな」と彼。「あのシガレットボックスを取ってくれないか――いや、君の肘のすぐそばのやつだ――今日は何をしたんだい？」

「ケースに入れましょうか？」

「ああ、どうもありがとう。ありがとう――何をしたって言ったっけ？」

「憲法制定史と音楽鑑賞とフランス語」

「好きになれそう？　つまり、どうにかこなしてる？」

「歴史は悲しいとすごく思うわ」

「というか、影があるんだ」とトマス。「まやかし、不発、不正利得は最初からあったし。僕には考えられないね、いまさらどうして大騒ぎをするのか。もっといいことを期待する道理はないんだ」

「でも昔は、人々はもっと勇敢だったのでは？」

「もっとタフだったし、グルになって動かなかったし。それに、あの頃は未来があった。もう一歩も進めないよ、行き止まりに来たと感じたら」

ポーシャはぽかんとして、そして言った。「フランス語は少しわかるんです。ほかの女の子たちよりもフランス語を知ってるの」

「ああ、そう、それはいいことだ」とトマスが言った。彼の声が細くなって消えた――ポーシャから見て暖炉の向こうにある椅子に埋もれるように座った彼は、のろのろと振り向いた顔に、落とし穴に落ちたような心配そうな表情を浮かべ、嫌いなものを与えられた動物みたいな顔だった。トマスは髪の毛がたいそう濃い茶色で、いつもブラシでぴったりと撫で付けていて、吊り上ったはっきりした眉毛は父親とポーシャの眉にそっくりだった。父親に似て、その表情は頑固だったが、深刻な優柔不断が、その裏にあった。頭と額はどちらかといえば見事な造りであったが、三十六歳のいま、感じのいいよく動く顔は、すでにくたびれ気味になって骨格を覆っていた。口と目は彼の何かを現していたが、全体ではなかった。口と目は彼の中心部分から切り離されているように見えた。曇ったような、ときには横柄な顔つきになり、自分の運命が完全に達成できないことを自覚している人のようだった。パッとしない皇帝たちの一人に見えなくもなかった。いま、タンブラーを持った片方の手を肘掛け椅子の背に置いてバランスを取り、もう一方の手は床に垂らし、なくなった物を何となく手探りしているようだった。どう見ても、この瞬間、彼が口を開く動機になるようなものはどこにもなかった。口ンドンの振動が閉じられ覆われた窓から聞こえてきて、まるで半分しか耳が聞こえないみたいだった。ランプの明かりで部屋は非現実的な円形に区切られていた。暖炉の火がラグに赤く反射している。部屋はあまりの緊張と容赦ない静寂につつまれていたので、屋敷内にいるのはこの二人だけみたいだった。ポーシャは頭を上げ、これに耳を傾けているようだった。

彼女が言った。「家って静か、なんですね。ホテルの後だと。というか、私はまだ慣れていないのかな。ホテルでは、ほかの人のことがずっと聞こえていて、フラットでは静かにしないといけないのね、ほかの人に聞こえるといけないから。おそらくお家賃が高いフラットでは違うでしょうが、私たちのフラットではみんなすごく静かにしないといけなくて、さもないと家主が飛び出して来るのよ」

「フランス人は気にしないと思ったが」

「私たちがフラットを借りたときは、フランス人たちは誰かの別荘にいたの。母はそれが気に入って、万が一何かがあったときの用心に。でも最近は私たち、ホテルに住んでいたんです」

「そいつは大変だったね」トマスはそれだけ言うのがやっとだった。

「お屋敷に住んだことが、一度でもあれば、大変だったかもしれないけど。でも母も私もホテルに住むのが好きでした、いろんな点で。ディナーの席にいる人たちについて二人でよく物語を作ったりして、人々が入って来ては出て行くのを見るのはとても面白かった。ときどき何人かの人たちと知り合いになったし」

トマスは漠然と言った。「そういうのが、君は相当懐かしいのかな」

それを聞いて彼女はさっと目をそらし圧倒するように黙り込んだので、彼は下に垂らしたほうの手で床をこつこつと叩くしかなかった。彼が言った。「僕はもっとたくさん気づいているよ、もちろん。君の母親のことは最悪だったね——ああいうのは起きてはいけないことだ」

彼女は驚くほど自制して言った。「でも、あなたとここで一緒にいられるのは素敵なんだ、トマス」

「君にもっとましな時間を与えられたらいいんだが。君がもっと大きくなったら、それもできるから」

「でもその頃には、きっと私——」

彼女が話をやめたのは、トマスが空になったタンブラーを見て顔をしかめ、もう一杯注ごうか迷っていたからだ。彼は、質問を先に延ばして、かたわらに肘の高さに積まれた本を疑わしそうに眺め、その上にバランスを取って置かれた文芸誌や雑誌に目をやった。彼は一目見てこれらを拒否し、眼鏡を下に置き、机のはじから『イヴニング・スタンダード』をつまみ上げた。「いいかな」と彼。「ちょっとこれを見ても？」彼は見出しを一つ二つ見て顔をしかめて、見るのをやめ、新聞を下に置き、机のところまで行くと、家の電話のボタンをむやみに横柄に押した。

「ああ」、と彼は受話器に言った。「セント・クウェンティン宅ですか？ ……ああ、では彼が帰り次第、では……。いいえ、その必要はないんだ……。ええ、まあ、そのつもりだが」彼は受話器を置いて、ポーシャを見た。「どうやら僕の帰りが早すぎたようだ」彼が言った。

しかし彼女は彼を通り越して向こうを見ただけで、トマスは見られていない意味を痛感した……。彼女がじっと見たのはスイスの険しい岩山の上に立つペンションで、午後いっぱい雨に包まれていたペンションだった。スイスの夏の雨は暗く、心にテントを張らせるものがある。絶壁のふもと、柵の向こうに湖があり、白い霧の中で黒い傷口を開けていた。不安定な高地意識が山上での生活の一要素であり、母娘ふたりの生活の終点となった。あの夜、彼らはルツェルンから夜遅い汽船で戻り、目を上げて、村の明かりが雨をついて星の高さに輝いているのを目にして、あれが懐かしの我が家だと感じた。彼らは腕を組んで暗闇の中、ジグザグの急な坂を上がり、お互いに肘を強く押し合いながら、そぼ降る夜の雨の音を松林を通して聞いた。何も恐れていなかった。滞在するのはいつもシーズン前の場所だったし、登山電車はまだ動いていなかった。あのペンションにいた人はみなドイツ人かスイス人だった。建物は木造で、透かし彫りのバルコニーが付いていた。彼らの部屋は、裏部屋で窓が松林に向いていたが、バルコニーがあった。彼らはサロンを脱け出して、その部屋で長い午後を過ごした。コートにくるまって横になり、窓は開けたままにして、木工品の湿った臭いを嗅ぎ、配水管の流れる音を聞いた。気が向くと、ルツェルンで買ったタウフニッツの廉価版の小説を代わりばんこに朗読した。ささやかなお茶の道具、小さなストーブ、それに紫色のエチルアルコールの瓶が、ベッドの間に置かれたぐらぐらする小机の上に乗っていて、四時になるとポーシャがお茶を淹れた。彼らは板チョコレートとブリオシュをかわるがわるほおばった。二人が好きな絵葉書と、アイリーンとポーシャが描いたスケッチが松材の壁にピンで留められていた。洗ったばかりのストッキングがそのままラジエーターの上で乾かしてあったが、暖房は切られていた。ときどきカウベルが彼方からほそぼそと聞こえたり、隣の部屋でドイツ語で話す人の声がした。五時と六時の間は雨が止むことがよくあり、松林の木の幹に濡れた光が射し込んできた。それから彼らはベッドから降りて、靴を履き、村の通りを歩いて湖が一望できるスポットまで行った。霧が晴れたすきに、彼らは六時の蒸気船が崖を回って出て行き、桟橋で停泊するのを眺めた。あるいは、反対側の高地に建つ大きなホテルで、まだ閉館中のホテルの名前を読もうとしたりした。彼らは生い茂る雑草の上に突き出している高い農夫小屋《シャレー》を見た——双眼鏡があったらいいのにとよく思ったが、ミスタ・クウェインの双眼鏡はトマスのために送り返されていた。帰る途中で、山を降りてきた牛たちに出会い、村で飼う牛の間を縫って追いたてられ、濡れて、つまづいたりしながら、やかましいベルに悩まされた。あるいは、アンジェラスの鐘が高台を越えてくぐもったように流れてくると、アイリーンは思わずため息をつき、かつては愛していた教会を想った。彼らは悪いと知りつつ小さなカトリック教会にときどき行き、間違ったことをしていると恐れつつ、お恵みを盗み取っていると感じた。彼らが高いところにあるその村を離れるとき、永遠に去るときになって、大きなホテルはみないっせいに開館し、あと一日もすれば登山電車も動き出すばかりになっていた。彼らは飛ぶように山を下り、踏みなれたジグザグ道を降り、アイリーンは苦しそうにポーシャの手につかまった。ポーシャは村を離れるときに泣くわけにいかなかった、母の苦痛が激しかったから。しかしポーシャは、ルツェルンのクリニックで待っているときに、その村のことをよく思い出した、アイリーンはそこで手術を受けて亡くなったのだ。アイリーンは夕方の六時に死亡したが、それはいつもの彼らにとってもっとも幸せな時間帯だった。

　かちりとトマスの時計から音がした——ちょうど六時を打つところだった。六時、だが六月の六時ではない。この時刻、高地はきっと雪に覆われていて、雪の闇のほかは、窓のシャッターの後ろに灯る明かりだけ、おそらく教会にも明かりが一つ。トマスは倒れこむように座り込んでアナを待ち、彼の時計だけがこの部屋で音を立てている。でも私たちの道路は、降雪で静まり返っているだろうし、私たちのバルコニーも雪に包まれているに違いない。

「湖が今朝は凍ってたわ」彼女は彼に言った。

「うん、僕も見た」

「でも午後には氷が割れて。白鳥がその上に乗って……。きっとまた凍るでしょうね」

セント・クウェンティンが玄関ホールに出てアナにさようならと言っているのが聞こえてきた。トマスは急いで『イヴニング・スタンダード』を拾い上げ、読んでいるふりをした。ポーシャは手のひらを目に押し当ててから、素早く立ち上がり、離れたテーブルの上の書物をめくり、部屋に背中を向けていられる姿勢をとった。テーブルには置き場所のない書物が積み重なっていた。アナはこの部屋が居心地よく見えて欲しいのに、トマスが散らかして部屋を台無しにしていた。セント・クウェンティンがこれを最後にとホールのドアをばたんと閉じると、アナがほほ笑みながら書斎に入ってきた。トマスは三まで数えて待っていたのか、『イヴニング・スタンダード』越しに彼女を見た。

「あら、ダーリン」とアナ。「哀れなセント・クウェンティンは帰ったわ」

「君が追い返したのではないといいが?」

「あら、いいえ」とアナは漠然と言った。「いつものように飛び出していっただけよ」彼女はトマスのグラスが床の上にあるのを見て言った。「あなたとポーシャで飲んでいたの?」

「いや、それは僕だけ」

「テーブルの上に置いてくれたらいいのに」彼女は声を高くした。「ああ、ポーシャ、心配はしたくないけど、もし宿題があるなら、いまやるべきだと思わない? 後でみんなで映画に行くかもしれないから」

「エッセイを一つ書かなくてはならないの」

「マイ・ディア、何だか鼻がつまってるみたいに聞こえるけど。今日、風邪でも引いたの？」ポーシャは振り返り、テーブルを見てから、アナの顔をまともに見た――アナは話をやめたが、舌の先にまだ何かが残っているようだった。ポーシャは唇をすぼめ、ベルトをつかみ、恐る恐る決心したように、歩いてアナを通り過ぎ、書斎のドアを出た。アナはドアまで行き、ドアが閉まったかどうか確めてから、大声で言った。「トマス、彼女を泣かせたのね」

「あれ、泣いてた？　母親が恋しいんだと思うよ」

「あきれた！」アナは怖くなって言った。「何がきっかけになったの？　どうして今頃母親が恋しくなったの？」

「君は言うじゃないか、僕は人が感じることが皆目わからないって。どうして僕にわかるんだい、人がそろそろ感じる頃なんて？」

「ある意味で、あなたは間違いなく彼女を不安にしたのよ」

トマスはアナをじっと睨んだ挙句に言った。「もしそこまで言うなら、君は僕を不安にするね」

「違うでしょ、ねえ、いい」とアナは言い、彼の手をつかみ、しかもその手を自分から少し離して持った。「彼女は本当にアイリーンを恋しがったの？　だって、もしそうなら、すごく大変よ。まるで家の中に重病人を抱えているようなものだわ。ええ、そうよ、私はいくらでも彼女に同情するわ。彼女をもっと好きになれたらいいのに」

「というか、彼女を愛せたら」

「マイ・ディア、トマス、それは人がしようと思ってできることじゃないわ。それに、あなたは私にあの子をほんとに愛して欲しいの？　彼女に夢中になって、彼女とひとつになって欲しいの？　違うでしょ、あなたはただ、私が彼女を愛しているように見せて欲しいのよ。でも私は見せかけるのが苦手だから――私はお茶のときに、彼女に辛く当たっちゃった。でも理由があるのよ、それだけは言わせてもらうわ」

「言われなくてもわかっているさ、君がこの話を好まないのは」

「結局、彼女はある意味であなたのもので、私はあなたと結婚したのよ、そうでしょ？　たいていの人は、家族に何かがあるものよ。お願いだから、引っかき回さないで」

「さっき言ったよね、僕らは映画に行かなくてはと？」

「ええ、言ったわ」

「なぜ――ねえ、アナ、なぜだい？　もう何週間もじっと家にいたことがない」

アナはどっちつかずの手で首の真珠にさわり、言った。「みんなで座っているなんてできないもの」

「できないわけがわからんね」

「三人で丸くなって座るなんて、できないわ。疲れるのよ。あなたにはわからないみたいね、それがどういうことか」

「だが、彼女は十時にはベッドに行くじゃないか」

「さあ、それがいつも十時じゃないのよ、ご存じのとおり。見張られているのが耐えられないの。

彼女は私たちを見張ってるわ」

「彼女がそんなことをするわけがないだろう」

「わけが少しあるのよ。とにかく、彼女は私たちを二人きりにしてくれない」

「今夜は二人きりになれる」とトマス。「十時以降にということだが」静かにしていようと今一度心して、彼はもう一度手を差し出した――しかし彼女は、神経過敏のかたまりになって、一歩離れた。そして暖炉の火の向こうに位置を占めると、身体にぴったり沿った黒のドレス姿で、両腕をしっかりと組み、取り急ぎ思索にふけった。しばし静寂が流れる間、トマスは考える目でアナを見つめた。それから立ち上がり、彼女の肘をとらえ、怒ったようにキスした。「僕は君と一緒にいたことがない」と彼は言った。

「まあね、私たちの暮らしぶりを見てよ」

「僕らの暮らし方は絶望的だ」

アナはとてもやさしく言った。「ダーリン、神経質にならないでね。私、今日は大変だったのよ」

彼は彼女から離れ、また眼鏡を探した。探しながら、引用するような調子で独り言を言った。

「我々は自らの情熱以外のあらゆることでは少数派だ」

「いったいどこで読んだ言葉？」

「どこでもないさ。目が覚めたら、そう言っている自分に気づいたんだ、ある夜に」

「あなたって、夜はずいぶん気取ってるのね。私は眠っててよかった」

三

トマス・クウェインはアナと八年前に結婚した。アナは彼の母親のドーセットの屋敷の近くにいる友人をよく訪ねて来ていて、そこで彼らは出会ったのだった。当時の彼女は、いちおうの教養を積んだ、いわばひまな娘で、色々な才能があり、あらゆることに少しだけ首を突っ込み、金も稼いでいた。彼女は自分で内心感じる以上に物憂げなポーズを取っていたが、それは、自分が望むほど有能でないことを知りたくないからだった。彼女は短期間、インテリア・デコレーターを開業したが、ごくささやかにやっただけだった――本気でやるのが怖かったのだ、もし成功しなかったらいけないから。彼女は賢明だったと言うべきだろう、現にささやかにやって成功しなかったから。顧客は多くなかったので、ほとんどすぐに仕事をたたみ、挫折にひどく苦しんだ。風刺的なスケッチを描き、ときどきピアノを弾き、昔はしていた読書はもうやめていたが、口は達者だった。戸外でするゲームをしなかったのは、たまたまやってみて気軽にうまくやれないものには手を出さなかった結果だった。彼女とトマスが初めて出会ったとき、彼女は無口で、幸せでなかった。半ば自分で選んだ仕事に失敗しただけでなく、恋愛にも失敗していた。その恋愛とは、数年にわたって続いたものの、トマスと彼女が出会ったときは、沈黙の——人は彼女の態度から憶測したかもしれない——屈辱的な終わりが来ていた。彼女は二十六歳でトマスと結婚したが、それまでは自分の父親とリッチモンドに住んでいて、高台の屋敷は遠方まで眺望がきいた。

トマスは初めから彼女のほほ笑みが無造作でメランコリックなのが好きだったし、いい頭といい性質も好ましく、彼女の物憂げな様子の下に、ある種のエネルギーを嗅ぎつけていた。髪はアッシュ・ブロンドだったが、彼女はどこか、黒髪の女に近い個性があった。事実、彼女はトマスを惹きつけた最初のブロンド女だった。彼は、一つには、ピンク色めいたものが大嫌いで、アナは不透明なクチナシ《マグノリア》色の肌をしていた。がっちりとした、あまり細くない彼女の体は慎重に動き、よくコントロールされていた。彼は、彼女のマナーがそつなく統一されていることに感動したが、固苦しいマナーではなかった。彼女の服装は、彼女のスタイルの一部であり、彼を喜ばせ感動させた。

彼らが出会う前、彼の二、三人いた愛人は人妻で、アナにはすでに恋人がいたという疑惑がのちに確信になると、彼の目には彼女がいっそう親切に見え、自分から遠くない人に見えた。彼は若い女性とはうまく行かなかった。彼女たちのあけすけな期待にたじたじとなった。彼が恐れたのは（正確に言うと、当時恐れたのは）、熱くほとばしる心で愛されることだった。彼の感情の中には、触れられたくない神経があった。それがどこにあるのかも知らずに、彼はそれを守った。すでに彼は、アナに出会ったときには、結婚のことを考えていた。彼の収入もようやくそれを許すくらいになっていた。彼は情事の緊張感が好きになれなかった。ドーセットからロンドンに戻り、彼とアナはよく会うようになり、二人だけで会うことも、共通の友人宅で会うこともあった。二人は感傷的なからかい文句にどっぷりと浸り、親密な毒舌を互いに交わし合った。彼らが結婚に同意したとき、トマスは十分に幸せであり、アナは完全に乗り気だった。そうして彼らは結婚した。トマスは彼女への情熱の虜である自分を知り、結婚の内実を彼らの言葉で表現することはできず、それを満たすこともできなかった。

母親から譲渡された資本を使って、トマス自らが買い取り、いまは共同経営者とともに経営に当たっているのが、広告会社のクウェイン＆メレッツ社だった。仕事はきわめて順調だった。新しいベンチャー企業にまつわる日和見主義やひらめきといったもの（先代のミセス・クウェインはその考えが当初は気に入らなかった）は、堅実なトマスが準帝国主義的な存在として会社のデスクについていることで軽減されていた。彼は父親の仕事仲間たちの信頼を取り戻していた――この仕事には過去がなく、たちまち得た名声も、昔の人たちには、ひどくうさんくさい名声と見えた。生まれながらの才覚はさておき、彼らは能力に敬意を払った。トマスは昔の石頭どもよりも一段優れた資質があった。クウェイン＆メレッツ社は地歩を保ち、さらに地歩を伸ばした。トマスが重さを引き受け、メレットが明敏さを受け持った。彼らが必要とした快活な若者たちは、メレットが呼び集めてきた。この仕事と、母親の資本の残りから上がる利息とで、トマスは、目下、年に二千五百ポンドの収入を得ていた。アナには、父親の死後、年に五百ポンドの遺産があった。

クウェイン夫妻は子供も二人か三人持つつもりだった。結婚した当初の数年の間に、アナは死産を二回経験した。希望が持てないことが明らかとなり、友人たちが同情しているのがわかり、彼女は自分で自分に背を向けてしまった。もう子供など欲しくなかった。そして結婚前に興味があったものを追いかけていたが、有閑マダム風の言い訳がましいやり方だった。トマスはといえば、長く生きてくるにつれて、人生などどうでもよくなった。人生から背けた顔をアナに向けた。いま三十六歳、どうしても子供に賦与したいものなど、一つも思い浮かばなかった。

父親が死に、そのあとアイリーンがやっと死んだとき、トマスは重荷から解放されたと感じた。彼の母親は夫ミスタ・クウェインの写真を前からあった場所に、つまりドーセットの屋敷のいたるところに置き、この老紳士は無意味なホリデーに出て不在ですという感じにしていた。彼女は絶えず、また自然に、「あなたの父親」と言った。その女が死んだので、トマスは二人を海外に訪ねることをやめ、自分に言い聞かせた（もっともなことだった）、こうした訪問は、彼本人よりは父とアイリーンにとって気の重いものではなかったかと。太陽が射さないホテルの部屋や、寒々としたフラットなどで、父親が崩壊していく、その高笑いはひどく不安げだったり、いかにもばつが悪そうで、トマスがいるときにアイリーンと並んでいる父親の落ち着かない様子などが、漠然とした屈辱感で——父と自分と社会に代わって——トマスの心を満たしていた。その結婚のグロテスクな実態がつくづく嫌だった。ポーシャは——そうした訪問のときに——神聖なる身を隠しているという気配を漂わせ、彼をじっと見つめる様子は、溺死させられるのを覚悟している子猫のようだった。不名誉な人間が二人、無念の思いを数々引き起こした二人、何の楽しみもなく生きてきたような二人が消えたいまとなると、そのあまりの大きさに、トマスは父の希望にわけなく同意していた。公正で、唯一適切なこと（後で来た手紙に彼がそう書いていた）は、ポーシャがロンドンに来ることだった。とりつかれたような頑固さで、トマスはアナの反対に立ち向かった。「一年だけだ」と彼は言った。「彼は一年だけと言ったんだ」

そこで彼らは適切なことを実行した。マチェットは、そう告げられて、言った。「公正でないことは、まずできませんね、マダム。ミセス・クウェインは、それが正しいと感じたことでしょう」

マチェットはアナを手伝ってポーシャの部屋を整えておいた――格子のついた高窓があり、子供部屋だったものかもしれない。立ち上がって窓の外を見ると公園が見え、芝生の植え込みと遊歩道が何本かあり、湖が細くくびれた箇所で、鉄の橋が斜めにかかっている。ベッドからは――アナは一瞬自分の頭を試しに乗せてみた――、カントリーにいるみたいに、樹木のてっぺんしか見えなかった。アナは、まだ二人が顔を合わせる前のこの時点に、あとにも先にもポーシャに対してもっとも親しい感情を抱いていた。そのあと、彼女は椅子の上に上がり、子供のときは自分のものだった鳩時計を据えなおした。カーテンは小枝を散らした柄《がら》のを新しくしつらえたが、部屋の壁紙は取り替えなかった――ポーシャはここに一年いるだけだもの。二つの戸棚（物入れとして使っていた）にあった品物は、納戸に移された。そしてマチェットは、黒人のように力があり、もう一つ別の階から小テーブルを運んできた。アナは、ベッドランプの笠のひだを整えながら、思わず口にしていた。「これはミセス・クウェインなら喜びそうね」

マチェットはひと言のコメントもなしにこれを聞き流した。彼女は膝を付いて、裾飾り《ヴァランス》をベッドの下にたくし込んでいた。彼女が何気ないコメントに耳を貸したことはなかった――そうやって、ほかの人なら大歓迎の、無造作なくせに意味ありげな接近者から身を守っていた。彼女は雇われたお返しに、持ち前の慎重さと惜しみないエネルギーを発揮したが、使用人はそれも含めて賃金が支払われているのだという気負いやうぬぼれに負けたことはなかった。この潔癖さが、彼女のエプロンのうしろで、諸刃の剣となる時があった。彼女は悪意があるのではなく、ただ自分に感情を一切持たせないだけだった。ベッドのヴァランスをたくし終えると立ち上がり、ポプリンのドレスの腕回りをきしませて、アナがどこかから持ってきた花輪付きのマイセン焼きの鏡《ドレスデン・ミラー》を持ち上げて、壁のしみができたところに掛けた。アナが鏡を掛けようと思った場所ではなかった――マチェットが背中を向けると、アナは目立たぬように鏡を移した。しかしマチェットは自分の義務を今回は度外視したので、アナはそれほどばつの悪い思いをしないですんだ。部屋の準備が終わってみると、（彼女がセント・クウェンティンに言ったように）見た目にとても美しい部屋になった。終わりなきホテル暮らしの後のポーシャには大切な場所になるはずだった。色褪せた壁紙ですら、どこか家庭的だった――それに最後の瞬間になってから、彼らは白いラグを追加してベッドのそばに置き、少女の裸足にそなえた。もしもアナがポーシャがくることに反対して争ったとしても、彼女は敗北した姿をどう見せるか心得ていた……。

ポーシャは小さなカラスのように真っ黒な姿で到着し、スイス式の喪服は伯母が選んだもの――東洋からタイミングよく戻って何かと取り仕切った伯母だった。アナはすぐさま説明した、そんな喪服は死者を連れ戻すわけでもないし、誰にも好感を与えないと。彼女はトマスから小切手をもらっていたので、ポーシャを連れてロンドンに買い物に行き、ワンピース、帽子、コートを、青、灰色、赤、と明るい色で、飾りのあるものを買いそろえた。マチェットは買い物の荷解きをしながら、言った。

「彼女にいろんな色を着せるんですね、マダム？」

「孤児みたいな格好をすることはないのよ。彼女にはよくないことだもの」

マチェットはそっと唇をすぼめた。

「あら、どうしたの、マチェット？」アナがきっとなって言った。

「若い人は普通のものを着たがりますが」

アナが横目で睨んでいた。ポーシャが来るという予報が暗い影となり、物事をあれこれ変更しなくてはならなかった――この鏡の件は、前例のないマチェットの意向、すなわち、口を出す意向を示していた。アナは思わずガードを固めて言った。「真っ白なイヴニング・ドレスを買っておいたわ、それから黒いビロードのも」

「ああ、ではミス・ポーシャは下で食事をなさるんですね?」

「もちろんよ。そういうマナーも身につけないといけないし、ほかにどこで食べるのよ?」

マチェットは一家のお屋敷の時代から身につけてきた考えがあり、お屋敷の若い令嬢がたは、揺れるポニーテイルにリボンを結び、女家庭教師《ガヴァネス》と階上で夕食を済ませ、乾杯をして、噂話をして、林檎の皮むきをして、それでお互いに運命を占うのだった。いまの家にミス・ポーシャの居場所はない。彼女は沈没するか泳ぐか、どちらかしかない。だがマチェットは冷静な重々しい足取りで階上と階下を歩いていても、存在しなくなった面積がいくらかあることに気づかなかった。その代わり、屋敷内の暮らしに不足が生じ、あるべき礼儀作法が組織的に機能しなくなったことを察知していた。クウェイン家の生活から一族の伝統が欠けたことがマチェットに方向感覚を失わせただけでなく、侮蔑する気持ちをあおることになった――一族の伝統は、ある部分はそっと、ある部分は無残に、合理化されて消えていった。この風通しのいい陽気な家は、鏡はすべて磨き上げられ、物陰が宿る場所はなく、感情が深まる一点もなかった。部屋はすべて未知の人と親密に過すためにセットされ、そうでなければ、奮闘むなしく孤独に捨て置かれた。

「マルクス兄弟」が今夜のエンパイア劇場の出し物だったが、ポーシャにはつまらなかった。スクリーンからくる光がいかさまっぽく、身を硬くしたポーシャに降り注いだ。ほとんど顔を真っ青にして座っていた。アナはときどきスクリーンから目を離して、トマスに文句を言った。「面白いと思ってないんだわ」トマスは、しぶしぶ鼻を鳴らし、また沈鬱になって言った。「いや、なに、くだらない連中だよ」「あなた、サンディ・マクファーソンが好きだったんでしょ、ねえ、ポーシャ？――トマス、ちょっと足で蹴って訊いてみてよ、サンディ・マクファーソンが好きなのかどうか？」オルガン奏者がまだ大きな音で弾きまくりながら、ミモザのスポットライトを浴びつつ底なしの奈落へ姿を消し、その間ずっと「聞かせてよ、愛の言葉」が奈落からかすかに聞こえる中、やっと誰かが下でオルガン奏者に蓋をした。ポーシャには、人は前より勇気がなくなったと言う権利はもうなかった……。マルクス兄弟が終わり、クウェイン家の三人はやっとの思いで私物を受け取り、黙って並んで外に出た――ニュースを見るのをやめて「混雑」を避けた。

アナとポーシャは別の理由から不機嫌な顔をしてロビーで待ち、トマスはタクシーを捜しに行った。その間、鏡の反射がまぶしい中、群集は明日をひかえた労働者みたいだった。そのとき、誰かがアナをじっと見つめ、後ろを見て、またアナを見て、どちらとも決めかねて、帽子を上げ、こちらに近づいてきて、心配そうな大きな手を嬉しそうに差し出した。「ミス・フ、、、ェロ、、、ウズ！」

「ブラット少佐！　思いがけないことだわ！」

「あ、、、なたに出くわすとは。思いもよりませんでした！」

「とくに私はミス・フェロウズじゃないのよ、もう――つまり、ミセス・クウェインになりました」

「まことに失礼を――」

「あなたにわかるはずもないわね?……またお会いするなんて、とても嬉しいわ」

「たしか九年とちょっとになります。偉大な夕べをご一緒しました――あなたとピジョンと僕と――」彼は急いで言葉を切った。疑いの色が彼の視線に浮かんだ。

ポーシャはその間そばに立っていた。「私の義理の妹にお会いになってくださいな」アナはすぐそう言った。「ブラット少佐よ――ミス・クウェインです」アナは先を続けたが、あまり自信がなさそうだった。「マルクス兄弟は楽しめましたか?」

「いや、実を言うと――この場所を昔から知っていたので。そういう人たちの事は聞いたことがなかったんだが、ちょっと立ち寄ってみようと思って。なんとも言えないな、僕が――」

「あら、あなたも彼らはくだらないと?」

「しいて言えば時代に合っているのでしょうが、僕の言う面白いものではなかったな」

「そうね」とアナ。「なるほど彼らは時代に合っているんだわ」ブラット少佐の視線は、ほほ笑みながらしゃべっているアナの口元から、その顎の下に留められた椿の花を経て、ポーシャの帽子の上向きのへりに進み――そこで止まった。「きっと」彼はポーシャに言った。「君は楽しかったんでしょう」

アナが言った。「いいえ、彼女は楽しくなかったと思うわ、たいして――ああ、ほら、夫がタクシーをつかまえたわ。ぜひご一緒に。どうせ一杯やりませんと……ああ、トマス、こちらブラット少佐」……彼らは二人ずつになって外のタクシーまで歩いたが、アナがトマスに小声で言った。「ピジョンの友達よ――私たち、ひと晩、彼とともに過したことがあるの」

「私たちで過した？　僕は知らんな――いつだ？」

「あなたと私じゃないわよ、バカね。私とピジョン。何年も前よ。でも、本当に一杯やりましょう」

「もちろんだ」トマスが言った。彼は何の表情もなく、妻の肘を取ってドアロの群集をかいくぐった――どこから出ようと、「ラッシュ」を避けることはできなかった。タクシーに乗ると、ブラット少佐の毒気に当てられ、トマスは背筋を真っ直ぐにして座り、窓の外のあらゆるものを軍隊式に凝視していた。一方、ブラット少佐は彼のとなりにいて、向かいにいるご婦人方がキャブの暗がりの中、毛皮の襟の上で花咲かせている顔を臆病そうに見つめていた。一度か二度コメントを述べた。「いやはや、驚くべき偶然でしたよ」ポーシャは身体を横によじって座り、自分の膝がトマスの邪魔にならないようにしていた。ああ、心惹かれるこの偶然よ、この豪華絢爛たる場所での出会い――これこそが、ポーシャとアイリーンがパレスホテルとやらを覗いたとき密かに目にした、かの洗練された遭遇なのだ。タクシーがウィンザーテラスにのろのろと滑り込むと、ポーシャが叫んだ、すっかり元気になって。「ああ、私を連れて行ってくださって、ありがとう！」

トマスはただこう言った。「君には楽しくなくて残念だった」

「ああ、あそこにいられて、すごく楽しかった」

ブラット少佐がはっきり言った。「あの四人のやつらは汚点だった――ここが車の止まる場所ですか？　これはいいや」

「ええ、ここで止まるの」アナが言って、あきらめたように車を出した。

午後の霧の凍りついたのが消えていた。彼らの家はテラスの街灯に照らされて足元が明るく、壁から張り出した柱《ピラスター》が黒いガラスのような夜空に溶け込んでいた。ポーシャは足まで身震いが走り、両手で襟を掻き合わせた。ブラット少佐が軽快に降りると歩道が軽い音を立てた。彼はコートをぴしゃりと鳴らして言った。「凍りつきそうだ、まるでブリキだ」

「明日は滑れるな」トマスが言った。「こいつは楽しみだ」彼は手にいっぱいの銀貨を出して、じっと見てからタクシーに支払い、鍵を手探りした。空耳に説明を求められたのか、こだまでも聞いたのか、彼は肩越しに後ろをきっと振り返ってテラスハウスを見た——人のいない舞台のような、E字型の玄関で、冷たく凍った円柱が黒い影から浮き出していた。背景のない正面玄関だった。「ここは素晴らしく静かなんですよ」彼はブラット少佐に言った。

「いやむしろカントリーにいるようですね」

「頼むから、入りましょうよ!」アナが叫んだ——ブラット少佐は心配げに彼女を見た。

書斎は見事すぎるほど熱くて明るかった——とはいえ、内部に入ると他人行儀が座を占めた。ブラット少佐は遠慮がちに辺りを見回し、「ずいぶん素敵なお住まいをお持ちで」と言いそうになったが、そこまで親しい仲かどうか迷っていた。アナはスタンドランプをいくつか点けたり消したりして神経がいらいらした様子、一方、トマスは、「スコッチ、アイリッシュ、それともブランデー?」と言ってから、トレーの上のグラスを満たした。アナはものが言えなかった——自分の閉ざされた年月のことを考えていた。ロバート・ピジョンにいまさら会うなんて、この慇懃な男性の記憶という琥珀に閉じ込められた大きな蠅《はえ》として。アナ自身の記憶はぼやけているか、破れを繕《つくろ》ってあるか、どちらかだった。声を出すのがまず恐ろしくて、これだけ言った。「彼のこと何か聞いているの？　どのくらい彼に会ってるの、この頃は？」あるいは、「いま彼はどこにいるか、ご存じ？」かのいにしえの夕べ――あの時、彼女とロバートは完璧な恋人同士だったはず――が磁力を帯び、その男が彼女に戻って来た、生まれながらの三番目の男が彼女の家に。トマスのほうは、自分で別の次元に移動し、彼女は自分がひどくみっともないことをしたと感じさせられていた。中断が長く続きすぎた。彼女はハッとして、ブラット少佐が迷いながら手にしたウィスキーを覗き込み、明らかに感じていた。ここは飲まないほうがいいな？　ここにいてはいけないのか？

彼はそのほかにもっといいことは思い浮かばなかった。クウェイン夫妻は二人とも彼が来てくれて嬉しそうに見えた。彼はどこか裏側の出身で、ロンドンとは縁がなく、一幕演じたらどうしてもどこかへ進みたかった。行けるならどこでもよかったのだろう。しかしロンドンは、最近の夜には、明るい光だけがさらけ出す地方特有の卑しさがある。暗くなると、ロンドンは悪に溺れたガヴァネスみたいに、大衆スーパーのウルワースで買った王冠をかぶり、ごてごてに着飾る。だが、ロンドンにあるかもしれないグラマーな魅力は、亡命者たちの想像の中で生きつづける。ブラット少佐は、巡回区域を持たない幽霊のように、ウェスト・エンド界隈を真夜中前後にうろついている――女を買いたいわけでもなく、一人で飲みたくなくて、ケンジントンに戻りたくなくて、何かが起きて欲しいのだった。何かは徐々に起きなくなっていく――遅かれ早かれ彼は戻っていくしかないだろう。最終の地下鉄に乗り遅れたら、タクシーまで走らなくては。タクシーは彼のポケットを軽くし、彼を苦しめ、誰か女の香水の匂いがする。ブラインドのない無人の部屋のような彼の想像力はその光景にあんぐりと口をあけ、ありもしなかったことを回想する。これがほんとにすべてならば、彼は最終の地下鉄に乗ったほうがいい。ホテルのポーターをベルで呼んでラウンジで一杯やる——明かりは半分落ちていて、人影はなく、老いた女たちも引き取った。悪徳の時間になっても、ただの悪い子であってはいけない。

「では、幸運を願って」ブラット少佐がそう言って姿勢を正し、自分のグラスを大胆に上げた。そして興味深い三つの顔を見回した。ポーシャが甘口のソーダのグラスを上げて返礼したら、彼が一礼したので彼女も一礼し、二人で飲んだ。「君もここで暮らしているの？」彼が言った。

「一年間はここにいます」

「それは長くて素敵な訪問だ。ご家族はあなたがいなくてもいいの？」

「ええ」とポーシャ。「彼らは——私は——」

アナはトマスを見て、やめさせてと言わんばかり、しかしトマスは葉巻を探している最中だった。アナが見ると、ポーシャは暖炉のそばに膝を付いて、すっかり開け放した顔でブラット少佐を見上げていた——両手を半袖のドレスの肘にたくし込んでいる。その図がアナを動転させ、内心、どれほど多くのイノセンスを他人の中で堕落させてきたか考えた——そうだ、ロバートの中でさえ。とりわけ彼のケースがきっと。相手を殺しかねない激しい喧嘩に終わる逢引は、結果、ロバートを無防備に、熱心にした——などなど。ポーシャを見つめながらアナは考えた、この子は蛇だろうか、それとも兎だろうか？　ともかく、と彼女は冷酷に考えた、この子にも自分の楽しみがあるのだ。

「どうもありがとう、いや、いや、僕は葉巻はやったことがないんです」トマスがやっと葉巻を見つけ出したら、ブラット少佐がそう言った。トマスは自分の葉巻に火を点けてから、疑わしそうに葉巻の箱を見た。「中身が減ってる」と彼が言った。「君にそう言っただろう」

「じゃあ、どうして鍵を掛けないの？　ミセス・ウェイズよ、きっと。彼女は男友達がいて、彼にすごく尽くしたいのよ」

「君の煙草もくすねるかい？」

「いいえ、最近は。マチェットが彼女を現場で押さえてくれたから。それにミセス・ウェイズは私の手紙を読むのに忙しすぎて」

「まったくどうして首にしない？」

「マチェットが彼女は完璧だって言うから。完璧な召使のなる木は、おいそれとは手に入らないのよ」

ポーシャが興奮して言った。「そういう木があったら、変な格好してるでしょうね！」

「は、は、は」ブラット少佐が言った。「靴型のなる木のことは聞いたことがあるかな？」

アナは足をソファの上にひょいと乗せたが、ソファが少し後ろにあったせいか、仲間はずれになったようで疲れて見えた――さっきから髪の毛を後ろになで上げている。トマスは目を細めて酒のグラス越しに明かりを見た。ときどき顎を引き締めてあくびをこらえている。ブラット少佐は、ウィスキーを三分の二ほど飲んでいて、いとも静かにその場を支配し始めていた。ポーシャの最初の元気のもとが部屋のどこかにあり、逃げた風船のように天井近くまで飛び上がった。トマスが突然言った。

「ロバート・ピジョンをご存じだそうですが？」

「そう言っていいと思います！　あまり例のないやつでした」

「僕は全然知らなくてね、悲しいかな」

「あら、死んだの？」とポーシャが言った。

「死んだ？」とブラット少佐。「ああ、何ということを、違いますよ——少なくとも、それはまずないと思う。命が九つあったからね。大戦中、ほとんど彼と一緒でした」

「そうね、彼はきっと死んだりしないわ」アナが同意した。「でも彼がどこにいるかご存じなの？」

「一番最近彼について聞いたのはコロンボで、去年の春だった——一週間くらいの差で彼を見逃しました——残念でした。僕らはどちらも手紙を書くタイプじゃないが、まあ、最高に驚くべき方法で連絡を取り合っています。同時に、彼はよくある頭が切れるやつで、誰とでも仲良くできるんですよ。彼は、大戦でもなかったら、僕が出会うようなやつじゃない。僕らはソンムで戦い、そのあと彼をよく知るようになったんです、一緒に休暇をとったときに」

「ひどい怪我をしていたの？」ポーシャが言った。

「肩をね」アナが言った、えぐれた傷跡を見ていたのだ。

「ピジョンは、いま言うところの多才な人でした。ピアノはプロの演奏家より上手だったし——迫力ならもっとすごかったね、僕が何を言いたいかわかればだが。フランスにいたときは、煙草の煙で皿を一枚黒くして、そこに僕のポートレートを描いたんだ——それがそっくりだった。本当に似てたな。それから、言うまでもないが、彼は全部顔に書いてありましたよ。しかし、彼には気取りというものが一切なかった。あれほど気取りのない人間は見たことがない」

「ええ」とアナ。「それから私が憶えているのは、彼はお皿のへりにオレンジを一個乗せられたことだわ」

「よくそうしたの？」ポーシャが言った。

「ええ、しょっちゅうよ」

ブラット少佐は、もう一杯酒を受け取っていたが、まともにアナを見た。「最近は会ってないんでしょう？」

「ええ、最近はあまり。ええ」

ブラット少佐が急いで言った。「彼は珍しい鳥だから。同じ場所で彼の噂を二度聞くことはめったにないし。それに僕自身も相当放浪したなあ、陸軍を除隊したあとは、あれやこれに手を出したり」

「さぞかし面白かったんでしょう」

「面白いけど、そうでもない。やや不安定でね。年金を一括払いにしてもらってみたが、マレー半島であまりうまくいかなかった。ここにしばらく戻ってみて、あたりをつけているところです。もちろん、収穫があるのかどうかわからないが」

「あら、きっとあるわよ」

ブラット少佐は大いに気をよくして言った。「いや、アイロンを一つ二つ、火の中にいけてあるんです。ということは、しばらくこのへんにじっとしていないと」

アナは返答に困り、こう言ったのはトマスだった。「ああ、そうするのがいいと僕は思いますよ」

「ピジョンに会うことになるんじゃないかな、とりあえず。誰にもわかりませんからね、彼がどこに顔を出すか出さないかなんて。それに僕はけっこう人に出くわすんだ――ほら、今夜がいい例ですよ」

「あら、彼によろしく言ってね」

「彼はあなたの消息を聞いて喜ぶだろうな」

「とても元気にしていると」

「ええ、そう伝えてください」とトマス。「つまり、あなたが彼に再会したら」

「もし、いつもホテルに住んでいると……」ポーシャはブラット少佐に言った。「人々の出入りには慣れてしまいます。みんないつもそこにいるような顔をしているけど、次の瞬間にはみんなどこに行ったかわからなくなって、みんな永久にいなくなるんです。だけど、面白いわ」

アナは自分の腕時計を見た。「ポーシャ」と彼女が言った。「パーティを台無しにしたくないけど、もう十二時半よ」

ポーシャは、アナがまともに視線を向けると、即座に目をそらせた。これは、事実、彼らがここに来て以来、互いにまともに見交わした最初の瞬間だった。しかしピジョンについて話が進んでいた間、アナは黒い二つの瞳が決然とした無垢をたたえて何度も自分の顔を盗み見しているのを感じていた。アナは、ソファにレカミエ夫人風にゆったりと横たわりながら、自分に必要な演技の中から、高圧的な鉄面皮を選んで、これに対抗してきた。体中を駆け巡っている苛立ちがゆらめきながらオーラを発したとしたら、ポーシャの瞳はそのゆらめく線に沿って、横たわるアナの姿勢の周囲をくまなく探検したとも言えただろう。この包囲するようなポーシャの視線によって、アナは恐怖に縛られ、秘密に縛られたと感じていた。ミイラになったような気がした。だから、さっき時間を告げたときに、声を張り上げていたのだ。

ポーシャは、人はあえて長く見つめないことを学んでいた。彼女の瞳はどこへ行っても歓迎されないと思える瞳であり、その瞳ににじむ警告を引っこめることを学んだ瞳だった。そういう瞳はあらぬ方へそらされるか、おずおずと下を向くのがつねである——あえて休めるところは空間の一点しかない。居場所のない緊張感から狂信的な色が瞳に浮かぶ。その瞳は動いたり、出くわしたりするが、意思を疎通させることはできない。そういう瞳が子供の顔にあるのをよく見かけるが、むしろ見ないですむようにみな視線をそらす——その子供がのちにどうなるか、誰にもわからない。

同時にポーシャはブラット少佐と愉快なひとときと呼んでいいものを楽しんでいた。まだとても幼くて、会話にありがちな恋愛の決まり文句が入らないときは、自分のことが取り沙汰されるのは心がうっとりするからだ。人間であることを楽しめる感じがする。ブラット少佐はポーシャの目をやさしく見つめていて、良心の呵責はない。彼はずっと立ったままだった。その二つの大きな足は岩のようにどっしりしていて彼女が座っている敷物のそばにあり、上のほうから牛のような大声でずっと何かしゃべっている。アナが腕時計を見たとき、ポーシャの心は沈んだ——掛け時計に目をやったが、時刻は本当だった。「十二時半だ」彼女は言った。「大変だ！」

お休みなさいと言って彼女が去ると、手袋が片方落ちていて、ブラット少佐が言った。「あのおチビちゃんは、お二人には大きな楽しみですね」

四

朝はたいていリリアンがパディントン・ストリートを少し入った古い共同墓地でポーシャを待っていた。二人はこの短い近道を通ってレッスンに行くのが好きだった。共同墓地は多くの窓から見張られていて、このところ死とは縁が切れていた。隠れ場でもあり、同時にまだよく知られていない公道でもあった。しだれ柳が一本か二本、そして石の東屋《パヴィリオン》のような墓が情景におごそかな威厳を与えているものの、壁に沿って丸く並んでいる墓石が舞踏会を前にした椅子のようでもあり、芝生を半ば行ったところにある丸い避難小屋が楽団の演壇のようだ。すべての入口から小道が走っていて、柵の内側の灌木《かんぼく》がその場所と道路の境界線になっている——物悲しくはなく、憂愁が適度に漂っている。リリアンはその憂愁が好きだった。ポーシャはここにあるのは彼女の秘密なのだと、リリアンが入口を入るたびに感じていた。だから彼女たちはレッスンに行く途中でこの道を通るのだった。

キャヴェンディッシュ・スクエアまで行かなくてはならなかった。ミス・ポーリーは、この堂々たる住所で少女たちのためのクラスを組織してそろえていた——デリケートな少女、学校で勉強ができない少女、海外に行く前の時間を使っている少女、海外にまったく行かない少女たちのために。彼女にはこうした生徒を十人あまり預かるゆとりがあった。午前中は教授たちが彼女の家にやってきた。午後は美術館、展覧会、博物館、コンサート、あるいはクラシックの昼の演奏会など。一人の少女は、特別な取り決めによって、ミス・ポーリーの自宅で昼食をとることができた——これは特別な取り決めのうちでは一番小さなものだった。彼女の秘書は電話が生き甲斐だった。すべての取り決めは、企業精神に溢れていて、非常にうまく処理されていた——したがってミス・ポーリーの授業料は高額であった。トマスはその出費にやや渋い顔をしたが、アナはミス・ポーリーの卓越した値打ちを述べて彼を納得させた——彼女はこれでポーシャの昼間の問題を解決した。ポーシャが何か学んでくれれば話題ができるかもしれないし、友達ができるチャンスはいくらでもあるだろう。いまのところ、できた友達は一人、それがリリアンで、あまり離れていない場所、ノッティンガム・プレイスに住んでいた。

アナは、リリアンが願ってもない子だとは思わなかったが、それはどうしようもなかった。リリアンは髪の毛をゆるい長い二本のお下げにして、「白百合の乙女」みたいに、肩から前に垂らしていた。心ここにあらずというような謎めいた表情をしており、美しく発達した肢体は、すでに通りを行く男性の目を捕らえていた。寄宿学校から放校処分になり、チェロの女性教師と恋をしたのがその理由だったが、彼女はそのせいでまったく食べられなくなっていた。ポーシャはリリアンにできることから なる世界について考えた——つまり、彼女は噂では、ダンスとスケートがとても上手で、かつてはフェンシングもしていた。そのほかには、楽しいことなどほとんどなかったとリリアンは不満を洩らした。自宅にはできるだけいないようにし、自宅にいるときはいつも髪の毛を洗っていた。いつも宿命の下にあるような、やがて殺されてしまう少女の写真に見るような顔をして歩き回っていたが、いまのところリリアンには何も起きていなかった……。今朝、彼女は、ポーシャが来るのを見て、真紅の手袋で夢見るように合図した。

ポーシャは駆け寄った。「ああ、大変、私のせいで、遅れそうだわ。さあ、リリアン、飛んでいかないと」

「走りたくない。今日は具合があまりよくないの」

「じゃあ、一五三番に乗ったほうがいい」

「来ればね」リリアンが言った（それはめったに来ないバスだった）。「私、目の下にブルーのくまが出てる？」

「いいえ。昨晩、何をしたの？」

「ああ、もう恐ろしい夜だったわ。あなたは？」

「べつに」ポーシャは、ややすまなそうに言った。「私たち、エンパイア劇場に行ったの。そしたら、まったくの偶然で男の人に出会って、アナが前によく知っていた人を知っている人だったの。ブラット少佐という名前——彼女が知っている人の名じゃなくて、その男の人の」

「義理のお姉さまは慌てていた？」

「驚いていたわ、だって彼は、彼女が結婚したことも知らなかったから」

「私はよく慌てるんだ、人にまた会うと」

「オレンジをお皿のへりに乗せられる人を見たことある？」

「あら、誰だってできるわ。しっかりした手があればいいのよ」

「アナが知っている人はいつもみんな器用なのよ」

「あら、あなた、今日はハンドバッグ持ってきたのね？」

「マチェットが言うのよ、持っていかないのは愚かだって」

「何だか変な持ち方ねえ、言わせてもらうけど。きっといまにもっと慣れてくるわ」

「慣れすぎたら、持っている事を忘れちゃって、どこかに置き忘れるかもしれない。だけど、見せてよ、リリアン、どうやって持つのか」

二人はメリルボン・ストリートに入っていたが、そこでちょっと立ち止まり、辛抱強く足を踏み鳴らしながら、一五三番のバスがひょっこり来ないかと待った。昨日の朝より寒い朝だった。降りた霜が黒くなっている。しかし彼女たちは天気のことは何も言わず、天候は自分たちの密かな運命の一部のように思った——それは目をさますという行動によって身に降りかかるもので、大人たちの変わりやすいさまざまな気分や、日に日に変わる自分たちの内側の状態のようなもの。何と一五三番がよろよろと角を回って姿を現したが、どう見ても彼らを無視するつもりらしく、ついにリリアンが、歯向かう若き女神のようにバスの通路に踏み込んで、真紅の手袋を振り上げた。バスの中に入って席に着くと、リリアンはとがめるようにポーシャに言った。「あなた、今日は嬉しそうに見える」

彼女はやや混乱して言った。「私、何かが起きるのがすごく好きなの」

ミス・ポーリーの父親は成功した医者で、彼女は自分のクラスのために別館の二階を使っており、その別館はビリヤード・ルームとして彼の広大な屋敷の裏に建て増ししたものだった。父の患者たちの不都合にならぬよう、生徒たちは地下室のドアから出入りした。道を行く人たちはみなあきれて見ていた、お澄ましをした小さな人たちが、リムジンから飛び出してくるのも数人いて、まるで猫の一党みたいに、みんなで地下室のドアに消えていくのを。いったん下に到着すると、子供たちはミス・ポーリー用に付いている特別な呼び鈴を鳴らし、織物の絨毯を敷いた廊下に入る。捻じ曲がった螺旋《らせん》階段の一番上の踊り場に来ると、帽子とコートを別館のクロークルームに掛け、鏡を見るために一列に並ぶ。それはすごく小さな鏡だった。淡黄色と青色のタイル、大理石、金箔が浮き彫りになった壁紙、そしてトルコ絨毯が別館の目印だった。クロークルームは、窓がステンドグラスで、霧とヴィノリア石鹸の匂い、元ビリヤード（いまはスクール）ルームのカーペット、ラジエーター、そして霧があった――この部屋には窓がなかった。大きなドーム型のスカイライトが天気の状態を告げ、濃霧のせいで鉛色になったり、雨が降るとぱらぱらといったり、あるいはテーブルの上に大きな四角い煌めきが落ちるときは太陽が照っているのだった。午後の終わりになると、冬など、青黒い防水加工をしたブラインドがローラーから出てきてスカイライトを覆い、電灯が点った。排気はこの部屋の長所ではなかった――だからポーシャは、ここに入ったとたん、しおれた植物のようになるのかもしれない。彼女はここでは成績優秀ではなく、集中できなかったし、ほかの少女のように集中する素振もしなかった。自分の思索を顔とテーブルのレベルに留めておくことができず、どんどん上昇してガラスのドームを突き抜けてしまうのだった。教授の一人が立ち止まり、睨みつけ、テーブルのはじを手で太鼓のように叩いた。別の教授は言った、「ミス・クウェイン、どうか、お願いです。私たちは、空を見るためにここにいるのですか？」ときにポーシャは、不注意が嵩じてマナーの悪さとなり、あるいは、さらに悪くすると、ほかの教授たちを混乱させた。

ポーシャは学ぶという習慣がなく、人は学ぶべきだということを学んだこともなかった。最も興味深い事実を宿す場所を持っていないようだった。しかしながら、注目されるのも、教授たちを困らせるのも嫌だったので、ここで数週間を過した頃に、ポーシャはようやく学んだ。それは鋲《びょう》で留めるというか、もっとも怒り狂った教授を少しも動じないで見つめて催眠にかけるという方法だ――しゃべっている教授の唇とか、彼の頭の上の空気などをじっと見るとか……。今朝の経済学の授業を彼女はゆるぎない驚異の念を漂わせて拝聴していた。授業に自分のバッグを持ち込んでいて、そのバッグを膝に乗せて着席していた。時間が来ると、教授はご機嫌ようと言った。少女たちはばらばらと散らばった――何人かは誰かの個人ギャラリーに連れられて行った。残りは勉強する用意をした。何人かは細いペンを取り出して地図を描く。靴のかかとを椅子の横木に引っ掛けて、外出しないでいいのが嬉しそうだ。何人かは大テーブルから離れていて、ミス・ポーリーは課題のエッセイを点検、座っているのはゴシック風の椅子で、テーブルは彼女の私物だ。その日は暗かったので、白鳥の首のような読書用ランプが、ミス・ポーリーが読んでいるものの真上に下げてあった。彼女がさかんにページを繰り、少女たちは用心深くそわそわしていると、ときどき熱くなった暖房のパイプがガラガラとうがいをした――少女たちが静寂と呼んでいるかすかな音の薄紙が部屋をドームまで満たしていた。リリアンはときどき手を止めて鵞鳥の羽根の地図用のペンの先を調べたり、繊細な様子で考え込んだりした。ポーシャは横隔膜をテーブルのはじに押し付けて、バッグが胃に押し付けられるのを感じていた。みんな自分がしていることに必死だった――楽天的になり、ポーシャはいまなら安全だと感じた。

背を伸ばし、辺りを見回し、うつむいて、できるだけそっとバッグの留め金をはずした。そして青い手紙を取り出した。これをテーブルの下で膝の上に広げ、二度目に読み始めた。

ディア・ポーシャ、君が先日の夜にしたことは素敵だったので、僕は手紙を書いてそれがどんなに僕を元気付けたか伝えなくてはと感じています。かまわないかな――かまわないよね、君はきっとわかってくれますね。もう僕らは友だちになったと感じています。僕がお暇したときは、色々な理由で悲しかったけど、もう君はベッドに入ったと思ったことが理由の一つ、二度と会えないと思ったことがもう一つの理由でした。だから君に、僕の帽子を持ってくれていた君に、玄関ホールで会ったときの驚きは言葉にできません。僕にはわかっていましたよ、僕がとても沈んでいることを君はわかっていて、大好きな君、僕を元気付けたがっていたことを。とても言葉にできないな、君が突然あやって玄関ホールにいて、僕が出ていくときに帽子を手渡してくれたことの意味を。認めますよ、僕の態度がよくなかったことは、居間にいたときだけど、それに、君がいなくなったあと、僕はもっと振舞いが悪くなったけど、これは僕のせいじゃない。君にはわかるね、僕がどれほどアナを愛しているか、もちろん君も彼女を愛しているけど、彼女が僕に向かって「まあ、エディ」と言ったとき、僕は野性の動物になったような気がして、そのように振舞ったんだ。僕は人の僕に対するマナーにものすごく影響される人間なんだ――とくにアナのマナーにね、きっと。人が直接僕を攻撃するのは、それで正しいと思うし、僕は自分が嫌いだし、人のことも嫌いだから――僕が人を好きになればなるほど、こうなる。だから僕はあの晩（月曜の晩だったね？）帽子を取りに階下に降りたときの気分は真っ黒だった。君が玄関ホールに現れて、とても愛らしく帽子を手渡してくれたとき、すべてが静まったよ。君があそこにいたことだけでなく、おそらく君は僕を待っていてくれたのだという思い（僕の思い過ごしかな？）がして、天国にいるみたいな心地がした。あの時はそう言えなくて、君が嫌がるかもしれないと思ったものだから、でもいまは君にそう言わないではいられない。

それに、君が言うのを聞いたことがあって、君が何か言うときの自然な言い方で、手紙をもらうことはあまりないと、だから僕は君がこれを受け取りたいかなと思ったんだ。君と僕は二人とも、やや孤独な人間だから——君の場合は偶然からだけど、僕は、そうだな、僕の性質の悪さも一部あってね。僕はとても難しいが、君はいい子で愛らしい。僕は今夜とくに孤独で（いま僕はフラットにいるけど、このフラットはあまり好きじゃない）、というのもあることでさっきアナに電話をしようとしたんだが、彼女は何だか無愛想だったから、もうかけないでおきます。どうやら僕に飽きたか、僕があまりにも難しいとわかったんでしょう。ああ、ポーシャ、僕と君が友だちになれたらどんなにいいか。ときどき公園を散歩しませんか？　僕はここに座って考えている、どんなに素敵かな、もしも——

「ポ、ポ、ポーシャ！」ミス・ポーリーが言った。

ポーシャは殴られたように跳び上がった。

「マイ・ディア・チャイルド、そんな猫背で座ってはいけません。テーブルの下で勉強しないで。テーブルの上で勉強しなさい。何をそこに持ってるんです？　膝の上に物を置いてはいけません」

ポーシャが何もしないうちに、ミス・ポーリーは自分の小さなテーブルを前に押して、立ち上がり、さっと回ってポーシャのいるところに来た。少女たちがみんな目を丸くしている。

ミス・ポーリーが言った。「それはまさか手紙じゃないでしょうね？　ここは手紙を読む場所でもないし、その時間でもありません、ね？　あなたも気づいているはずです、ほかの生徒たちがそんなことをしないことは。それに、どこにいようと、手紙をテーブルの下で読む人はいませんよ。そう言われたことはないの？　ほかに何があるの、あなたの膝の上には？　バッグ？　どうしてバッグをクロークルームに置いて来ないんですか？　誰もここには持ち込みませんよ、ええ。さあ、手紙をまたバッグにしまって、両方ともクロークルームに置いていらっしゃい。バッグを室内まで持ってくるのはホテル暮らしの習慣でしょ、きっと」

ミス・ポーリーが何もわからずにしゃべったにしろ、少女のうちの一人か二人は（リリアンがその一人）ほほ笑んだ。ポーシャは立ち上がり、不安そうな顔をして、クロークルームへ行き、コートの下の棚にバッグを置いた——棚には、いまよく見ると、ほかの生徒たちのバッグが全部置かれて並んでいた。しかしエディの手紙は、一瞬必死で迷った末、ウールの十八世紀フランス風ニッカーボッカーの内側にうまく滑り込ませた。ゴムバンドの内側、膝の下に納まった。

ビリヤードルームに戻ると、ブラシがよくかかった少女たちの頭が、またしても本の上に真面目にうつむいていた。ミス・ポーリーが担当しているこの静かな授業は、現実には（多くの生徒が承知していたように）じっとしていること、自分が人に見られていると感じながら、髪の毛一本乱さないお行儀を身につけるレッスンだった。ポーシャなら一瞬想像できただろう、ミス・ポーリーの目が少女がしていることから離れたことを。ゴシック風の椅子で少し身体を持ち上げた僧正のような姿で、ミス・ポーリーは自分自身のこわばった静けさで、若い身体、その神経の苛立ち、とりあえずその存在に閉じ込められているという快感、隣室の若い身体への警戒心を鎮火させていた。リリアンですら、自分のお下げを指でいじったり、自分の腕の内側の肉感的な白さを見つめたりしながら座っており、そうした時間にミス・ポーリーは、リリアンなど存在しないかのような様子だった。ポーシャは、その青白い肌の下はまだ火が燃えていたが、建築の理論の本を引き寄せて、パラディオ様式のファサードの図版を見た。

だが、ポーシャの何が何だかはっきりしない感覚は、その間、ビリヤードルームに浸透していた。何かがドレスのへりをくんくんと嗅いでいるように感じた。ミス・ポーリーが言ったことでもっとも致命的だったのは、彼女がそれを言うマナーだった――ミス・ポーリーは感じたことの半分も言っていないような、あたかもポーシャに成り代わって、もっといい子にしている少女たちの面前で悔しがっているみたいだった。このテーブルの下で手紙を読んだ人間は一人もいない。そんなことがなされたと聞いた人間もいない。ミス・ポーリーは、どの階級の少女を受け入れるかについて、格別やかましかった。罪の数々は社会のどの階級をも大胆に切り刻んでいるが、ちょっとした不品行はある種のレベルにある生活を示している。だからいま、たんなる勤勉とか注意だけが、少女たちのなめらかな頭をうつむかせて、ここにいるアイリーンの娘のほうを二度と振り向かせないでいるのではない。アイリーンその人――心から直接出たこと十個のうち九個まで間違いであること、そして何一つもっとよくできないことを知っていた――は、この部屋の敷居をまたぐことすらしなかっただろう。一瞬、ポーシャは母と一緒に戸口に立っているような感じがして、ここにあるものすべてを細くした目を横目にしてはっきりと見た。金箔の浮き彫りの壁紙、ドーム、僧正の椅子、少女たちの滑らかな頭はここに固定されていて、ここが彼女たちの安全な居場所なのだ——一方、ポーシャとアイリーンは、日陰の身、季節はずれの、どこでもない列車の駅か岩場にあやうく滑り込んだり、湖畔観光船の濡れた三等甲板に並んだり、スズキの骨《ル・ド・メール》を喉につまらせたり、先客の臭いのする羽根布団にもぐってくすくす笑ったりした。世間知らずなままに、彼女たちは腕を組んで都会の遊歩道を歩き、夜はベッドを近づけたり、あるいは同じベッドの中で寝た——できることなら、身二つになって生まれたことを克服しようと。社交界に顔を向けることはめったになかった——一度出てみて、アイリーンは間違ったことをして、そして泣いた。何と愛らしいアイリーン、間違った行為で愛らしく目を上げるアイリーン、そして、泣くのをやめると、鼻をかんでから、お茶を一杯所望する……。ポーシャは、少しだけホッとして、椅子の上で身動きした。すぐにエディの手紙が膝の下で音を立てた。この成り行きをエディは何と思うかしら?

ミス・ポーリーは、アナに好感を持っていたので、ポーシャのことが気の毒でならず、アナに同情していた。ポーシャがここで怪しげなリリアンのほかに友人が一人もできないのを残念に思ったものの、その理由ははっきりしていて、どうすることもできなかった。ミセス・クウェインが途中で義務を怠り、ポーシャをクラスから連れ帰る人間を寄越したのが最初の数週間だけだったことが悔やまれた。ポーシャとリリアンが帰宅の途中で町をうろついているだろうという強い懸念があった。ミス・ポーリーは、旧弊であってはならないことは知っていたが、少女たちが自宅に連れ帰られるほうがずっといいのだという感覚があった。

ミス・ポーリーの家に残って昼食をとる少女たちは、別館の地下にある朝の間《モーニングルーム》で昼食をとった。いつも電気の照明が点いていた。屋敷の本来のダイニングルームは控えの間になっていて、棺《ひつぎ》を乗せる台のようなサイドボードが置いてあった。ドクタ・ポーリーがどこで昼食をとるのかは、誰も訊かなかったし知らなかった。

少女たちの昼食は十分な量があり、簡単で、高級料理にはほど遠かった――リリアンは、召使の不足からここで昼食をとる段取りになっていて、いつもフォークで突っつき散らかすのだった。ミス・ポーリーは、テーブルの上座に座り、少女たちに芸術の話をするよう激励していた。この水曜日、手紙をクラスに持ってきたこの水曜日、ポーシャはミス・ポーリーからできるだけ離れて座り、そこへリリアンがいつにない熱心さでポーシャのとなりの座席に割り込んで来た。

「あなたったら、ひどいわね」リリアンが言った。「私どこを見たらいいかわからなかった。どうして手紙を持ってるって教えてくれなかったの？　あなたが何だか神秘的な顔をしていると思ってたのよ。どうして朝食のときに読まなかったの？　それとも、その手紙って、何度も何度も読む手紙なの？　訊いたら悪いけど、誰からきたの？」

「アナの友人から。私が彼の帽子を取ってあげたもんで」

「彼は帽子をなくしたの？」

「いいえ。彼が下に降りてくる音がしたとき、彼の帽子がそこにあったので、私が取って手渡してあげたの」

「わざわざ手紙を書くほどのことじゃないけど。いい人じゃないのか、それとも礼儀正しい人なの？　いったいあなたは玄関ホールで何をしてたの？」

「トマスの書斎にいたのよ」

「あら、そういうことね。ドアが開いていても、同じことになるわけか。彼の様子を立ち聞きしてたということ？」

「私はただ下にいただけ。わかるでしょ、アナは応接間にいたの」

「あなたには驚くわ。彼は何をしてるの？」

「彼はトマスのオフィスに来てるけど」

「男の人について、あなたはそれで十分だと感じる？　私はどうだか自信がないわ」

「彼はセント・クウェンティンとは違う人なの。ブラット少佐も、彼とはまったく違うけど」

「まあ、あなたももう少し用心したほうがいいと思うわ、ほんとよ。とにかく、あなたと私はたったの十六歳なんだから。あなた、この恐ろしいマトンと一緒に紅《レッド・カラント》スグリのゼリーが欲しいの？　私は欲しいの。あのブーちゃんから早くそれをどかして」

ポーシャはレッド・カラントの皿をルチア・エイムズ――まもなく社交界にデビュー《デビュタンド》する生徒だった――から動かした。「気分がよくなったならいいけど、リリアン？」彼女は言った。

「まあ、そうなんだけど、物欲が無性に出てきちゃって」

午後のクラスが終わると――今日は四時だった、リリアンはポーシャを自宅のお茶に招いた。「どうしようかな」とポーシャ。「だって、アナが出かけてるから」

「あら、うちの母親も出かけてるのよ、すごく好都合じゃないの」

「マチェットが言ってたの、一緒にお茶をって」

「あらまあ」とリリアン。「でも、そんなのいつでもできるじゃない？　私の家を全部私たちで独り占めできるなんてあまりないのよ。浴室に蓄音機を持って来て、その間に私、髪の毛を洗うから。ストラヴィンスキーのレコードを三枚持ってるんだ。そしてあなたは私に手紙を見せてくれるの」

ポーシャはごくりと唾を飲み込んで、空間の一点を夢中で見つめた。「ダメよ、それはできないわ、だって破いちゃったから」

「いいえ、そんなことできっこないくせに」リリアンがきっぱり言った。「私の目に触れたはずだもの。ただしお手洗いにいったときに破いたなら別だけど、お手洗いにはそれほど長くいなかったし。あなたは私の感情を傷つけたのよ。私はお節介はしないわよ。でも、ミス・ポーリーが何と言おうと、バッグを置きっぱなしにしないことね」

「私のバッグには入ってないから」ポーシャは無用心に言った。

そしてポーシャはリリアンと帰宅してお茶をし、良心の呵責はあったが、とても楽しかった。応接間の暖炉の前の敷物の上でクランペットを食べた。頰が焼けるように熱かったが、ドアの下から隙間風が入っていた。リリアンは石炭を火に積み上げてから、持ち出したのは、リボンをほどいた三通の手紙で、チェロの女性教師がホリデーの間に書いてきたものだった。リリアンはポーシャに話して聞かせた、ある日学校で頭痛がしたとき、このミス・ヒーバーが磁石みたいな指でリリアンのこめかみとうなじをさすってくれた。「いまでも頭痛がすると、彼女のことを思い出すわ」

「もし今日も頭痛がしたら、やっぱり髪の毛を洗わなくてはならないの？」

「そんな必要はないけど、明日のために素敵にしたいから」

「明日ね。それからどうするの？」

「内緒よ、ポーシャ、何が起きるかわからないから」


リリアンにはいわゆるミステリアスな明日があった。昨日は彼女にため息をつかせただけで、すでにものの数ではなかった。感情的な社交界のジュニア部門に属していて、当然いつも危機がある。人生に対する先入観は、明らかにリリアンに限ったことではなかった。ポーシャはどこへ行ってもそれが通るのがわかった。ポーシャはロンドンに来て以来、人生をある種絶望して眺めてきた――動機があっていつもせわしく、いつも前進している。橋の上にたたずんでいる人々ですら、目的があってたたずんでいるようだった。鳥だって目的もなく飛んでいるようには見えなかった。活動の泉は、彼女の目だけに触れないようだった。人々が自分のしていることを知っているのは疑いもない――いたるところで認識している視線に出会う。彼女以外のどの人の頭の中にも出来上がった計画がないとは信じられなかった。したがって、ポーシャは、あらゆる表情、あらゆる行動、あらゆる目的が自分にとって政治的な重大さがあることを調べなければと焦っていた。意味合いで重さが減るものはない。家庭生活（新しい家庭生活）にはこの謎解き《パズル》が無数について回ったので、嘘偽りを用心して見ていた。彼女はつつましく考えるのだった、人々はどんな理由で意味もないことを言うのか、そして意味のあることは言わないのか？　気の利いたコメントの裏にある憤懣《ふんまん》を感じると、彼女は手がかりをつかんだとはっきり感じた。

戸外では、人生の形はあまり入り組んでいなくて、とても単純化されていた。通りにいるのが嬉しくて――見知らぬ人の無防備なほほ笑み、独りで歩いている人は公認された渋面を作り、恋人たちの表情はまるで難問が解決したかのようで、老人または世捨て人の哀しみを抱えたような空気は孤独ではなく、私のことを知らなくても、私がまだ彼らを知らなくても、少なくともこの人たちは互いに知り合いなのだと感じられた。今朝からこっち彼女がエディに感じた親近感は（その親近感は夢の中でよく感じるもの）、とにかく、バスの向こうの見知らぬ人が彼女にほほ笑んだときに感じた人生に対する親近感だった。人々はとても幸せな反面、個々の人間は亡者たちにほかならないと思われた。だから彼女は、個人が身辺に振りまいている上《うわ》っ面《つら》だけのミステリーから身をすくめた。アナの微笑から、リリアンの明日から、閉じ込められた部屋、内向する心からも。

ポーシャは閉じた台座の上の蓄音機のレコードをひっくり返してハンドルをまた回すと、ストラヴィンスキーが浴室を満たす中、リリアンは髪の毛を洗った。リリアンはバスタオルで身体を巻き、ポーシャは蓄音機を暖炉のほうへまた移した。リリアンの滝のようにかぶさった髪の毛が顔の正面でさっと掻き上げられると、暖炉の熱で香りが流れ、すっかり乾く前に、時計が七時を打った。もう帰らないと、とポーシャが言った。

「あら、うちはいいのよ。マチェットに電話したんでしょ？」

「そうしたらいいとあなたは言ったけど、なぜかできなくて」

ポーシャがウィンザーテラスに滑り込むと、アナの声が書斎で聞こえ、トマスに何か説明していた。

彼女の足音に耳を澄ませて話が途切れ、それからまた声が続いた。ポーシャは白い石の床を忍び足で通り、寒さを追いやり、地下室の階段に向かった。「マチェット?」彼女は張り詰めた低い声で下に呼びかけた。階段の下のドアが開いた。マチェットがパントリーの横の小部屋から出てきて、ポーシャを見上げて立ち、目を手で覆っている。彼女が言った。「ああ、あなたでしたか!」

「そんなに不思議がらないで」

「お茶を用意してましたのに」

「リリアンが一緒に帰ろうって」

「そう、あなたにはいいことでした」マチェットは教訓的な言い方をした。「あちらでお茶をなさったのは久しぶりでしたね」

「でもみじめな時間も少しあったの。あなたとお茶をしたほうがよかった」

「『みじめ』!」マチェットは一番きつい抑揚をつけて繰り返した。「あのリリアンは、あなたと同じ年頃でしょう。あなたはだけど、電話を入れてくれるべきでした。あの髪の毛をした子でしょう?」

「ええ。その髪の毛を洗ってたわ」

「ちゃんとした髪の毛を見たいものですよ、近頃ときたら」

「でも私は、あなたと乾杯したかった」

「そう、あなたは何でもおできになる、でしょ?」

「みんな食事に出るの?　夕食をとる間、私と話ができる、マチェット?」

「様子を見てみましょ」

ポーシャは振り向いて二階へ上がった。しばらくしてから、アナの風呂の音がして、入浴剤の香りが階段を上がってきた。ポーシャがドアを閉めたあと、トマスがしぶしぶ歩く足音が聞こえ、踊り場をすぎ、自分の化粧室へ入っていった。白いネクタイを着けなくてはならなかった。

五

クウェイン&メレッツ社におけるエディのいまの立場は、アナと頻繁に会う可能性を減らしていた。彼女はこれをはっきりと見定めていた——トマスが、多少なりともアナの提案を受けて、エディを雇うについてメレットの同意を得たとき、彼女はエディに、将来は互いにあまり会えなくなるわね、とできるだけ明るく伝えた。一つには——結局はそうなるでしょ？——エディは多忙な身になるのだから。会社は働いてもらいたいのよ。しかし、彼はこれでも引っ込まなかった。トマスに感謝（最初は）したが、アナには感謝しなかった。疑いなく彼女は親切だし、疑いなく彼には仕事が必要だった——何が何でも仕事が必要だった。彼はもうほとんど文無しだった——しかし今回のように彼をクウェイン&メレッツ社に拾うことで、アナは会社を土牢《ウブリエット》に使ったのではないのか？　猜疑心がつのり、彼は彼女に次々と花束を送りつけ、手紙を出して仕事に就いた最初の二、三週間を過ごし、一連の短い手紙は罪のないものらしかったが、同時に、彼が当然感じていることのパロディだった。彼は書いてきた、この新しい仕事が彼を新しい男にした、自分がどれほど落ち込んでいたか誰も知らない、いま彼が何を感じているか誰も知らない、などなど。

数年の間、多くの人間がエディが何を感じているか知っていた。アナが彼（オクスフォードでアナの従弟の友達だった）と出会う以前に、アナは彼の宇宙規模の暗いムードについて聞かされていて、それが人に知られた彼のおもて看板だった。アナの従弟はそこまで行った人間をほかに知らなかったし、そこまで行った人がほかにいるとも信じていなかった。彼女の従弟のデニスとエディはその頃あるサークルに入っていて、ユニークであることがそこでは重要だった。誰もがエディと関わってドキッとする快感を味わっていたようだ。彼は小さな派手なクラッカーみたいで、紐を強く引くと、大きな音を立てて破裂した。名もない家族の希望の星で、オクスフォードにやってきたときは、すでにのぼせ上がっていた。そこで彼は乗せられ、かつがれ、もてあそばれ、降ろされ、信用をなくし、その挙句、馬鹿げた行為一つで放校処分になった。外観は魅力的で、プロレタリア風で、動物的な、回転の速い優雅さがあった。彼のマナーは、一年で急いで仕上げようとした結果、大胆で派手で馴れ馴れしくなっていた。彼はまぎれもないあくどい野心家《アリーヴィスト》になった——同時に、ただ一つエディについてまだ誰も知らないことは、本人が身売りしたことについてどう感じているかであった。ロシア風の率直さであからさまにご機嫌取りをしていたが、後になって振り返ってみると、それは当時こちらが読んでいた以上に注意して編集されていたことがわかった。アナの従弟の友達はみな、エディは猿のように抜け目がないと知り、彼が憤慨し、彼らを（ときどき）全員まとめて敵に回すことを、エディの大いに驚くべき分身とみなした——同時に、彼の怒りの残りかすに、何か抽象的な消えないものがあって、一度か二度にしろ、尊敬の念を抱かせるものがあることを知っていた。

　オクスフォードを出たとき、彼にはいい奴らはたくさんいたが、責任感のある友達はほとんどいなかった。家族からは縁遠くなり、名もない身分で名もない地方に住んでいた彼の家族は、とにもかくにも、彼のために何かできる立場にはなかった。彼はロンドンに出て、ある新聞社で仕事についた。空いた時間に書いた風刺小説の中で屈辱感を晴らしたが、出版されても彼の役には立たなかった。読者はそう多くなく、その本には何一つ意味がないと見る一派と、意味を知って猛烈に腹を立てた一派に分かれ、その一派はそれをエディから取り上げようと決心した。彼は人の機嫌を損ねないことを安全策としていたので、現実には誰も困らせることはできなかった。これが初めてだったわけではないが、ここで彼が明かしたのは、いったん危機に瀕したら地下を流れる情熱のほうが主義主張より強いのだという本質もあるということだった。小説が出たあとの数週間、エディは新聞社における地位を干されていることがわかった。編集長が、見るからに陰気な男だったが、エディが本の中に取り上げた誰かの親戚だった。エディの失望と激怒は際限がなかった。彼は姿を消し、兵役に志願するようなことを言った。みんながやっと気づいてみれば、安堵半分落胆半分ではあったが、彼は兵役についておらず、また姿を現したときは、ばかに陽気で憤懣の色は払拭され、ベイズウォーターのモンクスフッド家という夫婦者のところに期限なしで居候していた。

彼がモンクスフッド家とどこで出会ったのかは誰も知らない。噂では、彼らはウェールズの山、カダーイドリスで一緒だったらしい。二人は大変気持ちのいい中年のカップルで、真面目で、子供はなし、理想に燃えていて、若さの信奉者だった。暮らし向きはよく、エディを自分たちの息子にしそうな様子だった――ミセス・モンクスフッドについては、おそらく、それ以上の何かの気配があったのだろう。モンクスフッド家に滞在していた間、エディは多少の調査をしてこのパトロンを助け、有意義なパーティに顔を出し、ちょっとした記事冊子をいくつか書き、ロフトに印刷機を持っている女性がそれらを印刷した。アーツ＆クラフツ運動が「疾風怒濤主義運動《シュトルム・ウント・ドランク》」を引き継いでいた。ちょうどこの頃、彼がさほどのお荷物ではなくなったように見えた頃に、エディはデニスに伴われて初めてアナの家を訪ねた。彼はここでも子猫のような信じきった様子で自分の居場所を見つけた。すべてがとてもうまく行っていると見えた頃、ある友人がガール・フレンドをエディに奪われた――というか、エディが拾ってまた捨てたのだが――その男が、モンクスフッド夫妻の耳に吹き込み、関係が悪化し始めた。エディは――何も気づかなかったが、崩壊をにおわせる脅威を空気の中に感じていた――己が悲運に向かって突進した。彼はその女をモンクスフッド家のフラットの自室に連れてきた。フラットはこれには狭すぎたし、モンクスフッド夫妻はすでに落ち着かず、聞きたくないことまで聞いた。エディを排除するすべはないと見て、彼らはフラットを手放して、海外に行って暮らした。これがエディに深い傷を残した――モンクスフッド夫妻にはよくつくした。親子のように心を配り、陽気に振舞ったではないか。彼は夫妻のひどい仕打ちが理解できず、彼のパトロンは倒錯した願いを持っていて、彼はそれを無意識のうちにずっと軽視していたのだと見るようになった。というわけでいまや、彼が信頼できる人間は一人もいないような状況だった。

アナは、およそ関心のある人間には、モンクスフッド夫妻がエディに無礼を働いたのだと明言した。彼女は彼らがエディを養子にする申し入れをしたという印象を同じく抱いていた。いままでエディはウィンザーテラスの人気者で、どう間違っても神経に障ることはなかった。デニスが彼女に、嬉しくなくもなさそうに、この悪い知らせを打ち明けた朝、アナはエディに発作的に伝言を送った。エディはふらりとやって来て応接間に立った。アナは彼が運命の玩具であるらしいと知る日が来ることは覚悟していた。実際の彼のマナーは、沈みがちというよりはどこか抽象的だった――それは同時に度し難いだんまり作戦という気配がした。次はどこで食事をするか、今夜どこで寝るかなど、彼は知りもしないし気にもしていない、とアナは見て取った。その若々しい見とれるばかりの顔――広い額、青銅色の濃い髪の毛、エネルギッシュな眉毛、それからやや動きすぎる口元――は、驚くほど無邪気に見えた。アナと話している間、彼は座らないで離れたところに立っていて、災難が自分を隔離したと感じているみたいだった。出ていくつもりだと彼は言った。

「出ていくって、どこへ？」

「ああ、どこかへ」とエディは言い、視線を落とした。そして、当たり前のような口調で、言い足した。「僕に何かがさからっていると思うんだ、アナ」

「バカねえ」彼女はいとしげに言った。「あなたのご家族はどうなの？　ちょっとでいいから実家に戻ったら？」

「いや、それはできない。だって、ほら、みんな僕を誇りにしているから」

「そうね」彼女は言った（そして単純な家族だと思った）。「そうだったわね、あなたのことがすごく誇りなんだから」

エディは、きもち軽蔑の目でアナを見た。

アナが続けた――やや大げさなジェスチャーをつけて。「でも、つまり、そうよ、あなただって生きていかないと。何か仕事を得たいと思わないの？」

「それも一案だなあ」エディは言って、びくっとした――それが何の皮肉なのかアナには通じなかった。「でも、ちょっと」彼は続けた。「君が心配するのが僕はすごく嫌なんだ。まったく、ここに来るべきじゃなかったな」

「でも私が来てと言ったから」

「うん、そうさ。君はすごく優しい人だ」

「私はすべてが心配なのよ。モンクスフッド家の人はモンスターだと感じるわ。でも、うまく行かなかったでしょうね、結局は。つまり、あなたの立場ははるかに自由になったのよ、いまは。自分で歩けるんだから――とにかく、あなたはとても利口なんだし」

「みんながそう言うよ」エディはそう言い、アナを見てにやっと笑った。

「さて、私たち、よく考えないと。現実的にならなくちゃね」

「君の言うとおりだ」エディは言って、鏡を見つめた。

「ねえ、聞いて。頭を冷やして、もっと人に好かれないとダメよ。土壇場で逃げ出して、例の気分にどっぷりと浸るのはよして――もう時間がないのよ。私、色々と全部聞いてるんだから」

「例の気分って？」エディは眉を吊り上げて訊いた。びっくりしたというよりも、本当に驚いていた。自分でその事実を知らないのだろうか？　もしかしたらあれは本当は発作だったのか？

そのあとは一日中、アナは本当に心配だった。心の中からエディを追い出せなかった。すると六時頃にデニスが電話をかけてきて、エディが彼の、デニスのフラットに引っ越したと伝え、しかも彼は上機嫌だった。エディは記事をいくつか連載で引き受けたところでね、自分の責任でできる仕事なんだ。これを武器に彼は僕から二ポンド借りて、タクシーに乗って地下鉄のピカデリー駅の手荷物預かり所に行ったよ、私物を請け出すんだ。それに酒を数本持って帰るからと約束してね。

アナは、かなり気分を害して言った。「でもあのフラットに二人はいる余地はないでしょ」

「ああ、それは大丈夫なんだ、だって僕がトルコへ行くから」

「あら、あら、何のためにわざわざトルコまでに行くの?」アナはぷりぷりして言った。

「いや、理由は色々あって。エディは僕が向こうにいる間、ここにいたらいい。彼は大丈夫だと思う。あの女との腐れ縁は切れたらしい」

「どの女?」

「なに、あの女さ、ほら、モンクスフッドの家で同居していた女だよ。彼は少しも好きじゃなかったんだ。ケチで下品な売春婦さ」

「私、思うんだけど、あなたたちカレッジ・ボーイはみんな卑しくて下品だわ」

「なに、アナ、ダーリン、わかるね、あのエディは一人ぼっちじゃない。エディはすごくいい奴さ、だろう?」デニスが言った。「彼は僕が発火寸前と呼んでいるとおりの奴だよ」

二日後、アナはその間に不安がおさまっていたが、デニスは本当にトルコへ発ち、エディはフラットで寂しいと言ってきた。アナは、誰かが彼の責任を負うべきだと感じて、ウィンザーテラスへの彼の出入りをいくぶん自由にした。ぜひとも彼を災難から遠ざけておきたかった。最初、こうした訪問は功を奏した。アナはロマンチックな女になりたいと思ったことは一度もなかったが、いまやエディが彼女の最初の吟遊詩人になった。彼は本気になり、それも早々に喜んで、本気になったように見せて、生きることに関するアナの幻想に付き合った。彼はもっとやった。彼の詩的な称賛によって、彼は彼女の周囲にささやかな芸術世界を創り上げた。その虚飾のほどを彼女はとっくに意識しており、その真面目さに自分を強引に合わせ、彼に話したこともない秘密さえもが、二人で見る水晶玉の中にあった——ただあったのではなく、美化されていた。アナの身に彼が及ぼしたのが、後にポーシャの日記がもたらすことになる影響の裏返しだった。彼はアナを驚異の目で見ているように見えた——おそらくそうだった。真っ黒な思考に陥っても、彼女のためだけにまた浮上してきて、甘い微笑をちらりと浮かべた。彼女には精一杯、内気な優美さを示した。彼女に見せる気が進まないような甘い優しさのせいで、彼女は人々が、他の人々が噂するのを聞くのが好きになっていた、エディのことを冷淡とか頑固とか言って……。この崇高な媚《こ》びへつらいの段階は、媚びへつらいが皮肉な微笑によってデリケートさをたもち約六週間続いた。そこでエディは陽動作戦に出た——アナにキスしようとしたのだ。

　彼はキスしようとしただけでなく、それが彼女の本当にして欲しいことだと思い込むヘマをやった。彼女がひどく怒ると（彼がそういう印象を与えたので）、エディは、またもや裏切られたと感じ、誤解して毒づき、いま確保している立場を一瞬にして失った。確保していた立場を失って、彼は度を失った。アナを愛してはいなかったが、彼女がきっと好きだと彼が思う方法で彼女の親切に報いたいと誠実に努力した。彼の経験では、みんなそうだった。もしも、彼が近年実は冷たくあしらわれている自分に気づいていたら、それはひとえに人々がそう望んだからだった。彼らの彼に対する興味はばらばらで、てんでに食い違ってはいたが、最後にはその一点に絞られるように見えた。彼がアナにキスする、またはキスする気持ちになったのは、彼には表面下にある実用的な人生観があって、無に帰する関係に対応する時間も、あくまでも上品な演技をする時間もなかったことだ。アナがこのことで大騒ぎをすると、彼は馬鹿な女だと思った。彼はピジョンのことを知らなかったし、彼女が死ぬ思いでそこから這い上がったことも知らなかった——もしも、実際に、彼女がほんとに這い上がったと仮定しても。彼は疑った、今回彼女が騒いだのは、もっと別の内緒の理由が彼女のほうにあったのだと。

彼らは二人とも途方に暮れて、悔やんだが、どちらにも自分の損失を処理する準備がなかったのは不幸だった。いままで彼らの連合関係は、快楽を待望することを土台にして築かれてきた。いまから後は互いに困らせることになり、互いに迷惑をかけなくては済まなくなる。エディは人がいるときは餓えたような視線を投げ、二人きりのときは恐る恐る触れてくるようになった。アナは、彼女自身がエディに全く無関心だったら、このすべてをさほど迷惑に思わなかっただろう。しかしこの背後に情熱のかけらもないことを知っていたので、彼女はその無言芝居に腹が立った。彼の演技に対抗して、彼女は侮蔑的な皮肉をさかんに飛ばした。彼女が一つ考えたのは、彼を元の居場所に戻すことだった——どことはっきり決められない場所ではあったが。そうしようとすればするほど、エディの振舞いはますます悪くなった。

エディを嫌だと思うときが増えたのは、彼の内側にある空虚にアナが気付いたからだった。エディの方は、彼女が見せかけのかたまりであることがわかり、力に対して彼女が示す感情が我慢できないほど嫌いだった。このすべてを通して、彼らはまたもや互いのなかに真の感情への手ざわりを見出したのだ。アナは自分たち二人はなにをしているのかと自問していたが、エディがそんなことをしないのは明白だった。彼女に天才を傷つけることができるのか？　一度、後悔の念に駆られたアナは、デニスのフラットに電話して、エディが泣いているのを聞いた。度を超えた憐みを感じた彼女は、なぜとなく縁切り状を突きつけた。真っ直ぐ階下に降りて、トマスに不満をぶつけた、エディには疲れ果ててしまい、これ以上我慢できないと。

　これはトマスが来ると予期していた瞬間で、彼はそれを哲学的に受け止めた。彼はまた別の衰退と崩壊を見た経験があったのだ。その頃彼はエディが嫌いではなく、彼を喜ばせようとするエディの努力の見え透いたところが彼を喜ばせていた。彼が楽しみも半分あって見守ってきたのは、エディがセント・クウェンティンや他の人々を、その友人たちのことで悩ませていることだった。彼はまた、エディの小説が大いに気に入っていて、アナがそれに寄せている以上の同情をもって読んでいた。エディはまだ自由に人生論を語ることができ、彼、つまりトムは、深くかかわりすぎて語れないのだった。だからトマスはその小説を、宥《なだ》めるような微笑とともに、ある種の共犯関係を感じながら、読んだ。そしてその本をメレットに貸したところ、彼はその度し難いきらびやかさが気に入って、エディを将来使えそうな者と見て分類整理した。これはタイミングのいいことだった。というのはアナがトマスに、エディにいま必要なのはまともな定期的な仕事であり、それも彼のウィットを無駄にしないです　む仕事だと宣言したからだった――だってクウェイン&メレッツ社でエディを使えないわけがないでしょ？　この瞬間がまさにピッタリと合致して、エディは面接に呼び出された。

　クウェインとメレットがエディに三か月の試験期間を与える用意があると聞いた日、アナはエディに電話して、こちらに来るように言った。この先彼らの関係は理想的になるものと見えた。アナはエディのパトロネスとなった。

その朝、エディはまともなネクタイをして、もう一つある世界に所属しているように見えた。彼のマナーは礼儀正しく、極端によそよそしかった。エディはクウェイン&メレッツ社では一方ならぬご親切をたまわり、面白い広告文を書くのがいかに楽しみであるか疑問の余地はございませんと言った。

「感謝の言葉もありません」と彼。

「感謝の言葉ですって？　助けがいるのはこちら」

エディは同じ敬虔な表情で彼女の微笑に応えた。

彼女が続けた。「あなたのことは心配でした。同情心が足りないような言い方みたいね。あなたにはもっと規則的な生活が必要だと感じていたの。私はあなたにとって有害だとトマスは思っているけど」この補足はやや賢明でなかった。

「それはないと思うよ、ダーリン」エディは軽く言った。そしてこのマナーを打ち切った。「大変よくしていただいて」と彼。「気難しいと思われてなければいいのですが？　僕は心配になると、あらゆることが神経にかぶさるらしいんです。そして追いかけていた仕事がすべて僕を打ちのめす。実際のところ、なにかが僕に逆らっていると本気で思うほどでした――バカバカしいでしょ、むろん」

「でもあなたは、仕事を本気で探し
ていたの？」

「ここずっと僕が何をしていたと思ったんですか？　あなたに話さなかったのは、一つには僕がうんざりしていたからだし、それに君がなさけないと思うと思って。友達はみんな当時の僕を見限っているようだったし、だから僕は出向いて行って頼みごとをするに気になれなくて。それにもちろん僕は金をうんと借りてるし——ほかはともかく、僕はデニスの召使にも三十五シリング借りているんです」

「デニスは、金持ちの召使とあなたを一緒に残して出てはいけなかったのよ」アナは怒って言った。「彼は考えない人なのよ。でもあなた、少しはお金あるんでしょ？」

「いや、使うまではあったんだけど」

「なにを食べているの？」

「ああ、あれやこれやと。そうだ、あなたの素敵なランチやディナーにはたいへん感謝しています。僕は食事のときに、はしゃいでいなかったでしょうね？　でも不安だと消化が悪くなる。僕はセント・クウェンティンとかデニスとかあなたのお客のその他の方々とは違うから——距離の置き方が足りないのか心配だけど、ダーリン、なにもしないでいると屈辱的な気分になるので」

「私たちがあなたを助けることくらいわかっていてもよかったのに。まったくバカなんだから！」

「ああ、もしかしたら助けてくれるだろうと思いました」とエディは率直だった。「だけど、ある意味僕は頼むのが嫌で、君たちがその気でいるうちに、よけい難しくなって。でも、ほら見てください、このラッキーな僕を！」

アナは気を取り直した。「ホッとしたわ」彼女が言った。「問題は単純にお金だったことがわかって。心配したわ、そうよ、実際にあなたと私のことだったんだから」

「不運にも」とエディ。「もっともっと大変でした」

「私ならたいしたことはなかったと言うわ。人との関係が正しいか間違っているかは大事なことよ」

「そうでしょうね、もし君が金を持っていたら。でもね、アナ、君には美しい考えがたくさんある。君を知ったことで僕はたいへん得をしているんだ。しかし僕は興味深い人間ではないよ、ダーリン。僕は胃袋にすぎない」

「あら、私はうれしいわ、すべてが順調で」アナはそう言って、そこはかとない微笑を浮かべた。そしてソファから立ち上がると、マントルピースに行ってそこにもたれ、垂れ飾りをチリンと鳴らした。彼女は静止していることができ、ほかの人たちがそわそわするのが大嫌いだったので、自らそわそわするのは、激情行動とほとんど同じだった――そしてエディは、これに気づいていたので、驚きの目で周囲を見た。「とはいえ」と彼女。「お金を別にすれば――それがとてもとても大事なことはわかるけど――どうしてあなたはそれほどなにもできなかったの？」

「なに、ダーリン、一つには僕は君を幸せにしたいし、あとは、もし僕らがずっと一緒にいてなにも起きなかったら、君は退屈してしまうと思ったんだ。だってほら、僕に退屈する人がときどきいるもの。それで、僕の周りがすべて悪夢であるうちに君に何かあったらいいと思って、それほど努力しないでよくて僕が正気をなくすのをとめるなにかが」アナは垂れ飾りをもっと激しく鳴らした。「悪夢を見るのはもうよしなさい」

「ああ、分かった、ダーリン。クウェイン&メレッツ社は素敵な夢になるというわけか」彼女が言った。

アナは眉をひそめた。エディは向きを変え、窓べに立って外の公園を見た。肩をいからせ、両手をポケットに突っ込み、第一歩を踏み出そうとしている若造のポーズを決めていた。彼女の部屋のアクアマリン色のカーテンが、房の付いたコードで頭上高く吊り上げられ、荘重なひだを彼の両側に床まで垂らし、それが舞台装置の枠みたいな効果を上げて彼の後姿を収めていた。彼は最も奥に隠された、最も陽気な世界を見ていた。時は一年前の春のことだった。彼女の窓の反対側の栗の木々は芽吹いたばかり。枝を通して湖が輝き、たくさんの白鳥、それに暗いピンク色の帆船が一艘走っていた。景色は全体に春光の艶出しニスがかかっていた。エディは片方の手をポケットから出して、自分の横にある雲紋模様《モワレ》のカーテンの重々しいひだを指でつまんだ。このなかば無意識な動作には敵意があった。アナは彼の親指と人差し指の間でモワレが軋んだ音が聞こえた。

アナは、エディが心のなかでこのシーンを似て非なるものにしていることを、一瞬たりとも疑わなかった。そう、そして彼は、自分は購入された物品で、背中いっぱいにペンキで「クウェイン&メレッツ社」と描かれているのを感じていることを彼女に示した。彼女は明るい小声で言った。「あなたがこれを気に入ったのが嬉しいわ」

「週給五ポンドで、ただいい子でお利口でいればいいんだ！　気に入らないはずがないよ！」

「彼らはもう少しやってほしいんじゃないかしら。あなた本気で働くでしょ、ね？」

「君の名誉のために？」

すると、彼女が返事をしないので、間があいた。彼はさっと振り向いて、有無を言わさぬ、およそ無意味な微笑を彼女に投げた。「ほら、こっちに来て湖を眺めようよ！　君とこうして朝の湖を見るなんて、二度とないと思うんだ。きっとすごく忙しくなるからね」これがいかに非現実的なことかを示そうと、アナは機嫌よく近づいて彼に合流した。彼らは窓辺に並んで立ち、彼女は腕を組んだ。しかしエディは、そばにいるのが誰であろうと一切かまわぬ愛しげな呑気さで、彼女の肘に手を添えた。

「君にはとってもお世話になった！」

「どういう意味だか、さっぱりわからない」

エディの瞳が疑っている彼女の顔をうかがう――光線がその瞳の明るい浅瀬に集まっているようだ。その二つの虹彩は空白状態を二つのピンポイントで示していた。「素晴らしいなあ」と彼が言った。

「会社がポケットに入っているなんて」

「あなたは最初にいつ見当をつけたの、私があなたのことで話を付けてくれるだろうと？」

「もちろん心に浮かんだのさ。でも広告業と聞いて、すごく嫌になって、本当のことを言うと、アナ、僕はひどい見栄張りだから、もっとましなことを手に入れたいと思い続けていたんだ。怒ってないよね、ダーリン？　あるべき振舞いで、いまさら人を判断しちゃいけないよ」

「あなたの友達から聞いたけど、あなたって、猫みたいに、落ちても四つ足で立てるんだってね」

このコメントは、決して彼女を許せないという彼の気持ちに輪をかけた。一瞬、石みたいになった後、彼は言った。「もし僕を滅ぼす連中を僕が知らなくてはならなくても、僕はただでは起きるつもりはないから」

「どういうことかわからないわ。あなたを滅ぼす？　誰が滅ぼすの？」

「君ですよ、それに君ら全部さ。君らは僕を猿にして、神のみぞ知る、もっとひどいものにしているんだ。家に帰るのが恥ずかしい」

「私たち、あなたにそれほどの害を与えられるはずがないと思うけど、エディ。まだそうやって野暮言ってたらいいわ、無礼にしていられるうちに」

「ああ、どうせ、僕は無礼ですよ」

「じゃあ何が不平なの？」

「ええと、知らないよ、アナ」彼は思い切り悪ガキぶって言った。「僕らは、乗りかかった船に乗ったみたいだね。許してください――僕はいつも長居しすぎる。素敵な仕事のお礼を言いに寄っただけなんだ。ノーマルでいようと決めてここにきたのに――ああ、ほら、鷗が一羽、デッキチェアに座ってる！」

「ええ、もう春になるのね」彼女は自動的に言った。「デッキチェアを外に出しているもの」彼女はケースを開いて煙草に火を点けたが、その手つきがぎこちなかった。太陽がグリーンのデッキチェアの上の白い鷗に明るく注いでいる。ストライプの帆が、ピンク色の帆のあとについて湖を行く。大人たちは笑顔で歩き、子供たちは遊戯用にハープの形に成形された芝生を走り回っている。教会の鐘楼のカリオンが曲を奏で、それから時鐘が鳴った。

「これが愛しい君を訪ねる最後になるのかな、ダーリン？」

たぶんそうなるわ、と彼女が言った。これをきっかけにして、彼女はできる限り素敵にものを言うことができた。これから先はお互いにだんだん逢わなくなるわね、と。「しかし」とエディは食い下がった。「それは僕が言おうとしていたことだ。僕はさようならと言いにここに来たんだから」

「ではこれで、さようならということに。あなたは何でも大袈裟ね」

「では、さようならということで」

「これで何かが変わるわけじゃないわ」

「よくわかっていますよ、ダーリン。でも変わったように見せないと」

それがさようならどころではなかったことが判明した。しかしアナが自分に言い聞かせたように、これは三回目のスタートで、彼ら二人にとって、もっとも調和の取れた一時期だった。その夜、半ダースの椿の花が届き、三日後には彼の仕事始めの日だったが、手紙が一通届いた——会社の堂々たる便箋を使った一連の手紙の一通目だった。オープンな文章は子供じみていて気味が悪く、オフィスのすべてがいかに素敵かと書いていた。実は、彼女の親切な行為に対する彼の憤りは数週間続いた。この新しい出発が自分を男にしたと書いてきた手紙を、アナは破り捨てた。破った紙を彼女は火格子の中に捨てた。彼女がトマスに、エディは本当はなにをしているのと訊いたら、彼はまだ見せびらかしているが、うまく行かない理由はなさそうだとトマスは言った。

エディが報告に来たのはそれから六夜過ぎた後で、三本の桜の咲いた枝を青い紙に包んで持ってきた。その後は、気を利かせたのか、金のせいか、友達がどこかに新しくできたのか、しばらくの間訪問してくることはなかった。彼が落ち着いた手順は、毎週チューリップを送ってよこし、気楽な電話、素敵でいかがわしい手紙、そしてチューリップのあとは薔薇が来た。トマスはまた質問されて、エディはよくやっているが、エディが自分で思うほどいいわけではないと答えた。デニスがトルコから帰国して彼のフラットが必要になると、アナは手紙を書いて、もう花はやめてと書いた。エディは家賃を払わなくてはならなくなるのよ。花はやんだが、エディは、意思の疎通が危機に瀕すると感じたのか、前より頻繁に訪ねてくるようになった。会社でも会社でなくても、彼がもう一度ウィンザーテラスの家族の一員みたいになったときに、ポーシャがこの一家に加わった。

六

夜の十時半だった。マチェットはポーシャの部屋のドアを一インチ開けて、その隙間を通して深呼吸した。階段の踊り場から入った光が、ひとすじ部屋に射し込んでいる。ポーシャは枕の上で身じろぎひとつしないで囁いた。「起きてるわ」屋敷の最上階は実際のところ、無人だった。トマスとアナは劇場に出かけていて、マチェットは彼らが出かけようが帰宅しようが、自分のマナーに何ら変化なくやっていた。彼女は彼らの不在と在宅には、どっちも等しく注意していた。しかし彼らが不在でないときは、お休みを言いに階上まで上がって来ることはなかった。

もしも、十時過ぎになってマチェットが声を落とし、なおさら短く話したとしたら、それは近づきつつある眠りに対する畏怖の思いだったか。彼女は静寂の波が寄せてくるのを待った。さてそうなると、彼女は眠るという概念に捧げるささやかな儀礼を一式執り行った——寝間着をそろえる、窪んだ枕を平らにする、ベッドをお客のベッドにするように半分開くなど。ひざまずいて寝室の暖炉の火を掻き立て、身をかがめてシーツの間に湯たんぽを差し込み、そういう彼女は、訪れ来る夜にひれ伏していたようだった。準備する彼女の受け身に徹した荘厳さによって、どのベッドも一種の祭壇になった。物事が適切に行われる大邸宅には、つねに宗教的な要素がある。昼間の仕事が、その役割を果たす召使がいて、手順通りに循環するのを観察すると、その感がさらに深まる。

ポーシャは日没後は本能的に小声で話した。薄い壁に慣れていたからだ。ドアが閉じているのを見届け、明かりの曲線が途切れていて、マチェットが体重はあっても静かに床を歩いてくるのを聞いた。いつものとおり、マチェットはまず窓まで行ってカーテンを引き開ける――かすかに暮れた一日がまた始まったふりをして、ロンドンは炎上しているように黄色かった。ときどき車が角を曲がって走りすぎる。閉園になった公園の静寂は、田園地帯の静寂と同じ音は立てない。内に籠って張り詰めている。ポーシャの部屋の中には入り組んだ暗闇が半ば訪れていて、家具が見えてマチェットのエプロンも見えた――燐光が近づき、彼女がベッドに腰を下ろした。

「もう来ないと思ってた」

「繕いものがありましてね。ミスタ・トマスがシーツの上部を燃やしてしまって」

「ベッドで煙草を吸うの？」

「先週やりました。彼女が出ている間に。灰皿が吸殻で一杯でした」

「彼はいつでも吸いたいのに、吸わないのは彼女がいるからだと思う？」

「彼が吸うのは、眠れないとき。父上にそっくり。置き去りにされるのがお好きじゃないのよ」

「誰も父親を置き去りにしないと思うけど。母さんは一度も――彼女はよく置き去りにしていたの？　彼女って、ミセス・クウェインのことだけど？――ねえ、マチェット、聴いて。もし彼女がいま生きていたら――つまり、トマスのお母さんが生きていたら――私は彼女を何と呼ぶのかしら？

呼ぶ名前がないみたい」

「あら、それがどうしました？　彼女はもういないんですよ。あなたが話しかける必要もないし」

「ええ、彼女は死んだのね。トマスと私がこんなに似ていないのは、彼女のせいだと思う？」

「いいえ、ミスタ・トマスは、母上よりも父上のほうがずっとお好きでした。あなたとミスタ・トマスが似ていない？　どこまで似ていたいんですか？」

「わからないな――でもね、マチェット、ミセス・クウェインは悲しかったの？　つまり、ひとりになって悲しかったのかしら？」

「ひとりになった？　彼女はミスタ・トマスを離しませんでした」

「彼女は大きな犠牲を払ったのね」

「犠牲を払う人は」とマチェット。「憐れまないでいい人たちのこと。憐れむ必要のある人は、彼らが犠牲にする人たちです。ああ、犠牲者って、両面方向があるのよ。なくてもいいものを自分で知っている人のこと。ええ、そう。ミセス・クウェインは、着ている洋服を脱いで人に与えるけど、長い目で見ると、彼女は何一つ失っていませんから。あなたが遠くフランスで生まれたと聞いた日、彼女は、最初の孫が誕生したレディそのものの振舞いでした。私のあとをリネン室までついていらして、『可愛い女の赤ちゃんよ』と私におっしゃったくらいでした。『ああ、マチェット！　彼は女の子を欲しがっていたのよ！』それから階下に降りて玄関ホールに入り、ミスタ・トマスにお電話なさって。『ああ、トマス、グッドニュースよ』とおっしゃっているのが聞こえました」

　この話に深く魅了されて、ポーシャはマチェットのほうに向きなおり、両膝を引き寄せて、座っているマチェットの周囲にできた窪みに体をあずけて横たわった。ベッドはマチェットが背筋を伸ばして体重を移すと、きーと鳴った。ポーシャは片方の手を枕の下に滑らせながら、暗闇を探るように見上げて訊いた。「その日はどんな日だった？」

「私たちはどこにいたかしらね？　ああ、その日は快晴で、二月なのに春みたいでした。あの庭園は囲いがしてあって、あの丘の日の当たるほうにありました。ミセス・クウェインが芝生を降りていくのが見え、お帽子もかぶらないで、ミスタ・クウェインが作った川を横切っていきました。そして流れの向こう岸に咲いていた雪割草を摘み始めたわ」

「どうやって彼は川を作ったの？」

「ええ、元々小川があったんだけど、ミセス・クウェインのお気に召す場所ではなかったので、彼は新しく溝を掘って、そこに流れ込むようになさったのよ。亡くなる前の夏いっぱい、それにかかりきりでした——汗びっしょりで。お召しものが絞れるほどでした」

「でも私が生まれた日に——あなたはなんて言ったの、マチェット？」

「あなたが生まれたと彼女がおっしゃった日ですか？　私は、『そのことを考えてみますと、マダム』とか何とか、そういうことを言いました。彼女がこれからもっと耳にするに違いないと思ったから。でもそう感じると、そのせいで喉が詰まってしまい、それ以上は言えなかったわ。それに私がどうしてそんな？——つまり、彼女には何も言えなかったの。もちろん私たちは、あなたが生まれることは知っておりました。他の人はみなさんミセス・クウェインがそれをどう受け取るか目を皿のようにして、でも彼女は彼らの目が皿になっているのはとっくにご承知だったでしょう。私はリネンを戻しに行って独り言を漏らしたわ、『可哀想な赤ちゃん！』と。彼女はそれを見て、そのことで私を許すことは決してありませんでした——だけど、彼女自身知る由もないことだったのよ」

「あなたはどうして私が可哀想だと思ったの？」

「その頃私には色々と理由がありましてね。ええ、彼女は雪割草を摘み続けていて、ときどき手をとめては上を見ていました。全知全能の神がご覧になっているのを感じていたんですね、きっと。その庭は窓から見えないところはなくて——いつもミスタ・クウェインが仕事をしているのが見えたのよ、彼は少年みたいでした。そして彼女がもどってきて、大事にしていた中国のボウルに雪割草を活けて——ああ、彼女はそのボウルをずっと大事にしていたのにメイドの子の一人が壊してしまったわ、マチェット』と言いました。でもその後、彼女はその子に小言を言うこともなく——ええ一度も、彼女はご自分をそこまで高く買っていたのね）。そしてその午後、ミスタ・トマスがオクスフォードから列車で帰宅しました。ご自分の目で見ないといけないということだったんでしょう、母親が本当はそれをどう受け取ったかを。私は彼のお部屋の用意をして、彼はその晩泊りました。彼はショックを受けた様子で歩き回り、雪割草が三輪、母親がくれたのをボタンホールに挿していました。立ち止まって私を一度見て、自在ドアのそばだったけど、なにか言わないと、と感じたようでした。『さて、マチェット』彼は無理に大きな声を出して私に言いました『これで僕に妹ができた』。『さようですね、サー』と私は言ったわ」

「トマスが言ったのはそれだけ？」

「まあね、その日はお屋敷自体が、彼のような若い人にはヘンな感じで、そこでお産があったみたいでした。みんなにとってそんなふうでした。それから後になって、ミセス・クウェインが座って、ミスタ・トマスのためにピアノを弾きました」

「みんな、ともかく嬉しそうだった？」

「そんなことわかりませんよ。みなさま、ピアノのそばにおられるうちに、晩餐の時間になって」

「マチェット、もしトマスがほんとにピアノが好きなら、どうしてここにピアノがないの？」

「ミスタ・トマスは、母上が死んだときにピアノを売ってしまったんです。ああ、夫人はフェアな方でしたよ、私がお仕えして十五年間ずっと。彼女以上にいい雇い主はいませんね、お仕事に関する限り。彼女を怒らせるのはただ一つ、彼女の気に障ると、容赦しませんでした。私にこう感じるように望んでいらしたわ、『私があなたの全世界なのだと私は思っていますよ』と。『あなたにすべて預けておけば安全だわ、マチェット』彼女はドアロでおっしゃったものでした、お出かけのときに何度も。彼女の出棺を見送りながら、そのことを思ったわ。いいえ、大きな声を出されたことなど一度もなかったし、いつも優しい言葉をかけてくださって。だけど私は彼女が好きになれなかった。彼女には自然らしさがどこにもなかった。私にヘンな目つきをなさるのを、よく感じたわ。彼女は私がしたことは気に入ったけど、私のやり方が気に入ったことは一度もなかった。彼女が友人に言うのを何度聞いたか、数え切れないくらいよ、『召使には親切に、関心を持つことよ、そうすれば何でもしてくれるわ』って。それが彼女の流儀だった。ええ、私はあのお屋敷で働くのが好きだった、最初からその仕事が好きでした。彼女が許せなかったのは、私が仕事そのものを好んだことなの。居間で朝磨き《モーニングポリッシング》をしているときや、私の大事な大理石をブラシと石鹸で綺麗にしているときに、夫人が近づいてきて、こう言われたものよ。『ああ、すっかり綺麗になった！　嬉しいわ、ほんとに嬉しい』ええ、彼女は善意で言ったのよ、彼女なりに。でも仕事というのは、見せるものではなくて仕上げるものなの。喜ばせるために仕事をする女中には、正しい仕事はしてもらえないわ。見せるために働いただけだから。でも彼女はそこまで見ようとなさらなかった。さて、ミスタ・クウェインが喫煙室で働いていた私のところにおいでになったり、気の向くままにご自分で入った場所で私が働いていると、気持ちはお優しい方なんだけど、真っ黒な目でご覧になって、『出て行け！』とおっしゃっているみたいだったわ。私が彼を嫌っているのをよくご存じで、彼は喫煙室にいたいのに、私がそこで働いていたから。一つでも置き場所が違うと彼は怒鳴り散らして、私のやり方に怒ったんです。でも、ミスタ・クウェインは自然な人でした。人のやり方が気に入らないとき以外は、その人のやり方でやらせていました。でも夫人のほうは、ご自分が手を出すか加わるかしないと、何一つ許しませんでした。あのときの雪割草もピアノの演奏も——あなたが生まれたことにご自分が参加しているという意思表示でした。

「夫人が死んだ日、私は階上の彼女のお部屋にはいませんでしたが、私が彼女の死をどうとらえているか見ている彼女を感じました。『さて』と私は自分に言いました。『ダメだわ——私はピアノが弾けない』と。そう、私は動転してしまい、お屋敷の中に死が訪れ、大変化が起きると思いました。でもそれが精々感じたすべてでした。ここでは私、何も感じないのよ」びくびくしないドライな動作で、マチェットは袖にカフスのついた手を胸の下に押し付けた。

彼女はベッドの上で横座りになり、両膝をポーシャの枕の方に向けて、黒っぽいスカートを回りの暗闇にひらりと広げ、目に見えるのはエプロンだけになった。上半身は黄褐色の四角い空を背景にシルエットになっていた。顔は、風雨にさらされた像のように暗闇が腐食し、車のライトが当たるときどき照らし出された。いままでずっと背中を垂直にして座り、どこか裁判官みたいな、どこかその肉体は記憶に満たされた花瓶になったように、それは割ってはならない花瓶だった。しかしいま、過去の重さを移動するかのように、ベッドの上、ポーシャから一番離れた場所に片方の手を置き、その手に強くもたれかかって背中を丸くアーチ型に反らせた。

この生きたアーチを通して、ベッドのすそが半暗闇の翳《かげ》りのなかに見えた。彼女のわきの下から、暖かな麝香《じゃこう》の香りが枕に届き、もたれる姿勢に疲れて彼女が溜息をつくと、ベルトの下でコルセットのステーがキーと鳴った。彼女はいま、人に触れずに、もっとも人の近くにいた。それと同時に空間をまた開けるかのように、声の調子はなおさら遠くなった。

「ああ、気分は悪かったわ」と彼女。「夫人を許せなかったから。ミスタ・クウェインのことではないの――夫人のそれが絶対に許せなかった。ミセス・クウェインが亡くなるという伝言をナースが届けた時、コックはもしかしたら私たちも上に行くべきではないかと言ったのよ。そして夫人が伝言を寄越したということは、みなさまは私たちが何かするよう期待しているのだと言いました（コックはつまり、彼女が私たちになにかして欲しがっていると言ったのよ）。だからコックと私は上に行って、階段の踊り場で立っていました。ほかの者はみな苛々して下に残っていました。コックはカトリック教徒で、祈祷を始めていました。トマス夫妻は、夫人と一緒に部屋にいました。ミセス・トマスが出てきたときに、話が付いたのがわかりました、ミセス・トマスは真っ青な顔で、私に『ああ、マチェット』と言って。でもミスタ・トマスは一言もなく通り過ぎた。私は彼のウィスキーをダイニングルームに出しておいたので、すぐにお二人で中に入ったのが聞こえました。トマス夫妻は、ミセス・クウェインに対する態度がそれぞれに違っていました。彼らには事をやり過ごす彼らなりのやり方がありました」

「だけどマチェット、彼女は良いことをするつもりだったんでしょ」

「いいえ、彼女としては正しいことをするつもりだったのよ」

おずおずとため息をついて寝返りを打ち、ポーシャが暗がりの中でマチェットの膝に手の指を置き、その生きた性急さで、死者を弁護しようとした。しかし、暖かながっちりした膝の上の糊が効いたエプロンの感触そのものが、マチェットはまだ心を動かしていないことを告げていた。

「ミセス・クウェインがしたことはわかるでしょうが、彼女が感じたことがどうしたらわかるの？　去った人と一緒に取り残されるなんて考えられない。なにが正しかったかというと、それはおそらく彼女がやり残したことだったのよ。独りでいなくてはならないのは、死ぬより辛いかもしれない」

「彼女は自分がいたかったからそこに残ったんですよ、誰がいなくなろうと。そう、夫は妻に間違ったことをしたから、妻は正しくしなければならなかった。ああ、彼女は鉄みたい。死ぬより辛いって？　あなたの父親にとっては出て行くのが辛かったんです。彼は家庭を子供みたいに愛していました。出て行く？——彼は追い出されたのよ。彼は世界中でこの場所がお好きでした。両手を使うことがお好きでした。彼が作ったのはあの川だけではないのよ。彼のような紳士には、海外なんて居るべき場所じゃありませんでした。ミセス・クウェインはご自分で手を出した後の庭園を、よくもご覧になれると思って」

「でも私は生まれるしかなかったのね？」

「彼は追い出されました、コックや私が追い出されてもよかったのに――でもそうはいかなくて、私たちは彼女があまりにも気に入っていたから。彼女は、ミスタ・トマスが父上を車の中に入れて、車が走り去るまで見ていました、子供を見送るみたいに。自分の父親に息子がそこまでするなんて、どうなってしまったんでしょう！　それからのあなたの父親と母親の暮らしを見てごらんなさい、住む所もないし敬ってくれる人もいないんですよ。ミスタ・クウェインはどこに行っても敬愛されていました。誰が彼をあそこまで落としたのかしら？」

「でも私の母は、自分と父がミセス・クウェインに酷いことをしたから、と説明していました」

「ミセス・クウェインが彼らにしたことときたら！　その暮しを見るといいわ、自分のものは杖一本ない暮しなのよ。あなたは生まれてないから何も知らないで来たけど、彼は知っていました」

「でも彼は引っ越すのが好きだったのよ。家が欲しかったのは母で、父は家なんかまったく」

「人の性格は、ただでは壊れませんよ」

ポーシャはあわてて言った。「でも私たち、幸せだったのよ、マチェット。お互いにわかり合っていたし。彼には母と私がいたわ――そんなに怒らないで。生まれてきた私がいけなかったという気持ちにさせたいのね」

「で、誰に権利があるんですか、そのことであなたと争う権利が？　あなたが生まれなくてはならなかったなら、生まれなくてはならなかったんです。あなたが生まれた日に、私はリネン類の手入れをしていたと思う。そう、あれは、もう一つ起きたことなんです。目的があるのよ、間違いなく」

「みんながそう感じているのね。だからいつもみんな見張っているんだわ。私を許してくれるのね、もし私が特別な何かになったら。でもよくわからないわ、私はどういう意味があったのか」

「さあ、さあ」マチェットはきっぱり言った。「そう興奮しないで」

ポーシャは無意識にマチェットのエプロンの下の膝を押しながらしゃべっていて、壁を押しのけようとしている感じがした。何も動かなかった。手を降ろして暗がりの中の顔に戻し、本能的に身震いが出て、ベッドが揺れた。彼女は手の甲を口の中にねじ込んだ——諦めきった動作は用心深く、怪物じみたものが近づいてくる、そのおそろしさに差し止められた。そして忍び泣きが始まり、涙がそっとこぼれたが、反抗するでもなく、感情を出し切ったわけでもなく、催眠術にかかって役割を演じている子役の女優みたいだった。哀しみを真似ていたのかもしれない——事実、全身で見せたこの即席の、この従順な降伏は、最悪の哀しみ、悲哀そのもの、彼女を掃討してしまうものを阻止する意味合いがあったかもしれない。いま、両腕を胸の上でしっかりと組み、それで重さをつけて、安全な自分のベッドにしがみついているように見えた。運命の訪れらしきものは、階段の足音のように、ある性格の者たちを安心できる暗闇の中にうずくまらせる。彼女の涙はただちに降ろされた旗のようだった。自分を守ることはできないとポーシャは感じた。

枕の上の彼女の動きは音を立てた。身震いがベッドを通してマチェットの体に伝わる。マチェットの視線が下を覗き、暗闇の中の彼女に届いた。ポーシャの不幸な吐息を聞いても気持ちは変わらず、マチェットはその悲哀が尽きるまで待つつもりのようだった。そして——「あら、いったいまた、どうしたんです？」とそっと言った。「あなたはどうしてハートを破るようなことを始めたいの？　それが終わらないうちはその先の話はしませんよ。私がいけなかったのは間違いないけど、あなたが私にせがんだからですよ、質問ばかりして。質問してはいけなかったんです、もしあなたがそこまで取り乱すなら。さあもう頭を空っぽにして、いい子だからさっさと眠りましょう」マチェットは手に掛けていた体重を移して、ポーシャのほうを手探りし、その手首が濡れているのを知って、組んだ手首をほどいた。「いったいまた」と彼女は言った。「そうやって何かいいことがありますか？」とはいえ、質問とはある意味でレトリックだった。マチェットは何かが鎮まったと感じた。シーツの上部を撫でつけてから、ポーシャの両手をその上に一対の飾り物のように置いた。そして、それを守る看守のように、身を低くかがめてじっとしていた。それから、しばらく、そのへんの空間で、こそこそと音がして、高い空に白鳥の群れが飛んでいるようだった。やがてそれがやみ、彼女がほのめかした。「枕を裏返してあげましょうか？」

「いいの」とポーシャは思いがけない速さで答え、それから言い足した。「でも出て行かないで」

「裏返してほしいでしょう、どうなんです？　だけど——」

「二人とも忘れないといけないわね？」

「あら、あなたは忘れるでしょう、覚えることがもっと出てくるから。とはいえ、質問しなかった方がよろしかったわね」

「私が生まれた日のことを訊いただけよ」

「あら、一つ出ると次が出て来るんですよ。どうしても全部戻って来るんです」

「あなたと私のほかは、誰も気にしないわ」

「そう、この家には過去はないんです」

「じゃあ、どうして彼らはあんなにびくびくしているの?」

「過去がない方がいいんでしょう——過去を持ちたくないというか。自分たちがなにをしているか、きちんとわかっていないのも不思議じゃないんです。思い出のない人たちはなにがなんだかわからないんですよ」

「だからあなたは私に話すの?」

「話さないほうがよかったですね。私は話す人間じゃなかったし、習慣を破る人間でもないのよ。自分が見たものは見たもの、でも口に出さないことは出さない。私には片づける仕事が次々とあって。それにしても、気付かないわけにいかないし、私は忘れる人間ではありませんから。何かがなされていく、と言いましょうか。でも口から出ることはとめようがないから、私はなにもなしの一味になろうとしているんです。口を閉じたまま生まれてきたのよ。口を開けている人たちは何もしないのに面倒を起こして、退屈して蠅でも叩いているわ。質問されたら、答えますよ——それで十分でしょう」

「私以外の人は質問しない?」

「彼らはもう知ってますから」マチェットは言った。ポーシャの上掛けのシーツの襞《ひだ》の面倒を見ないでいいのがわかって満足すると、彼女は身を引いてもう一度手で体を支えた。「口に出さなかったことは、そのままになるの」彼女は続けた。「そしてしばらくそのままだったことは、多くの人が耳にしたくないことになっていくの。ああ、ミスタ・トマスは大歓迎ではありませんでしたよ、母上が亡くなって、私がここに初めて来たときは。だけど彼は礼儀正しい言葉遣いで、上手にその場を切り抜けました。『あれ、マチェット』と彼。『またここが我が家みたいな気がするよ』と。ミセス・トマスはもっと気楽に受け入れていました。彼女は仕事をして欲しかっただけで、私が働き者だと見抜いていました。ミセス・クウェインから彼らに残された、ここにあるものは、最高の手入れに慣れているものばかり。ミセス・トマスはそれを求めていたんです。ああ、素晴らしい家具類で、トマス夫妻は、その価値がわかっていました。値打ちのあるものについては、トマス夫妻は一致した見解を持っていました。私の磨きは十フィート奥まで見えるのよ、ミセス・トマスは物の外観がお好きなのよ」

「でもあなたはどうしてここにきたの？」

「それがふさわしいと思えたからですよ。心にもありませんでした、あの家具類を手放すなんて。自分ではよくわからなくて。ミセス・クウェインのおそばにいたのはそのせいでしょう。私があそこまで美しくした大理石から離れるのが残念だったけれど、それも終わり、気にしないことにしました」

「家具はあなたを恋しがっているかしら？」

「家具は何でも知っています。部屋の中の物はあまり変わらないでしょうが、椅子とかテーブルはそれほどすぐにお墓にはいかないわ。居間の調度に柔らかな布を掛けるたびに私はこう言うの、『まあ、もう少しご存じかと』って。やれやれ、ここに来て、ミセス・クウェインの物がミセス・トマスが置いた場所にあるのを見ると——もし私がバカだったら顔をしかめたと言ったでしょう。いや、家具はものを言わないし、私も言いませんでした。もしトマス夫妻があなたの言う神経質なら、彼らは間違いなく口に出されないことに神経質ですよ。私は彼らを責める人間にはなりませんよ。彼らはできる限りベストな生き方をしていますから。不自然な生き方が家族にあると、家具はそれがわかるのよ、気を付けてね。よい家具は何が何であるかがわかっています。目的があって造られたことが分かっていて自尊心があります――あなたは目的があって造られていると私が言うと、あなたは泣き出す。ああ、私たちが持っているような家具は、過去がないほうがいい人には荷が重いのよ。私だって、ただ家具を見なければならなくて、家具に見られていたら、きっとびくびくしますよ、ほんとに。でもそれが仕事なら、家具は何もしませんから。だって、家具は――私は来る年も来る年も柔らかな布を当ててきましたから。だって、あの家具だけど――私は何年も手入れしているわ。家具は自分の顔のようにわかっているのよ……。ああ、そうよ、私は彼らがわかるわ。でも私はものを言う人間じゃないんです。時間がないのよ。彼らは家具の置場所を作って、私の居場所を作って、だけどそこからにも出て来ないのがすぐわかったの」

「でも、私が来たとき、もっとひどかったわ」

「それでよかったのよ」マチェットは急いで言った。「去ったあとで、ミスタ・クウェンティンが求めた最初の致命的なことは――」

「ええ、これは父が話していたお屋敷よ。彼はどんなに素敵な家かよく話していました。彼はここに来なかったけど、一度だけここを通り過ぎたのよ。青いドアがあって、角地に建っていると話していたけど、彼は家の中を想像していたと思うの。『ロンドンではあそこに住まないと』とよく言っていました。『あのあたりの家々は国王から直接拝借しているもので、バッキンガム・パレスにふさわしい外観をしている』と。一度、ニースにいたとき、父は鳥類の本を買ってきて、この湖にいる水鳥の絵をたくさん見せてくれました。鳥たちを見ていたんだと言いながら。真っ赤な花壇の話もしていました――私はそれが湖畔まで続いていると想像していて、あの小道が間に走っているとは思わなかった。父は、これはひとつ残った紳士のパークで、トマスがどこかほかに住むのは間違いだと言ってたわ。よく話していたのよ、私にも出会った人たちにも、トマスがどんなに仕事で成功しているか、どれほどアナが美しいかと――スタイリッシュと彼はいつも言ってました――そして多くの客をもてなし、どれほど華やかなパーティを何度も開いてきたことかと。よく言ってました、世の中に出て行こうという若者は、思い切って出ていくことだと。スマートな場所で一日過ごすときは、いつも女性の衣服に目を止めて私に言ったわ、『ああ、あれはアナによく似合いそうだ』って。ええ、彼はいつだってトマスとアナをとても誇りにしていたわ。二人の話をするといつも幸せそうだった。私がまだ幼くてバカだったころ、よく言ったのよ、『どうして私たちは彼らにすぐ会えないの？』と、すると彼はこう言ったわ、『いつかね』と。彼はいつかお前を彼らと一緒にすると約束したけど――もちろん、いま一緒にいるのね」

マチェットは勝ち誇ったように言った。「ああ、そうでしょうとも――結局は」

「トマスとアナが父を誇りにしてくれたらいいのに。でも私が母と一緒にいたとき、トマスとアナのことは忘れないといけなかった――そう、彼らは母にとって少し面倒だったのね。母は、アナが私たちの生き方を嘲笑っていると思っていたわ」

「あら、ミセス・トマスは笑うなんて面倒なことはしませんよ。生きるも死ぬもあなた任せ――彼女の邪魔さえしなければいいの。それに人に邪魔もさせませんでした」

「彼女は私をここに置かなくてはならなかった」

「彼女はこの部屋を空っぽにして、待っていたんですよ」マチェットはするどく言った。「彼女はここをいっぱいにしたことはなくて、利口な人なのに。なにをどう変更するかはご存じなのよ――この部屋を時計や机やフリルで飾り立てて（綺麗でなくても、あなたの気に入るといいけど）。彼女は趣味があって、それを使うのがともかくお好きで。その先には決して行きません」

「あなたの言う意味は、彼女は決して私を好きにならないということ？」

「それがいいんですか？」マチェットはそう言って、妬《ねた》ましそうに跳ねたので、ポーシャはベッドの中に退散した。

「もちろん彼女には、私がいまいる所にいる権利があります」マチェットは冷たい、熱意のない声で続けた。「こんなところでぶらぶらするいわれはないの、色々な縫物だってあるし」彼女の体重がベッドに重くのしかかった。真っ直ぐに立ち上がり、両腕をしっかり組むと、その胸から愛を永遠に締出したみたいだった。ポーシャは窓を背景にその輪郭を見つめ、これが不満ではなく、傲慢な独善であることを知った――それで声の調子が二段階遠くなった。「私にはお勤めがあるから」と彼女。

「あなたは自分の好きなものをもっとふさわしいところで探すようになさってください。手に入ったらいいですね。ああ、私はなぜか嬉しかったんですよ、彼女が来てあなたが生まれたと言った日は。もっとうまく、こうならないようにできたかもしれないけど」

「怒らないで！――ねえ、怒らないで！　もうたくさんよ、マチェット！」

「さあさあ、また興奮しないくださいな！」

「でも、やめて、やめて、捨てていかないで――」ポーシャはまた必死になっていた。言葉を切り、両腕を差し出したら、シーツがすべり落ちる音がした。マチェットは、仕方なく優しくなって、少しずつ両腕をほどき、またベッドに寄りかかり、下を向いた――ミステリアスな暗闇の中で、枕の上の二人の顔が近づき、視線が合ったが見えなかった。何かが二人の間に固く立ちはだかっていた。彼らはキスしたことがなかった――だからいま、一息ついても緊張と無為が続いた。マチェットは、一瞬後に、体を離し、裁くような吐息をついた。「そう、私は急いでいるんです、ええまあ」しかしポーシャの手は、神経的な動きに囚われていて、がっちりした太い首と力強い背骨にしがみついていた。マチェットの抱擁は計算ずくの抵抗のような感じがしたが、立ちはだかる壁の力に苦しむのではなく、意のままにしようと決意しているようだった。顔に出たかも知れない変化を暗闇が隠している。彼女はついに言った。「さあ、枕を裏返してあげましょう」

ポーシャはすぐ身構えた。「いいの、やめて。このほうがいいの――いいの、やめて」

「どうして返さないんです？」

「このほうがいいから」

しかしマチェットは手を枕の下に突っ込んで裏返した。すると下でぶつかり手が停まった。「これはなんですか、下にあるのは？　さあ、何を持っているんですか？」

「ただの手紙よ」

「どうしてここに置いているんです？」

「ここに置くしかなかったから」

「または手紙が歩いたかも」とマチェット。「で、誰があなたに手紙を書いてきたんでしょう、訊いてもいいですか？」

ポーシャはできる限りおだやかに、なにも言うまいとした。マチェットが枕を裏返すままにして、自分の頰を新しい冷たい枕の上に乗せた。彼女は和解になればと、一分近くホッとして眠っているふりをした。それから、細心の注意をしながらこっそりと枕の下に手を這わせた——手紙はなくなっていた。「ああ、お願い、マチェット！」彼女は叫んだ。

「手紙を置くのにふさわしいのは机のなかです。そうでなかったら、ミセス・トマスはなんのためにあなたに机を用意したんですか？」

「来たばかりの手紙は持っていたいの」

「そこは手紙を置く場所じゃありません、あなたのお年で——いいことではないわ。そんな手紙を受け取ってはいけなかったのよ」

「そんな手紙じゃないわ」

「で、誰が書いたんです、訊いてもいいかしら？」と言うマチェットの声は上ずっている。

「アナのお友達だもの——エディよ」

「ああ、やっぱり彼が？」

「彼の帽子を取って上げただけよ」

「彼は礼儀正しく？」

「ええ」ポーシャははっきり言った。「私が手紙をもらうのが好きなのを彼は知っていて。私はこの三週間、一通も手紙を受け取ってなかったわ」

「ああ、彼は知っている、そうですか——あなたが手紙をもらうのが好きなのを彼が知ってるんですね？」

「だって、マチェット、私、好きなんだもの」

「それで彼は、あなたが帽子を取ってくれたお礼を言うのがふさわしいと思ったんですね？　彼がここで見せた最初の礼儀作法だわ、いつもイタチみたいに出たり入ったりしてるだけの人が。礼儀作法ですか？　彼は階級のない人です。この次は彼の帽子はフィリスに任せるか、彼に自分で取らせなさい——彼はここに何度も来ているのだから、場所をわきまえないと……。そうですよ、私の言うことをよく心得ることです。私は自分の言うことをわきまえていますから」

マチェットの声は重苦しくて抑揚がなく、ゆっくり回るテープみたいに最後の言葉でカチッと言って止まった。ポーシャは棺桶の中にいるように静かにして、片方の手を枕の下の手紙があった場所に置いた。部屋の外では、ロンドンの車の往来が一瞬途絶えて生まれた空白の音がしていた。ポーシャが窓のほうを見たら、暗いガラスのような夜空に赤い閃光が走った。カフスに囲まれたマチェットの手が、怒った鳥のように飛び出してきて、ベッドランプの傘の襞をもう一度叩き、電気のスイッチをつけた。とっさにポーシャは両目を閉じ、口元を引き締め、枕の上で身を固くして横たわったが、明るすぎる光線に深い傷口の中を探られたような気がした。もう夜遅いに違いないと感じた、真夜中を過ぎただろうか。真夜中には夜の川が時間の下を流れ、真夜中には明日という日が謎めいて生まれてくる。いきなり麻酔のような白い光が、シェードの襞で縞模様がついて、病院の病室のような感じを作り出した。病室に横たわっているような気持ちになり、彼女の精神はその殻に閉じこもった。

マチェットはうばいとった手紙を膝の谷間に置いて座っていた。彼女のヘラみたいな指は、その間、子供のような意図せぬ感覚上の残酷さで、青い封筒のはじを曲げて痛めつけていた。そして中にいっぱいに詰まっている手紙を摘まんだが、取り出さなかった。「彼を信用したら、裏をかかれますよ」と彼女は言った。

一瞬安全と思い、瞼の裏に封印されてポーシャが横たわっていると、エディと一緒にいる自分が見えた。遅い日没のなかにある大陸が見え、横揺れと波濤の影で海のようだ。暗い黄色の光が木々にそそぎ、暗いその心臓部を貫いている。ガラスにはめ込まれたように、その大陸は静寂が鳴り響いていた。その国が、緩慢に迫ってくる薄暮に溺れるさざ波を立てて、彼らが座っている足もと近くに上ってきた。彼女とエディは小屋の戸口に座っていた。その小屋は、暗闇の置き場所で、ポーシャはそれを背後に感じた。この世の物ならぬ水平な光線が、二人の顔に流れ込んだ。彼女はそれが彼の頰骨に、彼の睫毛に触れるのを見て、彼が彼女の方を向くと、眼球は金色で盲目だった。彼の両手は両膝の間に垂れ、彼女の両手は彼のそばで幸福そうに垂れていて、二人は一緒に小屋の階段に座っていた。穏やかさと近似性が触れ合っているのを彼女は感じた。彼と彼女は、ほかに何もなくてもこの接触だけで一つだった。彼女は後ろの小屋に何があるのかは知らない。この光線は永遠のもの。彼らはとこしえにここにいるだろう。

そこでマチェットが封筒を開ける音がした。ポーシャの目はパッと見開かれた。そして叫んだ。

「触らないで！」

「あなたがこうだとは思いませんでした」

「父なら理解してくれます」

マチェットは体をゆすった。「あなたはおかまいなしにものを言うんですね」

「フェアじゃないわ、マチェット。あなたは知らないのよ」

「私は知っていますよ、エディは何の狙いもなく、なにかする人ではないことは。それに彼は自由にやります。あなたは知らないのよ」

「私は自分が幸福なときはわかります。それは知っているわ」

七

ブラット少佐は、訪問が容易にできることが分かった。あらゆることがそうしろと言っているようだった。まずはじめに、素晴らしくもa74のバスが、クロムウェル・ロードからリージェント・パークまで回って、きちんと彼を連れて行くバスであることが分かった。彼は電話のベルは鳴らさない人間だった。ドアのベルは鳴らした。まず電話するのは自分本位なことと思われたが、彼は出しゃばらないで屋敷に入る方法を心得ていた。彼が住んできたところは世界の一部で、人がふと立ち寄れる場所にあった。そこに複雑ないきさつがあると彼は思ったことがない。ウィンザーテラスの彼の印象は、温かく明るいものだった。今日は応接間の床を見入るのが楽しみだった。彼のいるホテルの落ち着かない孤独は、先の訪問以来ウィンザーテラス2番地を、いくつもある彼の夢が実現した場所にしていた。こうしたことは親切なアナとあの愛らしい子供《キッド》に逆もどりして、熱烈で優しく、まったく性を欠いた欲望をかき立てていた。ロマンティックな男は、とかくひとりの女よりも二人の女にのぼせ上るものだ。彼の愛情は、二つの違う顔の中間あたりに理想的な的を射当てるものらしい。今日彼は、その幻想上の場所を取り戻そうとしてやってきた。その周囲のロンドンのすべては砂漠なのだ。あの日の夜、クウェイン夫妻は彼を見送りながら微笑んで、心から言ってくれた、「またいらっしゃい」と。彼らは思うとおりのことを言う人たちだと彼は思った――それで、彼はこうして、また来たのだ。トマスが「まず電話してから」と付け足しても、彼には何の印象も与えなかった。彼らが白紙委任状をくれたから彼はここにいる、立ち寄っただけなのだ。彼は土曜日はいい日だと判断していた。

この土曜の午後、トマスはオフィスから帰宅して、書斎のテーブルについて、メモ用紙の上に猫の絵を描きながら、アナがランチから帰るのを待っていた。土曜日にランチを外でとり、遅くまで帰らない彼女には失望していた。ベルが鳴るのを聞いたとき、彼はいきり立って目を上げ（アナが鍵を忘れて出かけたのかもしれないと一瞬思ったが）、耳を澄ませ、眉をひそめ、猫の一匹に髭を描き足してから、また目を上げた。もし彼女だったら、二度か三度ベルを鳴らすだろう。しかしベルは繰り返さなかった――その代りベルの音が空中に不安げに漂っている。土曜日はこれが配達物である可能性を無くしていた。電報はほとんどいつも電話で来る。訪問者かもしれない、この最悪の瞬間に、ということがトマスの頭に浮かんだ。訪問者は、ウィンザーテラスの耳には届かない。無視される。訪問者はつまり来ないのだ。クウェイン夫妻の家庭生活はプライベート生活になりすぎていて、彼らの結婚が違法であるかのようだった。彼らのプライバシーは、一種電気のフェンスで囲まれていた――まず電話をしてこない友達は来なかったのだ。

というわけでフィリスですら、その冷静沈着をもってしても、綺麗なキャップだけがつねに意識にあったとしても、この素朴な訪問の対処方法を忘れてしまっていた。「予定客」の人たちのチームは承知しており、勝手に入って来たり、なにも訊かずに彼女の前を通り過ぎる人たちはわかっていた。

何人かは彼女に微笑し、何人かはそれもなく——しかし彼女はこの屋敷を知っている人の顔付きはよく分かった。そして、ランチパーティまたはディナーパーティを除いて、この家を知らない人が来たことはなかった。

そこでフィリスはすぐにドアを開き、ブラット少佐を見て、自分でいじめていいと思った。彼女は眉を吊り上げて、ただじっと彼を見た。彼としては、期待したドアが開いたものの、彼には不明な何かがあった。もちろん彼はパーラーメイドを使っている人たちを知っていた——しかしこの前のとき玄関ホールは、照明と別れの微笑と女性の毛皮のコートで溢れていた。彼はその場で軽くよろめいた。フィリスは、彼の男としての自信が急降下したと見た。謙虚さを軽蔑する彼女は、元将校の彼を見下して、真空掃除機とか派手すぎて誰もはけない靴下を売り歩くセールスマンだと判断した。

そこで勝ち誇ったようにぴしゃりと言うことができた、「ミセス・クウェインはいまご不在です」と。彼は、期待に満ちた態度を変更して、ミスタ・クウェインはと尋ねた——するとフィリスはこの男は何かが欲しくて来たのだと確信した。彼女は正しかった。彼は欲しかったのだ、聖家族が見たくてわざわざやって来たのだ。

「ミスタ・クウェインですか？　私にはわかりません」フィリスは息を切らして答えた。そして目を彼の下のほうに走らせ、「サー」と言い足した。そして言った。「問い合わせますが、もしお待ちになるなら」彼女はまた見た——バッグを持っていない、そこで彼女は彼を玄関ホールの一定の地点まで招きいれた。書斎を覗き込んでトマスを呼びだすのは危ないと見て、彼女は階下に降りて、部屋別に通じる電話を使うことにした。地下の階段の降り口で受話器を外したら、こう言うつもりだった。

「すみませんが、旦那さま、誰かが来ているようなんですが――」トマスがドアをバタンと開けて出てきて、なにか言っているのを彼女は聞いた。いや、ミセス・クウェインはこれをお許しにはなるまい。

トマスがドアまで来る寸前にブラット少佐は気づいていたかもしれない、この家は、威勢よく連れて来られるほうが、自力で入り込むよりはいいかもしれないと。隙間風が一切入らない白いアーチの後ろの階上を見上げていると、憧れが幾分か心から薄らいでいった。コンソールテーブルを見つめたが、帽子を置く気にはまだなれなかった。立ち尽くしたまま疑念がつのった。ものの分かったドアの背後で足音がすると、彼は犬みたいに元気を取り戻した。口髭が横に少し広がり、微笑の準備をした。

「ああ、あなたでしたか。素晴らしい！」トマスが言った――手を平らに開いて差し出し、電気仕掛けの歓待ぶりだった。「誰かの声が聞こえたように思って。それがほら、すみません、あなたとは――」

「それがほら、僕としては、お邪魔でなければ――」

「やれやれ、何をおっしゃる、まさか！　僕はただアナを待っていただけで。彼女はランチとかで出ておりまして――その種のことがどのくらい長くかかるかご存じでしょう」

ブラット少佐は見当がつかなかった――彼にはもうお茶の時間に近いと思われた。彼は言った。「きっとお話するのにふさわしい立派な場所におられるのでしょう」トマスは不承不承観念して、やや大袈裟に騒ぎ立てて彼を書斎に通した。部屋はいま午後の薄暮が霧のように重く漂っていた――トマスはここで一時間眠ってから、ペンのキャップを取り、メモ用紙を広げ、書類を出して座ったところだった。「みんな話しますが」とトマス。「僕には思いつきませんよ、どうやっては話を盛り上げるのか」彼は自分が描いた猫たちを見て、ノスタルジアを覚えてメモ用紙を閉じ、書類を何枚か引出しにしまい込むと、カチッといわせて引き出しを閉じた。それはつまり、僕は忙しいが、気にしないで、と言っているようだった。一方、ブラット少佐は、ズボンを膝のところで引き上げてから、肘掛け椅子におもむろに座り込んだ。

トマスは集中しようとして言った。「ブランデーでも?」

「いいえ、けっこう。いまはけっこうです」

トマスはこれを恨んだ——これで状況が軽くなくなった。ブラット少佐は明らかにお茶をあてにしており、クウェイン夫妻はお茶を省略したかった。アナは、重いランチが性に合わず、閉所恐怖症になって怒って帰宅するだろう。彼女とトマスは、パークを一回り歩いてから、その後で、たぶん五時ごろに、フランス映画を見に行く計画を立てていた。映画館にいると彼らは恋人同士のような感じがした。そして時には腕を組んでタクシーに乗って帰宅した。トマスには見解があった、ブラット少佐には、幼い子供のポーシャが似合っているのだ——事実、彼女が彼のお目当てかもしれない。しかし、まずいことに、ポーシャも見当たらなかった。土曜日は彼女のフリーデーで、そのへんにいることになっていた。しかしランチに帰ってきた後でトマスは告げられた、彼女はすぐさま出て行った——行先は誰も知りませんと。マチェットは、お茶には戻らないかもしれないと伝えてくれと言われていた。トマスは身についていることに気付いた、ことポーシャに関しては、彼女が土曜日の午後にいないと自分が不機嫌になるという習慣が。

この心配が降りかかり、トマスに自問させた、いったいどうして自分は、寝たふりをしていればいいのに、ドアまで行く気にさせられたのか。ここに捕囚されている感覚がのしかかり、あるいは、実際は、俺は思っているよりもずっと孤独を感じているのではないか？　この辛抱強い男と対面する気苦労！　そこで彼はブラット少佐に素早い、決めかねた、意地悪い視線を投げた。誰にもはっきり分かっていた、このブラットは仕事にあぶれているのだ。彼は色々と手を広げているとか言っていなかったか？　それは彼が何かを求めているということだ。それでここに来たのだ。そうか、間違いない、彼はクウェイン＆メレッツ社に甘えようとしているのだ——そういう手合いの老いぼれは、彼が最初ではないだろう。

そしてトマスは自己嫌悪の瀬戸際に立たされた。恥じ入った動作で、肘掛け椅子のなかの安全地帯から頭をそらし、ビジネスがいかに自分、すなわちトマスを偽物の地位にはめ込んだか考え、いま気づいてみると、この要塞化した状態が自分自身に疎ましかった。彼は、居並ぶ顔と顔のグロテスクな隙間を、その隙間から覗いているだけだった。彼の展望図は、習慣に陥って狭くなり偽物になっていた。動くもの、それも動物一匹を見て、彼は考えた。これがなにに通じるものなのか？　またはジェスチャーが彼を駆りたてるだろう。ああ、そうか、彼が追っかけているのはそれだ……おお、では、彼はなにが欲しい？　社会とは美しい色つやを与えられた私利私欲。ほんの立ち話の後ろに、容赦ないプレッシャーを感じる。友情関係は、片方の眼が計算しながら時計を探し、無意味な中断で点が打たれる。愛情は警戒心の一時執行猶予に見えた。愛情はこの不安な認識を無効にした。彼はほかのことが関わらない限り愛することができた。だから彼は愛した、もっと自然な性質には知られている思慮分別なしに——目先のきく男たちがしばしば裏切りに会うのはこのためだ。

この男が何を求めていようと、求めていなかろうと、と彼は考えた、我々はブラット少佐を雇うことはできない。クウェイン&メレッツ社は、ずばり嗅覚と、一種じっとしていられない神経過敏を求めていた。エディなら何人でも使えたが、ブラットは一人も要らない。ブラットは旅行方面で試してみるべきだと彼は感じた——だがおそらくすでにそっちは試したのだろう。市場に出せるもので彼が持ち合わせていると思えるのは、(疑問符付きの)経験、効果のない油断のなさ、あの小石のような灰色の直視する目、トマスにとって道徳心に催眠が掛けられるような感じがするあの目だ。彼の勇気はもちろんある——いまのそれは前後の脈絡もなく、目的もなく、出口もなく、いじくり回され、拒絶されて、何一つ引き出せない。人間の型も、車の型と同じように古びるのだ。ブラット少佐は一九一四—一八年式モデル。その型はもう市場には出ない。事実、生きることへの飽くなき執念が、スクラップできない彼の悲哀だった……。ダメだ、我々は彼を使えない。トマスはもう一度頭を捩じった。ブラット少佐の(正直な話)落第処分は、トマスが嫌いな世界にとどめの汚点を刻した。

ブラット少佐はトマスのシガレットケースを突然敵対するように差し出されて、ためらってから吸うことにした。これで落ち着かなくては(彼は落ち着きたかった。トマスには何の考えもない)。事実は、トマスという事実、アナの夫としてトマスは、いまなお続くショックだった。ブラット少佐が記憶しているアナは、ひとえにピジョンの恋人だった。一緒だった——アナと僕とピジョン——一緒に過ごしたあの偉大な夜の絵図は、彼の心の中で額に収まっていて、取り下ろせないものだった——所有物がほとんどない彼にとっては大事な所有物で、どこへ行くにも携えていた。エンパイア劇場のロビーでアナに出会った時、彼女が待っていたのはピジョン以外ではあり得なかった。彼の心は高鳴った、いますぐピジョンに会えるのだ。するとトマスがロビーを通ってやってきて、タクシーのことを言い、アナの肘の下に手を添えて我が物顔で微笑した。これがショックで（彼女は結婚したとは言っていた）、いまなおショックだったのだ。あの偉大な夜――彼女の、ピジョンの、彼の物だった夜――は、彼自身の不確かな日々をつなぐ一本の糸だった。気分が落ち込んだとき、彼は何度もそれを思い出した。アナがピジョンと結婚するのは、彼が楽しみにするほかない一大事だった。ピジョンが沈黙を通し、そのままなにも言わないので、ブラット少佐は、彼らは長く待っているのだと思っていた。キスを一度見たことがある代理恋人の忠誠ほど強い忠誠はない。トマスと結婚し、トマスと結婚して過ごしたロンドンの八年で、アナはブラット少佐の大部分を消してしまった。彼は思った、エンパイア劇場のロビーで見たアナの不幸そうな静かな微笑から、彼女が自分に何をしたか、それを彼女は知っているのだと。彼は彼女の優しさの幾分かは改悛の情だろうと取った。あとになって彼女の家に戻ったとき、彼女は女性のたしなみとして、彼にピジョン（彼らに共通のただ一人の友人）の話をさせ、彼女はさらに無駄なことを並べ立てた。彼女がピジョンと皿とオレンジの話をすると、それを彼はどう耐えたらいいのかわからなかった。ポーシャの存在があって、彼は耐えられたのだった。

しかし男は生きねばならぬ。我々は他人の生活に――あるいは我々が知らない人々の瞬時の絵姿に、そこまでタダで自己投資したりしない。それは諸刃の剣である。明かりのついた窓のなかの幸福なグループ、列車の窓から見える果樹園の長い草木のなかの人影が、暗い時間にいる我々を保ち支えている。幻影は、感じる人々にとってアートであり、仮にも我々が生きるなら、我々はアートによって生きる。結局のところ感情に我々は忠実をつくす。我々はどこかほかの場所でそれを取り戻すようにと教えられる。ブラット少佐は、ウィンザーテラスを訪れた最初の夜に、ピジョンにこだわる内なる苦闘がピークに来ていて、その温かい部屋にすでに愛着を感じてしまっていた。もてなしと、ラグの上にいた少女のゆえに、少佐はもうピジョンを見捨てはじめていた。少佐自身、その心情には無慈悲なところがあった——そして彼はクロムウェル・ロードのホテルに一人で暮している。ラグの輝き、ソファの上のアナは美しい脚をその上に上げていて、トマスは葉巻を何本か嗅いでいて、ポーシャは、愛しい二匹の猫を撫でるように両肘を撫でていた——ここで必然的な夢が焦点を結んでいる。とはいえ、彼がいまだに取り除けないのがトマスだった。彼はトマスの煙草を受け取ることでさらに借りを作ることで、男と男として、もう少し自然に彼を感じたいと願った。

彼はトマスを賞を受けた人として見ていた。しかし光も暮れゆくこの土曜日の午後、孤独感がトマスの書斎に雲のように垂れ込めていた。散らかった書類、灰、空っぽのコーヒーカップが、ピジョンの後継者を敗者のように見せていて、賞など受けたことのない人のようだった。暖炉の火だけがにやりと笑ったが、それでさえも広告のなかの火のようだった。ブラット少佐は考えても何ひとつ謎が解けない人だったが、人々に関しては一種の天気予報ができた。トマスのマナーの背後にある緊張感を感じ取り、不安な、思い余ったような頭のそらし方に気づいていた。神経はなかったがブラット少佐には不安感があり、そのせいで動物が、突然部屋を出たり、部屋に入るのを拒んだりする。ピジョンはここで彼らとともにいて、トマスを威圧しているか、その間トマスはピジョンの友人に敬意を表したただろうか？　彼は煙草を吸うことに決め、煙草をふかし、小石のような灰色の座った目にその火を映した。すぐ出て行くべきだと見た——だがもう少しだけ。

トマスは、一方、深い椅子に満足げに座りこんで、完成した男のイメージを与えていた。そして思わず大袈裟なあくびを漏らし、その言い訳にこう言う羽目になった。「生憎《あいにく》でした、アナがいなくて」

「ああ、いや、いうまでもなく、そういうこともあるかと。立ち寄っただけだから」

「ポーシャもいなくて生憎でした。彼女がどこにいるのか見当もつかなくて」

「あえて言えば、彼女は相当出歩いているんですね？」

「いや、それほどでもありません。まだまだ。まだ若すぎます」

「愛らしいところがありますね彼女には、こう言ってよければ」ブラット少佐はそう言って明るくなった。

「ええ、まあ、そうとも……。彼女は僕の妹なんですよ、ええ」

「ものすごく素敵なことだ」

「というか、僕のハーフシスターですよ」

「大した違いはないでしょう」

「そうですか？」とトマス。「ええ、そうでしょうな。しかしある意味、僕はヘンな感じがするんです。一つには彼女と僕は半世代の差がある。といっても、うまく行っているようです。ここで一年ほど試してみて、彼女が我々といてそれが気に入るかどうかというところです。彼女は孤児なんです。ええ——それが彼女にはきついことで。僕らはこちらが望んだほど彼女と会うことができなくて、というのも父が海外で暮らすのを好んだので。僕らの感じでは、彼女は僕らと暮らすことを一種の提案だと見なしているかもしれない。母親を亡くしたばかりだし、まだ十分に大人じゃないので、アナとどう過ごしたらいいのかわからず、ロンドンがちょっと……、いやまあ——。とはいっても、まずはうまく行っているようです。彼女が通ういいクラスを見つけたし、同じ年頃の友達もできて……」

自分で話の退屈さにうんざりして、トマスは尻切れトンボになって、椅子にまた更にどっかりと身をうずめた。だがブラット少佐は、じっと傾聴しながら、見るからにもっと出てくるのを期待していた。「あんな小さな子供がいるなんて素敵ですよ、元気が出る」と彼は言った。「何歳だと？」

「十六歳」

「立派なお相手ですよ——ミセス・クウェインには」

「アナには？　ええ、まあ。おもしろいですね、あなたとアナが出くわすとは。彼女は古い友達との付き合いに疲れているんだが、同時に彼らがいないと寂しいんだ」

「彼女は素敵です、僕の名前を覚えていてくれたようで。だって、僕らは一度会ったきりだから」

「ああ、そうでした。ロバート・ピジョンと一緒のときだった。すみません、僕は彼に会ったことがないんです。しかし彼は動き回っているようで、僕はここに根が生えていてね」ブラット少佐に疑念のこもった最後の不安な一瞥を投げてから、トマスは言い足した。「僕にはこの仕事がありますから、ええ」

「そういうことですね？」ブラット少佐は上品に言った。そして煙草の灰を重々しいガラスの灰皿に落とした。「最高ですよ、もしロンドン住まいがお好きなら」

「どこかへ出たいということですか？」

「ええ、はっきり言えばそうなんです。でもそれは、目下のところ、事がどう運ぶか次第でして。僕にはいい話が色々と――」

「手を広げているんですね？　まったくあなたのおっしゃる通りだ」

「ええ、これがうまく行かなかったら、おそらくもう一つがうまく行くだろうと……。唯一の問題は、僕が人とやや疎遠になってしまって」

「ああ、そう？」

「ええ、海外に長くいすぎた、ということらしい。僕としては、いま、もう少し連絡が取れたらいいと。この国にちょっと居たくなりました」

「しかし何と連絡したいんですか？」とトマス。「なにがあると思うんですか、だからと言って？」

薄暗いためらいと、つかの間の疑いでブラット少佐は眉をひそめ、今までよりも個人的なマナーで正面にいるトマスを眺めた。その視線は前よりも明るくなかった――書斎に立ち込めてきた瘴気《しょうき》が彼に薄い膜をかぶせている。「まあ」と彼。「何かが動いているでしょう。そう――一般的な意味で、ですが。そうですよ、なにかがまあみんな――」

「我々みんなが？　我々って誰？」

「まあ、たとえば、あなたとか」とブラット少佐。「必ず何かがあるんです――だから僕は疎遠になったと感じるんだ。僕にはわかる、あなた方が一緒になってやっているなにかが必ずあることが」

「あるかもしれない」トマスが言った。「しかし僕はないと思う。実際問題として、我々は一緒ではありませんよ。我々のうち、好調だと感じている者は一人もいないし、それをお互いに知りたくなどないんです。僕が思うに、競争好きと臆病者ほどやる気を奪うものはない。僕らはみなそう感じています。皮肉なことにほかの連中は、いい思いばかりしやがってという思い込みから、我々ブルジョワにナイフを突き立ててくる。少なくともそう思いこんでいると僕は察しています。我々は自分たちのことなど気にしていないのが彼らにはわからないんだ。我々はそれほど嫌われていませんよ、彼らにもっと嫌われる材料を与えておけば。しかし、我々は、父親たちと同じようなバカ者になるために相当の度胸を要したんですよ。我々は小さなクリストファー・ロビンのお粗末な群れにすぎない。ああ、我々も生きなくてはならないが、その必要があるかどうか怪しいものです。我々の切なる願いは、何とかうまく乗り切っていって、しまいには連中が我々を見限るだろうということです」

「いやはや、あなたは物事の黒いほうを見ているのでは？」

「おっしゃる意味は、もっと練習をしろと？　あるいはイーノのフルーツソルトか何か飲めと？　いや、どうでしょう、僕が言いたかったのは、あなたが多くを見逃しているとは思えないんだ。思うに、それほど事は動いていない──それにしても、アナはわかっているのかな──煙草ですか？」

「いや、ありがとう。いまはけっこうです」

「いまは、ってどういうことなんです？」トマスはするどく言った。

ブラット少佐は同情したのか、同じく頭をめぐらせた。玄関ホールのドアで鍵の音がした。

「アナだ」トマスはそう言い、無関心なふりをした。

「おやおや、そろそろお暇しないと──」

「バカなことを。彼女は喜ぶでしょう」

「しかしお連れがあるようだから」確かに声がたくさん聞こえ、ホールで小声がする。

「どうぞそのまま、いてください」と繰り返しながら、最大級の集中力で、トマスは体を起こし、書斎のドアまで行った。ドアをさっと開き、乱闘を鎮めるかのようだった。それからひどく単調に叫んだ。「ああ……ハロー、ポーシャ……おお、ハロー、こんにちは」

「こんにちは」とエディが返し、勤務時間外のトマスのためにとってある仲間同士の敬意を見せた。

「いや、まあ、あなた方のお邪魔はしませんよ。僕らまた出かけるから」手際よくポーシャのほうに手を添えて、彼はトマスの家のホールのドアを、トマスの妹の後ろで閉めた。その気楽さは、彼の神経が良好な状態にあることを示していた——なぜなら、いったいいつからこのトマスがひょいと出かけて不在になる人になったというのか？　ポーシャは無言だった。エディのそばにくっついて立ったまま、むやみに微笑んでいる。トマスにはこの二人が恐るべき双子に見えた。二人は、はかなげな同じプライドを見せて、頭を高くかかげていた。そして自信に満ちた同じ微笑でトマスを丸めこんでいる。明らかにこの二人は、気づかれずに忍び込みたかったのだ——トマスに対してオーバーに反応するのも、トマスの在宅がいかに痛かったかを物語っていた。彼らは非常な速足で歩いてきたので頬が紅潮していた。トマスは彼らを重い視線で見やり、彼らが痛打だったことを示した。彼は説明した。

「アナかと思ったよ」

エディは愛想よく言った。「そうじゃなくてごめんなさい」

「まだ帰っていないの?」ポーシャが機械的に言った。

「だが僕は、誰がここにいるか教えてあげる」とトマス。「ブラット少佐だよ。ポーシャ、顔を見せなさい、少しくらい」

「私たち、私たち外出するところなの」

「一分くらい、どうってことないだろう?」

もっとも頑固にというか暗く奥に引っ込んでいる男には、自分を抑えてから、現れて、いじめる側に立つときが訪れる。雨粒が樋《とい》を流れるコースを外れたり、ペットの動物の気持ちが些細なことで通らなくて、たちまち緊急事態になるのは、自然がありのままの姿を見せれば、のことだ。トマスは、ポーシャをエディから引き離して書斎にかっさらい、ブラット少佐と話すのが楽しくなった。彼は彼女の肩に手を置いて、顔色も変えず、身勝手な残酷さで、彼女を自分の前に押し出した。エディは粘り強く、できる限り足手まといになろうとして後をついていった。

ブラット少佐は、玄関ホールの対話の間、膝を開いて座り、手首をぼんやり回して、カフスリンクを光らせていた。耳にしたかもしれないことは、犬が耳を振るようにして払い落とした。幼い子供は彼を見ながら、ドアの周囲をプロペラみたいに回っている。トマスはそこで一息ついてから、エディを紹介した。ポーシャとエディは、肩と肩を付けて一列に並び、捕虜みたいに畏《かしこ》まってブラット少佐に微笑んだ。少佐は二人の目に、宙づりになった楽しみを分かち合う共犯関係を見てとった。

「僕はここに押しかけてきたところでね」ブラット少佐はポーシャに言った。「君の兄上に相当ご迷惑をかけてしまった。しかし君の義理の姉上がご親切にもおっしゃるには——」

「ああ、もちろん彼女は本気でそう言っているのよ」ポーシャが言った。

「なにはともあれ」と少佐は続け、胸を痛めながら笑顔を消さないでいた。「彼女はずっとお留守で。

ランチにお出かけのようです。だが僕は君の兄上にお昼寝をさせないでいるんですよ」

「とんでもない」トマスが言った。「ものすごく楽しかった」そしてまた自分の椅子にどっかりと座りこんだので、ポーシャとエディもそのへんに座るか、あるいは立ったままで（二人はずっと立っていたが）、半分ここにはいないこと、どこかほかの場所にいたい気持ちを見せていた。彼らは一フィート離れて立ったが、手をつないでいるも同然だった。ポーシャはエディを液体みたいに見過ごし、虚空に目をやり、自分が彼を見ないのは自分が存在していないからという風だった。エディは煙草を吸うことにして、やたらに派手な吸い方をした。彼らの見せびらかすようなこの親密ぶりは――一同に対する完璧な無関心という形で――トマスに冷ややかな衝撃を与えた。またひとつ家庭が疲れる。それにしてもエディのこの図太さは……。ブラット少佐には、トマスよりも愛情があったので、これは聖なる例外と映った。

「で、どこにいたの？」トマスが言った――結局質問する権利は彼にあった。

「あら、私たち、ロンドン・ズーに行ってたんです」

「ずいぶん寒かったんじゃないの？」

彼らは目を見かわし、寒かったどうかわからないみたいだった。「風があって臭くて」エディが言った。「でも僕らは綺麗だと思いました、ねえ、ポーシャ？」

トマスは驚いて考えた。彼の図太さは本物だ。アナが帰ってきたら何が起きるか？

八

「あの用心深いじいさん《オールド・バード》は誰なの？」

「ブラット少佐よ。アナが知ってる誰かの友達だって」

「アナが知ってる誰かって？」

「ピジョンという名前の人」

エディはこれを聞いてチッと舌打ちをしてから言った。「もう死んだ人？」

「あら、まさか。ブラット少佐は、彼はたいへん元気でいると思うと言ってるわ」

「僕はピジョンなんて、一度も聞いたことがない」エディはそう言って、顔をしかめた。

下心もなくポーシャは言った。「でもあなたは彼女の友達をみんな知ってるの？」

「ときどき誰かに出会うと言っただけさ、このおバカさん。帰ったら出会うだろうって言ったでしょ」

「でもあなたがあれを取ってこいって言ったから――」

「そうだったかな――言っておくけど、ブラットはどうも嫌な年寄りだと思う。色目を使うね」

「あら、まさか、エディ——彼がそんな」

「うん、使わないよね」エディは気落ちしたみたいな顔をして言った。「彼は僕よりずっといいやつだと思う」

エディのほうを向いてその額を心配そうに見やりながら、ポーシャが言った。「今日の彼はなんだか悲しそうに見えたわ」

「まったく君の言うとおりだった」エディが言った。「彼は能力発揮《イニングズ》をしたかったんだ。彼は僕よりもずっといいやつだろうが、ダーリン、こう言っておきたい気がするな、あの手の人間は僕にはむかつくだけだって。見ただろう、彼がどれだけトマスに揺さぶりをかけていたか——哀れなトマスはいたたまれなかった。そう、ブラットはけだもの《ブルート》だ。気が付いたかい、ポーシャ、ダーリン、彼みたいな人間がいるから、僕みたいな人間がいるってことが？　いったい全体どうやって彼はあの家に入り込んだのかな？」

「彼が言うには、アナがまたいらっしゃいと言ったって」

「アナは呆れた皮肉屋だ！」

「はっきり言うけど、エディ、あなたは誇張するのね」

「僕にはバランス感覚がないのさ、ありがたいことに。あの男は見るからに僕をひどく嫌っていた」エディは言葉を切って、下唇を前に突き出した。「あら、あら」ポーシャが言った。「私たち、彼には会わなければよかったわね」

「だって僕が言ったでしょ、帰ったら出会うって。あの家は完璧な蜘蛛《くも》の巣だから」

「でもあなたが私の日記を見たいと言ったから」

彼らはお茶をしていて、というか、マダム・タッソーの蠟《ろう》人形館でお茶を注文していた。ここに来たことがなかったポーシャは、ウェイトレスがみんな本物の人間と知ってがっかりしていた。偽物はどこにも見当たらなかった——蠟人形は別の場所にあった。彼と彼女が並んで座ったテーブルは、四人から六人分の長さがあるテーブルだった。ポーシャの日記は、ウィンザーテラスから持ってこられ、彼らの肘と肘の間に手も触れないまま置かれていて、インドゴムのバンドで固く巻かれていた。彼女が言った。「アナが皮肉屋って、どういう意味なの？」

「彼女は最高にいいことをする度胸があるんだ。でもそんなの、僕には何でもないことだけど」

「もし何でもないなら、どうして動揺するの？」

「あのね、ダーリン、彼女は人間らしい人なんだ。そして彼女の性格が僕を一時期動揺させたんだよ。彼女と知り合ってからこっち、僕は数段ワルになってしまった。もっと早く君に会っていればよかった」

「どうワルになったの？　あなたは自分が悪者だと思ってるの？」

エディはテーブルから少し身を反らせ、レストラン全体を見回し、照明や他の客たち、鏡を見て、いまの質問を真面目にとり、病気なのかと訊かれたみたいだった。そして彼は視線をポーシャにじっと注ぎ、こぼれんばかりの笑顔で言った。「うん、そうだ」

「どういう風に？」

しかしウェイトレスがトレーを持って来て、ティーポットと熱湯が入ったジャグ、クランペットが乗った皿と砂糖菓子の皿を並べた。それが終わるまでに、時間が過ぎてしまった。エディはポットの蓋を開け、クランペットをじっと見た。「まったくもう」彼が言った。「彼女、どうして塩を持ってこない？」

「手を振って、頼んだらいいわ――お茶をつぎましょうか？……だけど、エディ、あなたは悪者に見えないわ。どういう風に悪者なの？」

「さて、君は僕のどこが嫌い？」

「さあ、あまりないな――」

「反対からにしよう――君が一番好きじゃないのは？」

彼女は一瞬考えてから言った。「何の理由もないのに百面相をするところ」

「僕がそうするのは顔がなければいいと思うときさ。みんなが僕について情報を知りたがるのが我慢できない」

「でも顔は注意を惹きつけるわ。自然にみんな見るもの」

「それはそうだけど、彼らを間違った路線に乗せてしまう。やれやれ、と彼らは思うのさ、こいつは神経戦をやるつもりだって。もしかしたら発作を起こすかもって。それで彼らは面白がって、勝手に誇張するのさ。そうなると自分をとりもどす時間ができて、たちまち氷みたいに感じるまでのことだけど」

「そうなの――だけど――」

「そう、じゃないよ、事実は、ダーリン、みんなは僕をすごく揺さぶるんだ――わかるね？」

「ええ、わかるわ」

「君がわかるべきなのは、致命的に重大なことですよ。ある点で、僕は他人に余計に悪く振舞っている、例えばアナに、君があそこにいるときはとくに、君がその理由を知っているのを僕はいつも感じるし、そう感じることが僕を煽《あお》り立ててくれる。僕に絶対に感じさせないでね、君が理解していないなんて」

「なにが起きるの、もし私が理解していないとあなたに感じさせたら?」

エディが言った「僕は一生リアルじゃないままになる」。彼はポーシャの手袋を丸めて一個の固いボールにして、片方の手のひらに丸め込んだ。そして恐怖に駆られて彼女の帽子のへりの向こうを見た。彼女は振り向いて彼が見たものを見たら、彼らが二人で鏡に映っていた。

「あなたが感じることを私はいつも理解するだろうという感じがする。あなたが言う、こ、、、とをときどき理解しなくても、かまわない?」

「まったくかまわないさ、ダーリン」エディは短く言った。「だってさ、僕らの間には知的じゃないことなんか全然ないからね。事実、僕はどうして君に話したのか、わからなくなった。多くの場合、僕はあまり話さないほうがいい」

「でも私たちは、何かしないといけないでしょ」

「それは君には無駄な気がする。君はその間抜けな可愛い顔で、ものすごく途方にくれるから。あっさり言うと、君は僕みたいな人は会ったことがないんだね?」

「でもあなたが言ったじゃない、僕みたいな人間はいないって」

「だけどいっぱいいるんだよ、本当の僕を真似るやつが。君はまだそういうのにも会ったことがないみたいだけど――ほら、ダーリン、さあ、ついでよ。お茶が冷めてる」

「上手にできるといいけど」ポーシャはそう言って、ティーポットの金属の取っ手をハンカチで包んでつかんだ。

「ああ、ポーシャ、君をお茶に連れだした人はいなかったのかい?」

「私がひとりだけのときは一度も」

「食事にも一度も? 嬉しくなっちゃうな!」彼は彼女がカップにゆっくりと、非常に注意して、流れを震わせてお茶をつぐのを見ていた。「一つには、僕はじっとしていられるような気がする。君は、僕が知ってる人で、何一つしなくてもいいとわかるただ一人の人間だ。僕が知るほかの人はみんな、僕が夕食を食べなくてはならない気にさせる。そして君と僕は同類だと感じる。僕らはどっちも悪者か、いやむしろイノセントなんだね。アナは度胸があると僕が言ったとき、君は嬉しそうに見えたよ」

「ああ、違うわ。あなたは、彼女が皮肉屋だと言ったのよ」

「アナに花を贈って無駄にしたお金のことを考えるからさ!」

「すごく高かったの?」

「まあね、僕には高かった。僕はわざわざバカになる勉強をしていたことがわかる。もう三年間も借金漬けでね、だけど裏書きしてくれる人は一人もいない――いや、大丈夫だよ、ダーリン、このお茶代は僕が払うから――首を切られるのは、文字通り僕にはそんな余裕はない。僕が人に頼って生きているという話はきっと聞いているでしょう？　しかしそれがどうなったかというと、僕は買い占められてしまった。彼らがみんな思っているのは、みんなが持っていて僕が持っていないものを僕が欲しがっているということで、だから彼らは僕を手に入れても、それが公正な取引だと思っている」

「ある意味、そうだと思うわ」

「ああ。君はわかっていないよ、ダーリン――もし僕が、僕は美男子だと言ったら、君は僕のこと見栄張りだと思うだろうね？」

「いいえ、私、あなたはとっても美男子だと思ってる」

「うん、そうだろ、だって僕にはそうした魅力が全部備わっていて、みんなを興奮させられる。彼らは僕の頭脳にはまったく気づかない――いつも僕をバカにしている。誰もが僕の頭脳を嫌うのは、僕がそいつを売らないからさ。これが誰もが僕を嫌う地下を流れる理由なのさ。ときどき僕もそれが自分で嫌になる。僕はこんなブタ野郎どもとは一緒にいないよ、まず僕がそこまでクレバーじゃなかったら。この前家に帰ったら、いいかい、ポーシャ、僕の弟が僕の媚びたやり口を嘲笑ったよ」

ポーシャはしばらくの間エディを直視しないでいた、注目しすぎると彼が話をやめるのを恐れたからだ。彼女はクランペットをちぎって小さなかけらにしていた。一つずつそれに塩を付けてちびちびかじった。最初のクランペットを食べ終わると休憩して、紙のナプキンで指をぬぐい、それから長くかけてお茶を一口飲んだ。飲みながら、カップ越しにエディを見た。そしてカップを置いて、言った。

「人生はいつもすごく複雑よね」

「人生だけじゃないさ――僕が複雑なんだ」

「あなたとみんな、だと思うわ」

「君の言うとおりだといいね、この可愛い美しい天使。僕は、僕を好きな人とだけ付き合っているんだ、いい人は誰も僕を好きじゃないが」

彼女は目を丸くして彼を見た。

「君だけは別だよ、もちろん――いいかい、もう好きじゃなくなっても、好きじゃなくなったことを僕にわからせないでね、いいね？」

ポーシャはエディのカップが空になったかどうか見てみた。それから自分の日記に目を落とした――その黒いカバーをじっと見ながら、彼女は言った。「あなた言ったわね、私は美しいって」

「言ったかな？　こっちを向いて顔を見せて」

彼女は、かつては誇らしく、いまは委縮した顔を向けた。しかし彼はくすくす笑った。「ダーリン、君の顎についたバターに塩がこびりついてるよ、クリスマスカードについている本物の雪みたいだ。拭いてあげるから――じっとして」

「でももう一つクランペットを食べるところ」

「ああ、だったら、無駄だね――いや、やめておこう。僕に真面目に考えさせるなんて、君が嫌いになる」

「何回くらい真面目な考えを持つの？」

「何回もだよ――誓ってもいい」

「あなた、何歳なの、エディ？」

「二十三歳」

「あらまあ」彼女は深刻に言って、クランペットをもう一つ手に取った。

彼女が食べている間、エディは彼女をキラキラした目で観察していた。彼が言った。「君はバカみたいだけど霊感を受けたような顔をしてる。理解力が漂っている。どうして僕は君とばかり一緒にいるかって？　僕がほかの人と話すといつも彼らは心のなかで僕をからかっていて、僕がドラマティックだと考えるんだ。なに、僕はドラマティックだよ――決まってるだろ？　僕はドラマティックさ。シェイクスピアの全部が僕について書いている。ほかのやつらも無論そう感じていて、だから彼らはシェイクスピアに関しては、みんな頭がおかしいうつけ者なのさ。だけど、彼らにはそんな神経がないことを僕がわからせるから、みんなで僕に飛びかかるんだ。あいつらの間抜け面なんかくそくらえ――」

彼女は食べている間、視線を彼の額に置いて、高ぶった感情を現在形に保っていたが、あえてなにも言うまいと心していた。その細部にわたる観察によって彼女は、単語一つわからない外国語で演じられた芝居を見ているような気持ちになった――動作をいちいち追いかけていないといけない。彼女の視線にほんの少し気持ちを殺《そ》がれたのか、彼は突然中止して、言った。「君を退屈させちゃったかい、ダーリン？」

「いいえ――ただ思っていたの、リリアンを除くと、これが誰かと交わした初めての会話だなって。ロンドンに来てから、という意味だけど。頭のなかで考えていた会話より、ずっとすごいわ」

「僕の頭のなかの会話よりも、相当に楽しいよ。僕の頭のなかの会話では、非難の嵐をかぶるだけだから。僕は自分自身どうしたらいいのか全然わからなくて――でも、君は夜にマチェットと話すって言ったよね？」

「ええ――でも彼女はロンドンにいる人じゃなくて、家にいる人だから。それに最近は、私に冷たくなってきた」

エディの顔がすぐさま曇った。「僕のせい、だろう？」

ポーシャはためらった。「彼女は私の友達があまり好きじゃないのよ」

彼女が築いたこの垣根に戸惑って、彼が言った。「君には友達なんかいないでしょ」

「リリアンがいるわ」

彼は不機嫌な顔をしてこれを無視した。「いや、彼女が問題なのは、彼女が嫉妬深い厄介者ということだ。それにスノッブで、どの召使もみな同じさ。君は彼女に甘すぎるよ」

「彼女は父にとてもよくしてくれたの」

「ごめんね、ダーリン――でもさ、いいかい、頼むから僕のことは話さないで。ほかの誰にも」

「まさか私がどうして、エディ？　そんなことするはずないでしょ」

「殺したくなるよ、彼らが考えそうなことを考えると」

「ああ、エディ、気を付けてよ――私の日記の上にお茶をこぼしたわ！　マチェットだけがあなたを知ってるわ、あなたの手紙をたまたま見たから」

「そういうものを置きっぱなしにしてはいけない、い、い！」

「置きっぱなしになんかしてないわ。置いてあった所で彼女が見つけたのよ」

「それ、どこ?」

「私の枕の下」

「ダーリン!」とエディは言うと、一瞬の半分だけへこんだ。

「私はずっとそこにいたし、マチェットはそれを持っただけ。彼女が知ってるのは、あなたから私に手紙が来たということだけだわ」

「でも彼女はありかを知ってるんだ」

「きっと彼女は誰にも言わないと思う。彼女は彼らが知らないことを知っているのが好きなのよ、私のことで」

「君の言うとおり、としておこう。彼女の口は落とし穴みたいなものだよ。それに僕は彼女がアリを見つめているのを見たことがある。彼女はこれをとっておいて、自分で利用するだろうよ。ああ、老いた女たちには用心、用心だよ――彼女たちが物事をどれほど食い物にするか、君はまだなんの考えもない。すべてに鍵を掛けておくこと。すべて隠すこと! 瞼もパチクリしないこと、いいね!」

「陰謀《プロット》みたいにやるの?」

「僕らが一種の陰謀なのさ。いつもいつも陰謀あるのみさ」

彼女は不安な顔をして言った。「だったら、あなたと私に残り時間はあるの?」

「なんのための残り時間?」

「ええと、私たちのための、よ」

彼はこれを聞き流して、言った。「陰謀か――革命だよ。僕らの人生だ。みんな束になって、僕らに反対している。だから隠すんだ、すべて隠すんだ」

「どうして？」

「みんながどんなやつらか、君はわかっていない」

彼女の心は戻っていった。「ブラット少佐は気がついた、と思うわ」

「理想主義の老いぼれタヌキめ！　それにトマスも僕らの現場を見たね――君に言ったでしょう、中に入るべきじゃなかった」

「でもあなたが言ったからよ、私の日記が欲しいって」

「うん、僕らは気がヘンだったのさ。アナがブラットと話すまで待つことにしよう。見せてあげようか、僕とアナが話をするところを？」エディはポーズを取り、片方の肘にもたれかかり、アナのもっともらしいさりげない優雅さをして見せた。そしてしどけなく指を額に引き寄せ、想像上の髪の毛を後ろにかき上げた。魅力的なためらいを見せて言葉が自然にこぼれたように見せながら、彼が始めた。「『ねえ、エディ、私のことで怒らないでね。私もこれが退屈だし、あなたも退屈。でも、私の感じでは――』」

ポーシャは恥ずかしくなってティールームを見回した。「ああ、アナの真似をここでしないといけないの……？」

「またこれをやる気分にはなれないかもしれない。アナのことを考えると、原則として僕はすごく腹が立つ。彼女が僕に言いそうなことを君に聞いてもらわないと、もし彼女がこの前代未聞のオープニングを……。彼女の言いそうなことは、君がまだほんの子供であることを忘れるなということさ。

彼女はほのめかすだろうよ、僕が君に何を見たのかわからないとか、僕が何か狙いがあるに違いないとか、それが何か知りたいだけだ、などと。彼女はどうせ言うだろうね、僕が本当は何者なのかについて、彼女は君に一言も言わないという点で、僕が彼女を当てにしていると。彼女は言うよ、彼女とトマスは僕に比べたらつまらない人間で、だって僕は天才だし、どんな仕事をするにしてもあまりにも超越しているので、彼女はお膳立てすらするわけがないと。彼女は言うよ、もちろん勘定を払う人たちは、つまらない人たちだと。それからこう言うよ、僕が僕の評判に合わせて生きるのは、僕にとって大変なストレスであることはよくわかるし、可能なかぎりの刺激が僕に必要なのはわかっていると。最後に彼女はこう言うよ、『そうよ、もちろん、彼女はトマスの妹よ』と」

「でも、いまの話、何のことだか全然わからない」

「ああ、そうだろうね、ダーリン。でも僕はわかるよ。アナはソファの上にいる。僕は彼女の小さな黄色のバカみたいな椅子に体を捻じって座る。僕が立ち上がろうとすると彼女が言うんだ、『あなたといるとすごく疲れる』と。そして煙草を吸う。こうやってね」――エディは自分のシガレットケースを開き、指先で物憂げに中身を平らに撫《な》で、ハープを弾いているみたいに頭を一方に傾げ、煙草を一本選ぶと暗号でも読むように眺め、細心の注意を払って火を点け、そしてもう一度想像上の額の髪を上に掻き上げた。「彼女は言うよ」とエディ。「『あなた、もう帰った方がいいわ――ポーシャが玄関ホールできっと待ってるわよ』」

「ああ、エディ――彼女はいつもそう言うの?」

「彼女はなんだって言うさ。アナについて一つ、彼女はもう一人を商売女《タート》にするのが大好きなんだ。

彼女は自分が立派な商売女であるなどとは、夢にも思っていないけど」

ポーシャは戸惑って見えた。「でもあなたは彼女が好きだと私は思うけど」

「うん、ある意味では好きだよ。だから彼女はすごく迷惑なのさ」

「前に言ってたわよ、彼女はとても親切だって」

「そのとおり——彼女はそうやって僕をいらいらさせるんだ。ダーリン、僕がアナになって、面白かった？」

「いいえ、面白くなかった。あなたもやってて楽しくないんだと思った」

「いや、楽しかったよ。とても面白かった」エディは喧嘩腰になっていた。

それから彼は百面相をいくつかして、作り物のアナを最後の一片まで振り払うかのように、顔の造作をあらゆる方向に引っ張った。変装には（ポーシャが見抜いたように）その裏に憤怒があった。アナが彼に向けて放つ理論上の矢は、悪魔の微笑を湛えて飛来していた。彼はいまカップを引き寄せて、冷めた紅茶をぼんやりしながら飲み干した。それが脅されているように見え、ポーシャは一瞬、彼がお茶を吐き出すのではないかと思った——お茶で口をゆすいだみたいに。だが彼はお茶をごくりと飲み、その後でビッグシーンを演じ終えた役者のように、疲れ切った様子で微笑んだ。彼は同時にホッとした顔になり、重圧をはねのけたのか、義務を一つ果たしたかのような敬虔な顔になった。罪のない空間に存在しているように見える。彼はやっと彼女のほうを向いて、瞳にポーシャだけを映し、帰宅できてよかったと言っているみたいだった。

しばし黙ってから彼が言った。「うん、僕はものすごくアナが好きだ。でも僕らには、悪漢みたいなやつがいたほうがいいんだ」

しかしポーシャは反応するのに時間がかかった。悪漢論が出た間に、クランペットを食べたのだが、彼女の額の眉が不安定な線を描いた。びっくりしたわけではないが、彼が抱いているアナに関する見解で催眠状態に入ったようだった。混乱しながら気分が高まり、一陣の風に吹かれて四方八方に揺れる若木のようだった。エディの振舞いにあった活力が渦巻いて、百個の意味不明な屈辱から彼女を解放し、彼女の百回の失敗を解消して通常の役割に戻してくれた。彼女は、友人で恋人である者に備わった特質で、彼が出した要求に応えることができた。彼の行動の下にあるらしい性急さが、彼と彼女を取り巻く人生を一気に詩的な新秩序に陥らせた。感情の領域における政策方針は、どんなものであれ、彼の恋人の誰にとっても致命的だった——風にはなびくしかない。ポーシャの準備不足、政策方針の欠如は——そのためにウィンザーテラスは、彼女にとって理解できない法律が支配する法廷になっていた——エディといると彼女の立場を有利にした。彼女には固執したいこともなく、学ばないことも一つもなかった。従順だった。彼に投げるつかの間の不安なまなざしも、その裏に熱意があるだけで、生死に関わるような困惑はなかった。自分自身を蓋の開いた彼のピアノにすることで、唇が彼のもののように反射的に微笑むのを感じ、彼に学び、彼を手に入れていると感じた。これがエディだった。彼が言ったこと、彼のものの見方が必然的になっていった。最初から彼はポーシャにとって馴染みがないものではなかった。こうも言えただろうか、アイリーンが死んだ後、彼女は初めて普通の人の面前にいる感じがしたと。

イノセンスは、つねに虚偽の位置にいる自分自身がわかるので、心のなかがイノセントな人々は不正直になることを学ぶ。自分自身の用法で話す言語が見つからないので、不完全に翻訳されることに自らをゆだねてしまう。彼らは孤立している。彼らが諸々の関係に入ろうとするとき、彼らは妥協してごまかしている――不安を通して、温かさを感じ伝えたいという切望を通して。親愛の情を示す我々の現行のシステムはあまりにも堕落していて彼らには機能しない。イノセントな人々はやりそこなうしかなく、結果、ウソをつくと言われる。恋愛においては、彼らにはそれしかない可愛らしさと強暴性が、イノセントの度合いの劣る人々を千回も裏切ることになる。世界に対して治療不能な異邦人なので、イノセントたちは英雄的な幸福を強要することを絶対にやめない。その一意専心ぶり、その非情さ、その唯一消えない願いは、彼らを残忍にし、かつ残忍さに苦しむことに呪縛される。イノセントな者はあまりにも少数なので、二人が出会うことはめったにない――もし出会ったら、彼らの犠牲者は、その周囲に累々と横たわる。

ポーシャとエディは並んでテーブルにつき、その間に置かれた日記は彼女が片方の手で押さえていて、互いを見交わすまなざしは、それぞれに構えた二つの容赦しない視線を一瞬湛えた、かと思うとその二つは一つになった。その視線一つを生じさせるために、彼らの瞳は初めて全精力を使ったようであった。かくしてできた視線は、ある種卓越した相互儀礼の挨拶であって、愛情といった優しさではなかった。この二人の共犯者は初めて口を開き、同一の犯罪の互いの役割を語り合った、あるいは、二人の子供は互いに共通する高貴な生まれを知った、と言ってもいいかもしれない。恋愛の主題については、言うべきことは何もない。何の計画も何の欲望も持っていないようだ。彼らの今日の語らいは、あらかじめ了解済みの契約をたどっただけ。この瞬間、彼らはその意味合いに挨拶したのだ。

ポーシャの生活は、いままでのところ、密やかな静かな盲従に終始していたが、これまで盲従してきたことを哀れと感じたことはなかった。彼女はいま哀感をもって見たが、犠牲者のすべてを――ブラット少佐、リリアン、マチェット、それにアナさえも――エディに出会うために飛び越してきたからといって、自分を非難しなかった、そして彼女はわかっていた、もっとこれが増えることを、なぜなら犠牲は単一行動ではないからである。ウィンザーテラスは彼女に手を焼くだろうし、ここでは正義を振り回しても始まらない。外部の人間が、愛情から得る損な取引に応じるいわれはない。アナですら、ポーシャには一種の道徳に外れた親切を示してきたし、マチェットの愛情がいかにマチェット本人の心の重荷を解くことであったとしても、愛情ではあったのだ。人はそれも放棄しなくてはならない。

　エディにとってポーシャの愛情は、何年にもわたって彼に向って注がれてきた非難と、彼が自身に向けてきた非難を跳ね返してくれるように見えた。彼は自分が感じてきた侮辱について、彼女にはその半分も伝えていなかった。彼女より年齢が上だったので、世界の罪深いもっともらしさに彼はより長く苦しんできた。彼は、自分が必然だと感じたが、自分が正しいと感じたことはない。彼は他人の扱い方で間違ってきたが、その関係が彼らのものではなかったことがあとで分かった。彼が好んで頭をのせた胸は、どんなに温かく見えても、そこにもある多くの途方もない規則に自分が従っているのがわかった――それですぐにその胸は彼には恥ずべき胸になった。愛情については、一種の処女の美徳の霊が、災厄続きの彼の恋愛沙汰の外側に立っていた――機械的に彼が人に与えてきたさりげないタッチ（愛情あふれる呼びかけ語、もらった微笑につりあった微笑返し、意味があるようなないような彼の視線）は、彼の攻撃上の防御策で、彼らがタッチしてはならない何かを防御していた。彼の美しい習慣は食欲とのつながりをほとんどなくしていた。彼の肉体は純朴さを失いつつあった。彼の真の純朴さは、彼のなかに引きこもったまま、名誉と平和を求めていた。彼は、父と母から切り離されたと感じていたにしろ、ある意味では家庭を離れたことはなかった。彼はアナが嫌いだったが、それは、彼女の瞳の中に未来永劫「次はなにが？」を見るという意味でアナが嫌いだった。彼自身に見えたのは、「次」ではなく、継続する「今」だった。

彼はポーシャの手を見下ろして言った。「すごく太った日記だね！」

彼女は手を上に上げて、黒い表紙の本を見せた。「もう半分以上埋まってるの。早いでしょ」

「それが済んだら、また新しいのを？」

「ええ、そうね、そう思うわ。物事って、いっぱい起きるから」

「でも、君が彼らのすることを気にするのをやめたら、どうなる？」

「ランチやレッスンやディナーはいつだってあるでしょ。それしかない日は何日もあったけど、そういうときは、ページをブランクにしておくの」

「ブランクのままのページって、意味があると思うの？」

「ええ、そうよ、それだって日々ですもの、結局は」

エディは日記を摘まみ上げて、両手で持って重さを計った。「で、これは君の考えでもあるんだね？」彼が言った。

「いくつかはね。でもあなたのせいで考えたわ、考えるのをやめるほうがいいのかなって」

「違うよ、君には考えてもらいたい。もしやめたら、僕の腕時計が夜中に止まっちゃったみたいな感じがするよ……。これは君のどっちの考えなの？」

「より特別な考えよ」

「ダーリン、君が好きだよ、僕にこれを持ち帰ってほしいなんて……。でも、途中でこれをバスに置き忘れたらどうする？」

「私の名前と住所が書いてあるから、内側に。きっと戻ってくるわ。でも、あなたはきっとポケットに入れてくれるわね？」彼らはノートを彼のポケットに押し込んだ。「実際のところ」とポーシャ。「いまこうしてあなたがいると、日記なんかそれほど欲しくないわ」

「でも僕ら、そんなに会えないから」

「考えたことをあなたのために取っておいてもいいけど」

「いや、書きとめて、そして僕に見せる。僕は考えになった考えが好きなんだ」

「でも、ある意味で、そっくり同じじゃなくなるわね。どういう意味かというと、私の日記が変わるわね。今まではただ書いていたけど。書くのを同じように続けるなら、あなたが存在しないという想像をしなければならなくなる」

「僕なんか、君を変えたりしないよ」

「あなたがいると私は一人ぽっちじゃなくなる。それが私の日記だったのに。最初にロンドンに来たとき、私は世界でたった一人の人間だったの」

「ねえ――君は何に書くの、僕がこのノートを持ってる間は？　スミスの店に行って、もう一冊買おうか？」

「この近くのスミスは、土曜日の午後は閉まるのよ。でも、今日のことはなにも書かないと思う」

「ああ、そうだね。君の言うとおりだ。君と僕について君には何も書いてほしくない。実際、僕のことはなに一つ絶対に書かないでよ。決して書かないと、約束してくれるね？」

「どうしてダメなの？」

「書かれると思うのが好きじゃないんだ。ダメだよ、起きたことだけ書けばいい。レッスンについて書いて、君がリリアンと交わすむかつくような話とか、食事に何が出たか、ほかの人がなにを言ったか。でも誓ってよ、君が感じることは書きとめないと」

「私が感じるかどうかも知らないくせに」

「僕は書くのが嫌いなんだ。僕は芸術が嫌いなのさ――芸術というと必ずほかに何かあるだろ。君には僕のことで言葉を選ばせないよ。もしそんなことを始めたら、君の日記は恐ろしい罠になって、君とは安心していられなくなる。君には考えて欲しいけどね、ある意味で。君が進んでいると思いたいんだ、時計みたいに。だが、君と僕の間には、どんな考えもあってはならない。それに僕には、後《あと》知恵《ぢえ》ほど嫌なものはない。事実、僕はこの日記をいますぐ持っていくのが嬉しいんだ、たとえ二、三日でも。さてと、どうやら君は僕の話がわかってないね？」

「ええ、でもそれは大したことじゃないわ」

「君が話さなくてはならないのは、ブラット少佐か……ああ、やれやれ！」

「どうして？」

「もう六時だ。ほかに行く所があってね。もう行かないと——さあ、エンジェル、手袋をして……あれ、どうした？」

「忘れないでくれるわね、コートのポケットに日記が入っているのを？」

九

日記

月曜日

日記がエディから郵便で戻ってきた。彼は手紙は書かなかった、時間がなかったのでと。小包は会社のラベル付き。一生懸命に書かないといけない、九日間も逃したことになるから。

私のベッドのそばの白いラグは、クリーニングのためになくなっている、私のクマたちに塗るワニスをラグにこぼしたのだ。マチェットが赤いラグを代わりに置いたが、足がチクチクする。

今日は「ウンブリアン・アート・ヒストリー」、「簿記」、「ドイツ語の作文」をした。

火曜日

エディは日記についてまだ言ってこない。リリアンは授業中に不機嫌になり、出て行かなくてはならなくなり、彼女が言うには、自分が感情を持つと不機嫌になるとのこと。

今日うちに帰ると、アナは外出中、だから下でマチェットとお茶をした。彼女はアナのパープル色のシフォンのドレスを繕うのに忙しく、私になにも訊かなかった。アナは帰宅すると、上に来るように私を呼びつけ、今夜はコンサートに連れて行くつもりよ、切符が一枚余ったからと言った。疲れ切ったような顔をしていた。

今日は「英語のエッセイ」、「救急手当」と、「ラシーヌのレクチャー」があった。もうコンサートに行く着替えをしないと。

水曜日

エディは日記のことをまだ言わない。今朝はリリアンと私は一時間目に遅刻、彼女の母親がリリアンをダイエットさせている。昨夜、私がアナとタクシーに乗っていたとき、彼女が言った、エディと私の散歩が楽しいといいわねと。私が、ええ、と言ったら、アナはエディが楽しかったと言っていたわよと言った。そこで私は窓の外を見た。頭痛がすると彼女が言ったので、コンサートで余計痛くなったのではないのかと言ったら、彼女は、そうよ、当然だわ、と言った。私を連れて行ったのが失敗だったのだ。

今日は「衛生学」と、「ラシーヌについてフランス語で作文」、それから「ウンブリアン・アート」の絵画を見るために、ナショナル・ギャラリーに出かけた。

今夜は、トマスとアナが晩餐会に行く。マチェットがお休みなさいと言ってくれるだろうか。私の白いラグが戻ってくるといいけど。

木曜日

今日、エディから手紙が来て、まだ日記のことはなにも書いていない。彼が書いているのは、アナとランチをとった、彼女はいい人だということ。私に電話をしようと思ったが、しなかった。なぜしなかったかは書いていない。新しい人生を始めたような気がすると書いている。

不思議でならないが、アナとコンサートに行かなかった人は、結局誰だったのか。

彼はすぐに会いたいと書いている。

今日はクラスのお気に入りの「ウンブリアン・アート」についてエッセイを書いて、その特徴は何か書かねばならなかった。ハイネをして、「ドイツ語の作文」を返してもらった。「週間行事について レクチャー」があった。

金曜日

エディに手紙を書いたが、この日記についてではない。

エディに書いたのは四時半、うちに帰ってすぐ書き、それからまた外に出て、切手を買って投函した。マチェットはどちらのときもドアの音を聞いていなくて、あるいは少なくとも上に上がって来なかった。アナとお茶をしたのは二人の新しい人たちで、彼らは私に話しかけるべきかどうかわからなかった。アナはどちらにも特別な印象を与えなかったし、彼らもアナに特別な印象を与えなかった。私はその場をはずしてからお茶にした。

二度入るのはヘンな感じだ、だって一回入ったら、だいたいそのまま家にいるのだから。切手を買ってから入ったときは、いつも感じるよりもっとヘンな感じがして、家そのものはいつもよりもいっそう普通だった。午後にはいつもそうなるのだ。トマスが帰ってきたとき、食べさせられたくないと思っている何かのにおいを嗅いでいるようだった。この家は感情がにおうのだ。エディと知り合ってからというもの、私はこのにおいが何なのか、さらに自問している。

今日は「ラシーヌのエッセイ」が返されて、数人が自分の書いたことで議論した。メッテルニヒについて議論し、「バッハの鑑賞のレクチャー」に連れて行かれた。

明日はまた土曜日だ。

土曜日

エディから手紙、日曜のことを書いてきた。私がダメなら彼に電話をするようにと書いてあったが、私は行けるので電話しなかった。ランチの前にトマスとアナは車で外出、週末の旅行に出たのだ。アナは、リリアンをお茶に呼んでいいと言い、トマスは五シリングくれて、それで映画に行きなさいと言い、君はちゃんとしているよねと言った。リリアンはお茶に来られなくて、私は書斎の暖炉のそばにいる。何だか明日があるという一日は嬉しい。

日曜日

「日曜日」とだけ書く、エディはそのほうが好きだから。

月曜日

今日は「シエナ・アート」に入り、「簿記」をして、ドイツの演劇を読んだ。アナは盛大な晩餐会を開き、あなたは大して楽しめないわよ、と言った。ともあれ、気にするまい、昨日のあとだから。

火曜日

トマスと会話のようなものを交わした。彼は帰宅するとベルを鳴らしてアナはいるか尋ねたので、私はいいえと言い、下に降りたほうがいいかと訊いたら、戸惑ってから、ああと言った。彼は机にもたれて夕刊を読んでおり、私がなかにはいると、温かくなった、ね、と言った。彼は、僕は実は蒸し暑いよと言った。彼は昨夜、晩餐会で、私と顔を合わせなかったので、いい週末だったかい?と訊いた。君がひとりぽっちで寂しくないといいがと言ったので、私は、ああ、いいえ、と言った。彼はエディはいい人だと思うかい、と訊いた。私が、ああ、はい、と言ったら、彼は、エディは昨日ここに寄ったんじゃないのかい、と言った。私は、ええ、そうです、と言い、私たちはこの書斎に一緒に座ったのよと言って、彼の書斎に人が座るのを気にしないといいがと言った。彼は、いや、そんな、と言い、いや、そんな、は、はるかかなたの声だった。私とエディは友達なんだと思うがと、彼が言ったので、ええ、そうですと私は言った。それから彼は元に戻って夕刊を読みはじめ、何か新しいことが出ているみたいだった。

彼は半分、私に出て行ってもらいたくて、私も半分、出て行きたかったが、出て行かなかった。トマスが自分の知りたいらしいことを訊いてきたのは、これが初めてだった。私はエディの名前を聞くのが嬉しくて、アームチェアの肘に腰かけていた。彼は煙草が欲しくなり、間違って私に一本薦めようとしかけた。笑わないではいられなかった。彼は、うっかりした、と言い、それから、ダメだよ、大人になっちゃ、と言った。彼が言った、我が家族には間違いがたくさん流れているのを知っているねと。彼が言った、私の父が私の母と知り合うようになった時、私の父はまだミセス・クウェインと一緒にドーセット州に住んでいて、私の父は前よりもたくさん煙草を吸うようになったんだよ。彼が言った、私の父は煙草を吸いすぎるのを恥じて、吸殻を封筒にしまうようになり、それを庭に埋めたんだ。夏だったから、それを燃やす焚火もできず、マチェットに吸殻の数を数えられるのも嫌だったんだね。私は言った、トマスはどうして知ってるの、すると彼は、軽く笑って、言った、僕はその現場を一度見たんだ。彼は言った、私の父は現場を見られるのを嫌がったが、トマスにはそれがほんの冗談に思えたと。

トマスは、どうしてこれが頭に浮かんだのか僕にはわからない、と言い、その後は、私が見ていないと彼が思った時に私をちょっと見た。トマスの視線はすべて、アナに向けるとき以外は、見ていない人に向けられる。彼は、私が見ていることがわかっても、気に掛けない。結局彼と私には私たちの父親がいるのだ。彼とアナはその事を共有しているが、彼とアナの内側には同じ事はなくて、彼と私の内側にある同じ事のようにはいかない。彼は一種早口で、それが私に似ているが、私はエディが上品だといいと思うの？と言った。私は、それはどういう意味なのと言った。彼はすると彼は、いや、まあ、僕はエディを知らないんだ、彼は馴れ馴れしいかい、と言った。彼は言った、いや君はまだ僕の言うことがわからないだろうね、私は、わからないと言い、彼は、だったら大丈夫だと思う、と言った。私が、私たちは二人で話すの、と言うと、トマスはラグを見て、私たちが座った場所を知っているみたいで、そして言った。ああ、そうなの、ふーん、と言った。

それからトマスは、かかとでラグを蹴るようにして、人がそこに座るのを嫌がっているみたいだった。ランプがトマスの顔のたるみとしわを浮き立たせたので、この部屋にいるのは彼ひとりみたいになった。彼は、ああ、まあ、君たちがどうなるか見ていよう、と言った。彼は本を一冊取り上げ、誰であれ人を愛するのは間違いだ、と言った。私は、大丈夫なんでしょ、結婚していれば、いいんでしょ？と言った。すると彼はすぐに、ああ、もちろんだよ、それなら大丈夫、と言った。タクシーが停まるのが聞こえ、アナのタクシーみたいだったから、私はもう行かないと、と言い、上に上がった。私はトマスそっくりな気持ちがして、タクシーの停まるのが聞こえてとても嬉しかった。

水曜日

今日は「衛生学」と「フランス語のエロキューション」をしてから、ナショナル・ギャラリーに十三、四世紀イタリアのシエナ・アートの絵画鑑賞に連れて行かれた。ナショナル・ギャラリーに行く途中で、リリアンが言った、いったいあなたは心の中でなにを考えているの？と。私はなにも、と言ったが、彼女はあなたは集中していないと言った。ナショナル・ギャラリーの後で、リリアンがデパートのピーター・ジョーンズに一緒に行かないか、セミ・イヴニング・ドレスを選ぶ手伝いをして欲しいと誘った。リリアンの母親は彼女に洋服を自分で選ばせ、自分の趣味で選んだらいいと言うのだ。リリアンには趣味がある。マチェットに電話しないと、と私が言うと、リリアンが、電話しなくちゃならないのが面倒になる日が来るかもしれないわよと言った。リリアンは綺麗なブルーのドレスを選び、彼女の容姿にぴったりで、お代は四ギニーした。

家に帰ると、アナが書斎にいる音がした。トマスは昨日から姿が見えない。

木曜日

エディから手紙、日曜日に誰かに誘われたかと訊いてきた。私の絵を描いたけど、額に入れるのを忘れたと書いてきた。来週は遠方に出かけないといけないとある。

白いラグが戻ってきて、前よりふわふわになり、猫のおなかみたいにふわふわだ。この上で何かをひっくり返すのはよそうと思う。

今日は「シエナ・アート」についてのエッセイを書き、ウンブリア芸術にはないシエナ芸術の特徴は何かを書きなさいと言われた。「週間行事」のレクチャーがあり、音読を教えにレディが来た。

リリアンの母親が、ブルーのドレスは体にぴったりし過ぎると言ったが、リリアンはそれに同意しない。

今夜は濃い霧が一面に出ている。

金曜日

起きたら窓が茶色の石みたいで、その他は部屋が全然見えなかった。家全体がそうなっていて、夜だからではなく、空気が病んでいるみたいだ。朝食をとっている間、我が家の前の鉄柵《レイリング》を人々がしっかり握って歩いているのが見えた。私が済ませた後でトマスが朝食をとるが、今日の彼は降りてくると言った、これが君の初めての濃霧だねと。それからアナが上から言ってよこした、ミス・ポーリーの教室に行かないほうがいいのではと、しかし私は、あら、いいえ、むしろ行きたいわ、と言った。また上から言ってよこし、だったらマチェットと一緒がいいのではと。トマスが言った、彼女の言うとおりだ、道路の交通も見えないから、自分の手で押し分けて進むんだよ。もちろんマチェットの手は私の手より強い。

そういう所を歩くことは、まさにピーター・パンのアドヴェンチャーのようだ。公園のゲートの外では火が燃えていて、マチェットが言うには、あれは炎だそうだ。彼女は私の口もとを覆ってしゃべれなくした、さもないと濃霧を吸いこむからと。途中でタクシーを拾い、マチェットは背筋をまっすぐにして座り、自分が運転しているみたいだった。まだしゃべらせなかった。ミス・ポーリーの教室に着いたとき、女生徒の半分は来ていなかった。一日中明かりを点けっぱなし、ホリデーみたいな感じがした。終わるころには濃霧はさほどでもなくなっていたが、それでもマチェットが来て、家に連れて帰ってくれた。

「モーツアルト鑑賞」のレクチャーがあるはずだったが、濃霧のために、「子供の心《スモール・マインド》」に宿る「いたずら子鬼《ホブゴブリン》」についてディベートをした。メッテルニヒの政策についてエッセイも書いた。

今夜はアナもトマスも家で夕飯をとった。アナは、濃霧が出るといつも自分が何かしたような気がすると言ったが、真面目な意味で言ったのではなさそうだ。トマスが多くの人もそう感じるんじゃないかと思うよと言ったら、アナは絶対にそんなことはないと言った。それからみんなで客間に座り、私がいなければいいのにと彼らは思った。

あしたは土曜日だけど、なにも起きないだろう。

土曜日

なにも起きないだろうと言ったとおり、濃霧すら消えていて、茶色のしみしか残っていない。トマスとアナは週末の外出、今回は列車で出かけた。私は客間に座って、ディケンズの『大いなる遺産』を読み始めた。マチェットはアナの衣服で忙しくしている。お茶になって階下に降りたら、あら、まあ、あなたは幽霊かと思ったと言った。しかし幽霊みたいなのはこの家だ。フィリスがキッチンで蓄音機を聞こうと誘ってくれた。蓄音器が鳴らせるのは、アナがいないときだけ。エディと一緒に出かけるまでは、私はこうは感じなかった、知らないうちにこう感じているのでなければ。

日曜日

先週のこの日のこの時間。

今朝は公園に散歩に行った。ほとんど誰もいなかった。犬たちが走り回っていて、しまいには迷子になり、飼い主が口笛を吹いた。あらゆるものが土のにおいがした。私たちがすごく好きだった場所を見たが、前と同じではなかった。日曜日はときどきとても悲しい。午後、マチェットがバスでセント・ポール大聖堂の午後の礼拝に連れて行ってくれた。「主よともに宿りませ」を歌った。家に帰る途中で、マチェットが言った、トマスとアナが四月には遠くに行くのを知ってますか？　彼らは海外に行くと決めていると彼女は言った。これには驚いた。彼女は言った、私はよく気付く人間なのに、あなたがなにも思いつかないのは不思議ですねと。彼女は言った、適当に時期を見て話してもらえるでしょうよと。私は言った、私はここに残るの？

するとは彼女は、それはできませんよ、私がお屋敷の春の大掃除《スプリング・クリーニング》をするからと。私は、どうしようかと言うと、彼女は口を閉じてしまった。外の街路ではバスがいっそう暗くなって見えた、お店が全部閉まっているからだ。

私のことがすごく好きな誰かがいたらいいな、私が外出した時にドアまで出て来て玄関ホールのテーブルになにかサプライズを置いていき、なかに入った私がそれを見つけるんだ。

セント・ポールから帰ったとき、マチェットは地下室から入り、私には表の玄関から自分の鍵で入らせた。

夕食の後、トマスの火の前で私は白いラグの上に座った。このラグの上でエディが話したことを、いくつか考えた。

彼の父は建築家だ。

彼は、子供だった時、聖書の聖句をたくさん丸暗記していた。

彼は暗闇をとても怖がる。

彼が好きなお料理は、粉チーズをまぜた細長いチーズ・ビスケットとジェリー・コンソメ。

彼は本当は大金持ちになりたくないのだろう。

彼が言うには、誰かを愛すると、抑えていた願いが溢れ出す。

彼は笑われるのが嫌いだから、みんなに笑われたいというふりをしている。

彼はネクタイを三十六本持っている。

こうして書き出すと、授業のときに書かされる事の特徴みたいに見える。どうだろう、エディは、私が外出している間に、テーブルの上に私宛てのサプライズの贈り物を置いてやろうという気持ちになるだろうか。

月曜日

留守中のエディから手紙。全然好きじゃない人と一緒にいる、と書いている。オフィスに電話して、アナが外出する晩はいつか訊いてくれと言ってきたが、どうしたらそれがわかるのか私は知らない。

今日はさらに「シエナ・アート」のこと、「簿記」、そして「ドイツ語の作文」をした。リリアンは教会の墓地で待っていなくて、レッスンには遅れてきた。ある俳優にのぼせていて、明日はお茶を一緒にしてと言った。家に帰るとアナがとても喜んで、まるでセント・クウェンティンに話すみたいに週末の話を私にした。おそらく海外に行くので機嫌がいいのだろう。私をどうするか考えつくまで、私にその話を持ち出せないのだ。

火曜日

ああ、お祈りがかなえられたみたい、ブラット少佐がジグソーパズルを送ってきてくれた。帰ったらテーブルに乗っていた。それをしている私を想像するだろうとカードにあった。

今日は「英語のエッセイ」と「救急医療」をして、『ル・シド』を観に女学校に連れて行かれた。それからリリアンとお茶をしに行き、彼女が俳優の話をするのを聞いた。彼女はどこかで彼に紹介されたらしく、それから彼に手紙を書いて、彼の芸術を賛美しています、それをとても賛美しているからですと書いた。彼から返事がなく、彼女が三度目に手紙を書いたら、彼はやっとリリアンをお茶に招いた。彼女はあのブルーのドレスを着て、その上に短いコーティーを羽織った。お茶にはほかの人たちもいたのに、彼はあとまで残るように彼女に言い、それから恐ろしい振舞におよんだ。彼は情熱的だったと彼女。リリアンはすっかり興奮してしまい、家に帰ったあと彼に二通の手紙を書いて、自分がどう感じたかを書いた。しかし彼はどちらの手紙にも返事をせず、リリアンは、彼の気持ちを傷付けたに違いないと思っている。これで彼女はまた不機嫌《ビリアス》になった。

私の部屋のテーブルは、どれもジグソーパズル全体を乗せる大きさがなくて、床の上に広げてたら、マチェットが気にするかどうか。

水曜日

マチェットはアナの白いヴェルヴェットのドレスを、エクスプレス・クリーナーに出す、アナが明日の夜にどうしてもそれを着るからだ。私がここで着るのと言ったら、マチェットはいいえ、よそで、と言った。だから私はエディに、私の予定を言わなければ。

今日は「衛生学」と「フランス語のエロキューション」をして、ロンドン博物館に歴史的コスチューム展を見に行き、気分転換になった。炎上するロンドンの模型も見て、ミス・ポーリーは、未来の戦争を防止するために、私たちはあらゆることをしないといけないと言った。

エディに電話した。

木曜日

エディは、私たちの嘘は私たちのせいではないと言う。だから私はリリアンと出かけていると思われている。彼らはそれならいいだろうと言っている、私が十時までに帰るなら。私は帰り道でリリアンの家に寄らないといけない、マチェットを迎えに寄越すかもしれないからだ。しかしエディが住んでいるのは、まったく違う場所だ。どうしよう、お金が十分じゃなかったら?

金曜日

昨日はすべて大丈夫だった。

土曜日

今朝はアナがショッピングに連れて行ってくれた。午後はトマスが動物園に。アナはランチに食べるものを選ばせてくれた。彼らは色々と相談しているのか、二人で海外に出かけると言いだすのだろうか？

日曜日

ランチに連れて行かれ、ケント州に住んでいる人たちと一緒にランチをとった。だから私は一日中ほとんど車の中に座っていて、外に出たのはランチのときだけだった。アナとトマスは車の前の座席にいて、トマスがしきりに彼女はどうしている？と言う。アナは振り向いてチラッと見る。

帰宅した後、パズルをどんどんやる。

先週の木曜日の夜、初めてエディの所に行ったが、彼の住まいとして想像していたのとは違っていた。彼はこの部屋が嫌いで、部屋もそれを知っているに決まっている。彼は本を全部見せてくれて、君が読書を全く好まないのがすごく嬉しいと言った。とても素敵な、クックしてない冷食をボール紙のお皿でとった。エディはマカロンを私のためにと思ってねと言い、それからガスコンロでコーヒーを沸かした。料理ができるかと彼が訊いたので、母がノッティング・ヒル・ゲイトに住んでいたときは料理をしたと言った。フォークはあったがナイフが一本しかなく、もうスライスしてあるハムだったのでラッキーだった。彼は今まで夕食に人を呼んだことはないと言い、ひとりのときはレストランに行くし、人がいるときもレストランに行くと言った。それはいいわねと私が言ったら、いいや、よくないと彼が言った。私が前にここに来た人はいないのと訊いたら、彼は、ああ、いるよ、お茶に呼ぶ人はいると言った。私が、誰をと訊いたら、彼は、ああ、レディたちさ、うん、といった。それから彼はお茶に来たレディのものまねをした。壁際の長椅子《ディヴァン》に自分の帽子を投げるふりをして、鏡の前で髪の毛を軽くたたいた。それから部屋を歩き回り、物を見ながらしゃなりしゃなりと歩いた。それから椅子に丸くなったレディになって、不思議な感じでひとり笑いをした。それから自分がすることを全部見せてくれて、キツネの毛皮を摘み上げるレディがそれを猫みたいに抱くのをやって見せた。私が、ほかになにをするのと訊いたら、彼は、まあ君にはできないことだよ、ダーリン、と言った。私が、どうして彼女たちをお茶に呼ぶのと訊いたら、彼は、外でランチをするより安いからだけど、長い目で見たら、こっちの方がもっと疲れると言った。

それから彼は想像上の帽子を長椅子から拾い上げ、両足で強く踏みつけるふりをした。私が彼の心の重荷を軽くしてくれると言った。それから最後のマカロンをくれて、私の膝に頭を乗せて眠るふりをしたが、僕の目の中にマカロンのくずを入れないでねと言った。起き上がると彼は、もし僕がキツネの毛皮で、君が僕だったら、君はきっと僕の頭を叩くねと言った。私が叩いている間、彼はガラスの目をしているふりをした、毛皮のキツネみたいに。

彼が、僕らは結婚するには若すぎて残念だと言った。それから彼は笑い出し、ヘンな話に聞こえなかった？と言った。私が、どうして、エディは、と言ったら、彼は、いいや、ヘンじゃないよね、甘美な話だねと言った。それから彼はまた目を閉じた。あと二十分で十時になり、私は彼の頭をどかして、タクシーが必要だと言った。

私は彼に約束した、このことは書きとめないと。しかし日曜日はいつも、人に過去を考えさせる。

ブラット少佐は、私がパズルをもっとやらないので、がっかりするだろう。

月曜日

午後にミス・ポーリーの所から戻ったら、アナが私の部屋にいてパズルをしていた。彼女はご免なさいと言ったのに、やめられなくて、彼女と私でパズルをやった。彼女はこれが乗っているテーブルはどうやって手に入れたの、と訊いたので、マチェットがどこかから持ってきてくれたと言った。彼女は、そう、と言った。彼女は一画をすっかり仕上げていて、空《そら》の一画に飛行機が一機飛んでいる。彼女は自分に微笑みかけ、ピースをもっと探そうとして部屋を見回してから、さて、あなたのいい人《ボー》たちはお元気なの？と言った。ブラット少佐をディナーにお呼びしたほうがいいわね、そうすれば空の部分をもっと簡単に彼にやってもらえるわ、と言った。それから彼女は、ほかに誰を、エディでも、と言った。彼女は、そうよ、これはあなたのパーティだから、いいわね、と言った。パズルを続けていたら、アナが着替える時間が過ぎた。

今日、「トスカナ・アート」が始まり、「簿記」と「ドイツ語の文法」をした。

火曜日

朝食に降りるときにアナの部屋のドアが隙間くらい開いていて、彼女がトマスと話していた。彼女は、それはあなたのほうのことで私のではないと言っていた。トマスはよくベッドの上に座り、彼女はその間モーニング・コーヒーを飲む。それから彼女が言った、彼女はアイリーンその人の子供よと。

リリアンはまだ俳優からなんの連絡ももらっていない。

今日は「救急手当」と「英語のエッセイ」についてディスカッション、それからコルネイユについてのレクチャーに行った。

水曜日

エディから手紙、週末にしたことはなにも書いていない。あの時の物まねについてはアナに話さないように、一度か二度彼女自身がお茶に来ているからだと。私がアナに何を言うと思っているのか？　彼は私にはときどきパズルだ。

今日は大雨が降った。「衛生学」をやり、コルネイユについてディスカッション、それからナショナル・ギャラリーに行った。

今日の午後、アナは盛大なアフタヌーン・パーティに連れていってくれて、金色の椅子がたくさん出ていたが、私と同年齢の少女たちも数人いた。私は黒のヴェルヴェットを着た。あるレディがアナに近づいてきて、あなたも海外にお出かけですってと言うのが聞こえた。アナは、あら存じませんわ、と言い、私を一瞥した。

木曜日

「週間行事」のレクチャーがあり、宗教改革者サヴォナローラについての特別レクチャー、それに「エロキューション」（ドイツ語の）。

今夜はトマスと私だけでディナー、アナは誰かとディナーだからだ。トマスは、なにか見に出かけないでいいかな、僕は大変な一日だったので、と言った。なにか特別な話もしたくないようだった。ディナーの最後になって、ちょっと退屈だけど、これが家族生活なんだと言った。私は、三人で南フランスに住んでいたころは、私たちもときどき話をしなかったと言った。彼は、ああ、南フランスと言えば、僕らはカプリに行くと君に話したかどうか、忘れてしまったと言った。私はそれは素敵ねと言った。彼は咳をして言った、アナと僕が行くという意味なんだよと。それから急いで言い足した、僕らはずっと考えているんだよ、君にとってもっとも素敵なプランはなにかなと。私はロンドンはとても素敵だと思うと言った。

金曜日

昨晩、この日記をしまい終えたとき、マチェットがお休みなさいを言いに上がってきた。彼女は、まだベッドに入っていない私に向かって、両手をパチパチと叩いて見せた。そこで私は、彼らが海外に行くと聞かされたと言った。彼女は、あら、そうでしたか?と言って、私のベッドの上に座った。そして、私が彼に言うように急かしたのよ、と言った。私は、うん、仕方ないわね、私のせいじゃないけど、と言った。彼女はそうねと言ったが、もし彼らがあなたを正当に扱っていたら、あなたはエディの後ばかり追いかけなかっただろうと続けた。私は、でもやはり、彼らは結婚していて、私はそのどちらとも結婚してないからと言った。マチェットは、あれは一つの結婚で、もう一つの結婚がずっと害を及ぼしていると言った。私はマチェットに言った、とにかく私にはあなたがいると。そしたら彼女は私のベッドに寄りかかって、それはけっこうだけど、あなたはいい子ですかと言った。私はその意味が分からないと言ったら、彼女は、わからないですね、それが厄介なのよと言った。そして、ミスタ・トマスが彼の父親のせめて半分の人間だったら、私はおそらく——と言ったので、私は言った、なんなの、マチェット？と。そしたら彼女は、なんでもありません、と言った。

彼女は立ち上がり、エプロンを撫でて、口をしっかり結んでいた。彼女は、彼はちょっとした役者だから、彼はね、と言った。彼女は、彼はあなたを放り出す権利もあるのですよと言った。彼女のおやすみなさいは、いまはまったく違うおやすみなさいだ。

明日は土曜日か。

土曜日

今朝、アナは普通の笑顔でやって来て、エディが電話であなたを呼んでいると言った。電話が鳴るのを聞いてから相当経っていたので、アナが先に話をしたに違いない。彼は言った、公園をまた散歩しないかい？　彼が言った、大丈夫だよ、僕は知ってるよ、彼らはリッチモンドに行くんだ。三時に橋で会おうと彼が言った。

マチェットは、階段ですれ違っても、なんの注意もしなかった。

私たちは三時に橋で会った。

日曜日

今朝、彼らは起きるのが遅かったので、私はパズルをした。彼らは、起きてくると、私の好きなことを何でもしようと言った。私はなにも思いつかなかったので、彼らのひとりがエピングと言った。そこでみんなで自動車で、エピングの森のザ・ロビン・フッドという場所に行き、ランチにソーセージを食べた。それからトマスと私は森の散歩に出かけ、アナは車の中に残って、探偵小説を読んだ。森はロンドンみたいな黒っぽい空気で一杯で、なかの木々も同じ木には見えなかった。彼は私に、アナと彼がカプリにいる間、君は海岸地帯にいるように段取りをつけたと言った。私は、ああ、そう、楽しそうだわ、と言った。トマスは一目私を見てから、ああ、僕もそう思うよ、と言った。

車に戻ったらトマスが言った、ポーシャと計画のことで話していたんだ、と。アナは、あら、そうなの、よかったわ、と言った。彼女は探偵小説に夢中で、家に着くまで読みふけっていた。

私は彼らに今日はすごく楽しかったと言った。

アナが言った、私たちがどこにいるかを知らないうちに春になるわねと。

第二部　肉欲

一

　三月になると、早々にクロッカスが明るく這いはじめ、たちまち公園は黄色と紫色に燃え上がった。遅れて賞賛の口笛が出る。お茶の後の散歩はできそうだった。実のところ、最初の春が到来を告げるのは夕方の五時頃なのだ――秋は朝早くに訪れるが、春は冬の日が閉じるとやってくる。大気は暮れかけているなかを速足で、ミステリアスな白い光を縫って走り抜ける。夕暮れのカーテンは途中で降りるのをやめ、前例のない出来事を待ち受けるかのようだ。おそらくまだ夕焼はなく、木々もまだ萌え出していない――だが感覚はその暗示を受けとり、繊細ながら直接訴えてくるその暗示に、これは自分の精神が動いているのだと思わせる。心のなかにある感情のすべてが高揚する。

　人間の経験が強烈だとしても、この孤独な大地の経験に一瞬でも近づくことはできない。春のその後の諸相は、その足がドアに届くや否や、慣習になった賑わいが待ち受けている。しかし最初の春の名乗り出ない存在に人々は狼狽する。沈黙がこぞって垂れ込める――独りでいたいとか恋人とともにいたいという想いが、表情や自然に動く動作によって名乗り出てくる――窓が開け放たれ、まなざしが街路を見やる。都会では交通が軽やかになり速度を増す。建物群でさえ奥行きを増した感じがして、街路がすべて森を縫って走る騎馬道のように見える。いま起きていることはまなざしによって、他人同士の間で確認され、恋人たちの間で確認されるのみ。書かれなかった詩が三十代の人々の心をねじる。春の最初の夜に外を歩いている人には、生きていないと見える無感覚なものはなにひとつない。迫りくる黄昏、煙突、高架橋、大邸宅、ガラスと鉄鋼の工場、チェーンストアなどが、自然の岩石のように深く穿《うが》たれていて、存在していると同時に夢見ているようだ。光のアトムが上に思い切り伸びた黒い木々の大枝の間で煌めいている。この世のものならぬこの春のトワイライトのなかにこそ、大地がもだえるばかりに息づくのが感じられる。この時間はある人々には恐ろしくて、彼らは、急ぎ室内に逃れ、明かりを点ける——街角で売られている菫《すみれ》の花の香りが追いかけてくる。

その三月の夕暮れ時、アナとポーシャはそれぞれに、一緒にではなく、たまたまリージェント・パークを歩いていた。ポーシャには初めての英国の春だ。ごく年若い人びとは正直だが、打てば響く機器ではない。彼らの感覚は大地に合せて調音されていて、動物の感覚と同じだ。彼らは感じるが、葛藤や痛みはなく、ポーシャはアナとは違って、検閲されパズル化された女の人生をすでに半分潜り抜けていたが、それは知性のみがさらに模様をゆがめる人生である。アナにとっては感情はすでに自発的でなく、反面、彼女にはもっと共鳴するものがあった。記憶が、彼女の内部の、たまに訪れるだけの、こだまが返る洞窟をどんどん大きくしていた。アナは子供であることを思い出すほうが、ポーシャの年齢のときの子供を思い出すよりは、ずっと簡単で楽しかった。アナがミドルティーンになったときに、曇った期間が始まった。彼女は自分がおぼえているとは半分も知らずにいたが、ついにある激情が彼女に触れてきた。彼女はこの春の最初の夜々まで、振り返ってみることを忘れていた。

アナとポーシャはともに、別々の時間に、池をまたぐ別々の橋を渡り、白鳥の群れが白い水の上で羽をたたみ、白い暗号になって不滅の夢の中にいるのを見た。彼らはどちらも金星《キュテレイア》がねじれて湖の先端に達しているのを眺め、二人とも上を見て鳩が透明になった木々にしがみついているのを見た。二人はクロッカスが夕闇を紫と黄色に染め、炎となっているのを見た。彼らは静寂を聞き、やがて角笛、叫び声、湖を叩くオール、再び静寂がきて、ツグミが美しくフルートを吹いた。アナはたたずんでいたが、静かに歩きだして、鉄柵にもたれているカップルを通り過ぎた。エレガントな黒を着て独り歩く彼女は人目を引いた。彼女はそれから公園の無人の心臓部を疾走する犬たちを見に行った。しかしポーシャはほとんど走っていた、我と我が身になれた喜びに、輪回しをして走っている子供のように。

その季節を鋭く感じるには、ラインの北側にいなければならない。リヴィエラにいたとき、ポーシャが感じた春はミモザの花だったし、そこでアイリーンは倉庫に置いてあるトランクから、押しつぶされた木綿のドレスを取り出した。春といっても、新しい楽しみが訪れるわけではなかった――イギリスにいる少女たちにとって、春は復活祭の休日のことだ。ブレザーを着て自転車で繰り出し、ポケットにはジンジャーナッツ、白く晒された芝生には蒼いすみれ、紙播きゲーム、秘密、そして男女がまじってやるホッケー。だがポーシャは、最初はアイリーンのせいで、いまはアナのせいで、これらはなにも知らなかった。彼女は真っ直ぐロンドンに来たのだ……。ある土曜日、彼女はリリアンと一緒にバスに乗っていいことになり、カントリー一帯に出かけた。二人はバス停の近くの森を歩き回った。それから雷が鳴り出し、家に帰りたくなった。

トマスとアナがカプリに出かける前の日に、ポーシャはミセス・ヘカムという、シール・オン・シーに住んでいる人の所に行くことになっていた。かの地で、ミセス・ヘカムの亡くなった夫は、医者を引退したあと、ゴルフクラブの支配人をしていた。ミセス・ヘカムは、遅くに彼と結婚する前は、ミス・ヤーヅといい、アナの女家庭教師《ガヴァネス》をしていた。アナとその父親とともにリッチモンドに長くいて、家政を取り仕切りつつ、アナが十九歳になるまで、穏やかに二人の世話をしていた。その以前のすでに数年、彼女はアナを教えてはいなかった。デイスクールの行き帰りに付き添い、ピアノの練習をしているかどうか目配りし、アナが母親のいない娘という地位にいることを感じさせてきた。それでも彼女はアナの家庭では大した存在だった——高台にある屋敷は川の眺めがすばらしく、楕円形の応接間に、テラス付きの庭園にはアーモンドの木が植わっていた。アナはミス・ヤーヅのことを、ジェイン・オースティンの『エマ』のガヴァネスにちなんで、哀れなミス・テイラーと呼んでいた。だから、ミス・ヤーヅがミス・テイラーのパターンを踏んで結婚すると、驚くやら嬉しいやら、ミス・ヤーヅは、年に一度ある休暇の終わりに、ややもめの男と婚約したとアナに告げたのだった。アナとミス・ヤーヅは気まずさを少し意識し始める時期に差し掛かっていた——ひとつには、ロバート・ピジョンが現れて、ミス・ヤーヅが彼のことをやたらに意識したのだ。この敗北感は毎日してきたことを涙に変え、彼女が出て行くのを見届けたのは、総じて大きな救いだった。アナが家政を引き受けた。請求書は高額になったが、食事はもっと愉快になった。アナの父親はびくともしないで請求書の支払いをして、この方がずっといいねと言ってアナを感動させた。彼がミス・ヤーヅをこの間ずっと置いていたのは、少女には周りに大人の女性がいるべきだと思ったからだ、ということが判明した。ミス・ヤーヅの統治時代、アナの父親は、自己防衛的になにも見ない習慣を身に着けてもいいと感じていた。彼は、ミス・ヤーヅが去った後も、この習慣をやめることはなかった。だから彼は、ロバートもほとんど眼中になく、ましてもっと重要でない若者など、どうでもよかった。

ロバートはミス・ヤーヅの結婚式に、リッチモンドまで花火をひと箱持ち込んでお祝いとした。彼はアナと一緒に庭園に降りて、結婚式の夜に花火を打ち上げた。邸宅に戻る途中で、彼はアナに初めてキスした。その後彼は二年間海外に行き、彼女は一人で出歩き始めた。その後の彼の無責任な行動は、やがて彼女も理解したとおり、彼女のせいでもあり彼のせいでもあった。彼が戻った後で、それが始まった。夜遅くというかもう午前一時、二時という時間になって戻ってくるのに、彼の車がリッチモンド・ヒルを駆け上がり、アナの父が熟睡している屋敷に乗りつけ、ミルクを入れた魔法瓶が待っているわけもなく、ミス・ヤーヅの部屋のドアが少し開いているわけもなかった。応接間に入ると、暖炉の火の燃えかすが訳知りのロバートにつつかれて再び赤くなり、そして中国のクッションがアナの頭の下を滑り落ちて……。彼らは結婚しなかった、互いに信頼するのを拒否したからだ。

結婚した後、旧姓ミス・ヤーヅのミセス・ヘカムは出て行き、ケント州の海岸の町、ロンドンから約七〇マイル離れたシールで暮らすことになった。この地で彼女の夫は、遊歩道から少し入った内陸の海岸地帯の埋め立て地を一区画買っていた。そこに彼は家を建て、正面には英国海峡、バルコニーとサンポーチが付いていて、紐で上げ下げする板すだれ式のヴェネツィアン・シャッターは、嵐が来るとバタンバタンとやかましく音をたてた。冬の嵐は小石を芝生に飛ばし、もし窓が開いたままだと、遊歩道沿いにむき出しになった屋敷では、絨毯やピアノにも小石が飛んできた。ドクタ・ヘカムのこの家は、よい投資物件だと見なされていた――そのとおりだった。彼は、七月、八月、九月には、二度目の妻と、最初の結婚で得た子供たちとともにシールを離れ、内陸部にある農家に数部屋を借り、その間彼の家は週六ギニーで貸し出していた。こうした夏の間の亡命期間に、ドクタ・ヘカムは毎日小さな車を運転してシールのゴルフクラブに通った。彼は人気者だった。メンバー全員が彼をよく知っていた。当地で祝い事があるたびに彼は出かけて行った。あるそうしたパーティからの帰り道で、ドクタ・ヘカムは度を越した陽気な気分で日没に向かって運転し、大型の遊覧バスに頭から突っ込んでしまった。このショッキングな事故の後、ゴルフクラブではミセス・ヘカムのために献金の帽子が回された。そして未亡人は弔意のしるしとして八十五ポンド受け取った。投資には向かないと思えたこの金で、彼女は自分と子供たちの服喪のためと、ダフネ・ヘカムの秘書学校の学費に、そしてドクタ・ヘカムのため、シールの墓地に素晴らしい十字架が添えられた。

リッチモンドにいたころ、彼女は金の心配をする必要がなかっただけでなく、やや贅沢な考えを抱いていた。数年の結婚生活のあとで未亡人になり、満ち足りていたが、無能だった。彼女のためを思う人は、彼女について本人よりも心配していた。なるほど彼女は、無一文で残されたわけではないが、無きに等しいことは知らなかった。アナの父は、少額の手当てを補助してやると主張しており、死んだとき、年金が残されていた。アナはミセス・ヘカムに自分はもう着ない洋服を山ほど送り、同時に色々な臨時金を送った。ミセス・ヘカムはやりくりして収入を長持ちさせて喜んでいた。シールとサウスストンでピアノのレッスンの生徒を取り、テーブルマット、ランプシェード、その他の物を手描きし、ときどき有料で客を泊めていた――しかし位置的に悪天候にさらされる彼女の家は、海が荒れて浜砂利に轟《とどろ》く怒涛《どとう》と、ヘカム家の二人の子供の無体なマナーが、こうした客たちをすぐさま追い払った。

ヘカム家の子供たちは、成長して自立することで彼女を助けた。ダフネはシールの図書館で働き、ディッキーはサウストンの銀行につとめ、四マイル向こうに通っていた。子供たちは家に住み続け、家計に貢献していた。ドクタ・ヘカムのクラブの友人たち、または彼らの母親の親戚が二人の勤め先を見つけてくれた。というのもミセス・ヘカムは全然努力しなかったからだ。必然的に彼女にはもっと豪華な考えがあった。ディッキーには陸軍に入ってもらいたかった。ダフネがアンの路線をモデルにしてくれるよう努力していた。彼女が初めて彼らを引き取ったとき――彼女もうすうす気づいていたか、結婚したのも彼らを引き取る意味が大きかったが――若きヘカムたちは乱暴なチビどもで、彼らのガヴァネスだったら、とても一緒にいられないタイプの子供たちだった。彼らは、彼女がなにをしても、粗野に育った。実際は誰も口にしなかったが、彼女の夫の最初の妻がいささかよろしくなかったのだ。しかし現ミセス・ヘカムの甘い性質が若い人たちに屈してしまい、彼らは同居していると居心地がいいのでそのまま継母と暮らし続け、友達はみな周囲にいるし、外の広い世の中など見る気もなかったのだ。有料で泊める客をおびき寄せる遊びにも飽きてしまい、二人はそれぞれ週に十五シリング貢献しているのだから、有料の客はもうやめてもいいのでは、と言いだした。そのほうが家が静かになるし。

ダフネとディッキー・ヘカムは、仕事をしていない時は、愉快な仲間と一緒にスケートリンクやカフェや映画館、そしてダンスホールに姿があった。彼らの人気と機嫌の良さに免じて、ほかの連中が彼らの代金を喜んで払ってやった。海辺の社交界は、季節外れでも、若者には理想的で、その中で愉快に育ち、満ち足りて、タフだった。シールは本来静かな場所だが、頻繁にくるサウストン行きのバスとつながっていて、ほとんどすべての気晴らしがあると自慢するのもうなずけた。

ミセス・ヘカム自身はシールに友達がたくさんいた。家の前の海は商売中心で、あまり高級でなかった。彼女の友達の多くは、バルコニーが付いた大邸宅とか、丘の上の堂々とした切り妻屋根の屋敷に住んでいた。事実、彼女は自分のレベルがわかった。二つ三ついい仕事に加わり、合唱協会に出入りしていた。継子たちが卑しい育ちをする不安がなかったら、彼女の生活はもっと静謐だっただろう。彼女は結婚まで行きついたことが嬉しく、それが終わったのは悲しいことではなかった。

チャリング・クロス駅でマチェットはポーシャを列車に乗せ、それからポーターがスーツケースをしまうのを見届けた。列車が動き出すと、それを追って何度か振った手は布の手袋をはめており、謎めいた手旗信号のようだった。彼女はポーシャに飴玉《ボイルドキャンディ》が入った瓶を渡してあり、気持ち悪くならぬようにという注意書きが付いていた。タクシーで来る間の彼女のマナーは、空を覆ってとうてい晴れそうにない雲のように、その日の午後をおびやかしていた。その瞼はいかめしく見えた――涙ぐんでいたと言ってもよかった。若い女性を列車に乗せて見送っている信頼できるハウスメイドの完全無欠さを体現することで、彼女はポーシャに、エディゆえに、彼女とポーシャの間のドアは永遠に閉ざされたのだと感じさせた。キオスクで飴玉を買っている間に彼女の顔はますますこわばり、この行為が誤解されるのを用心していた。彼女は言った、「ミスタ・トマスのご希望なのよ。のどが渇くのを防いでくれますよ、このライムのドロップは。お茶がいつ出るかわかりませんからね」

ポーシャは列車が蒸気を吐き始めたのが嬉しくてたまらなかった。飴玉を両方の頬にほおばって、持ってきた本を読み始めた。いままで一人で旅をしたことがなかったので、何気なく見ることができない不安から、しばらくの間、客室にいる人を誰も見ないようにしていた。

列車がリムリーに着くと、そこがシール行きの乗換駅で、ミセス・ヘカムが二、三回ほど手を振っていた——まず機関車に停まれと合図するかのように、それからポーシャが見逃さないようにと手を振った。これは無用のこと、というのも、死ぬほど長く伸びたプラットフォームにいる人影はたったひとつだったからだ。来る人も稀なこの乗換駅は、村からも遠く、鉄道のための掘割の入り口にあって、木立の中にぽつねんと存在していた。カキドウシ蔦《つた》が菱形の花壇を覆い、そこに湿った木々の静寂がうろついている——時たま幽霊みたいに出てくる臨港列車が轟音を上げて車体を揺らして走ってくると、静寂が破られた。ミセス・ヘカムはアナのお下がりのファーコートを着ており、背景から少し浮いて見えた。襟を立てていて、隙間風が本線から絶え間なく吹き下ろしてきていた。彼女は順序よく列車を調べようと、機関車の次の車両から始めた。向こうはじからポーシャが降り立つのを見て、彼女はすんなりと早足になり、落ち度のない振舞いを見せた。ポーシャの所にくると、彼女の小さな丸い帽子に目をやり、精神年齢を推し量り、そしてキスした。「お話はあと回しよ」彼女が言った。「落ち着いてからにしましょう」ポーターが荷物をプラットフォームから次のプラットフォームに運び、列車を待った。三両だけの短い列車だった。二人が落ち着いた後、数分間たってやっと列車は蒸気を吐いて森のなかの単線を進んだ。

ミセス・ヘカムはポーシャの反対側に座り、膝の上で色つきのショッピングバスケットのバランスを取っていたが、中は空っぽだった。肉付きのいい抽象的な、訝《いぶか》るような顔をしていて、ふわふわした灰色の髪の毛が帽子の下で結い上げてあった。ポーシャはファーコートに傷跡があるのに気づいた、ボタンを切り取って身頃の幅を出した跡だった。「さて素敵なことだわね」彼女が言った。「あなたが来たわけね、アナの言うとおり。さあ話して、あなたの大事なアナはお元気なの？」

「必ず伝えるのよ、と言われました、よろしく言ってたと」

「あら、まあ、なんてことでしょう、彼女、外国に行くっていうのに！　彼女は何事も冷静にとるのね。荷造りはすっかり済んだの？」

「マチェットがこれから仕上げを」

「それから彼女は春の大掃除をするのね」ミセス・ヘカムはそう言って、順序というものを思い描いた。「マチェットは大した宝物ね。物事がいかにスムースに進むことか」ポーシャが外の森を見ているのを見て、彼女が言った。

「きっとカントリーで過ごす時間がとても楽しみなんでしょう？」

「楽しめると思います」

「私たちが住んでいるところは、悪いけど、本当はカントリーじゃなくて、海なの。だけど――」

「海も好きですから」

「イギリスの海は、というか、イギリスの周囲の海は、あなたにはまったく初めてなのよね、違う？」とミセス・ヘカム。

ポーシャは、ミセス・ヘカムは返事など要らないのだと見てとり、アナが話を全部したのだろうと推測した——ポーシャたちが住んでいた場所や、彼らがなぜ一度も帰国しなかったかなど。アナはミセス・ヘカムに会いに行かなかっただろう、ミセス・ヘカムに会うことが、アナが口を固く慎むべきだという意味だったら。アナはミセス・ヘカムが大好きだったが、場所がマチネの劇場でなくて、アナがいまかかえている心配事から話を造って同情を買うのでなかったら、なにも話すことはなかっただろう。年に三回ぐらい、アナはミセス・ヘカムにロンドンまでのデイ・チケットの代金を送り、その日は彼女のために心を籠めて一日ついやした。いつもこれは大成功だった——だが、ミセス・ヘカムの心配事が持ち出されたかどうかはわからなかった。彼女は自分の継子についてアナに話しただろうか？「いやだわ、すごく大変ね」アナはかつて言ったことがあった。

「スケートはするの？」ミセス・ヘカムが突然言った。

「残念だけど、滑り方を知らないんです」

ミセス・ヘカムはホッとして言った。「そんなところね。スケートリンクに行かないでいいわ。読書は好きなの？」

「ときどきだけど」

「それでいいのよ」とミセス・ヘカム。「大きくなったら、本を読む時間はたくさんありますからね、私みたいに。一時期だったけど、アナは本の読み過ぎでね。幸い彼女も陽気なのが好きでね。いつも招待状をたくさんもらっていたわ。事実、彼女はいまでも少女のように楽しんでいるわね。あなたおいくつなの、ポーシャ、訊いてもいいかしら？」

「十六です」

「あら、それでは大違いだわ」ミセス・ヘカムが言った。「つまり、十八歳じゃないのね」

「今でもとても楽しいですけど」

「あら、そうね、そうでしょうね。ここに私たちといる間、あなたにはぜひとも海を楽しんでほしいわ。そのほかに面白い場所もいくつかあるし、例えば、廃墟とか、周囲にあるのよ。ええ、ぜひとも……」

「きっとすごく楽しめると思います」

「同時に」ミセス・ヘカムは髪の毛の根元を赤くして言った。「ここではあなたに、お客さんだと思ってほしくないの、アナに対するのと同じにしてね。どんなに些細な悩みでも、私に相談してね、アナにしているように。もちろん、些細な悩みなどないほうがいいけど。でもなにか欲しいものがあったら、なんでも私に言うんですよ」

ポーシャはとにかくお茶にして欲しかった。ライムのドロップでのどがすごく渇いてしまい、口の中はまだトンネルの味がしていた。海岸からまだ相当遠いのかと心配になった——そのとき列車は森を抜けて、曲がった尾根を走っていた。潮風が客車の窓のなかに吹き込んできた。その下に、平地の向こうに、海が見えた。シールの駅が警告なしに彼ら目がけて走り寄ってきた。機関車が線路の緩衝器のほうに這っていく。ここが終点だった。改札口のある駅構内から見えるドアが、空を額縁にしている。ここは丘の上の停車場で、立体交差路の上に建てられていた。ミセス・ヘカムがポーターとしゃべっている間、ポーシャは階段の上に立っていた。高揚した気持ちで考えた。「私はハッピーになるんだ」目の前の海、町、平野、ガラスのような灰色の三月の一面の光が、彼女の目に向かって鏡のように近づいてきた。「ここが我が家よ」ミセス・ヘカムが地平線を指差した。「まだだいぶあるけど、タクシーがここに。いつも来てくれます」

ミセス・ヘカムはタクシーに向かって微笑み、彼女とポーシャは乗り込んだ。

タクシーは長いカーブをシールのほうに下り、邸宅の白い門、そのミステリアスな庭園、その中でツグミがときどき啼くのを通り過ぎた。「あれは本来、うちの道路なのよ」ミセス・ヘカムは、丘の麓《ふもと》に着いたときに左のほうを見ながらうなづいた。「でも今日は別の道を行かないと、買い物があるので。しょっちゅうタクシーで買い物するわけじゃないし、タクシーがあるとつい誘惑されるのよ、実は。大好きなアナは、お願いだから駅までタクシーを乗り付けてよと、私は、いいえ、歩くのが私にはいいんですよと言ったわ。でも、タクシーは、買い物をするために、遠くても家まで乗ったほうがいいとアナが」

タクシーは、狭苦しい感じで、すべてを中に閉じ込めていて、ポーシャは店の窓しか見えなかった――ハイストリートの店の窓だった。しかしその店ときたら！――どれもみな小さかったがみな生き生きしていて、待ち、誘い、混んでいて、そして陽気だった。ケーキショップ、アンティークショップ、ギフトショップ、フラワーショップ、お洒落な薬局、そしてお洒落な文房具店がたくさんあった。ミセス・ヘカムはバスケットを抱えて、緊張していても完全にハッピーな様子をしていた。

ショッピングバスケットはすぐいっぱいになり、タクシーの座席に買物包みを積み上げることになった。タクシーに戻ってくるたびにミセス・ヘカムはポーシャに言った。「あなたがお茶にしたいのではないといいけど？」タウンホールの時計によれば、五時を二十分すぎていた。ひとりの男が巻いたマットを運んできて、ポーシャの座席の向こうに立てかけた。「これが手に入ってほんとに嬉しいわ」とミセス・ヘカム。「先週注文したのに、今日まで入荷しなかったのよ……さあ、突き当たりまで行かないと」――突き当たりとは郵便局のことで、ハイストリートの先にあった――「アナにあの電報を打つのよ」

「へえ？」

「あなたが無事に着いたという電報よ」

「大丈夫、彼女は心配なんかしませんから」

ミセス・ヘカムは悲しげな顔をした。「でもあなたはアナから離れたことはないんでしょ。心に残ることをそのままにして、彼女も海外に出たくないでしょう」ミセス・ヘカムの後姿が郵便局のドアのなかに消えた。出て来たとき、彼女は町の反対側になにか忘れたことがあるのに気が付いた。「結局は」と彼女。「出発点に戻るのよ。近道を行けばいいのよ、ええ」

ポーシャはこれはすべて彼女の名誉の問題なのだと思った。ミセス・ヘカムの跳び上がったりもぐったり、巣作りに忙しい水鳥みたいやり方を、マチェットがいかに苦々しく思うかを考えると悲しくなった。マチェットなら問うだろう、どうしてもっと前に済ませておかなかったのかと。しかしアイリーンならミセス・ヘカムと一緒にいるのが楽しくて、彼女の願いと不安にとことん付き合っただろう。タクシーは運河の橋を渡り、海に向かって、海岸と街を区切っているまっ平らな平野を進んだ。

海岸線は、高い古い家並みの間に見え、赤い平屋《バンガロー》が隙間に点在していた。これらすべてが内陸の高さの上にあり、海を海にしておくための堤防に沿っていた。

　タクシーは向きを変えて、堤防の後ろを這うように進んだ。ミセス・ヘカムは元気になって、買った物の点呼を始めた。ここから見ると、後ろの漆喰がはげているテラスハウスがロンドンで見るなによりも高く見えた。その足元にある手入れの悪い芝生とタマリスクと、その後ろにある遠い海の孤独な潮鳴りがあたりをいっそうミステリアスで、近づき難くしていた。ひょろ長い錆《さ》びたパイプが窓と窓の間を走り、窓のほとんどは白い木綿のブラインドがあるだけだった。北側の原野は、海よりもさらに灰色だった。ロンドンでは忘れていた倒れてくる建物の恐怖がポーシャに戻ってきた。「あそこには誰が住んでいるの？」彼女は言って神経質に上に向かってうなづいた。

「誰も住んでないわ、ディア。あれはみんな下宿屋だから」

　ミセス・ヘカムがガラス戸を叩くと、停まるつもりでいたタクシーは、皮肉にひと揺れしてから、ぴたりと止まった。彼らは外に出た。ポーシャはミセス・ヘカムの手に余る包みをいくつか運んだ。タクシーの男はスーツケースを持って後に続いた。彼ら三人は、砂利道の急な斜面をよじ登り、テラスハウスが果てた所にたどり着いた。ミセス・ヘカムはポーシャに遊歩道を示した。海はうねりを見せている。斜めの風が彼女の帽子を浮かせる。砂利がアスファルトの道のへりに赤い波になって吹き寄せられている。エネルギッシュな塩辛いにおいがする。二艘の蒸気船が水平線に沿ってゆっくりと動いているが、遊歩道には人っ子一人いない。「あなたの気に入るといいけど」ミセス・ヘカムが言った。「その包みを何とか運んでくださるわね。大丈夫？　うちの門まで道がないの――ほら、もう海にいるのよ」

ワイキキ荘、というのがミセス・ヘカムの家の名で、遊歩道からさらに約一分ほど下にあった。高さの違う窓がたくさん、ピクチャレスクな赤い屋根からこっちを見ている――窓の一つは開け放たれていた。色あせたカーテンが外に出て翻《ひるがえ》っている。その下にサンポーチやガラスドアの入り口や大きな張り出し窓《ボウ・ウィンドー》などがあって、家の正面は透き通っているみたいだった。建物のほとんどがガラスとふくれ仕上げの白いペンキから成っているワイキキ荘は大胆に海に向かい、襲いかかる自然力で粉砕するならしてみろ、と言っているようだった。

ポーシャはなかの薄暗がりに火が燃えているのを見た。ミセス・ヘカムはガラス戸を三回たたいた――ベルがあるのに、ソケットから外れていて、長く捩《ねじ》れたへその緒のような電線にぶら下がっている――すると小柄なメイドが大きなカフスを整えながら、居間を通ってこっちへ来るのが見えた。彼女は気取った感じで二人をなかに入れた。「合鍵は持っているのよ」とミセス・ヘカムが言った。「でもあなたの練習になると思ってね、ドリス……。出かけるときはいつも合鍵を掛けるのよ」と彼女はポーシャに補足した。「海辺はカントリーじゃないでしょ……。さあ、ドリス、こちらがロンドンからいらした若いレディよ。お荷物をどうやってお部屋に運ぶか、覚えている？　そしてこれがマットの生地で、男の人が持って来てくれました。どこにこれを置くと私が言ったか、覚えてる？」

ミセス・ヘカムが運転士に礼を言って支払いを済ませている間に、ポーシャはつつましく居間を見回したが、ときどきその目を伏せてじろじろ見ないようにしていた。遊歩道にはもう夕闇が降りていたが、部屋には海が照り返していた。春の香りの在り処が、花を咲かせた青いヒヤシンスが入った浅い皿にあることがわかった。部屋の片側はほとんど全面フレンチドアになっていて、その先はサンポーチだったが、ドアはいまは閉じられていた。サンポーチのなかをさっと見たら、数脚の籐椅子と空っぽの水槽があった。部屋の片側には贅沢な火が燃えて、茶色の釉薬《ゆうやく》がかかったタイルが輝いていた。ラジオ受信機が最も派手に光っている。窓の向かい側にはガラス戸がはまった本棚があり、ぎゅう詰めの本で見るからに固まっていて、海の風景を反映することに役立っていた。蒼黒いシュニール地のカーテンは筋になって色あせていて、階段に通じているらしいアーチをくるみこんでいた。部屋のその他の部分は、ポーシャがつつましく見た限りでは、ポータブルの真っ赤な蓄音機、絵画用品を乗せたトレー、絵が半分描かれたランプシェード、山のように積まれた雑誌があった。二脚のアームチェアと小型のソファは乱れた座部を見せて、暖炉の火を四角く囲んでいた。折り畳み式の足が付いたテーブルがあり、お茶の用意がしてあった。お茶の用意はあったものの、ケーキ皿にはまだ何もない——ミセス・ヘカムは紙袋からケーキを摘まみだしていた。

外では海が変わらず独自にため息を漏らしていて、それでもやはり居間の別棟のようだった。ポーシャは手袋をアームチェアの上に置き、ここにはみんなに余裕があるのだと感じていた。あとでダフネがここをラウンジと呼んでいることが分かった。

「上に上がってみたいの、ディア?」

「いいえべつに、どうもありがとう」

「自分のお部屋なのに?」

「べつにかまいませんが」

ミセス・ヘカムは、なぜか、ホッとした顔をした。ドリスがお茶を持って入って来ると、低い声で言った。「さあ、ドリス、マットだけど……」

ミセス・ヘカムはお茶のために帽子を脱ぎ、ポーシャが見ると、彼女の髪の毛は、アーティチョークの花蕾《からい》みたいに上に盛り上がる傾向にあるようだった。平らな髷《まげ》にまとめた頭のてっぺんにピンでしっかりと留められている。これが、なぜか、彼女の顔に驚きの表情を付け足していた。同時に彼女の個性は非常に安定していた。ポーシャに自由に話しかけ、あまりにもしゃべるので、ウィンザーテラスの戦術に馴染んでいたポーシャは、これが果たして賢いやり方なのか訝しく思った。最初の一週間の終わりに何か話すことが残っているだろうか？　彼女はまだ習得していなかったが、女性間の親密さは後ろ向きに進むこと、つまり、打ち明け話に始まり、敬意を無くすことなく世間話に終わるのだ。ミセス・ヘカムはリッチモンド時代の若きアナの話をたくさんしては、それに哀れを誘う美談を着せた。そして彼女はアナが持つはずだった二人の赤ちゃんのことは、つねに変わらずどんなに悲しいことかと言った。ポーシャはドーナツとショートブレッドとダンディケーキを食べ、ミセス・ヘカムの向こうの消えゆく海をじっと眺めた。そしてこの部屋は、遊歩道から見たら明かりがたくさん点いていて、きっと陽気に見えるだろうと思ったが、外は相当暗いと思い、自分が羨ましくなってきた。

だがそこでミセス・ヘカムが立ち上がり、カーテンを引いた。「あなたは知らないのよ」彼女が言った。「まったくだめなの」（彼女は覗かれることについて述べている）。それからポーシャにもう一杯お茶をつぎ、お母さんがいなくてとても寂しいでしょうねと言った。しかし、トマスとアナがいて、とてもラッキーだったわねと言った。何年も何年もの間、ミス・ヤーヅだった彼女は、戦術にたけ、楽天的でなければならず、若い人びとに物事を正しく見せようと努めてきた。そのせいで彼女の感情面のマナーが大袈裟になったのかもしれない。いま経済的に自立したことが彼女にちょっとした権威を与えていた。彼女がある事はこうなのよと言うと、以後それはそうなった。彼女は暖炉の火の上でやかましく時を刻んでいるマホガニーの時計を見て、ダフネがもうすぐ帰ってくるわ、なんと素敵なことでしょうと言った。ポーシャはもちろん反論できなかった。だが言った。「じゃあ、上に上がって髪の毛を梳《と》かそうかしら」

自分の部屋に入って髪の毛をかき上げていると、スーツケースの中でティッシュペーパーが音を立て、新しいマットの紙が風で膨らんでいるのが見え、バンという音がして、ダフネが帰ってきたことが分かった。後になってワイキキ荘は音が響く箱だということが分かった。誰がどこにいるかが分かり、みんなが何をしているかが分かった——例外は、彼らの立てる音がうるさい風に呑みこまれるときだった。ダフネが大声で何か訊いているのが聞こえ、ミセス・ヘカムが片方の手を上げて警告しているに違いない、ダフネの残りの質問が嚙み殺された。ポーシャは思った、ダフネが私に構わないでくれたらいい……。部屋のなかは、電燈が磁器のシェードをかぶって、ウィンザーテラスでは見られない明朗さで明るく注いでいる。光が海からの風で少し揺らいでいるのか、ポーシャは新しい生活が始まったと感じていた。階下ではダフネがラジオのスイッチをつけて大音量にして、それを横切ってミセス・ヘカムに怒鳴り始めた。「だからさ、ディ、ッ、キーはいつ、あのベルを修理にもっていくのよ？」

二

　ポーシャが思い切って下に降りると、ダフネはティーテーブルの周りをぶらぶらしながらマカロンを齧っていて、一方ミセス・ヘカムは、忙しくランプシェードの絵付けをしながら、音楽を乗り越えて、夕飯がおいしくなくなるわよと叫んでいた。ミセス・ヘカムの叫び声は、ダフネと音楽の夕べを何年も何年も経た後で、話し声とほとんど同じになっていた。緊張しないで叫ぶことができた。実際、彼女が成し遂げたあらゆることに無意識なある種の振舞いがあって、ランプシェードを作るとき、屈んで細部に取り組んでから体をそらせて全体の具合を見るようなときには、芝居でランプシェードを作っている人みたいに見えた。

　ポーシャがカーテンを回って近づいても、ダフネは目もくれずに、嫌味な礼儀正しさでラジオのスイッチを切った。最大級の騒音の最中に切られたので、ミセス・ヘカムが目を上げた。ダフネは最後のマカロンをポンと口に放り込み、クレープデシンのハンカチで行儀よく指をぬぐって握手をしたが、何か言うでもなかった。彼女は、言ったらドキッとすることを思いつくまではなにも言わないぞ、という印象を与えた。彼女はすらりとした綺麗な娘で、背は高い方だった。体にぴたりとした青いニットのドレスは、彼女の大きな骨格を見せていた。髪の毛はモップ状態だったが、アイロンのかかったカールのモップで、ブリランチン・ポマードをつけて光っていた。顔色がよく、ミカン色の口紅を使っている。なにかポーシャに言おうとしたことを途中でやめて、肩越しにミセス・ヘカムに言った。

「今夜は誰も来ないわよ」

「あら、ありがとう、ダフネ」

「あら、私にお礼なんか言わないで」

「ダフネはすごくたくさんお友達がいてね」ミセス・ヘカムはポーシャに説明した。「でも、彼女は、今夜は誰も来ないって言うのよ」

ダフネはケーキの残りをバカにしたように見やり、それからアームチェアにドスンと座った。ポーシャはできるだけ出しゃばらないようにしながら、部屋の隅を回ってミセス・ヘカムのそばに立った。ミセス・ヘカムは絵を描く道具の乗ったトレーを、特別なランプの下に引き寄せて仕事をしている。これらはどれも驚きだったが、ウィンザーテラスで驚いたほどの驚きではなかった。そこでは、セント・クウェンティンをはじめとするアナの友達がみんなでしっかり見ていたからだ。ランプのシェードにはデルフィニウムの花と大理石のキューピッドが、サーモンピンクの空を背景にして描かれていた。「まあ、なんて綺麗なんでしょう！」彼女は言った。

「ニスをかけるともっとよく見えるわ。図案が綺麗だと思ってね。これは注文品なの、結婚式のプレゼントなんだけど、あとでアナにもひとつ作りたいわ、サプライズの贈り物に――ダフネ、ディア ア、ポーシャは音楽が嫌いじゃないと思うけど」

ダフネはうーんと唸ってから立って行き、ラジオをまた点けた。そして運動靴を蹴飛ばして脱ぎ、煙草に火を点けた。「ねえ」彼女が言った。「今日は、春を直感で感じたわ」

「そうね、ディア、素敵じゃない？」

「私の直感では素敵じゃない」ダフネはある種の関心を持ってポーシャを見た。「そうか」彼女が言った。「彼らはあなたを海外旅行に連れて行かなかったんだ」

「できなかったのよ、ええ、ディア」ミセス・ヘカムがあわてて言った。「彼らは別荘をお持ちの人たちの所に泊まるのよ。それに、ポーシャは外国から来たばかりだし」

「そうか！　じゃあ、あなたはイギリスの警察官のこと、どう思う？」

「どう思うって——」

「ダフネ、冗談ばかり、やめてね、ディア。いい子だから、ドリスにお茶を片付けるように言って」

ダフネが振り向いて、「ドリス！」と怒鳴ると、ドリスはトレーを持って、さっと入ってきて、ダフネをチラッと見た。ポーシャは後で気づいた、ダフネが一日中座って嫌いな本の出し入れをさせられていたスムート地区の図書館のお墓みたいな静けさは、ダフネにとって嫌悪であり危険だったのだ。だから、いったん帰宅するや、大音声で埋め合わせをするのだ。ダフネは物にすっと触ることはなく、手を物にいったん滑らせる。彼女は口を捻じ曲げて、喉を掻き切る人の真似をした。ラジオが最大限の音を出していない時でも、ダフネは同じようによく怒鳴った。だからダフネが帰ってくる足音が遊歩道に聞こえると、ミセス・ヘカムは神経の上にシャッターを下ろした。彼女の日常生活の大部分が、他人を困らせる音を遮ることと、若い人たちに「静かにして、お願い、ディア」と言うことに費やされるあまり、ダフネに暴言を吐かせることで、自分はホリデー気分に浸っているのかもしれなかった。ダフネに許している騒音と無礼の程度は、あまりにも長い間責務として制止してきた生命力に対する、ミセス・ヘカム自身の捧げ物なのだとも言えようか。騒音とダフネの存在をあまりにも同一視してきたので、ラジオがとまったり、怒鳴り声が途切れたりすると、ミセス・ヘカムは色付けの仕事から立ち上がり、窓を閉めるか暖炉の火をつつくかした。五感のうちのなにかひとつがなんらかの欠損を感じると、寒気がするような気がした。ダフネがアナのように成長するといいという希望はもう捨てていた。しかし、固く心に決めていた、ポーシャがロンドンに帰った時に、アナがそこにダフネのやり方を嗅ぎつけることがあってはならないと。

お茶がすっかり片付き、ドリスがレースのクロスをたたんで本箱の引き出しにしまうと、ミセス・ヘカムはニスの壜のコルクの栓を回して、緊張した様子で一回目の上塗りをした。これが済むと、彼女は世界に戻って言った。「ドリスはとってもよくなってきたわ」

「そうでないと終わりよ」ダフネが言った。「彼女は男がいるの」

「もう？　ああ、ディア！　彼女が？」

「うん、私が乗ったバスの二階に二人でいたわ。彼の首にニキビが出ていた。私、まずニキビを見て、それから男の子を見たら、そこに誰がいたと思う、ドリスがニタニタして彼の隣にいたんだから」

「素敵な男の子だといいけど……」

「あら、私は、彼は首にニキビがあるって言ってるの……。そうだ、ねえ、マムジー、ベルのことで大至急ディッキーをせっつかないと。見た目が悪いわ、ああやって根元から垂れ下がっていて、おまけに鳴らないんだから。どうしてうちでは電気を通さないの、とにかく？」

「あなたのお父さんが、電気は故障ばかりだと思っていたからよ、ディア」

「まずは、大至急ディッキーをせっつかないと、そうしないとダメよ。彼は、ベルを修理に持って行かないなら、自分で直すって言ってなかった？　誰も彼に直しなさいなんて頼んでないのに」

「彼はそれでいいのよ、ディア。夕飯の時に催促するわ」

「彼は夕飯にはいないわよ。デートがあるのよ。彼が言ってた」

「ああ、そうね、彼がそう言ってたわね。私、何を考えていたんだろう？」

「私に訊かないでね」とダフネが優しく言った。「だけど心配いらないわ。私は古いソーセージを食べてもいいし。ところで夕飯はなに？」

「エッグパイよ、軽いだろうと思ったんだけど」

「軽いって？」ダフネは呆れて言った。

「ポーシャによ、旅の後だから。あなたがもっと欲しいなら、ディア、ガランティーヌの瓶詰を開けてもいいわよ」

「うん、わかった」ダフネは諦めたように言った。

ポーシャはソファの片隅に座り、『ウーマン・アンド・ビューティ』をぱらぱらと見ていた。ミセス・ヘカムはランプシェードに夢中だし、ダフネは座って陰気な顔をしているだけなので、ブラット少佐がくれたパズルを持ってくればよかったと思った——ジグソーパズルは三画分ができていた。だからいま、オレンジ色の息苦しい光を頭上に投げているアラバスターのペンダント電燈の下で、彼女はまったく新しいこの世界に呆然としていた。放送中の楽団の響きの下で海鳴りがしていて、ニスとヒヤシンスとトルコ絨毯のにおいが、燃え盛る炎に煽られて引き出され、彼女に襲いかかっていた。彼女はこのすべてに適応できていなかった。いかに遠くまで旅してきたことか——空間という意味だけでなく。

これが自分を苦しめるかどうか訝りながら、ポーシャはウィンザーテラスのことを思った。私はあそこにいない、いない。彼女は少なくとも感覚が愛した物の回りを小さな円を描いて回り始めた——ベッド、冬の朝にはランプを点けておく、トマスの部屋のラグ、階段の踊り場には天使の彫刻がある戸棚がある、蠟引きのオイルクロスが下のマチェットの部屋にある。人は、自分がそこで孤独であることを学んだ家にいると、物に対してこういう思い入れをするのだ。人と物との関係は、毎日見たり触ったりしているうちに愛になっていき、痛みに対して人を裸にしてしまう。むなしい日々の繰り返しを振り返ると、記念碑が無数に建ち上ってくる。習慣は単なる服従ではない、それは優しい絆。人が習慣を思い出すとき、それが幸福だったように思われる。だから彼女とアイリーンは、いつも出ていく前にホテルの部屋を見回しては悲しみを感じていたのだ。何かを裏切ったと感じないではいられなかった。馴染のない場所に、彼らは見慣れたものを無意識に探した。必要な家庭を建てるのは、高揚した感情ではなく感傷なのだ。絆を求める気持ちが、さまよう人々に一日で根っこを与える。無意識に感じるときは私たちはいつでも生きている。

ワイキキ荘の階上は、天井が斜めになっていて、屋根も斜めになっていた。ミセス・ヘカムは、ポーシャにグッドナイトと言ってから、把手を回してステンレス枠の窓を六インチだけ開けたので、カーテンが遊歩道の街燈を浴びてはためいた。ポーシャは一度か二度手を上げて、ベッドの上の斜めの天井に触ってみた。寂しくないといいわねとミセス・ヘカムが言っていた。「私は隣の部屋で休んでいるから。壁を叩けばいいのよ。この家ではみんな近くにいるから。海の音が好き？」

「とても近く聞こえますね」

「満潮だから。でも近くに来ることはないから」

「ほんとに？」

「ええ、約束するわ、ディア、近くに来ないわ。海が怖いの？」

「あら、いいえ」

「それに、アナの絵があるでしょ」ミセス・ヘカムは、お恵みに頷くようにマントルピースのほうに顎をしゃくって付け加えた。前に見た絵だった——アナを描いたパステル画で、アナは十二歳くらい、子猫を抱いていて、長い柔らかな髪の毛はサテンのリボン二本で束ねられている。その絵の無力な優しさが、髪の毛に挟まれた細い顔を精神的に見せていた。子猫の顔は胸の上のV字型の黒い楔《くさび》のように見えた。「だから寂しくないでしょ」ミセス・ヘカムはそう言って、とても幸せそうに締めくくりとしたのか、明かりを消して去って行った……。カーテンが窓枠にさわり始めた。海は迫りくるため息で暗闇を満たし、小石が混じって吠えているようだった。

ポーシャは幼い少女と一緒に本を読んでいる夢を見た。アナの長い髪の毛の先がページをかすする。

彼らは窓のなかで背中を伸ばして座り、これからなにかが起きるのを待っている。最悪なのはもしベルが鳴ったらということ、彼女たちの一番の願いは本をある点まで読むこと。しかしポーシャはもう本の読み方がわからないことに気づく——アナには敢えて言わない、彼女はページを繰り続けている。彼女は二人とも読まなければならないことはわかっている——だからアナの髪の毛が落ちてくるので絶望でいっぱいになり、読めば来たかもしれないものを惜しむ。森（窓の下に森がある）は全面にニスがかかっている。逃げ道はない。そして恐ろしい終わり、駆け込み、唸り声とがなり声が始まる——彼女たちが鳴き声とともにいた所からポーシャは立ち上がる——。

「——シーッ、シーッ、ディア！　ここにいますよ。なにもなかったのよ。ダフネがお風呂を流しただけ」

「私、どこにいるのか——」

「ここよ、ディア」

「ああ！」

「夢を見たの？　少し一緒にいましょうか？」

「ああ、いいえ、どうもありがとう」

「じゃあ夢を見ないで寝るのよ、いい子だから。いいわね、いつだって壁を叩けばいいんだから」

ミセス・ヘカムはこっそりと抜け出して、ドアを少しずつ閉めた。そして、階段の踊り場で、ダフネとひそひそ話を始めた。その囁き声はクリニックの廊下の、あるいは夢から残されたままの森のなかの囁き声のように聞こえた。「まったくもう」とダフネ。「彼女って、すごくのぼせてない？」それからダフネのミュールを履いた足音がコツコツと踊り場を通った。風呂の音が終わり、ドアが閉じた。

おそらくポーシャの感覚では、目が覚めてしまったのでいい子ではなくなり、夢の外側のお化けが出そうな中庭に取り残されていた。彼女はアナには優しくなかった。優しくしたことはなかった。彼女はあの家にアナと一緒に暮らしながら、心は逆らっていた……。例えばあの子猫――死んでしまったのか？　アナはその事を口にしたことはない。アナは学校で小さくなっていたのか？　彼らはいつ彼女の髪の毛を切ったのか？　電燈の光で見ると、あのポートレートの髪の毛は、ミモザの花の黄色をしていた。アナもまた、ときどき、次になにをしたらいいか、分からなかったのか？　だって彼女は次にすることを知っているし、なにを笑うか知っているし、なにを言うかを知っているから、どっちに向かうか知っている方にいつもついて行っていたのか？　誰の内側にも、誰もいない部屋にまでついて立っている不安な人がいるのでは？　枕から起き上がりポーシャは思った。そして彼女は行ってしまった。二度と帰って来ないかもしれない。

ミセス・ヘカムは一晩中起きていて、ディッキーを大人しくさせていたに違いない。われ関せずの彼の足音が、遊歩道に大きく鳴り響いていた。床伝いにミセス・ヘカムがシーッ、静かに、というのが聞こえただろうに、ディッキーはガラスドアをバタンと開けた。それからアームチェアを転がして回し、暖炉の火を蹴飛ばした。ラウンジに巨人が逃げてきたみたいな音だった。それからトレーが運び込まれる押し殺した音がした。おそらくガランティーヌの瓶詰を開けているのだろう。ミセス・ヘカムはベルのことで何か言ったかもしれない、というのもディッキーが返事しているのが聞こえた。

「今頃そんなこと言って、なにになるのさ？……」ポーシャは朝には彼に会わなくてはならないのだと思った。彼は二十三歳だと聞いている。エディと同い年だ。

翌朝八時にポーシャが下に降りてくると、ディッキーは朝食を急いでとっていた。彼が乗るべきサウスストン行きのバスがあったのだ。彼女が入ったとき、彼は腰を浮かせて顎についた卵を拭き取っているところだった。握手をしてなにかつぶやくと、彼はまたあたふたと元に戻って、コーヒーを飲み、もうなにも言わなかった。ディッキーは立てる物音ほど巨大ではないが、元気でがっちりしていた。顔色がよく、ぴんと張った皮膚、牡鹿のような瞳に、あっけらかんとした様子があり、顎は大きく、髪の毛はポマードで固められていたが、それでも跳ね上がってくる髪の毛だった。ディッキーは、実に、文句なしに元気いっぱいだった。仕事に出るこの朝、糊のきいたカラーにダークスーツを着て、これは自分のタイプでないと言わんばかりの態度でいた。それに先立って、浴室を使って着替えをするときの飛び込むようなやり方は、家中に聞こえていた。彼が去ったあとの浴室には、髭剃り石鹸の清潔な赤ん坊のような匂いが残っていた。ウィンザーテラスでは、何階もあって建て増しもしたので、トマスの内密の生活は目につかなかった。しかしここではディッキーがパワフルな有機体として自らを感じさせていた。自分の習慣は一切変更しないぞということを示した目でポーシャを一瞥してから、彼は立ち上がって朝食のテーブルを離れ、シュニールのカーテンの後ろに身を隠した。五分ほどして出てきた彼は帽子をかぶり、満足げな都会風な様子をたたえ、ポーシャとミセス・ヘカム（彼女はラウンジを出たり入ったりして、もっとたくさん降りてくる人々のために新たな支度をしていた）に同じさよならの挨拶をして、その日の仕事をやっつけるためにガラスドアの外に飛び込んでいった。ミセス・

ヘカムはサンポーチから外を見て、ディッキーが遊歩道を降りていくのを見つめながら、「彼はぜんまい仕掛けの時計みたいね」と言って満足げにため息をついた。

ダフネのライブラリーはシール・ハイ・ストリートにあり、ワイキキ荘からほんの十分、植樹された散歩道が町に通じる遊歩道につながっていた。九時十五分まで任務につく必要がないので、兄が出ていく前に朝食に降りてきたことがめったになく、それも彼女がいぎたなく眠ったからだった。浴室からダフネが出てくる音がすると、ミセス・ヘカムはドリスに合図をすることにしていた。ダフネのため、卵か燻製ニシンがフライパンに落とされた。ここの朝食は一種の流れ作業で、ミセス・ヘカムの組織運営に面目を施してくれた――彼女の力はおそらくこれで使い果たされ、その日の残り、彼女は運命論者のような顔をしていたからだ。ダフネはいつも櫛を持って降りてきて、卵かニシンを待つ間、暖炉の鏡の前に踏ん張り、カールした髪の毛にいちいち手入れをしていた。朝食が済むまで口紅を付けないのは、マーマレードは言うまでもなく卵があるからだった。ミセス・ヘカムはダフネが髪の毛をいじっている間、コーヒーとミルクを熱くしておこうと、二つのジャグを包むペーズリー模様の保温カバーを必死で案配していた。彼女自身の朝食は、熱いミルクに浸すラスクで、彼女はポーシャに、この方がずっとコンティネンタルなのよと言った。ポーシャはディッキーの退出とダフネの入室の間もずっと座って、自分のほうに出された朝食を食べ、できる限り肘を引っ込めて、誰の目も引かないようにしていた。

しかしダフネが位置に着くと言った。「ごめんね、私のお風呂でびっくりしたでしょ」

「いいえ、私がいけなかったんです」

「何か食べていたんでしょう？」

「彼女はちょっと疲れていたのよ、ディア」とミセス・ヘカム。「はっきり言って、あなたはパイプに慣れていないのよ。はっきり言って、あなたの義理のお姉さんはバッキンガム宮殿の修理をさせたの？」

「なんの事だか……」

「ダフネのジョークよ、ディア」

ダフネは追及した。「はっきり言うけど、彼女は緑色の陶器のバスタブを持っているんでしょ？さもなければ、沈没式のやつで、隠した明かりが付いてるんだって？」

「いけないわ、ダフネ、ディア。アナはそんなとんでもないものは好きじゃないのよ」

しかしダフネは鼻を鳴らしただけで言った。「はっきり言うけど、彼女が、持ってるバスタブのなかで、彼女は百合の花みたいに浮かぶのよ」

それと同時にダフネはマーマレードに飛びついて、両方の頬を強く思いきり吸い込みながら、しかもまだたっぷりしゃべれそうだった。彼女のポーシャに対する態度は、彼女とアナの類推をやめるまでは、アグレッシブになるばかりだった。アナの所からワイキキ荘に直接来た人間は誰であれ、ダフネの目にはみんなでやってきたように見えた。ダフネがアナに出会ったのは三回だけ——そんなときダフネは辛抱強くがむしゃらに、アナについて人が好きになれないことを全部かき集めた。その限りではダフネは嫉妬深い娘ではなかったが、ただアパークラスに対して恨みがましい関心があった——もっと長くロンドンにいたら、階段の上の日よけの下で真っ赤なインド絨毯を占領する女ばかりの群集の最前列にいたかも知れない。名だたる花嫁の風にそよぐベールの先に、嫉妬深くない大きな顔を寄せるか、オペラハウスの外で誰かよその人のクチナシの花の香りを、別に反感もなしにかぐような、見物人の女の一人だったかもしれない。ダフネのような、満ち足りていて、勘違いしている、見苦しくない娘たちは、悪しき古き秩序の主柱なのだ。彼女は自分が持っていなくて最高によかったと思うものをあがめて喜んでいた。と同時に、その下には編物おばさんになったかもしれない空気がダフネにはあって、それがいったん完全にあおられると、アナに対する絶え間ない怒りの感情になって出てきた。

彼女は、アナは正しい意味でアパークラスの人ではないと（正しく）考えていた。とはいうものの、アナのパワーが働いていると感じていた。アナは不相応に多くを得ていると考えていた。アナはすかしていると思った。またぼんやりとだがアナがマムジーを寄生者にしたことで腹を立てていた（ただ言葉にできないものだったが）。アナに貴族の称号があったら、これほど苦々しい思いはしなかっただろう。彼女は正しくというか見事に見落としていたが、アナの父親がいなかったら、ヘカム家はそれほど多くのガランティーヌの瓶詰を開けられなかったという事実であった。

ある人たちは賞賛によって鋳型にはめられるし、他の人たちは敵意によって鋳型にはめられる。ダフネの進化になにが影響してきたかといえば、あらゆる場合において、アナがしないように振舞い、話すということがあった。いまこのとき、アナを考えたことが、トーストを取り出すときにおよそ妙な表情をもたらし、マーマレードのこぼれたのを下唇で受け止めさせた。

ワイキキ荘のマーマレードはほとんどゼリーで、甘くて鮮やかなオレンジ色だった。テーブルは中国の絵柄を模したコバルトブルーと白色の朝食用の陶器でセットされていた。マフィンみたいに分厚い編んだマットのせいで、その上の皿が合成オーク材のテーブルの上でぐらぐらした。海辺の純粋な混じりけのない日光が朝食のテーブルにあふれ、ポーシャはサンポーチから外を見て、なんて楽しいのかしらと思った。ヘカム家は食事にも生活にもラウンジを使っていたが、本来のダイニングルームの無煙炭ストーブが、やっぱり、信用できないからだった。だから夏の間だけダイニングルームを使い、あとはパーティのとき、そのときは人がたくさん来るから、本物の自然な熱が発生する……。カモメたちが芝生に点々と降りていて白いきらめきの列ができている。ミセス・ヘカムは、ダフネがアンにこだわっているのを残念に思って見ていた。「でも誰も百合の花をお風呂にいれたりしないわ」彼女がやっと言った。

「わからないわよ、もし花を新鮮に保ちたかったら」

「だったら、流しのたらいに入れると私は思うけど、ディア」

「マムジーの気持ちなんか知らないもん。私が百合の花なんかもらう？」彼女はカップを前に突き出してコーヒーのお代わりを要求、それからもっと楽しい話題にしようとして言った。「ディッキーにせっついたの？　あのベルのことで」

「彼、思い当たらないようで……」

「あら、思い当ったりするかな？」とダフネ。「彼は全身ディッキーだから、言う意味わかるでしょ。どうしてスポールディングの人に第一に来させないのよ？　うん、スポールディングから人を呼んだ方がいいわ。明日の夜までにベルが直ってほしいの」

「どうしてそんな、ディア？」

「人が来るのよ」

「でもみんないつだってガラスドアを叩くじゃない？」

ダフネはこそこそした様子（彼女の恥じらいの変種）を見せた。彼女の両目が一緒に走り、鮫の目のようだった。彼女が言った。「ミスタ・バースリーが立ち寄るとか言ってたわ」

「ミスタ・どなた？」ミセス・ヘカムが臆病に言った。

「バースリーよ、マムジー、バ、ア、ス、リー」

「お聞きしたことないのでは――」

「ないわよ」ダフネは我慢して叫んだ。「そこが大事でしょ。彼はここに来たことはないの。あのベルを彼に見られたくないわ。彼は小銃射撃学校《スクール・オブ・マスケトリー》の出身なの」

「まあ、陸軍にいるの？」ミセス・ヘカムはそう言って顔を輝かせた（ポーシャは陸軍についてあまり知らないので、たちまち拍車やサーベルの音が遊歩道を下ってくるのが聞こえた）。「彼とはどこで出会ったの、ディア？」

「ダンスで」ダフネは短く言った。

「じゃあ、誰かが明日の夜はダンスをしたい、ということ？」

「そうね、絨毯は巻いてはがせばいいし。みんなじっと座っていられないわよ。――あなた、ダンスする？」彼女はポーシャを見て言った。

「そうね、ほかの女の子とホテルでダンスしたことがあるけど……」

「そうね、男の人だって食いついたりしないわよ」ダフネはミセス・ヘカムのほうを向いて言った。「ディッキーを呼んでセシルを呼んでもらってよ……。どうしよう《グッドネス》、ぶっとばさないと《ラッシュ》！」

彼女はダッシュして遊歩道を下っていった。ダフネは「どうしよう」と「ぶっとばす」のほかに強い言葉は使わなかったが、もっと激しく言いたいことについては、その態度が身代わりしていた。この点がアナとは違っていて、アナは切羽詰まると、罵り言葉や卑猥な言葉をはいて、絶望的な空気を微妙に漂わせた。そんな時たとえばアナは、人のことをめす犬《ビッチ》と呼ぶのに対して、ダフネは老いぼれ猫と呼ぶだろう。ダフネの人となりは女らしく、彼女の対話は非難の余地なく貞潔だった。彼女は、「恐ろしいこと言うのね」と言うか目を使うだけで、どんなコメントもはねつけるだろう……。彼女がすっかり出て行ってしまうと、ポーシャは空気が抜けて気持ちがへこみ、ミセス・ヘカムは憮然とした顔になった。ポーシャにとってダフネとディッキーは、ユニークとしか言いようのない危機を意味していた。それが毎日起きるなんてとても想像できなかった。

「スポールディングに行くこと、忘れないように私に言ってね」ミセス・ヘカムが言った。

この時太陽は幕の後ろにいたが、海は輝き、ラウンジは光をいっぱいに浴びていた。ミセス・ヘカムは朝食後の空気を入れ替えようと、サンポーチのほうに窓を折りたたみ、それからポーチの窓を開いた。海藻のにおいが湿っぽく、塩辛く、海が引いて乾いた小石の畝《うね》のにおい、そして鷗の啼き声がワイキキ荘のラウンジに入ってきた。海辺の最初の日、力強く跳ね返ってくる、しかも虚ろな潮の感じ――かかとで踏んでもつぶれない海藻の茎みたいだ。ポーシャは出て行ってサンポーチに立ち、垣根から遊歩道を眺めた。それから思い切ってガラスドアの外に出た。膝の高さの壁に非常に高い正式な門が付いていて、ヘカム家の芝生と公道を区切っていた。壁を乗り越える前に（門があるからには、不名誉ながらこうするしかない）、ポーシャは振り向いてワイキキ荘の窓を見た。しかし誰も見ていない。反対する者はいない。彼女は遊歩道の入り口まで歩いた。

シールの海岸通りは、浅く広々とした入り江に沿って完全無欠な曲線を描いている。東の水平線に向かって海岸がせり上がり——というよりはむしろ、内陸部の丘陵が海に近づいている。堂々たる絶壁の頂を飾る冠は、サウスストンの名だたるホテルのうちの名だたるホテルだ。金色のドーム、はためく旗は、日没を受けてあやに輝き、はるか遠く富裕層の天国を照らし、シールの遊歩道のつつましい散策者のために光る。太陽のない澄んだ朝は、ザ・スプレンディードのシルエットが空を引き寄せてブルーグレーに染めているように見える……。シールからサウスストンのほうに向くと、強固なコンクリートの海岸防護壁がタルマック舗装で上を固め、人影もなく二マイル続いている。防護壁が守っている平原は、人影もなく潮風のみ、内陸部の側から切り離されている。あてどない堤防の孤独は、シールとサウスストン間の道路が現れて海に沿って走るところで終わっている。

シールの西は沼地《マーシュ》のほかはなにも見えない。ひたすら平らな海岸線は、針のように細くなって岬に吸い込まれている。煌めきながら暮れていく曲線は、点在するマーテロ・タワーで区切られるだけ、タワーはだんだんと小さくなり、だんだんと光に溶け込んでいく。静寂は峠の上で訓練中のマスケット銃の音に乱されるのみ。シールの西を見ると、世界が空虚で、世界が宙ぶらりんで、忘れられていて、過ぎ去った思想の断片のようだ。光が輝き、斜面と影を移し、間仕切りになっている物陰が独自の世界を作っている……。この海岸の延長線に沿って、小石は海水がならした砂にその場を譲る。最高に荒れ狂った海だけが波濤を蹴ってマーテロ・タワーにぶつかる。

これら二つの遠景に挟まれて立ち、ポーシャは両手を背中の後ろで結び、海のほうを見た。スカイラインが港湾の浅くて長い弓形を横切って真っ直ぐに伸びている。三隻の蒸気船の煙が、澄んだ空中にたゆたっている——磨かれた海面はステンレス・スティールのようだ。プロペラでそれが切れるとは驚異そのもの。海岸の泡の先が小さく震えてレース模様になっていても、水平線は刃のようだ。

この日の朝、少し遅くに、その刃がトマスとアナを切り裂いただろう。彼らは水平線の彼方に沈み、そのあとに、ほんの一分間だけ、小さな煙の渦を残す。彼らがカレー港に上陸したころに、彼らの命は臆測上のものになっただろう。誰かが横切っている海をその日に見ることとは、定期船の終わりを受け入れることだ。なぜなら感覚が我々の感じる世界の限界だからだ。感覚の力がとまると、急激な中断が起きる——ドアが閉まり、列車が線路の向こうに消え、飛行機の爆音が聞こえなくなり、船が霧に消えたり、波間に消える、などなど。心は、その先も知っていると思いたい。感覚は、不在が人を消し去ることを知っている。事実、我々には不在の友人はいない。友人は、いかに不本意だろうと悲しかろうと、我々のゾーンから外れると裏切り者になる。心からなる訴えにもかかわらず、厳しい判断が彼に下る。意図した不在は（不本意にしろ）愛の否定である。覚えていることは、ときとして冷たい義務にすぎなくなる。我々は耐えられる限られた方法で覚えているだけだからだ。我々はささやかな儀式を守るが、意志よりも強い恐ろしい思い出に対しては自己防衛に走る。幻影になり、部屋、場面、感覚を呼びさまして幽霊に行きつく事物から身を守ろうとする。我々は我々を見捨てる人を見捨てる。我々は苦しむゆとりがない。我々は我々にできる生き方しかしない。

幸いにも感覚は簡単には騙せない——というか、少なくともしょっちゅう騙すことはできない。感覚は、所有できるものに留まり、我々をそれらに留める。感覚は無情で、不実を生きている。ポーシャはアイリーンなしで生きることを学びつつあり、それは、かつてあった母と子の紛れもない親しさを否定したり忘れたりしたからではなく、自分の頰に触れる母の頰をもはや感じなくなったから（最近ではエディのあの指先が、笑顔にできる笑いじわをたどることのほうがもっと気楽で、遥かに感動的だ）、あるいは、アイリーンのドレスから香り袋《サシェイ》の香りを嗅ぐこともなくなり、または借家で二人が目を覚ます北向き部屋で起きることもなくなったからだ。

エディ本人については、いまのところ、居ても居なくてもどうでもよくなっていた。恋の最初の偉大な時期は、若い人たちにとっては長く続くが、愛されている者は外にいる人間ではないから、来たり去ったりしない。このだんまり芝居の、うきうきした、浮かれた混乱状態のなか、実際に起きることとは大した役は果たさない。事実、精神の音量が上がったままなので、愛される者の生身の姿は手に余り、耐えがたい。人は彼にこう言いたい、「出て行ってよ、あなたはここにいるのかな、くらいでいいの」と。もっともフルに生きた時間は、この時、思い出の時間か、予想の時間で、なんの規制もなしに心がふくれ上がる時だ。ポーシャはいま、起こりうることをすべてエディに当てはめていた。彼女は自分が見ることすべてに彼を見ていた。彼がロンドンにいること、彼女がここにいることは、イングランドの七十マイルを二人のプライベートゾーンに圧縮すればいいわけだった。それに彼らは手紙だって書けた。

だがトマスとアナのスペースにおける不在、完全な消滅は、自然に反していたに違いない。彼らはポーシャの「毎日」だったのだから。ポーシャがそれをもっと残念に思わなかったこと、彼らがいなくても寂しくなかったことは、今朝彼女が目の前に見ているステンレス・スティールのような海の広がりに見たものと同じだった。トマスとアナは、彼女にドアを開いたことで（血縁ゆえに開くほかなかった）、あらゆる自然な物事においてアイリーンの後継者になったのだ。トマスとアナとポーシャはクウェイン家の三人で、一軒の家に詰め込まれて生活し、寒いひと冬を過ごして、お互いを選んだというだけでなく受け入れてきたのだ。彼ら三人は、必要な同じパターンのそれぞれの役割にいそしんできた。同じ階段を通り、同じドアの把手を握り、同じ時計が打つ時刻を聞いてきた。ウィンザーテラスのドアの後ろで彼らはそれぞれの声を聞いてきた、貝殻の渦巻きのなかの絶え間ない囁きのように。彼女は入った部屋で彼らが肺から出す煙を吸ってきたし、玄関ホールを通るたびに手紙に書かれた彼らの名前を見てきた。外出すると、お兄さまとお姉さまはお元気？と訊かれた。外の世界では、トマスとアナの匂いがした。

しかしずっと続くべきだった何かが続かなくなった。なにかが起きなかった。彼らは、実際に燃えているのではなく絵に描かれた火を囲んで座り、空しくそれで手を温めようとしていた……。ポーシャはトマスとアナが船の手すりにもたれながら、同じ方向を見ている絵を思い描こうとした。その絵はポーシャに、当面彼らの顔から人を騙す不実な表情を拭い去りたい気持ちにさせた。なぜなら彼らは亡命者のようで、ホリデーで旅に出たような顔をしていなかった。トマスは――彼は船上ではいつもキャップをかぶると言っていた――キャップを深く下げているし、一方、アナは毛皮のコートを悲しげに顎に巻きつけている。互いにそばにいるその姿は――肘と肘をくっ付けて立っている――追い詰められた表情の一部だ。逃亡中なので一体になっている。しかし彼らの顔は、ダフネとディッキー・ヘカムの顔よりもはるかに中身を失っている……。そこでポーシャは思い出した、彼らはまだ海外に出ていないのだ。実はまだロンドンを出てさえいないのだろう。いったん海外に出たら、アナは起き上がれまい。彼女は船乗りとしては落第、海を見たことは一度もない。

三

ウィンザーテラス2番地
N.W.I.

ディア、ミス・ポーシャ

がっかりするでしょうが、フィリスがあなたのパズルを乱しました、あなたが言うとおり私は新聞紙を上に掛けておいたのに。いけないという命令を受けていたのに彼女はそれを無視しました。私がミセス・トマスの荷造りで忙しかったので、フィリスがあなたのお部屋を見に行かされたのですが、彼女は新聞紙の下に何があるのか知らなかったので、テーブルをギュッと押してしまいました。空のところを少し、それから将校さんたちの部分が混乱してしまいましたが、そのピースは私があなたのベッドのそばの箱に入れておきました。あなたにはパズルが大事なのだと言ったら、フィリスは混乱してしまいました。あなたに話しておいた方がいいと思いまして、戻ったときにがっかりなさらないようにと。フィリスはもうお部屋に入らせません、実際にすることはなにもないのですから。

ミスタ・トマスとミセス・トマスはイタリア行きの列車に間に合う時刻に出発され、私は今日カーテンをクリーニングに出します。ミセス・ヘカムの電報で、あなたがシールに着いたことを知り喜んでいます。ミスタ・アンド・ミセス・トマスも間違いなく喜んでいるでしょう。正面から吹いてくる風に用心してくださいね、あの風は一年のいまの時期とても怪しいから。ミセス・ヘカムは去年ロンドンで朝起きたときの寒さについて話し、ミセス・トマスが着ていたヌートリアのコートがもらえて嬉しそうでした。あなたもコートとセーターの間にカーディガンを着ないとダメですよ、荷物に二枚入れましたが、お忘れなく。

ブラット少佐が午後、お寄りになったらしく、一家が去ったあとでがっかりしたとか、彼が日付けを間違えたようで、ミセス・トマスが言ったことが頭にあったと。あなたのことを訊いたら、海にいると告げられました。カーテンのない家とか、見慣れていた物がない家なんて、見たことがないでしょう。それにミスタ・トマスのご本は電気クリーニングに出して、書棚をクリーニングする前の準備です。あなたの友達のエディがお玄関に、置き忘れたマフラーのことで来て、そして石鹸の匂いがすごいとコメントしていきました。それに居間からフランス語の本を持っていきました、ミセス・トマスに貸してあったからと。それを探すために、掛けてあったシーツのカバーをはがさなくてはならなくて、だってお部屋は清掃のためにもうカバーがしてあったのです。

あなたが海辺で楽しんでいると信じています。一度私も結婚した姉とシールに行ったことがあり、姉はドーヴァーに住んでいます。いい住宅地らしいですね。間違いなく時は飛びさりますね、するとあなたが戻ってくるのね。もう終わりにしないと。かしこ。

p.s. なにか送ってほしかったら、必ずひと言書いてください。絵葉書で十分です。

R・マチェット

Q&M社
金曜日

愛しいポーシャ。出発前の手紙、ありがとう。君がいないと思うと恐ろしいし、事実、そう思いたくないけど、そう思うんだ。ウィンザーテラスに走っていって、あの赤いマフラーを取り戻そうとしましたが、君たちはみんなペストで死んだみたいで、マチェットは君から伝染したみたいだった。家は石鹸だらけで恐怖だった。マチェットはトマスの本を全部積み上げて山にして、そこでダンスしているみたいだったよ。すごく嫌な目つきをして僕を見ました。きっと居間に君の遺体を寝かせているんだという気がしたけど、シーツだらけだった。老いたるワニは文句を言いながら僕を二階に伴い、顎をガチガチいわせている間に、僕は『人生の歓び《プレジール・ドゥ・レ・ジュー》』を掘り出したよ、アナが紛失する前に取り戻せるか心配だったんだ。ヘンな気持ちがしたな、僕が居間にいるのに、君が階段を駆け下りて来るのが聞こえないのがわかっているとは。あらゆるものがこだまが返る納骨堂みたいで、僕は内心で言ったよ、「彼女は若くして死んだ」と。

ねえ、ダーリン、マチェットは君と僕のことで、どこまで気づいていると思う？　あれは汚い侘しい日で、泣きたかった。

いいかい、長い手紙を書くのが僕にはどんなに恐怖かを忘れないでよ。君がディッキーのことばかり長々と書くと、僕は駆けつけていって彼を撃ち殺すよ、僕は嫉妬深い男なんだ。彼はアナが言うように恐怖かい？　ダフネは？　僕は君に何もかも話してほしいのに、僕が君の手紙をロクに読んでないなんて、ゾッとすることを言うね。いつか週末にそちらへ行って、ディッキーを撃ち殺さないとでも？　もしそうなったら、めちゃくちゃ面白いね。泊まらせてくれるかしら、どう？　もちろんあれもこれも、事がどう出るか次第だけど、今の僕が過ごしている時間は恐怖だよ。

ここのオフィスはトマスがいないとばらばらで、トマスに知れたら愉快だろうなあ。みんながどんなに恐怖か、とても説明などできません。僕はとっくに分かってましたよ、ここのやつらはみな頭がおかしいと。まったく毒々しいやり方で陰謀を企てていて、何一つ達成されていないんだから。しかし、おかげで君に手紙を書く時間が余計にとれる。見てごらん、僕はオフィスの用紙など使いませんよ。トマスがいない間は彼の利益を守ってるんだ。

ああ、愛しいポーシャ、君に会えないなんて恐怖だ。君も恐怖と感じてね。ホーブンでインド製の銀のバングルを一組見かけました。君の細っこい手首のために贈ってあげようかな。

土曜日、覚えてるかい？

彼らしいと思うよ、万事これから素敵になるときになって、君を荷造りして海辺に送り込むなんて。アナはジャムみたいに君を閉じ込めるんだ。彼女がイタリアの俗悪な別荘にいる間、みぞれとあられ続きだといいな。シールに行ったら、僕は大笑いしてやる。ベッドのなかで海が聞こえるかい？

もうやめないと。ホームレスですごく悲しい。いまから外出して誰かと一杯やらないと、だけど前と全然同じじゃなくなった。君が暖炉の火をつついて、僕がいまにも帰ってくると思っていたら、素敵じゃないか？

グッドバイ、グッドナイト、愛しい君。僕のことだけ考えてね。

エディ

ザ・カラチホテル
クロムウェル・ロード
S.W.

ディア、ミス・ポーシャ

ウィンザーテラス2番地を訪れても、君がいなくて残念でした。君の兄上と義理の姉上にご旅行の無事をと言い、君がミセス・クウェインを通して送ってくれた愛らしいメッセージに個人的にお返事したかったんだが、あのパズルがどこまで達成したか、知らせてくれていましたね。それに僕は、君がもう一つパズルが欲しいか訊くつもりでした、あれはもう相当仕上がったに違いないから。同じパズルを二回するのは、たいそう佗しい楽しみだから。もう一つパズルを送らせてくださるなら、最初のやつは病人の友人に送ったらいい。介護ホームではパズルが人気と聞いていますが。僕はこの上ない健康を我が物にしているので、この点をチェックしたことはないのです。あの種のパズルはあの「大戦」中はあまりはやっていなかったのでね。

天気が実に嫌な具合に変わり、君はみなが言うとおり、「ロンドンを逃げ出した」わけだ。君の兄上のもてなしのいい屋敷は、僕が寄ったときは、身ぐるみはがれてスプリング・クリーニングの最中でした。あれは気のめいる作業だね！　海岸の気持ちのいい場所に君が感動していたらいいけど？　ひどい風の吹く所だと知ったことでしょう。ここしばらくの間、僕はとても忙しいんだ、日時を決めて面接するなどあって。聞くところによると、物事が整ってきたようです。

このホテルにいい友人が数人いて、ここで知り合った彼らの知人たちがほかの場所に移っていくと、大きな隙間が空いた感じがします。こうしたホテルで気持ちが同じ人々に出会うのはラッキーなことです。でももちろん、みんな来たり出て行ったりです。

さて、君がもう一つのパズルで腕試しがしたかったら、ご親切にも可愛いお便りをお願いできますか？　もしかしたら君が海岸でするためにパズルが欲しいことも考えられるし、海辺の自然はいつも望みどおりの相手をしてくれないからね。もし君の住所を知っていたら、君に直接パズルを郵送できたんだが。まあいまは、君の素晴らしいパーラーメイドが、間違いなくこれを郵送してくれるでしょう。

心からあなたのものなる、エリック・E・J・ブラット

ポーシャは朝の郵便でこれほど受け取ったことはなかった。ロンドンを離れた利点みたいだった。これら三通の手紙は土曜日の朝にきた。彼女はコロナカフェの緑色のタイルのテーブルで、ミセス・ヘカムを待ちながらそれらを読み返した。こうして二日目の朝に、ポーシャはワイキキ荘の手順に早くも入っていた。ミセス・ヘカムはいつも十時半から正午まで買い物をし、その途中、コロナカフェでコーヒーを飲んでひと休みした。十時半までに「街に出て」いない時は、彼女はそわそわと落ち着かなかった。蜂の巣型のバスケットを肘に掛けて、ポーシャを従え、ハイ・ストリートを嬉しそうに漕ぐようにゆっくりと行き来して、思いつきで道を横切り、今来た道を引き返すのはしょっちゅうだった。電話で買い物をする女たちは、買い物するのがいかに楽しいかを知らない。リッチな女たちは、生活からあまりに遠いところに住んでいるので、金銭を見たことがないことがよくある――たとえば言われるのは、女王様は財布をお持ちにならない。だがミセス・ヘカムの縫い目のないモロッコ革の財布は、四隅に留めた銀が黒ずんでいても、いまなお現役だった。彼女はほとんどの場所で現金を払う、その理由のいくぶんかは勘定書きには何かが起こり、思う以上の価格になっているからでもあり、うろつくのが好きな彼女は、付けが効くたぐいの店に縛られるのが嫌でもあったからだ。できる限り多くの店で知られているのが好きで、店にはいると個人的な微笑を受けるのが好きだった。そして物事のやりくりがうまいので、いまあるシールのどの店にも知られていた。彼女が実際なにも買わなかった場合でも、何度も繰り返し物の値段はきいていた。彼女は肉屋と牛乳屋が一軒に限られているのを自認していたが、それは彼らが配送してくれるからだった。ミセス・ヘカムは肉を運ぶのを好まず、家庭へのミルクの供給は自動的でなくてはならなかった。これら二軒の店に対してすら彼女はいつも忠実というわけではなかった。キドニーをこっちで買いあっちで買い、新しい色合いのバターや瓶詰クリームなどもそうだった。

ポーシャにしてみれば、これほど何回も財布が開くのを見たことがなく（ホテルに住んでいると買うものはほとんどないのだ）、ミセス・ヘカムの出費は贅沢王子みたいだった――とはいえ、二シリングのフローリン銀貨でよくお釣りをもらっていた。ペニー銅貨を持ちすぎているとき、ミセス・ヘカムは、それを次の店のカウンターに積み上げて、十二個か六個ずつの柱にして、用心深くそれを前に押し出した。銅貨だけで支払いをすると得したような気分になった。銀貨を崩さないとお金はさらに出て行くし、倹約家は紙幣を使うときは躊躇する。あらゆるものを少量だけ買う、だって毎日必要な物だからだ。今日は、例えば、彼女は以下の買い物をした。

ヴィノリア石鹼　一個（浴室用）
リリーフ製の替えペン先　半ダース
サーモン・シュリンプ・ペースト　一壜（スモールサイズ）
金属メッシュの鍋磨き　一個
インド錠剤マグネシア　一壜（スモールサイズ）
焦がしグレービー　一壜
「生成り」毛糸　一かせ（ディッキーのヴェスト用）

電球　一個
レタス　一個
ストライプ模様のカンバス布　一枚（デッキチェアの張り替えに）
鯨骨　一式（コルセットの修理のため）
ラムのキドニー　二個
小型ねじ釘　半ダース
「チャーチ・タイムズ」　一部

彼女はそのほかに、特別に十シリング紙幣を使って、ダフネのリストから、今夜のパーティ用の特別な買い物をした。ポーシャはレターセット《コンペンディアム》を買った――罫を引いた薄い菫色の便箋に、紫色の線が引かれた封筒――それから一ペンス半の切手を九ペンス分買った。たっぷり浴びた海の潮風のせいで、歯ブラシを入れるためのヒスイ色の箱を買い、長い赤いリボンを、今夜、乙女結い《スヌード》にする髪のために買った。

次にミセス・ヘカムは夏の貸家のことで年一回の相談をするため、不動産屋に行った。シールに家を持つ人のうち、夏の貸家の話を彼女ほど早くする者はいなかっただろう。実際のところ、ダフネとディッキーは、最高の季節の三か月間、ワイキキ荘から追い出されることへの反対意見を年々強めていた。しかし彼らの父は、この家を夏に貸し出すために建てていて、彼の未亡人はこれに敬虔なまでに固執していた。七月、八月、九月と、彼女は絵画用品一式を持って親戚の元を巡り歩いた。その間、ダフネとディッキーは友人たちとともに下宿屋に出された。彼らがいつも持ち出す反対意見を見越して、彼女は十分早くから貸家契約を決めてしまおうと必死になり、そのあとで彼らに既成事実《エタ・コンプリ》として知らせていたのだ。それでも不動産屋に行くと、ダフネとディッキーをだまし討ちにしているという感じがして、彼女は哀しくなった。

だから彼女はポーシャを同道しないで、このうしろめたい行為を目撃させないようにし、その代りテーブルを予約しておいたコロナに行かせていた。この時間コロナは満席だった。はやりの場所は二階で、ハイ・ストリートが下に見えた。よそ者だけが階下でコーヒーを飲んだ。上はいかにも明るくて、コーヒーを煎っている香りが流れ、籐椅子の籐の匂いがした。ストーブがごうごうと燃えて熱を放っている。窓から太陽が流れ込み、二、三本ほど大胆にくゆらせている葉巻の煙を固まりにしている。レディたちに仕えているレディたちは雑誌の『タトラー』や『スケッチ』の古いものを見ている。犬たちは革紐につながれて、テーブルの脚の回りを回って自分を縛りつけている。花瓶にはペーパーのチューリップ、色つきの紙に乗ったビスケットがタイル張りのテーブルの上で明るい調子を上げている。ウェイトレスはお客をみんな知っている。ロンドンよりずっと楽しい——それに、この朝の饗宴には奔放さがあった。奔放であれば、世間体を重んじなければいけない。

ポーシャは手紙から何度か目を上げて、また一つレディの帽子が手すりを通り過ぎるのを見た。しかし長い間どれもミセス・ヘカムの帽子ではなかった。ミセス・ヘカムがついに現れたとき、彼女はどこから出てきたのか、びっくり箱《ジャック・イン・ザ・ボックス》から出てきたみたいだった。三通の封筒がまだテーブルに散らかっている。ミセス・ヘカムはそれらを一瞥、その鋭さは機械的だったが、鋭さはすぐさま気転で隠された。彼女は住みこみの付き添い婦人《デュエナ》を無駄に長年してきたわけではない。エディの筆跡は、一目見て無防備だが、ブラット少佐のは臆面もなく男性的だ。マチェットの手紙は、マチェットから来た手紙としてすぐどかせばいい。ミセス・ヘカムはこれらの筆跡を見たことがあるわけではない。ダフネがスキップしながら朝の配達便を見に出てきた。

「あら、ディア、一人ぼっちじゃなくてよかったわね。ミスタ・バンスタブルで時間がかかったの。さあ、私はコーヒーを頼むわ。ほら、待っている間、チョコレートビスケットを食べましょうよ」

自分が到着したことがまだ少し照れくさいのか、ミセス・ヘカムはバスケットを誰も座っていない椅子の上に置き、ウェイトレスに合図した。彼女の顔がピンク色をしている。それにもまして彼女は、おまけの帽子をもう一つかぶっているように、ためらいと警戒の様子が目に付いた。「お手紙をいただくのは嬉しいことだわね」彼女が言った。

「ええ、はい。今朝三通もらいました」

「どうなの、たくさん旅をしたから、あなたとあなたのお母さんはいい友達がたくさんできたでしょ?」

「いいえ、だって、私たちはあまりにも旅をしすぎたから」

「で、いまはアナのお友達と友達になったんでしょ、そうよね?」

「何人かだけです。みんなじゃありません」

ミセス・ヘカムは数段不安が消えた顔になった。「アナは」と彼女。「人間の素晴らしい裁判官だわ。少女だった時からもう別格で、いまでは目立つ人々が彼女の家に来るじゃない?　アナが好きな人を好きになっていればそれが正解なのよ。彼女には周囲に素晴らしい人を集める方法があるのね。あなたには素敵なことだわ、ディア、あんな幸福な家に来たなんて。あなたが彼女の知人たちと知り合いになっていくのを眺めるのは、間違いなく彼女には大きな喜びよね。彼女はものすごく同情心があるから。もらった手紙を彼女に見せたいでしょ、ねえ？」

「私が手紙をもらうのは、海辺にいるときだけです」

ミセス・ヘカムは一瞬困った顔をした。その時彼女の肩が、もう一つのテーブルから身を乗り出した女性によって強く叩かれた。ふざけた非難がましい会話が取り交わされた。ポーシャはすっかり面食らってしまい、人形型のジャグに入ったクリームをコーヒーに注いだ。すぐにミセス・ヘカムの相手のご婦人に紹介され、立ち上がって上品に握手した。手紙はツイードのコートのポケットにしまった。

カフェをあとにしてハイ・ストリートに出ると、ミセス・ヘカムはスムーツ図書館の外に立って、どこか悔やんでいるような背伸びみたいな仕種をしたが、ダフネがここの図書館で働いていた。ポーシャはガラス窓の後ろにいるダフネを心に描き、鏡でしかものを見られない、怒れるシャロットの姫を想像した。「彼女は読書が好きなんですか？」

「あら、いいえ、でもそれはここでは必要ないみたいよ。ちゃんとした娘が必要なのよ、私が言う意味わかるかしら。娘って——そうね、どう表現したらいいかしら——いい家庭の出じゃない娘は、まったくダメなの、ここでは。だって、本を選ぶのって、とても個人的なことでしょ。シールは小さな町だし、みんないい人だから。ここでは個人がとてもものを言うのよ。コロナカフェはご婦人たちが経営者なのよ」

「はあ」

「むろんみんなダフネを知っているわ。この仕事にしっかり落ち着けて素晴らしいでしょ。残念ながら、彼女の父親はこれが理想だとは思わなかったでしょうけど。でも未来がいつも見えるわけにいかないから、そうでしょ？」

「ええ」

「ほとんどみんながあそこで本を交換するのよ。いつか朝にあなたも行ってみたらいいわ。ダフネが喜ぶわよ。あら、ディア、ほら。十二時だわ！　急いで帰らないと」

彼女たちは海に向かってアスファルトの道を急いで下り、それからワイキキ荘のラウンジで一時間待ち、その間にドリスがランチの用意をした。ミセス・ヘカムはランプのシェードを何回も回してみて、塗ったニスが乾きかけてきたと言った。ランチの後、彼女は一分間静かにすると言い、ソファの上で海に背を向けて昼寝をした。

ポーシャはミセス・ヘカムが寝ているか何度か見てから靴を脱いで、ワイキキ荘のベッドルームのある階を調べに行き、エディの部屋がどれになるか見てみた。ポーシャは立ちどまるつもりはなかったが、ミセス・ヘカムの部屋には大きなダブルベッドが入っていて、真ん中が窪んでいて、若い少女の写真がたくさんあった。ダフネの部屋はコティのおしろい、シーペル《ビャクダン》の匂いがして、イヴニングシューズの一連隊が衣装棚の下に集合、漫画の「ディズマル・デズモンド」の犬が一匹、ベッドの上に座っていた。自信満々の男女のスナップ写真が鏡台の回りにはさんである。ディッキーの部屋は北向きで、町のほうに向いていて、北向きの部屋にこもりがちな体臭があった。靴脱ぎ器、ボクシングのグローブ、モード雑誌『エスクァイア』の山、黒檀の台に乗った小さな銀のトロフィ三個が、一群の額入り写真の上で輝いている。ドリスの部屋はいかにもドリスの部屋らしくて、ポーシャは急いでドアを閉めた。しかしもう一つ部屋が見つかった――楔形の部屋で、チーズの切れ端のような形をしている。屋根窓《ドーマーウィンドウ》は北向き。ここにはボール紙の箱が積み上げられていて、洋裁師が使う上半身の人台《じんだい》が一体あって、王族のように威張っている。壁には写真がたくさんあり、ドクタ・ヘカムが訪れた熱帯地方のものもあった。ここにはまた、安全第一で、ストレッチャー式のベッドに四角い鏡、竹のテーブルがあった。ポーシャはもう一度辺りを見回し、また階段をこそこそと降りた。ミセス・ヘカムが目を覚ますころ、彼女は手紙を半分書き上げていた。

彼女は書いていた。「お部屋が一つあって、あなたはすべて気に入ると思います。入る方法は二通りあります。これについては明日までお預け、明日は日曜日です――」

ミセス・ヘカムは目が覚めると髪の毛をちょっと掻いた、頭のなかで音でもしたみたいだった。「忙しいの、ディア?」と彼女。「一時間もしたらまた出かけないと。丘の上でお茶をするのよ――娘さんが二人いて、どちらもあなたよりやや年上だけど」それからブラウスをベルトの後ろに押し込むと、しばらくは満足そうにラウンジを歩き回り、物の位置を一つ二つ移し、寝ている間に新しい考えが浮かんだみたいだった。サンポーチから隙間風が忍び込み、カーテンのリングをカタカタと鳴らした。ワイキキ荘は船みたいな音を立てて軋み、波が力を強めて岸辺にぶつかり始めた。

ミセス・ヘカムとポーシャはともにシャモア皮の手袋をして、静かに丘を登り、お茶をしに行く。

あたりの庭ではラッパ水仙が蕾を前後に揺らしていた。シールは風と太陽の春の昼さがりのドラマを演出していて、ここから見える沼地の上にかぶさるように雲が集っていた。そこまで下ると港湾の曲線が、移り変わる銀色の光線に合わせてパチパチと音を立てているようだった。

「どうなの、アナとよくお茶に行くんでしょ?」

「さあ、アナはあまりお茶に行かないけど」

家に帰る途中でミセス・ヘカムがポーシャを連れて教会の晩祷《ばんとう》に行くと、レディ・チャペルで詠唱が始まっていた。それから白衣《サープリス》を数枚取りに聖具室に回り、ミセス・ヘカムは繕うためにそれらを持ち帰った。祭壇の花を活ける気にはなれず、それは綺麗な花々を調達するゆとりがなかったから、サープリスの修繕が教会に対する彼女の愛の奉仕活動だった。「小さな男の子って、乱暴ね」と彼女。「ギャザーがほとんど頸《くび》のところに寄ってしまっているわ」サープリスでは多少手間取り、茶色の紙にピンを打つのにもっと手間取った——ミセス・ヘカムは聖具室近くにいる婦人たちとともに、取って置きの茶色の紙をみんなが使えるように、松脂《まつやに》の出る松材の第二聖具棚の後ろにとっておいた。牧師はこの存在を知らなかった。ミセス・ヘカムが包みを開けるときは、いつでも包装紙を取っておいて教会に運んでいたので、ワイキキ荘に茶色の紙があったことがない……。サープリスを持ってワイキキ荘に帰ると、ダフネが椅子をラウンジのあちこちに広げていた。

ダフネは髪の毛をリセットしていて、金メッキしたアイロンみたいに見えた。ダイニングルームに通じるドアは開いたままで、ラウンジの暖炉の火の熱気がダイニングルームの冷気をいくらか追い払っている。そこから来る空気は、もちろん少し冷えていた。みんなでそこに入り、周囲を見回し、ダフネはシマホオズキの陶器のテーブル飾りに積もった埃を吹き飛ばしても、むやみに落ち着いた様子は不変だった。

「ベルが綺麗に直ったわよ、ディア」

「ええ、ベルはもう大丈夫だけど、私が試しに鳴らしてみたら、ドリスがすっ飛んできて、発作を起こしそうだったわよ」

「たぶんまだ音が喧《やかま》しいのね」

「でも私が言うのは、ドリスはそうしないように学習しなくちゃ、という意味よ。彼女は瓶詰のミートも探せないのよ」

「あら、ごめんなさい、ディア。あれは私のバスケットに入ったままぶら下がっているわ」

「あら、まあ、マムジーったら……。だったら、そうよ、サンドイッチにまだ手を付けていないんだわ。あなたたち教会に行ってたんでしょ?」ダフネは飛びかかるように言った。

「ええ、まあ、私たち――」

「ええ、まあ、教会は時間がかかるかもね。まず土曜日だし、つまり」

その夜、夕飯は火を使わない冷肉で早めに済ませて、ドリスに後片付けの時間をたっぷりやった。だから着替えは夕食のあとになった。ディッキーは今宵のイヴニングパーティにはやや冷ややかで、それはアイスホッケーの試合を見たいからだった。土曜の午後はサウスストンでいつもの草ホッケーをして過ごしていた。「どうしてみんな来たいのかわからないよ」彼が言った。

「あら、でも、やっぱりクララは来るわよ」

「なんのために来たいのかなあ？　いま初めて聞いたけど」

「まあ、言ってみれば——言ってみれば、よ、まったく！　自分で誘ったんでしょ、ディッキー、誘ったくせに！　あなたが土曜日にちょっと来ないかって言ったら、むろん彼女がそれに飛びついたのよ。はっきり言うけど、彼女、ほかのデートをすっぽかしてるわ」

「いや、君の友達のデートのことなんか、僕は知らないけど、クララを誘うなんて一切してないからね。どうして僕がクララを誘うんだい、モントリオール・イーグルズがここでやるのに」

「どのイーグルズなの、ディア？」とミセス・ヘカム。

「やつら、アイスドロームでやるんだ、今夜——ダフネが何週間も前から知ってることさ」

「あら、あなたのバカバカしいイーグルズがどこにいたって関係ないわ。私にわかっているのは、あなたが絶対にクララを誘ったことだけ。クララのデートの実態を知ってるのかなんて、追求しないでね。それはあなたの仕事で、私のじゃないから」

「へえ、そうかい？」ディッキーは妹をにらみつけた。「お聞きするけど、どんな理由があって、そんなこと言うんですか？」

「あら、彼女、ここらにいるじゃない、あなたがここにいるときは」と言ったダフネはかすかに弱腰になっていた。

「女の子が居場所をどこに選ぼうと、それはそっちの問題だ、と僕は思う」

「じゃあ、彼女は私の友達だなんて、言いふらさないでね」

「ああ、分かった、分かった、分かった、君は彼女を誘わなかった、僕が誘った。僕はモントリオール・イーグルズなんか見たくない、ああ、見ないよ。セシルは来るはず?」

「ちょっと通りがかりに、訊いてみたわ」とミセス・ヘカム。「あなたたち二人が忘れているかもしれないと思ったから、彼、きっとすごく傷ついたでしょうよ」

ディッキーが言った。「僕はわからないな、なぜセシルに来てもらわなくちゃならないのか」

「私はわかるわ」とダフネ。「マムジーと私は、彼はポーシャにいいと思ったわけ」

「ああ、ダフネ、それは君の考えだな、うん」

初めてディッキーは、支配者的なステージ用の目で、まともにポーシャを見た。「君はセシルがちょっと女々しいと思うかもしれないよ」彼が言った。

「あら、ディッキー、彼はそんなじゃないわ」

「いや、僕はセシルが好きだから大丈夫、でも、だけどああした女々しいセーターは我慢できない」

「あら、あなたもセーター着てるけど」

「女々しいセーターは着ないさ」

「ねえ、ところでディッキー、見ておいた方がいいわよ、ベルが鳴るとドリスが跳び上がるんだ」

「ああ、じゃあ、もう鳴るんだね?」

「あなたのおかげじゃないけど、これも」

「ディッキーはすごく忙しいのよ、ディア——さあさあ、お二階へ行ってもう着替えないと。ドリスが向こうで食器を洗いたがっているし」

「だったら、頼むよ、どうして彼女にやらせないのさ？　窓を開けさせて――そこらじゅう子牛《ヴィール》やハムのにおいなんて、たまらないよ」

女性三人は二階へ上がり、ミセス・ヘカムはコーヒーの最後のカップを持って上がった。ディッキーは、少し振り返って考えてから、身なりを変えるために上がっていくのが聞こえた。さて、ワイキキ荘の寝室階はすべてにおいて衣装ダンスはドアが全開、水道栓は出しっぱなしになった。黒い夜の風が立ち、ワイキキ荘は横から吹きまくられ、船舶のようにかしいだ。建具がすべて音を立てている。これらのすべてがパーティ前で張り詰めた神経にさわった。ポーシャは芋虫みたいに体をくねらせて黒いベルベットのドレスを着こんだ。ドレスは、カーテンの後ろに掛けてあったために中側が塩水で湿っていた。ベルベットがシュミーズのトップの上の皮膚にくっつく。髪の毛を櫛で後ろにとかし、赤いスヌードリボンをつけたら、きつくて眉のはじがつり上がった。目が横に引きつれてしまってよく見えず、彼女は鏡に映った自分を見てやりすごした。

階下に降りたのは彼女が一番早くて、暖炉の火の前のタイルの縁取りにうずくまると、煙突が燃え盛るのが聞こえた。肘から両腕を持ち上げて、エジプト人みたいに、体を回して火にあたり、冷たくべとべとしたベルベットが徐々に肩甲骨の間から離れて行った。

これは彼女の初めてのパーティだった。今夜、天井はより高くなり、ラウンジは緊張と神秘性を増していた。黄褐色の透明な影の柱が何本か、オレンジ色のランプシェードの間に立っている。蓄音器は蓋が開けられ、レコードが乗っていて、針が付いたアームが曲げられていて、いまにも殴りそうな腕みたいだった。ドリスはポーシャを見ないでいたが、大きな翼付きキャップを着けているせいで高揚している幽霊みたいなドリスは、トレーを持ってラウンジを通りすぎた。外の海から見ると、この家は点灯したもう一艘の船かと思われただろう——そしてこの部屋は磁石のように、暗い下の遊歩道の人々を引き寄せるのだろう。ポーシャが見るパートナーたちには顔がない。誰とダンスしようと、相手はいつもエディになるだろう。

ディッキーがピンストライプの濃紺のスーツで降りてきて、絨毯を丸める手伝いをしてくれるかと彼女に訊いた。長椅子をできるだけ奥に押し戻したところで、ガラスドアで蝙蝠《こうもり》が騒いでいるような音がしたので、ディッキーは一回唸って仕事を中止、セシルをなかにいれた。

「いやあ」とセシル。「ごめんなさい、早く来すぎたかな」

「いや、君はまあそうだな。しかし、絨毯を手伝ってもらおう。毎度のことで、何もかも僕がやらされてるんだ——ああ、ところで、こちらがミスタ・セシル・バワーズ、そしてミス・ポーシャ・クウェイン……。ところで、セシル」とディッキーがやや厳しい口調で言った。「ベルはもう鳴るから」

「あれ？　ごめん。前は鳴らなかったでしょ？」

「いや、もう鳴るとメモしておいて」

「ディッキー、あれ誰《い》？」ダフネが階段の手すりから身を乗り出した。

「セシルだよ。絨毯を巻き上げてもらってるんだ」

絨毯を巻き上げるのが終わると、セシルはネクタイを真っ直ぐにして、手を洗いに出て行った。ポーシャは彼の外観に欠けたものはないと見たが、ディッキーほど男っぽくないのは確かだった。セシルは戻ってきて、ポーシャを相手に「僕の理解では、君はロンドンから来たばかりだってね」と話しはじめたら、ダフネが現れて、彼に皿を運ばせた。

「さあ、セシル、そこに立ってしゃべっている時間はないの」とダフネ。その態度ははっきり釘をさしていた、もしセシルがポーシャの相手だとしても、ダフネのお払い箱としてポーシャに回されたのよ、と。ダフネはクレープデシンのドレスを着ており、太腿が深く切れ込んでいて、その他の部分はたっぷりしたドレープになっていた。罌粟《ポピー》、薔薇、金蓮花《ナスタチウム》が散りばめられていて、その花柄を襞がかすかに隠している。エメラルド色のハイヒールを履いた彼女は、いつにもまして高々と足を踏み出した。ベルが鳴ると、家全体がくねったように見え、ディッキーが出て行ってさらに数人の客を入れ、ダフネはセシルとポーシャをダイニングルームに行かせ、サンドイッチに旗を立てさせ、サイダーのためにグラスの数を数えさせた。

サンドイッチのはじを持ち上げたら、中に何が入っているか、それだけは分かった。しかしながら、どのペーストがどの魚のペーストなのか、さっぱり自信が持てなかった。セシルは部屋にいるのが二人だけなのを確認してから、ケーキの砂糖バター《クラムス》をいちいち指先ですくって味を見た。「あまりよくない」彼が言った。「君もどう？《ク・ヴレ・ヴ》」

「誰にも分からないでしょう」ポーシャはそう言って彼の後ろに立った。

彼女とセシルは、自分たちの間に生じた共犯関係で、別々の椅子に座り、サンドイッチに旗を突き刺したあと、互いに関心を持って顔を合わせた。ラウンジはざわめいていて、二人がいないのは誰の関心も引いてなかった。「ダフネの用事とディッキーの用事は、すごく楽しいね」セシルが言った。

「よく用事があるの？」

「もうしょっちゅうですよ。いつも土曜日にあるんだ。いつもすいすいと、いい調子だよ。でもはっきり言って、これはロンドンの真似でしょう?」

「そうでもないわ。よくロンドンに行くんですか?」

「うん、行きますよ――間違ってフランスに飛び出さない限り」

「まあ、間違ってフランスに飛び出すんですか?」

「ええ、言ってみれば、よくそうしますよ。僕が正気じゃないと思うかもしれないけど。ここの人はみんなそうする。ここの人はみんなフランスなんか存在してないと思ってるんです。『あそこに見えるのはなんだ?』僕はときどきこう言うんです、晴れた日なんかに。みんな、『ああ、あれはフランスだ』って言う。しかし別に印象を受けたわけではないんです。僕はよくブローニュに行きますよ、日帰りで」

「ずっとひとりで?」

「ええ、まあ、ひとりきりでね、でも、実に素晴らしいスポーツ好きな伯母とよく行くんです。それにほかのやつらとも一回か二回」

「それでなにをするの?」

「ああ、おもに歩き回ります。行くのはすごく簡単だけど、ブローニュは実に素晴らしいまでにフランスなんだな、うん。あのパリのほうがもっとフランス的かどうか、僕は疑っている。いや、パリに行ったことはないけど。いつも感じるのは、何だかがっかりしちゃうんだ……。『ああ、ハロー』と連中が僕に言う。パヴィリオンやアイスドロームやパレスに僕が姿を見せないと、『また海外だったの?』って。連中がどんな結論を出したのか、僕にはさっぱり分からない」とわざとらしくセシルは言って、自分の鼻先を見降ろした。「君が気付いたかどうか知らないけど」と彼が続ける。「自分の見解が広がらなくても、ほとんどの人が知らん顔だ。でも僕はつねに自分の見解を広げたい」

「ああ、私もそうよ」彼女は臆病そうにセシルを見て言った。「最近、私の見解はとても広がったわ」

「そうだろうと思った」とセシル。「そんな印象を受けたから。だから僕は君にこうやって話しかけているんだが」

「私の見解のいくつかは、私が持つ前にもう拡大しているんです」

「そう、僕の感じも同じだ。ふだん僕はもう少し控えめなんだが……。君はディッキーとはうまくやってるの?」

「ああ、あなたがきたとき、彼と私で絨毯を巻き上げていたのよ」

「僕は能無しじゃないといいけど」

「あら、まさか」

「ディッキーはものすごく人気があってね」セシルは陰気な感じとプライドをまじえて言った。「彼は生まれつき人の先に立つリーダーだと言っていいんじゃないかな。どうなの、ダフネは恐ろしく魅惑的でしょう?」

「そうね、彼女はほとんど一日外にいるから」

「ダフネは」セシルはやや気色ばんでいった。「僕が出会ったうちで最も人気がある女性ですよ。一晩かかっても彼女に近づくのは容易じゃないと思う」

「あら、まあ！　試してみることもできないの？」

「実を言うと」とセシル。「いま現在、僕はヘマはしていませんよ」

面白くなってきた時点でミセス・ヘカムが、アナのお下がりではないワインカラーのレースのドレスを着て、ダイニングルームを心配そうに覗きこんだ。「ああ、ここだったのね。どこかなと思っていたのよ。こんばんは、セシル、来てくださったのね、嬉しいわ。間もなくダンスするつもりのようよ」

ポーシャとセシルは立ち上がってドアのほうに向かった。ラウンジでは、よく分からない沈黙があって、パーティの最初の勢いが緩んだことを物語っていた。一ダース近くの人たちが部屋の壁にもたれたり、長椅子に石みたいになって座ったり、捲き上げた絨毯の所にしゃがんでいたり。みんな受身になってダフネを見やり、彼女の次のプランにはまるのを、ありがたくもないが待つほかなかった。ミセス・ヘカムが、ダンスするつもりのようよ、と言ったのが正しかったかもしれない──彼らに「つもり」があるならばだが、あるとすれば間違いなくそれだった。ダフネは一度か二度、敵意に満ちた視線を投げた──これが彼女の言う「じれったいわね」だった。彼女は振り向いて、隣にミスタ・バースリーを置き、じれったい指でレコードを手探りして蓄音器に覆いかぶさった。

だがここでピタリと行き止まり、彼らが立ち上がるまで彼女は蓄音機を鳴らさず、蓄音器が鳴るまで彼らは立ち上がらなかった。ディッキーはマントルピースのそばでクララと並んで立ち、自分の分は十分果たしたと明らかに思い込んでいる。その態度でこう言っていた、「ほら、イーグルズに行ってたら、こんなことにはならなかった」。クララは小ぶりな娘で、くるくるした巻き毛のプラチナブロンド、鼻は長く、首は短く、へつらうような表情は、お利口な白鼠みたいだった。頸の回りにオーガンジーの白い薔薇のフリルを巻きつけていて、トレーの上に頭が乗っているみたいだった。彼女の上目遣いがディッキーをさらにマッチョに見せている。彼らがどんな会話をしようと、クララの粘り強さあってのことだろう。

　ポーシャがセシルとともにドアロに現れると、ダフネの内なるバネがさっと緩んだ。アナのことを考えていたに違いない——刺されたように生き返り、蓄音器を解禁し、針をカチリと音を立てて落とし、ミスタ・バースリーとともにフォックストロットで寄木の床を進んだ。四組か五組のカップルが立ち上がり、顔を向き合わせてダンスを始めた。ポーシャはセシルが申し込むかなと思った——今まで彼らはきわめて純粋な精神的な間柄だった。どうかなと思っていると、ディッキーがクララの横から一歩踏み出し、ドラマチックに部屋を横切り、ドラマが分からないポーシャの上に立ちふさがった。

「いかがですか？」彼が言った。

　彼女は前に後ろにトロットで進む感動を初めて味わい、コーナーを曲がるたびに独楽のようにゆっくりと回転した。見上げると、ディッキーの表情には、車を運転しているときに人が浮かべる表情が浮かんでいた。ディッキーは彼女をコントロールするために、親指を彼女の肩甲骨の下に押し当てていた。そして彼女の手首をもう一方の親指と人差し指で挟んで支えている——もう一組のカップルが近づいて来ると、彼は、急いでペンナイフを折り畳むように、彼女の腕を二重に折った。彼の胸に磔《はりつけ》になり彼の呼吸に対していると、マリオネットの足が床を掃いている感じがした。どんどん不安が消え、ディッキーの顎の割れ目ばかり見つめていた。浮かれてはいなかった。ディッキーのこの申し出《デマルシエ》はひとつの目的にすぎない――クララを取り換えてダフネに嫌がらせをしているのだ。ミスタ・バースリーの肩越しにダフネは怒りに燃えさかる視線をディッキーに投げた。クララは感謝していて裕福であり、ダフネは口に出さぬ段取りをつけて、クララが持っている楽しみの何割かを得ていた。

だがディッキーは、不可解ながら親切だった。二枚目のレコードの途中で彼が言った「君は上達が早いみたいだね」。嬉しくなってポーシャは片方の爪先を後ろに残したら、ディッキーがいきなり踏んづけた。「ああ、ごめん！」「ああ、私こそ！」彼女のほうがいけないので、ディッキーはこれを受け入れた。彼女にさらに親しみを感じて、彼は手のひらをいっぱいに広げて彼女の脇腹に付け、彼女にフォックストロットさせた。レコードが終わると、彼は正式にポーシャを暖炉へともない、そこには哀れなクララが立っていた。恐縮しながら高揚した今日のクイーンのポーシャが下を向いたら、ミセス・ヘカムが編み物をしており、ミスタ・バースリーの手がダフネのお尻のすぐ上にあるクレープデシンのリボンにさわっていて、二人は部屋に背を向けてサンポーチでしゃべっている。セシルは落胆のうちにみんなに礼儀正しくて、クララは白いフリルの上に寂しく頭をかしげている。誰も私に悪意を抱いていないといいな、とポーシャは思った。

「君は煙草は、吸わないね？」ディッキーがやや脅すように言った。

「吸い方も知らないみたい」

ディッキーは、自分の煙草にゆっくりと火を点けながら、言った。「その心配はしないでいいんだ。

女の子たちはほとんどが吸いすぎだよ」

「ええ、私は吸わないままかもしれない」

「もうひとつ、しないほうがいいのは、爪になにか塗りたくることだ。あの種のことには男性の大多数が吐き気をもよおしているよ。女の子たちがなぜあれをやるのか、まるで分からないよ」

「きっとみんな分からないのよ」

「うん、僕はいつも女の子に言うんだ。誰でも女の子と知り合いになったら、自分の考えを述べたほうがいい。もうひとつ僕が好きじゃないのは、口を台無しにすることさ。女の子をティーに誘うと、いつも彼女のカップを見る。それで、カップのふちに赤い泥が付いていたら言うんだ、『ハロー、このカップにピンクの模様があったとは知らなかった』って。すると女の子は呆気にとられるみたいだ」

「でも、カップがもともとピンクの模様だったら？」

「そのときは、ほかのことを言うに決まってるだろう。女の子たちは人を惹きつけようと努力しているけど、やりようによっては男たちの敬意を失っている。どんな男だって、顔中になにか塗りたくっている女を、自分の子供の母親にはしたくないよ。人口が減るのも不思議じゃないよ」

「私の義理の姉は、男性は細かすぎるって」

「見解を持つのが細かいことだと言われても、僕にはよく分からないよ。ただ僕はもし結婚するなら、自然な感じで、いい家庭を築いてくれそうな女の子じゃないと。君だっていまに分かるさ、訊いてみたらいい、男の大多数は同じことを感じているよ。レモネードでもどう？」

「いいえ、ありがとう。まだいいわ」

「では、ちょっと失礼していいかな、次のダンスのためにちょっと身なりを整えてくる。君と僕はいまから六番目になるかもしれない。蓄音器のそばで君を探すから」

ポーシャは座ろうと思い、ミセス・ヘカムのそばに座ると、セシルが来て次のダンスをと申し込んだ。「話をする間もなく、君がさらわれちゃって」と彼——だがそれでも彼は敬意を籠めて彼女を見た。セシルの踊り方はもっと説得味があり、一方、ポーシャはあまりうまくできていないことが分かった。ちょっとクララを見たら、白鼠みたいな手がパートナーの肩に広げられ、なにかお願いしているみたい(ディッキーはオレンジのドレスの美人と踊っている)、そしてクララの爪にはニスはなかった。ディッキーの相手にはあった。その後、ポーシャは踊りながら女の子の手を全部見て回り、セシルを突き飛ばしたり、彼にぶつかったりした。三回踊ってから、彼はまた話し合わないかと言った。明らかに彼はポーシャの精神面のほうが好きなのだ。彼らは長椅子に座り、サンポーチから風が吹くなか、ポーシャはセシルのマナーが威厳に欠けると感じたことを反省していた。セシルは話すのをやめて、じろりと見た。「あそこに来るのがバースリーだ、マスケット銃訓練所から来たんだ。ここではなんとか完璧に行儀よくできると思っているらしい。彼のことをディッキーはあまり重視していないと思う。我々が話に夢中だと彼に思わせましょう」

だが、彼女が言われるままにセシルに目をすえたのに、ミスタ・バースリーは長椅子の彼女の隣にドシンと腰を下ろした。「お邪魔ですか?」彼ははばからずにそう言った。

「分かるでしょう」セシルがつぶやいた。

ミスタ・バースリーが元気に言った。「君の言ったことが聞き取れなかった」

「こう言ったんだ、僕は煙草を探しに行くと」

「はて、彼はなにが苦しかったのかな？」とミスタ・バースリー。「実際のところ、あなたと僕は紹介されたのに、あなたは聞いてなかったんですね。違う方を見ていましたよ。僕は、君が来たとたんにダフネにあれは誰だいと訊いたのに、彼女は僕らを紹介する気があまりなかったみたいで。そこで僕は年配のご婦人にお取次ぎをお願いしたところ、彼女は騒音でよく聞こえなかったらしい。ほんとに大した集まりで、どうですか？」

「ええ、ほんとに」

「楽しくないんですか？」

「いいえ、とても楽しいわ、ありがとう」

「そう見えますよ」とミスタ・バースリー。「瞳が星のようだし、それだけじゃない。さて、バーらしきところに抜け出しませんか？　ソフト・ドリンクだけですが。ライセンスがないからね。ある小鳥ちゃんが教えてくれました、それがここのやり方だって、だから僕は、一、二杯やってから、ここにお邪魔したんです」これは多かれ少なかれ明らかだった。ポーシャはできたらここにいたいと言った。「ああ、オーケー」とミスタ・バースリー。そしてソファに体を伸ばして座り、茶色の靴をはいた足を長く伸ばした。「あなたはこのへんでは異邦人だね？」

「木曜日にきたばかりです」

「原住民と知り合いになってきた？」

「ええ」

「僕もうまくやってます。でも僕らはもちろんサウスストンに切り込んでいるんだ」

「僕らって誰のこと？」

「僕らみだらな兵士上がりのことですよ。そうだ。あなたはいくつなの？」

「十六です」

「へえ！《ゴッシュ》――十歳くらいかと思ってた。誰かが言ってたな、可愛いおちびちゃんだって？」

ポーシャはエディのことを考えた。「そうはっきりとは」と彼女は言った。

「では僕がいまから言うよ。君のアンクル・ピーターが言う。いつもアンクル・ピーターの言うことを忘れないように。君が最初にあのドアから覗いたとき、僕は自分の邪悪な生活について大声で叫びたかった。実はよく分かってるんだ、君はそうやって野郎どもをたくさんものにするんでしょ？」

嬉しくなくて、ポーシャはきつく結んだスヌードリボンの下に指を入れた。ミスタ・バースリーはソファの上で体をねじり、片方の腕をソファの背中に添わせた。清潔な肌をした顔が感情に固まってポーシャの顔に近づいてきた――嫌だったので、彼女は彼の目を見つめないで、ただ見たが、彼の目は性急な青い落とし卵《ポーチトエッグ》だった。気分を殺《そ》がれた彼女の目つきは、それに気づかぬ彼の目つきに浮かんでいるに過ぎなかった。

「教えてくれるかい」とミスタ・バースリー。「君は少しは哀しんでくれる？　もしも僕が死んだら」

「ええ、はい。でもどうして死ぬなんて？」

「いや、分からないからね」

「ええ――分からないでしょうね」

「君は可愛いおちびちゃんだ――」

「――ポーシャ」とミセス・ヘカムが言った。「こちら、ミスタ・パーカー、ディッキーの大のお友達よ。ミスタ・パーカーはあなたと踊りたいって」ポーシャは目を上げて、救助隊を認め、その先頭でミセス・ヘカムがソファに身を乗り出していた。ポーシャがさっと立ち上がると、ミスタ・パーカーは訳知り顔に微笑み、彼女をダンスにさらっていった。ミスタ・パーカーの肩の下であわてながらあたりを見ると、ダフネが固い不吉な顔をして、ソファの上でミスタ・バースリーの横に座っていた。

四

教会で礼拝のお説教の間、ポーシャは初めて自問していた、ミスタ・バースリーの言ったことが、なぜこんなに乱れたこだまになって返ってくるのか？　なぜ自分は心の中でそれから逃げているのか？　そこには彼女が直視したくないことがある——これはなぜなのか、昨夜のパーティからこっち、エディのことを一度も考えなかったのは？　恐ろしいことではないか、愛する人が、彼をまったく知らない人からボロクソにからかわれるのは。ミスタ・バースリーのなかには悪魔が住んでいるにちがいない、だから彼は訊いたのだ、あれほど自信満々に訊いたのだ、君は可愛いおちびちゃんと呼ばれたことはないのかい、と。なにがショックだったかというと、現実にそれ以外の呼び方で自分を呼んだエディを思い出せなかったことだった。ミセス・ヘカムの隣に座り、身をかがめて茶色のモカの手袋の縫い目を見つめながら——座っている間はそうやってミセス・ヘカムの真似をして、膝の上で手首を重ねていた——ポーシャは考えていた、感情は心から真っ直ぐ湧き出し得るものかどうか、オリジナルでなくても命ずることができるものなのかどうか（しかし、もし愛がオリジナルなら、もし愛がユニークな二つの精神のユニークな方策であるなら、その重要性は認められないだろう。偉大な慣習法《コモン・ロー》を動かせないからだ。人生を通して我々が感じる最も強い強制は、パターンを繰り返す強制ではないだろうか。パターンは私たちが工夫した方策ではない)。

もしもミスタ・バースリーが、あの半透明な顔の裏に、不摂生が造ったあの表情の裏に、衝動を持っていて、エディにあの最初の言葉を書かせたのもその衝動ではないのか? 圧倒されて、パーティの残りの部分は、騒音と興奮で、彼女がエディとともに保ってきた美質が、あのお涙ちょうだいの叫びに格下げになってしまいそうな不安があった。この不安が彼女の遅く訪れた眠りに取り憑き、目を覚ました彼女に吸い付いて、恐ろしく静かな朝の空気のなかで波が小石を吸い上げているようだった。

すべてが脅威になった。

恐怖に駆られる瞬間といえば、それは実は世界にいるのは自分だけではないこと――または少なくとも世界にいるのは自分と誰かの二人だけではないことに気付くときだ。白日夢のなかにいるときに鳴る電話は、残酷な攻撃的な声になる。世界に対する一般的な微妙な優しさは、とくに若い人が抱く優しさは、世界の非現実性を哀れと思う感覚から来ている。彼らの幸福な受け身の性質は、風が通る部屋の中の鏡のように自ら閉じこもり、進行中のものを映しているくせに、接近してくれるなと要求する。人生との契約、免除するという契約は存在しているように見える――しかし、この契約は永遠に守られるわけではない――交通事故、あたりかまわぬ喧嘩、声に籠もるある調子、近づきすぎた顔、吹き倒された樹木、誰かの不正な顔――平和は真っ二つに裂ける。人生は我々が探し求める隠遁の邪魔をする。突然攻めてくるカオスのなかでは、なにものも非現実のままではいないが、例外はおそらく恋愛だけだ。すると恋愛だけが拡大した感受性として残る。それが感じられるとき、人間的な危険と苦痛のすべてが代価として支払われる。恋する者は、全き人間という船の知覚する船首であって、仮借なき自然の要素を通じて彼の背後に迫る競走の重さによって、前方に漕ぎ放たれる。恋人たちの利己心こそ哀れなり。はかなき望み、叶うこと、あたわじ。

パーティのたびに繰り返される狂気じみた微笑、絶望を裏に秘めた序曲、毒気を発する語りの行先は、行き場のない退屈、見つめたり、押し合ったり、キスしたりして、その近道でけりをつける――このすべてが人は一人では生きられないことを示している。孤独という問題がないだけではなく、長い目で見れば我々は仲間すら選んでいないのかもしれない。こうした戦いをウィンザーテラスで試みることが、あの家を不快で寒くしていたのかもしれない。人生に対するあの間違ったアプローチが――彼らはみんなときどき人生を意識している、上はトマス・クウェインから下はコックまで――見込みのない恋愛沙汰の緊張と頓挫をもたらした。ウィンザーテラスの誰もが、いかに軽いものであれ、個々の強迫観念に閉じ込められて生きている。電話、ドアベル、郵便配達のノックは、まだ遠くにあっても、脅しの通告なのだ。弾力のあるドアマットを横切ると、外部の人は一変した様相に苦しむ。事実、クウェインの家ではなにかが人生を編集してきた――ある種の制御とか抑止の行動は、エディのような人の態度に明らかに出ている。同時に、なにが捨てられたか、あるいは、何であれ生きているものが追い払われているのかどうか、誰にもはっきり分からない。もしマチェットが恐れられているとか、彼女が家を脅しているように見えるとしたら、そのことを親指一本で制するのが彼女のやりそうなことだからだ。

ここワイキキ荘の人生の無編集ぶりは、厚かましくて率直な態度を助長する。ここではなにも確立していないから、ナイーブきわまる体裁がまかり通る——だからダフネはののしらないが怒鳴るし、ディッキーはあまりにも厳格でかつ謙虚だし、ミスタ・バースリーの手は、昨日のイヴニングパーティで、ダフネの背中のリボンの数インチ上に保たれていた。体裁は自然を厳しくチェックすることはない——事実、自然はその背後に層をなしている——というわけで、その場の微妙な衝動で、目はつねに飛び出し、肌は色を変える。ウィンザーテラスから来てポーシャがワイキキ荘で見たのは、初歩的な段階にあるむき出しの無礼さだった——これだけが厳しい規制だった。ドアが音を立てたり誰かが急いで階下に降りたりするときに感じられる家の振動、配管工事の騒音、ミセス・ヘカムの半クラウン銀貨やシリング銀貨の浪費、ドリスは人間で、自身の真空状態では機能しないこと——これらのすべてがワイキキ荘の自発的な生き方の源泉だった。ここでの人生は最高電圧で営まれているように見え、ポーシャはダフネとディッキーに驚嘆せんばかり、高圧ダイナモを見て驚嘆するようなものだ。夜間、ポーシャはほかの部屋のシングルベッドのそれぞれに、その力のすべてが含まれているのだと思った。

この自由な生き方によって、いま彼女は、ワイキキ荘で出会った人だけでなく、自分が知っている人すべてを見た、あるいはふたたび見た。ここで見た二、三人の大きな人影は、驚くほどの公平さと、彼女も否定できない適切さで社会を表わしていた。彼らの中に彼女は、否応なしにあらゆる動機と情熱を探すしかなかった——動機と情熱が驚くほどなかったからだ。ミスタ・バースリーとエディとの間にどんな類似性があろうと、彼女の愛情はいまなおそれを拒絶したいと望んでいた。それでもなにかが彼女に問いかけた、あるいは自問しろと強制した、昨夜長椅子にいたときに、茂みからぬっと出てきたのはエディではなかったか？

ポーシャは献金のための六ペンスを右手と右の手袋の手のひらの間に感じていた。そのくすぐったい感じと新しいコインの回りの金属的な圧力が、手を握ったときに、自分は今どこにいるかを思い出させた――シールの教会のなかだった。老齢のがっちりした男女の会衆が、茶色、灰色、または紫色の衣服に高価でない毛皮を付けている。太陽は溶けたように南側の窓に射し込んできて、埃っぽい後光を毛皮の上に置き、ステンドグラスの色で頬をプリントしている。少しだけ振り返ると、一緒にお茶をした人たちに気づいた。満ち足りた会衆の上に教会が優しく、計りがたい高さにそびえている。顎を少し斜めに上げて東の窓とそこに語られている輝かしい物語をじっと見た。彼女はそのあとの説教に臨み、その要点をつかんだ――しかし復活節のあとも、人々は主イエスの受難を思いいたす四旬節《レント》の四十日間よりも、無感覚であってはならない。

轟くオルガンの烈風にあおられて中央通路《アイル》を下り、聖歌隊は塔の下の聖具室に消えた。行列が通るとミセス・ヘカムは、賛美するような視線を白衣に投げた。真鍮磨きの薬品のブラッソを使ってお仲間の婦人たちは、行列の十字架をピカピカにしていた。最後の和音が鳴り響き、中央通路越しにつつましやかな笑顔が交わされ、会衆は嬉しげに乱れて外に出た。ミセス・ヘカムはポーチで話す名人なので、友人たちのかたまりに揉まれながら彼女とポーシャは最後に坂を下りた。ダフネとディッキーはあまり教会には行かない種族だった。パーティのあとの日曜日、彼らはいつも反対票を投じた。ワイキキ荘のラウンジは元通りになっていて、太陽を燦々《さんさん》と浴びていた。ダフネとディッキーは、肉を焼く強烈な匂いに包まれて、日曜新聞を読んでいた。十時二十分になっても彼らは下に降りてくることはなく、ミセス・ヘカムとポーシャは教会に出かける時間だった。外は、鷗がやや冷たい空気をかすめて飛んでいて、ミセス・ヘカムは慌ててガラスのドアを閉めた。

「ハロー」と、ディッキーはポーシャに言った。「今朝の君のご機嫌はどう？」

「とてもいいわ、ありがとう」

「さて、少なくとも終わったね」ディッキーはそう言って、『サンデー・ピクトリアル』に戻った。

ダフネは赤いミュールをまだ履いたままだ。「あら、いやだ」と彼女。「セシルがまだ酔っぱらってる。あんなに早く来て、ああやって粘るんだから。どういう神経なのかわからないわ、まったく……。ああ、それにあなたに言っておかないと、クララがパールのバッグを置き忘れていったわ」

ミセス・ヘカムはひとつふたつ物を元に戻してから言った。「なんてさっぱりと全部片付けてくれたのかしら」

「全部と言ったって、本棚はまだだ」ディッキーがうるさいことを言った。

「本棚がどうしたって、ディア？」

「あの本棚を片付けるには、ガラス屋に来てもらわないと。ダフネの兵士の友達が肘を突っ込んじゃったんだ――見ればわかりますよ、マムジー、見る気になれば。なにも言っていないみたいだけど、彼が費用を払うべきだ」

「あら、彼にそこまで求めるのはねえ、ディア……。パーティは大成功だったようだし」

ダフネは『サンデー・エクスプレス』の後ろから言った。「それは大丈夫よ」そして声を上げて言った。「ある人たちは自分の友達を切っておいて、ほかの人の友達には不機嫌にするのよ。ミスタ・

バースリーが、押し入ってきた乱暴者のウォレス・パーカーに本棚に押し付けられたのよ。彼に怪我がなくてそれだけがありがたいわ。我が家がでたらめだと思ってほしくないもの」

「もし僕に意見を、というなら」ディッキーが言った。「彼は気づかなかったと思う。もしチャーリー・ホスターが彼を引っ張り出さなければ、彼はあの本棚につかまっていたと思うな。彼がここに来たときはもう相当出来上がっていて、遊歩道で少しやって、インペリアル・アームズで駆けつけ二、三杯飲んだと言っていた。彼が今度ひょっこり来るときは、なにを壊すんだろう。ああいうのが好きだとは、僕は言えないよ。しかし僕にはさっぱりわからない、なにがなんだか」

「あら、クララは彼が好きよ、それはもう。だからバッグを忘れたのよ。彼女はいったん止まって自分の車で彼を送りたかったのね」

「君がそう言ったんだ。さて、あれがクララのバッグだったら、ちょっと気に入らないな。蟻の卵で覆われているみたいに見える」

「あら、彼女にどうしてそう言わないの？」

「ちゃんと言うよ。この午後にそう言うさ。クララと僕はゴルフをする予定だから」

「ああ、なんて汚い人なの、ディッキー！　そんなこと言わなかったわ。イヴリンなんか、みんなでバドミントンだと思ってるわよ」

「そんなの、彼女は僕を待つだけさ、悪いけど。クララは二時半に僕を拾ってくれる。それから警笛を鳴らしてここにお茶に戻ってくるか、または彼女の家に行くかもしれない――ところでマムジー、ドリスにディナーを任せられる？」

「ちょうど用意しているところよ、ディア。新聞どけてもいいかしら？　ダフネ、ランチの後はどうするの？」

「ええ、みんなでワイワイと散歩でもしようかと。それからみんなでイヴリンの家に行って、バドミントンよ。ポーシャを連れて行ってほしいというわけ？」

「それは素敵だけど、ディア。あなたも嬉しいでしょ、どうなの、ポーシャ？　そうなれば私は少し休めるわ。昨夜は大成功だったので、少し遅くなったから」

散歩する一行――ダフネ、ポーシャ、イヴリン（昨夜はオレンジのドレスを着ていた美人）、セシル（誰にも呼ばれていないらしいのに）、そのほかにチャーリーとウォレスという名の男性二人――は、散らばってゆっくりと海岸壁の上をサウスストンの方角に向かって歩いた。若い男たちのいでたちは散歩用の短ズボン《プラスフォーズ》に、セーターに、てっぺんが正確にへこんだフェルト帽、そしてリブ編みのストッキングは彼らのふくらはぎをもっこりと見せている。ダフネとイヴリンはベレー帽に、犬の頭のついたスカーフ、それに洒落たチェックのコート、イヴリンは自分の犬を連れてきていた。
海岸壁の上の道は、人っ子一人いない道だった。その麓には海が、この午後にはサバの青色をして、防波堤の間をうねってすり抜けていた。ここかしこに鷗が沖合に置かれた柱の上で、うねりのままに浮いていてのんき気そうだ。防波堤のにおいがして――海水で酢漬けになった厚板のにおい、潮流に洗われてぬるぬるの緑色になった踏板のにおいだった。春の広大な空は内陸部の森から海の水平線までアーチになって広がっていた。海岸壁は高い土手になっていて、その上を歩く歩行者は海と陸の間を歩いた。海のにおいだけでなく陸のにおいもあった。嗅いだのは海の息吹だけでなく陸の息吹でもあった――マーケット・ガーデンになっている白亜の丘の割れ目の森から、ハリエニシダが芽吹いている連結道路の上の棘だらけの暗闇に、ディッキーとクララがいた。海と陸の潮流と気流の波頭が二つ、アスファルトの上で互いにぶつかり合い、神経を高ぶらせ、人はみな心の中で、静かなスリリングな、一日の青白色のなかを旋回するのだ。

ダフネの一行は日曜日らしい大人しい様子で歩き、肺の奥を激情で乱すことはなかった。海岸壁は隅から隅まで知っていた。前方のサウスストンのほうを見やると、ザ・スプレンディードのドームが金色に輝いている。この裸身の空気が与えたむき出しの感覚が相互に働いて、彼らは遠まわしながら同時に大胆になった。全体として彼らは横に並んで歩いていたが、できる限り間隔を開けていた。ときどき接近して肘がくっつくこともあった。顔と顔を見かわすことはなかった。二人組に分かれると、二人組は互いに声を掛け合った――昼日中のことだった。一マイル半の後に救命艇の詰め所に着くと、言葉もなしに回れ右をして、いま来た道を戻り始めた。少女たちは三人組になり、三人の青年たちはその後ろで歩調を保った。西に向かっていた。

夕闇の訪れの最初の気配、最初の閃光、ほのかな詩情が彼らに侵入してきた。あくびの出た口がオゾンで一杯になり、だらけた会話をとめた。イヴリンはダフネの腕をとる。セシルは一人で道をそれて遊歩道の端に行き、一個だけ転がっていた小石を蹴った。海峡に愛らしいブリガンティン型帆船が一隻現れ、光を浴びてピンクに染まっている。

ポーシャは息を呑み、やにわにダフネに言った。「私の友達が――ここに来て泊まってもいい?」

こうして一気に持ち出されると、何事もなく聞こえた。

ダフネは思うところありげに向きを変え、両手はポケットに、派手なスカーフの襞に顎を埋め、イヴリンはダフネを見やり、彼女と腕を組んだ。「なんだって？」ダフネが言った。「ボーイフレンドが、ということ？」

イヴリンが言った。「彼女はその事ばかり考えていたのね」

「彼がどうするって？」とダフネ。

「ここに来て泊まるんだけど？」

「いつ来て泊まるの？」

「この週末だけ」

「うん、あなたにボーイフレンドがいるならよ。いないはずないか。あなたもでしょ。イヴリン？」

「状況次第だと思わないと」

「そう、状況次第よ、当然よ。でもあなたは本当に友達がいるの？」

「ただ、ちょっと考えたのよ、彼女のこと」イヴリンが補足する。「でも、いないはずないわね」

ダフネはすかさず言った。「あなたの義理のお姉さんの友達のこと？」

「ええ、そう。彼女は、彼は、彼らは――」

「じゃあ、その彼は私たちにはちょっと派手な人だわね、違う？　でも、まあ」ダフネはここでポーシャをあざけるように見て、尊敬の念をかすかににじませて言った。「もし彼の気持ちが本当にそんなに強いなら、ここでやってみても毒にはならないわね。じゃあ、無駄にする時間はないんでしよ？　もちろんマムジーと折り合いを付けないといけないわ、もちろんよ……。さあ、早く！　バカみたいにぐずぐずしないで。彼女はなんとも思わないわ。男の子たちには慣れているから」

しかし男の子たちというのはエディにはあてはまらない。ポーシャはちょっと間をおいてから言った。「あなたに訊いてから、あなたが彼女に訊いてくれないかと思ったんだけど」

「あなたの友達は、どこにいるの？」イヴリンが口をはさんだ。「外務省？」

「誰が外務省にいるんだい？」チャーリーが近づいて来て言った。

「ポーシャの友達で、今度来る人」

「ああ、彼はそういうんじゃないんです。私の兄の会社にいます」

「ああ、そういうことか」イヴリンはこれで調整した。彼女はサウスストンで一番大きな美容室の受付嬢をしている。その顔は、ディッキーがなんと思おうと、うっとりするような人工的なアプリコット色になって花開いていた。彼女の父親はミスタ・バーンスタブルで、重要な不動産業者であり、ワイキキ荘を夏場の賃貸物件とするのを引き受けていただけでなく、国中に顧客を持っていた。だからイヴリンは社交の輝きであるだけでなく、確固とした地位にあった――したがって彼女は、クウェイン家に逆らうダフネの感情の仲間入りをしたいと思うわけにいかなかった。ビジネスマンにはビジネスマンの世界がある。彼女は優しく言った。「じゃあ彼はいい人ね、あなたを拾ってくれるなんて」

「あなたの義理のお姉さんは」ダフネが多少面白がって言った。「きっと発作を起こすわよ」

イヴリンが言った。「どうしてかな」

「ねえ、セシル」さっと振り向いて彼を睨むようにしてダフネが叫んだ。「その石を蹴りつづける必要がどこにあるの？」

「ああ、ごめん。考え事をしていたんだ」

「あら、考えたいなら、どうして散歩に来たの？　これじゃあ誰だってお葬式だと思うわ――ちょっと、ウォレス、ちゃんと聴いてよ、チャーリーったら。ポーシャは男の子については誰のこともあまり考えていないのよ！　自分の友達が来てるんだから」

「地元の人気者に」ウォレスが言った。「出番はないか。そう、ロンドンから来た女性たちは――どんな期待をしているのかな？」

「そうよ、あなたは思っているのよね」とダフネ。「ああやって石を蹴ってるセシルを見るのは、もうたくさんだって」

「あら、そうじゃないんです」心配そうに彼らを見回してポーシャが言った。「そうじゃないんです。本当に、私が言うのは」

「ああ、彼女がどうなってるのか、私には分からない」とイヴリンが言って事を収めた。そして数歩先に行き、口笛で犬を呼んだ。犬は浜辺まで降りていて、なにか恐ろしいものを体にこすり付けていた。

みんなでイヴリンを待った。立ち止まったことで一行に軽いショックが走り、列車が止まったときに感じるショックに似ていた。彼らは客車よりも貨物列車に似ていた――貨車の列に満足して、間もなく歩きだす方向に向かってじっと立っていた。まだ遠方のシールの頂きに教会があって、煙が未熟な春の太陽に溶け込んでいる。山腹に立つ邸宅は庭園の樹木とともにベールに包まれて蒸気と見えた。

バルコニーと切妻屋根の向こうで、丘陵はヒアシンスブルーの色合いを帯び、ファンタジーの国の前哨基地のように見えた。ポーシャはみんなの顔を順々に見て、エディがみんなに忘れられてよかったと思った。みんなはエディのことはおろか、何事も考えていなかった。

ポーシャはダフネのグループにさほど驚かなくなり、というのも彼らの一時休止に配慮することを学んだからだった。人は自分の絶え間ない目的ありげな継続性に恐れをなして、警戒するようになる。しかしシールでは、継続性は唯一行動にある――なにかしている誰かの邪魔をして、彼らが抱いていた意図はなんであれ阻止してしまう。これらの若者たちが何かしていたことをするのをやめると、彼らはまったく止まってしまう。時計のように。だから無が、完全な無が、サンデー・ティーに行く道すがら、彼らの中止の中身だった。感知されているのは、焼き立てのカラントのティーケーキの、そしてチョコレートビスケットの幻のような香り、そしてたくさんの暖めた皮の椅子がイヴリンの家から彼らに向かって合図を送っていた。彼らは歩いた。間もなく戻る。これでみんなよかったのだ。

イヴリンの犬が背中に汚いシミを付けて階段を上がってきて叱られて、嬉しがっている召使みたいにしっぽを振っている。犬はじっとしていないでついて来いと命じられ、一行はまだ交わす言葉もなしに、また静止状態に陥った。

イヴリンの家では、誰もほとんど喋らず、ポーシャはバドミントンもしなかったので、次の日曜日のこと（またはその後の日曜日になるか？）を考える時間があった。バンスタブル家の大邸宅は二〇年代の初めに旧ノルマンディー様式で建てられた屋敷だった――内部も外部も暗い節だらけのオーク材。複雑なコーナーを設けた造りで、鉛の枠の濃い緑色をしたガラス窓のなかは、春の空が色を薄めている。階段は荘園式で、居間はどれも思い切り風変りだった。真鍮や銅の円盤がどこに行っても顔をゆがめて映してくれる。彩色した陶器のタイルがたくさんある。ノルマン時代の影響は英仏海峡を越えてあまりにも筋違いに吹き付けたので、シールの人でこれがイギリス風でないと知る人はほとんどいないが、もっと楽しかった時代の物であることは分かった。ダイニングルームは暗い印象が強く、骨董風の明かりをすぐ点けなくてはならなかった。母親に対するイヴリンのマナーは、軽蔑しながらも優しいものがあった。父親は出かけていた。セシルは、ポーシャの隣に座りたいと意思表示して、ティーポットの横に座らされ、ミセス・バンスタブルと話す羽目になった。彼はすぐさまバターケーキの四分の一を自分の短ズボン《ブラスフォーズ》の太もも部分に落っことしてしまい、お茶の時間の大半をゆったりしている《デガージェ》ように見せかけて過ごし、一方、ティーナプキンを湯につけてバターをこっそり拭き取ろうとしたがダメだった。

　お茶が終わり、ガラス屋根のバドミントン・コートに移動した。ここには一行のためにゴム靴がフックに掛けられていてそれぞれが靴の紐でつるしてあった。みんなが靴を履いている間、ポーシャはラジエーターのそばの背の高いスツールによじ登った。スツールの足の上のほうの横棒に靴のヒールをかけたら、鳥になったような気がした。そしてエディが次の日曜日にはこれに参加しているところを想像してみた。または、その時が来たら海のそばにいるほうがいいと思うだろうか——海岸壁の上ではなく、もっと遠出してマーテロ・タワーの近くまで行き、夕闇の中で押し寄せる波が砂を平らにするのを見るか？　いや、長すぎるのはダメだ——彼女とエディはなにがあろうと日曜日の楽しみを逃してはならないから。彼と彼女はまだ二人一緒に社会に出たことはなかった。海辺で出た彼の名前でさえ、ダフネの友人たちはポーシャに対する色合いを数段高めて見せていた——もっともその後彼らはその理由を忘れてしまった——彼女としてはこれらの人たちにもっと優しくしてもらえていると感じていた。もしポーシャに理解されたいという希望があるとしたら、それが出来るのはエディのほかに誰がいる？　彼だったらいかに氷を割れることか。彼女はいかに彼を誇りに思うか。自分の恋人を紹介したい想いは、同族的な感情に違いない。愛されているのを見て欲しいという想いは、その何割かは自尊心だ。そして二人は互いに秘密のなかにいる。彼女が見る彼は部屋の向こうからウィンクなどしない。ひとりきりのとき、人はやや不完全な外観を持つ。なにがヘンで何がヘンでないかが分からない。恋愛の確固たる愉しみのひとつは、起きたことを一緒にチェックすることだ。最後に二人でいたとき以来、彼女は笑っていないと思った。——もちろん微笑んだが、人々を喜ばせるためだった。いけない、海辺に長くいるのは間違っている。

セシルは第一グループから外されて、コートの周囲をうろついて、ポーシャのそばに来て立ち止まった。彼はスツールの下の方の横木に片方の足を乗せ、ため息をついた振動がそこから伝わった。彼女は考え事を急いでどけた。廊下の先のラウンジでは、イヴリンの母がルクセンブルクの音楽をかけた。これが——飛び跳ね流れるような演奏家たち、相次ぐ発射音の高鳴りで——ゲームを軽やかなリズムに誘い、ポーシャを喜ばせ、セシルをさらにがっかりさせた。「僕は春が好きじゃないんだ、どうしてかな」と彼が言った。「なんだか調子が悪くなるんだ」

「調子悪そうには見えないわよ、セシル」

「このバターだよ」とセシルは言って、プラスフォーズを悲しげに突っついた。そして続けた。「君はなにを考えているの？」

「もう何も考えていないわ」

「でも考えていたよね？　僕は君を見ていたんだ。もし僕がもっと新しいやり手の男だったら、君に一ペニー提供するとかするんだけど」

「次の日曜日はどうなるのかなと思っていたの」

「まったくだ、そうだよね。一年のいま頃になると、みんな変化を求め始める」

「でもこれが私には変化だわ」

「言うまでもないけど、誰かの変化になっていると思うと嬉しいよ。君の友達にも変化になるね、そうだよね。おかしいことに、僕が君をダフネのパーティで初めて見たとき、世界に一人の友達もいない人に見えたよ。それで君に惹きつけられたんだ、あえて言うと。君を間違って受け取ったかな。

君は本当に孤児なの？」

「ええ、そうよ」ポーシャはきもち短く言った。「あなたは？」

「孤児じゃないんだ、いまのところはね、だけど人が必ずなるのはそれだと思うよ。将来について考えることが、むしろ僕の心を蝕んでいる。だからまったくの一匹狼なんだ。女の子たちとある一点まではうまく行くんだけど、その段階で彼女たちは僕が謎めいていると思うらしい。自分を解き放つのは容易じゃないよ。女子のほとんどが友情は歓迎しないと思うんだ。彼女たちはなにがいいかというと、うっとりさせて欲しいんだ」

「私は友情が大好きだわ」

「ああ」とセシルは言い、うっとうしそうに彼女を見た。「もしこう言ってもいいなら、それは君がまだあまりにも若いから、男は誰も君をうっとりさせようとしないのさ。いったんそれが始まると、女の子はそれがすぐアタマにのぼるらしい。でも君は態度がまだ臆病なんだね。昨日は君がとても気の毒だった」

彼女は返事のしようがなかった。セシルはまたうつむいて、プラスフォーズを点検した。「もちろん」と彼が言った。「これはクリーニングに出せばいいんだが、金がかかるし、実はフランスに急いで渡りたかったんだ」

「きっとあなたのお母さんがベンジンで拭き取ってくださるわ。衣服に付いたバターはそうやると取れるのよ」

「ああ、そう?」とセシル。そして「あのさ」と付け足した。「ずっと迷っていたんだけど、いつか夜に君がサウスストンまで来るのはどうかなあ、五時半のバスに乗って、仕事の後で僕に会うのは。そうすれば僕らは、イースト・クリフ・パヴィリオンのコンサートの第二部に間に合うし、そこのレストランで食事もできるかもしれない。素敵なコスモポリタン風の場所なんだ。君がそういうのを本当に好きなら――」

「まあ、ええ、そういうの、大好きです!」

「じゃあ、デートということにしてもいいかな。あとで日にちも決めましょう」

「ええ、ご親切に。ありがとう」

「どういたしまして」とセシル。

ゲームが終わった。チャーリーとダフネの組がウォレスとイヴリンの組をやっつけたところだった。イヴリンが近づいてきてセシルをコートのほうに引っ張っていき、自分の代わりにプレーするべきだと言った。「絶対にあなたはしたくないでしょ?」彼女はポーシャに優しく言った。「ええ、いいのよ、あなたの気持ち分かるから。まあ話しておくけど、ウィークデーに一日ここに来て、クララと打ち合ったらいいわ。彼女は練習しないといけないの、分かるでしょ。そうすれば次回はあなたもプレーできる……。まったく、もう」イヴリンが叫ぶ。「ここは空気が足りないのよ! 排気装置が最低なんだから!」

彼女はポーシャの一方の肘をそっとつかむと、コートの端まで行ってドアをパッと開けた。庭園は、コートの照明の眩しさの後で見ると、暗く青い夕闇に沈んでいた。ドアが開いて驚いた鳥が一羽、茂みから飛び立った。街の明かりが裸の枝々の動きの合間に瞬いている。彼らはその下方でひたひたと鳴る海を聞いた。イヴリンとポーシャは、ドア口に立って、暗く甘い春の潮風で肺をいっぱいに満たした。

五

愛しいポーシャ

なんと驚くべき提案だろう！　もちろん僕はすごく出かけたいけど、抜け出せるかな？　でもみんなが待っていてくれるなら、ちゃんと試してみないと。かまわないさ、僕は物置部屋で寝てもいい。ディッキーのいびきを壁越しに聞くんだね。トマスがオフィスにいない間に、僕らはちゃんともうけているし、もしもミスタ・ラティスボンが例の周期のひとつに入らなければ、逃げ出せるだろう。でももうひとつは、僕の次の三度の週末は満杯みたいなんだ。次の週末が、そう、全体として、一番簡単に抜け出せる――もし敵が出てきたら、必ず僕の味方になってね。もし行くとしたら、君が言った朝の列車で行くつもり。金曜日には君にお知らせできると思う。こんなに遅くまで返事しないでごめんね。

君のカッコいい友人たちが僕を好きになってくれることを願っています。僕はすごく気後れするだろうから。ではこれで、可愛い人。三回続けて夜が遅くて、もう死にそう。君がいなくなってたちまち僕は具合が悪くなって、君が僕にとってどんなに大事か、わかるというもの。それでももっぱら僕は出かけないといけない。僕が自分の部屋が嫌いなのは知っているでしょう。アナから一行ありました。すべてにご機嫌みたいです。では、また書きます。すごくそっちに行きたいです。

すべて最高の愛をこめて、エディ

この拷問に似た手紙は水曜日の朝に届いた——その頃にはもうミセス・ヘカムが急いで物置部屋を綺麗にしていた。彼女はこの訪問の予定にやんごとなく同意していて、なぜか彼女にはエディがアンとトマスの昔の家族の友人を代表しているように思われ、ポーシャがここでうまく暮らしているかどうかを見に来るような気がしていたのだ。これはありそうなことだと夫人は思った。彼女がどうしても受け入れられないのは、いやしくもクウェイン家の友人がこの物置部屋で寝起きすることだった。しかしダフネとディッキーはおよそ犠牲を払うことを拒否し、なおかつ毎晩目くじらを立てて、彼女本人が自分の部屋を明け渡さないのを見ていた。ダフネが物置部屋はエディを殺さないからと自信たっぷりに言えばいうほど、ミセス・ヘカムの額に不安のしわがますます増えた。またもやマットを買い込んで、自分の部屋のシェラトンの姿見を運び入れた。それにベッドわきのテーブルになればと自分の祈祷台《プリデュ》も運び込み、ランプには即席で赤い紙のフリルを飾った。セシルの母親から羽根布団は借りてきた。ポーシャはこうした準備状況を見て、だんだん心配になった。これではエディは来なくなるという気持ちが強くなるばかりだった。一家の舳先を覆うように失望を予感させる丘が日ごとにせり上がってくるような気がした——ダフネでさえ知らん顔はできなかったし、ディッキーは客が来るにちがいないとすでに気付いていた。ポーシャは無駄とは知りつつ、ミセス・ヘカムにエディの週末のプランは糸一本にかかっているのを忘れないでくださいと懇願した。

ポーシャはまた恐怖を感じた、ミセス・ヘカムのエディに対する頑固な先入観を知ったからだ——彼女は明らかにエディをブラット少佐と見ている。ダフネは違う認識だった。エディのことに触れるたびに、ブタみたいな訳知り顔がダフネの視線に浮かぶのだ。ダフネの恋愛問題は順調ではなく、ミスタ・バースリーは、出だしはよかったのに、土曜日以来その姿が見えなかった——ダフネは今や一般市民であるウォレスとチャーリーを低く見ていたのだ。

ブラット少佐の二つ目のジグソーパズルが水曜日の朝に届き、同じ便でエディの手紙が来て、ポーシャはサンポーチのテーブルでパズルに取り掛かり、それに集中して神経をなだめる助けにした。間もなく壮大な空の景色が現れるのが分かった。その週は晴天が続いた——ピースとピースをはめ込むたびに眼がちかちかして、鷗の影がパズルの上をかすると彼女はやっと眼を上げた。折り重なった平原は、ウルトラマリン一色の空を背景にして互いに独自の形態を表わし、彼女は見物人が集まるにつれて、それぞれこちらを向いた顔に威嚇ないしは約束を探すようになった。ある夜ディッキーが手伝おうと申し出てきた。テーブルをなかに入れてランプの下に移し、ディッキーは彼女が手を出さないでいた救急車を完成させた。

アナから絵葉書が、短い手紙がトマスから、長い手紙がリリアンからきて、リリアンの哀しみは遠ざかったらしい。

彼女は毎朝ミセス・ヘカムと一緒に町に出た。ミセス・ヘカムはスヌーツにダフネを尋ねるよう、ポーシャに圧力をかけた。最初の訪問は警戒した――図書館の二階は暖房が書物から粘りつくようなにおいを引き出していた。ダフネの鼻孔は消えないしわをまとっていた。あらゆる感覚において文学はここでは悪いにおいのなかにあった。太陽が息苦しい小片をダフネの横カールした頭にじかに注いでいる。図書館の後ろの暗がりではダフネの同僚がテーブルに覆いかぶさって本を読んでいた。職業としての読書に対する侮蔑がダフネの編み物のやり方に籠められており、編むのをやめて揉み皮で爪を磨き、また編んで、さんご色の毛糸玉から毛糸を苛々しながら引き寄せていた。さんご玉を引っ張っても図書館の猫の無関心さをかき乱すことはなかった。この猛々しいネズミ捕り猫は、ネズミが純文学《ベル・レトル》に襲いかかったときに導入されたものの、彼は夜間にのみ働いた。ポーシャは、図書館に購読者がひとりもいないときに中に入り、ダフネはすでに机から身を反らし、いつものしかめ面で目を上げた。

「ああ、ハロー!」彼女が言った。「あなたはなにが欲しいの?」

「あなたが私に立ち寄って欲しがっているかもしれないと、ミセス・ヘカムが思ったので」

「ああ、どうぞ、どうぞ」とダフネが言った。そして舌の先を片方の頰から他方の頰に動かして編み物を続けた。ポーシャは指を一本ダフネの机の上に置いて、周囲を見て言った。「大変な数の本があるのね」

「それに、これで全部じゃないのよ。だけど座ったら」

「いったい誰がこれを読むのかしら」

「あら、そんなの簡単よ」とダフネ。「いまに分かるわ。あなたの義理のお姉さんは読むの?」

「もしもっと時間があったら読みたいわと言ってます」

「びっくりするわよ、人にどのくらい時間があるかなんて。つまりね、本気で考えさせられるってこと。どうなの、彼女は保証出資金は出しているんでしょ？　そういう人たちって、大騒ぎするのよ——注文もしていないのに本を取りにひょっこり戻ってくるんだから。払った分だけは取り戻したいんでしょ。私、いつも言うのよ……」

ミス・スコットが部屋の奥からゴホンと咳ばらいをして、購読者が入ってきたことを告げた。二人の女性がテーブルに近づいてきて「おはようございます」と懐柔するように言い、借りた本を返した。ダフネは編み物を巻き上げて、彼女らを一瞥した。

「まったく素敵な朝で……」

「ええ」ダフネはぴしゃりと言った。

「で、お母様はいかが？」

「ああ、なんとかやってます」

口を利かなかったほうの婦人は、すでにそわそわと新しい小説があるテーブルの周囲にいた。彼女の友達は切ない視線を小説に投げてから、意を決したように文学の書棚のほうを向いた。鼻を高く上げて鼻眼鏡を正しい角度にしてから、次々と本を取りだし、タイトルページに目を走らせ、挿絵は全部見て、ほとんどの場合、板挟みになってため息をつき、本を元の場所に戻した。いつまでもうろうろして本をめちゃくちゃにする人をダフネが嫌っているのを彼女は知らないのだろうか？「ここには私が本当に好きななにかがあるはずなのに」と彼女。「外側から判断するのは難しいわね」

「ミス・スコット」ダフネが悲しそうに言った。「ミセス・アダムズのお手伝いをしてくださる？」

ミセス・アダムズは青くなって言った。「私がリストを作らないといけないわね」

「そうですね、それで助かる人もいますよ」

ミセス・アダムズはミス・スコットにたらい回しにされるのは嬉しくなかったのに、ミス・スコットはもう断るのが恥ずかしい有名なエッセイ集を手渡した。ミセス・アダムズは思い余って友人を見たが、友人は同性愛めいた小説を嬉しそうな顔で持ってきた。「こういうのを読まないなんて、いけませんよ。美しく書かれていますし」ミス・スコットはそう言いながら、ミセス・アダムズに意地悪い視線を投げた——アシスタントとして働きながらミス・スコットは、ダフネのような弱い者いじめの名人になる訓練をしていた。

ダフネは購読者カードをぱらぱらと繰り、鉛筆を手にして座り、カードにスタンプを押してやるというバカにした様子を見せた。ダフネは、スムーツの来館証スタンプに、ここに来ることを少しも歓迎していない気配を付け足し、付け足していることを承知していた。絶対に本は読まないという決意が目に見えていて、この習慣に馴染んだ人たちを不利な立場に置いていたが、不利な立場を歓迎しているようにも見えた。ミス・スコットは、もっともっと有能だったが、氷は割らなかった。彼女は（ダフネと違い）レディではないが、本を読むし、読むために給料を得ていて、それがさらにまずかった。それに彼女にはダフネのような派手な外観がなかった。シールの購読者はほとんどが年配の女性で、もっとも温和な知性と年齢が相まって、人々を外から見た目だけのスノッブにしていた。ダフネがこれほど思いのままにできない図書館はいくらもあるだろう。しかし廃棄本同様に見捨てられた人々からなる顧客層にとって、ダフネの華やかさと素知らぬ素振りがいつの間にか彼女を文学の上に置くことに役立っていた。もはや人生になにも期待しない読者たち、本を覗いてみても自分がいかに多くを見逃してきたかを知るだけの読者たち。老人たちはしばしばマゾヒストであって、彼らの衰えた心臓はダフネの大胆な冷たい微笑にピクッと動く。おそらくここには残酷さのやり取りがあって、というのも、スムーツの購読者は、つまるところ、この美しい娘を鎖に繋ぎ止めておく威力を持っていたのだ。彼女の机の下の絨毯の禿げた部分は、見る人がいればだが、彼女の靴のヒールがいたたまれない怒りに何度そこを掘ったかを示している。晴れた日に彼らはダフネに言う、ドアの外に出られなくてさぞかし辛いでしょうねと、そして彼らは本を持って潮と太陽のなかをよろよろとどたどたと降りていく。

　ポーシャのダフネに対する尊敬の念は、彼女がファイリングボックスのカードをめくる瞬間ごとに高まった。周囲の書棚を見上げるとアルファベット順に少しの間違いもなく並べられた作家たちがいるのがわかり、これだけでも傑出した知性《マスター・マインド》の持ち主の仕事だと思われた。また、ダフネは活字は嫌いだったが、豪華な製本には感じるものがあった。彼女の手中にある本たちは手入れがよさそうに見えた……。ミセス・アダムズが友人を連れて去ると、ミス・スコットは格別な笑顔を浮かべて読書に戻り、ダフネは立ち上がって、一、二度窓のほうに歩き、スカートを腰の上から両手で抱えた。それからフンと言って元の場所に戻り、編み物を続けた。

「ボーイフレンドからなにか言ってきた?」

「まだなの……」

「ああ、そう。彼、間違いなく来るわよ」

同じ木曜日の遅くに、約束どおり、ポーシャはサウスストン行きのバスでセシルに会いに行った。ミセス・ヘカムのセシルに対する絶大なる信頼がこのデートの華やかさを奪い去っていた。ポーシャはやや早めに到着、建物の区画の外で待っていると、そこからやっとセシルが現れて鼻をかんだ。彼らは風の吹くプライベートホテルが続く通りを何本か抜けて、イースト・クリフ・パヴィリオンに向かった。この巨大なガラスの建物は、数階分が深く下にあり、崖の正面に巧みにはめ込まれていて、地下墓地のような最上階から中に入った。眩しいバルコニーが何層も海面に張り出していて、コンサートが終わるころには紫色のかすみに薄れていた。ポーシャはいい耳をしていなかったが、セシルの解説にしたがって『マダム・バタフライ』のメロディがわかった。実はオーケストラの演奏はよくあって、彼女は母のアイリーンと海外のパレスホテルのそばに忍び寄って、何度もタダで聴いていた。六時半には外が見えなくなって案内係がカーテンを引いた。コンサートが終わると、セシルとポーシャはフラシ天の肘掛椅子を立って、ガラス張りのテーブルに移り、鱈《ハドック》の落とし卵乗せとアイスクリームにバナナの薄切りをあしらったバナナスプリットを食べた。猛烈に明るい照明だったにもかかわらず、テーブルが何列も並んだ大ホールはほとんど人がおらず、高遠な静寂に満ちていた。もっと別のときなら陽気であるに違いない。ポーシャは定まらない視線だったがセシルの熟慮の上の会話に耳を傾けていた。明日のいまごろは、エディが来るのか来ないのかが分かっているだろう。彼らは九時十五分前のバスを捕まえてシールにもどり、ワイキキ荘の前でお休みをいい、セシルは彼女の手をプラトニックに握りしめた。

エディの金曜日の朝の手紙と彼の到着の間の時間は、約束に関係ないようだった。時間というものは現にあるのだから、やはり厄介だった。その週は緊張感があり、神経にはさわったが、それなりの調子またはパターンがあった。いま彼女は、彼が来てその調子が中断したことが分かった。期待を胸に暮らしている人たちにとって、現実に面と向かうのはちょっとした試練である。期待とは夢の最も危うい形であり、夢が夢であると気づいたときに目覚めた世界で試練が始まる。その違いは微妙だが痛い。彼女が楽しめると見ていたものは、金曜日の朝から続く期待だった――しかし彼女はその期待はもはや純粋な楽しみではないことがわかった。一年前ですら、約束された楽しみはさほどすぐには来なかった。その間の時間を消化するのは拷問だった。いま彼女は気が付いた、土曜日がそんなにすぐに私の所に来ないでほしいと――彼女は無意識に片方の手で払いのけていた。この熱意と平静さの欠如、その両者を取り返そうとしていつまでも眠れぬ夜を過ごしたのだ。これは彼女が徐々に子供でなくなっている証拠で、彼女は性質における喪失または変化にショックを受け、と同様に自分の肉体に起きた変化もショックだったのかもしれない。

土曜日の朝、彼女は敢えて目を開ける一分前に起きていた。それから土曜日の光で白いカーテンを見た――偉大過ぎる一日が容赦なく、海に、窓枠に溢れ出していた。そして彼女はエディから二番目の手紙が来るかもしれない、結局僕は行かないと言ってくるような気がした。しかし手紙は来なかった。

その後、その日は暮れずに黙ってしまった。かすみが海岸線を取り巻いた。太陽は照ってもいない。

要するに、エディが朝の列車に乗ったという噂は消えていた。彼はポーシャが来た列車で来るのだろう。ミセス・ヘカムは彼のためにタクシーを呼んでおこうとしたが、ポーシャはエディが閉口するだろうし、タクシー代を喜んで払うこともなかろうと感じた——だから運送業者に彼の荷物を運んでもらうことにした。ポーシャは出迎えに、歩いて駅舎に行った。森の向こうで列車の警笛が聞こえた。警笛をまた鳴らし、列車はゆっくりとカーブを曲がってきた。エディが出てきたので、二人は胸牆《きょうしょう》に向かい、そこから景色を見た。そして一緒に丘を下りた。彼女が到着した午後とは違う午後で、一週間分の春がすでに空気を甘くしていた。

エディは胸牆から見た景色に驚いた。シールが海からこんなに遠いとは思っていなかったのだ。

「ええ、そうよ、すごくあるの」彼女は嬉しそうに言った。

「でもかつては港だったと思っていた」

「港だったのよ、でも海が後ろに引いたのね」

「へえ、そうなの、ダーリン。夢みたいだ！」エディは彼女の手首をつかんで、陽気なやり方で二回振り、丘を降りる人が神さまみたいな足取りで降りるように、彼らは駅からの下り坂を降りた。突然彼は彼女の手首を離して、ポケットのなかを探り出した。「ああ、どうしよう」と彼。「あの手紙をポストに入れるのを忘れちゃった」

「あら——大事な手紙？」

「今夜着かないといけないんだ。電報で会うのを延期した人に宛てたんだ」

「本当にありがとう、来てくれて、エディ！」

エディはにっこりしたが、こぼれるようで自動的で心配そうな笑顔だった。「あらゆるウソを発明したよ。今夜届かないとダメだったんだ。すごくピリピリする人たちがいるんだ、君は知らないけど」

「いまポストにいれたら?」

「消印が……。だけど、みんなもう僕を嫌ってるよ。とにかく、ロンドンは見事に遠くなったなあ。次のポストはどこにあるの、ダーリン?」

この究極の簡便策にエディの顔が晴れた。手紙を見て顔をしかめなくなり、道路を横切り、嬉しそうに角のポストに手紙を投げ入れた。ポーシャは道路のこちら側から彼を見ながら、彼が戻ってきて自分のそばにいる瞬間を味わった。実際に彼らはまた一緒になった。エディは戻ってきて言った。「あれ、君はリボンを頭の上で結んだんだね。それにまだ毛糸の手袋なんかして」彼女の手を取ると彼は手袋のなかに指を差し入れた。「いい気持」彼が言った。「小さなか弱いネズミの巣みたいだ」

彼らはのろのろと歩きながら曲がり道を下った。エディはすべての邸宅の白い門にある名前を、声に出して読んだ――これらの門には樹木の緑が縞になって滴《したた》っていた。その後ろにも家々が常緑樹越しに見えた。海はいま視界になかった。内陸の強力な静寂がその時刻に灰色をおびて、駅前通りを埋めていた。シールは丘のつらなりの後ろにあって見えなかった。煙だけが庭園の針葉樹の後ろに立ち昇っている。その後彼らは渓谷を流れる川の音を聞いた。これらすべてにエディは声を上げた。「ダーリン、僕は、ここを非現実的な場所と呼ぶことにする!」

「お茶に戻ってからにしてよ」

「でも一体どこにあるんだ、ワイキキ荘って?」

「ああ、エディ、言ったでしょ——海のそばだって」

「ミセス・ヘカムは本当に乗り気なの?」

「ええ、とても乗り気よ——でも断っておくけど、彼女はなんでもすぐさま乗り気になるの。でもディッキーですら今朝朝食のときに言ってたわ、今夜あなたに一発お目にかかるとするかって」

「それからダフネは——彼女は乗り気かい?」

「たしかよ、彼女は本当に乗り気になってるわ。でも彼女はあなたが上等すぎて心配みたい。そうじゃないって彼女に見せないと」

「来てすごくよかった」エディは言って足を速めた。

ワイキキ荘ではミセス・ヘカムの態度が、初めのうち、その場の事情に合わなかった。彼女はエディを二回見て「ああ……」と言った。そして集中力を振るい起こして、お目にかかれてほんとに嬉しいですと言った。手を差し出しながらティーテーブルの周囲をそわそわと回り、目はエディのシルエットに釘づけのまま、幽霊でも見ているようだった。全員がお茶の席に着くと、彼女の背中に日が当たり、それほど怪しくないエディを見ることができた。彼が話すたびに、彼女の眼は彼の額に向き、彼の髪の毛が元気よくウェーブを描いて掻き上げられている個所に向いた。話す合間に中断がはいると、ポーシャはミセス・ヘカムの考えがほとんど聞こえた、パーティの前に椅子を全部転がし、急いで再調整しているように。ティーは余るほどたっぷりあったが、ミセス・ヘカムがあまりにも取り乱しているので、ポーシャがケーキを回さなくてはならなくなった。そして彼女の頭をよぎった、誰がこの費用を払うのか、エディゆえにワイキキ荘をこの特別な出費に誘い込んだことで、自分が間違ったことをしたのではないか。

さらに考えた、ミセス・ヘカムもそう考えているのではないか。ホテル暮らしをしていたころ、請求書が毎週階段の下で待っていて、「別料金」は決して見逃されず、彼女は心底わかっていた、人はどこにいようと、ホテル暮らしは誰かに経費をかけてくる、そして経費は支払わなければならないのだ。彼女は理解した、ウィンザーテラスで暮らすこと、食べるものを食べること、洗濯する必要があるシーツとシーツの間で眠ること、暖められた空気を吸うことでさえ、彼女はトマスとアンの負担になっているのだ。彼らが支払いを続けることは、彼らがどう感じようと、家族の感情によって隠しておかなくてはならない――そして彼女はすでに学んでいた、彼らに関しては、人が親族に対して持つ冷淡さを持つことを。いま彼女はただひとつ望んでいた、彼らがワイキキ荘の滞在費を大いにはずんでくれることを、エディが食べるかもしれないケーキ代にお釣りがくるくらいに。だが確信できなくて、彼女は自分のお茶を制限した。

エディはお茶の間はずっと有利だった、ミセス・ヘカムに馴染んでいなかったからだ。彼が思ったのは夫人が極端にシャイなのだということだった。だから率直に、気楽に、単純に出ることにして、さしずめこの三つが彼の頭にあったと思われる。彼に理解しろという方が無理だった、つまり彼の出現と、彼を取り巻いているオーラと呼んでもいいものが、ミセス・ヘカムの心に長年にわたる最初の疑惑を刻印したのだ。ポーシャではなくアナについての疑惑である。エディは知る由もなかったが、彼がミセス・ヘカムの心に掻き立てた疑惑とは、アナとピジョンについて彼女が押し殺してきた疑惑だった——自分が結婚したことで喜んで忘れていられた疑惑だった。ある確信（リッチモンドで過ごした最後の年に発生したもの）があったのだ、空威張り《バウンス》する男は、ろくなことをしないという不安は、彼女の左の頬の襞のひとつに不幸な痙攣《けいれん》をもたらした。誰かが卑俗かもしれないという確信が、彼女がワイキキ荘に君臨して以来必死で戦ってきた不安の最たるものだった。ここはやはり秩序を正さないといけない、この若者がポーシャの友達だとは、アナの友達だとポーシャが言うのだから。だが彼は、アナの友達であることで、なにをしているのだろう？……ポーシャは彼女の頬の痙攣を見て、なにが始まるのかと思った。

エディは、自分はすごくうまくやっている、と感じていた。ミセス・ヘカムが好きになり、喜ばせたくてたまらなかった。彼のマナーには、底まで見ても政策などはかけらもなかった。なんの悪意もなく彼が理解したミセス・ヘカムは、彼の輝きにちょっと目がくらんでいるのだった。なるほど彼はここでは立派に見えた——入ってきた瞬間から、彼は部屋にある物たちと良好な関係を結んだ。頭の左側には青いシュニール織りのカーテン、自分が座っている椅子をドレッサーに傾け、出来上がったランプシェードを見て褒めたたえた。いかにも自然に、いかにも物事の核心に入り込んだので、ポーシャは彼が来るまでワイキキ荘がどうやって存在していたのかわからなくなった。サンポーチには未完製のパズルがあり、彼が来る前、彼女はそこに希望と恐怖をはめ込んでいたのだ。お茶の後で彼女はパズルを回顧するように眺めたら、別の時代の忘れ物のような気がした。エディは立ったままで陽気にしゃべり、暖炉の囲いの端に乗って陽気にバランスを取った。そして、お茶の後片付けをしようと静かに入ってきたドリスの目を引きつけた。

「本物の火のそばに戻れるのは素敵だよ」と彼。「僕のフラットにはガスしかないんだ」

ミセス・ヘカムはドリスの手から取ったクロスをたたんだ。八インチ幅の鉤針編みの縁取りがあるクロスだった。「ミスタ・クウェインのオフィスはセントラルヒーティングなんでしょう?」

「ええ、そうです」とエディ。「すべて完全にぴしゃりと」

「ええ、とても快適だと聞いているわ」

「アナは、もちろん、自分の居間に最高のログ暖炉を置いています。よくあちらにいらっしゃると思いますが」

「ええ、ロンドンにいるときはウィンザーテラスに行きますよ」ミセス・ヘカムは言ったが、まだ愛想よくとまではいかなかった。「ものすごくもてなしてくださって」と彼女は言った――家に対する権利を度外視していた、家は持ち主の特権だからだ。彼女は絵を描くためのテーブルの上のランプを点けて座り、絵筆を点検し始めた。ポーシャは夕闇がポーチの周囲に迫るのを見ながら言った。

「私、エディに海を見せようかと思うけど」

「ああ、もう海はあまり見えないわよ、ディア、いまとなっては、残念だけど」

「でもちょっと見るだけだから」

そこで彼らは外に出た。ポーシャは道を下りながらコートを羽織ったが、エディは首にスカーフを巻いただけだった。潮が這い寄っていた。地平線が、暗い灰色の空のなかで何とか見えた。湾の浅い入り江は砂利石のささやきを抱き、それだけが音をたて、不透明性は静寂のあるところで終わっていた。風はなく、襟元と髪の毛の根元だけが騒がしかった。エディとポーシャは遊歩道に立って、空と水面がゆっくりと互いに消し合っていくのを見ていた。エディは離れて立ち、何時間もたってようやく独りになれた人みたいだった。彼の上機嫌と彼の精神状態の間につながりはない——精神状態のほうがいま、深刻な形で、その戸口に出てきて立っていた。ポーシャだけがこの近づきがたい親密さを彼と共有していた。ポーシャにとってエディは、彼が存在しなくなったのだ、というふりをしないでいい唯一の人間で、彼にとってポーシャは存在しなくなっていった。大人になった人と半分恋愛ゲームをするのは、悩ましく大胆で、非常に苛酷になっていく。それはエディを疲れさせていた。彼がお払い箱にできるのはポーシャだけだった——ポイと、一分もしないうちに——疲れたというだけであっさりと。だから彼女は一種の特権を楽しんでいた。彼女は少なくとも彼のそばに肉体で留まることが許されたし、彼が現実にはいなくても、去っていっても、それは同じだった。いなければ、いるよりもうるさくない。彼は彼女を自然現象（たとえば空気）または状況（暗闇）のように扱った。それらはその平等さと軽さで人に触れてくるし、そうなると人は人間的な接触に耐えないでいい。彼は彼女をじかに見ながら、一瞬も見ていないし、自分の瞳の中に虚空があるに違いないことを恥じる意識も持たなかった。

ポーシャは、いつものようにエディを待ちながら、握った手をポケットの中でゆっくり回し、いま彼が呼び出されて来たことを後悔していた。秋を思わせるような瞬間は、どの季節にも訪れるものだが、暮れゆく海は小さなカンマのような白い泡を浮かべて、彼女が感じている孤独に終わりをもたらすこともなく、彼女は完全に見放されたと感じた。そのとき突然、海峡の中程から光が射して海上を走り、波間の海盆《トラフ》と輝く波をとらえた。灯台が点灯していて終夜燈がフラッシュしていた。この光の爪の先が、光ってエディの顔を横切った——その直後に遊歩道の照明がいっせいに灯った。振り向いた彼女の目に、下宿屋の壁に映るタマリスクの影があった。

「眩しいな！」エディも生き返った。「これで本当に海辺らしいよ。桟橋はあるの？」

「ああ、いいえ。でもサウスストンにはあるわ」

「海辺まで降りよう」

身をかがめて進みながら、エディが言った。「じゃあ君はここで幸福なんだね？」

「そうねえ、私が馴染んでいたことにだいぶ似てきたかな。アナの家では、次に何が起きるか全然わからないから——ここでは、よく分からなくても、それほど気にならないの。ある意味、アナの家では何事も起きない——もっとも、もし起きても、私には分からないでしょうけど。でもここではみんながどう感じているかがよく分かるわ」

「僕はそういうのがいいかな？」とエディ。「僕は人がどう感じるかを勘ぐるから、僕には具合が悪そうだな。真実って、いいのか悪いのか僕にはわからない。僕が言う真実は、もちろん他の人たちについての真実だよ。僕は自分がどう感じるかはとっくに分かっているさ」

「私も分かってる」

「僕がどう感じるかも？」

「ええ、エディ」

「何だか罪悪感を覚えちゃうよ」

「どうして？」

「うん、僕がときどきどのように振舞っているか、君はまったく気づいていないけど、僕は自分がどう感じるかが分かるまで振舞わないんだ。いいかい、僕の人生はなにが起きるかということに全面的にかかっているんだ」

「じゃあ、あなたは自分がどう感じることになるのかは、分からないのね」

「ああ、僕には考えなんかないよ、ダーリン。全く読めない。最悪なんだ。僕は君が怖がるべき人間さ」

「でもあなたは、私を怖がらせないたったひとりの人だけど」

「ちょっと待って――チキショー。靴に石が入った」

「私も石が、実は」

「どうしてそう言わない、おバカさん？　どうして我慢するんだ？」

彼らは浜辺の砂山に座って、互いに靴を脱いだ。灯台の明かりが彼らが座っている周囲をさっと回り、ポーシャが言った。「あら、あなたの靴下、穴が空いてる」

「うん。灯台は神様の目みたいだ」

「怖がらせたいの？　本当にそう思うの？」

「君はそういう困った質問をするね。僕が騒いでるという意味？　思うに僕は僕さ、つまり虚構《ロマンティック》の誤謬《ファラシー》だね。僕が誰かだと感じるのは俗っぽいかもしれないが、少なくとも僕は僕以外の誰かではない。もちろん僕らはある程度の物事は共有しているけど、共有しているものの多くはひどいものばかりだ。僕が僕自身のなかに見る多くをすごく憎んでいるのに、どうして君は僕に期待するのかな、ほかの人を我慢しろとか？　向こうへ行こうか、ダーリン？　こうやって座っているのも好きだけど、小石が尻に痛くて」

「ええ、私もけっこう痛いわ、実は」

「そいつはひどいな、君は愛しい大事な存在なんだから――ここに君といるのは愉しいけど、僕は本当は幸福な気持ちじゃないよ」

「ロンドンの一週間が楽しくなかったの？」

「ああ、まあ――トマスが僕に週五ポンドくれる」

「それは、それは」

「ああ、頭脳はポンドで支払われる……。また石が靴に入ったみたい。プロムナードに戻ったほうがいいな。この辺には誰が住んでいるの？」

「みんな下宿屋さんよ。三軒は貸家だって」

二人は遊歩道まで戻り、回れ右をして、ワイキキ荘へ戻り始めた。「何と言っても」とポーシャ。「ミセス・ヘカムはとても素敵でしょ？」

即座に上機嫌になれるエディがダフネとディッキーを急襲したとき、二人はラジオを点けて暖炉のあたりに立っていた。彼らは彼を疑わしげに見つめた。エディはディッキーと男らしい握手を交わし、大胆な目つきをしたダフネとも握手した。そこでミセス・ヘカムが階段を降りてきたので、ダフネは驚くべき発言をする方針を夫人に使うことにした。ラジオの大音響越しに、ミセス・ヘカムとダフネは夕飯を早めにすることに同意した、一行の何人かが映画に行きたいからだ。

ダフネは怒鳴った。「で、クララは、ここで私たちと落ち合うのよ」

ディッキーは反応なし。

「ねえ、クララが会いに来るのよ」

ディッキーは『イヴニング・スタンダード』から冷たい目を上げて言った。「そんなこと初めて聞いた」

「あら、なにをバカな。きっとクララがお金を払うわよ」

ディッキーはぶつぶつ言いながら身をかがめて足首を掻いた、蚤《のみ》退治が緊急事態みたいだった。ダフネの瞳は瞬時物思いに沈み、顔の中に引っ込んだみたいだった。そして彼女はポーシャに「あなたとあなたの友達も来るの？」と言ってから、彼女の最も得意な素知らぬ視線をエディの後ろのマントルピースの鏡に飛ばした。「そうするわよね、エディ？」とポーシャは言い、ソファの上に座りこんだ。エディはすぐさま例の最も深遠な一瞥を彼女の瞳に投げてきた。優しい悪意に満ちた微笑が彼の顔の造作を輝かせたが、彼はダフネのほうは一切見ない。「もし招待されているなら、まったく感謝感激です」音楽に負けずに彼は怒鳴り返した。

「本当に私たちが行ってもいいの、ダフネ？」

「あら、私には同じ事よ。つまり、お好きなように」

そこで夕食の後すぐに出かけた。ウォレス家に立ち寄ってウォレスを拾い、それから五人で横並びになってアスファルトの歩道を町に向かって行進した。木々の下は暗く、明かりが前方に煌めいている。運河から微風が上がり、彼らは歩道橋を踏み鳴らして越えた。常緑樹の茂みを通してグロット・シネマが金色、赤色、青色の星座を輝かせている。クララが、犠牲者の表情そのもので、ロビーのヤシの木のそばで、ミンクのコートを着て待っていた。ボックス・オフィスの窓口で上品な騒ぎがあり、ディッキーとウォレスと、やや自信がなさそうなエディが、立見席でもいいという仕種をして見せた。するとクララがディッキーの肘の下をかいくぐって頭を出し、全員の料金を払い、みんなの期待に応えた。彼らは暗い中央通路を下ったが、その順番は、クララ、ディッキー、ポーシャ、エディ、ダフネ、ウォレスの順だった。漫画がスクリーンで始まっていた。

上映している間ディッキーはクララでなくポーシャのほうにより接近していた――つまり彼は、彼の座席の肘掛のポーシャのほうのアームに肘を乗せていて、クララのほうのアームは空いていた。彼の息遣いが荒かった。クララは漫画のちょっとした合間を捉えて、ホッケーの試合がうまく行ったらいいけど、とディッキーに言った。哀れなクララは、ビーズのバッグをお金もみんな入ったまま落としたのに、自分で拾うしかなかった。ポーシャはスクリーンに目をくぎ付けにしていた――一度か二度、エディが姿勢を変えたときに、彼の膝が彼女の膝にさわるのを感じた。これで彼女がエディのほうを見ると、漫画から光が射して彼の眼球をキラッと照らした。彼は両肩をすくめるようにして座り、自分自身となにか共犯関係にあるような様子だった。エディの向こうにダフネの横顔があり、その傾け方は正常で、ダフネの向こうには睡魔に襲われたウォレスがあくびをしていた。

それからニュースが始まり、そして大ドラマが始まった。みんな居住まいを正した、男の子たちも含めて。なにかがポーシャの気分をスクリーンから引き離した――エディの膝の向こう側の密かな気配だった。彼女は息を呑んだ——しかしエディの息遣いが聞こえない。エディはどうして呼吸をしていないのか？　いったいなにがあったのか？　彼女はなにか番外の緊張した存在を感じた、それも六人で座っているこの列にいる。知りたくなってポーシャは横を向いてエディの全体を見た——エディはすぐさま彼女の視線を受け止めて、スクリーンを光源にした大胆な空疎な眩しい微笑を向けてきた。微笑はほかの誰かから彼女に向けられていた。彼女の側には彼の手があって、二本の長い指に煙草をはさんでいるその手がだらりと垂れている。彼女に見えたのはこの片方の手だけ。座席から姿勢を正して祈るようにスクリーンを見て、不思議がるまい、スクリーンから目をそらすまいと願っていた。

スクリーンには人物がたくさん出てきてややこしくなり、嵐のようだった。クララが上品な喘《あえ》ぎを漏らしたのが聞こえる。見通せないことがさらに起きようとしていた、ディッキーがシガレットケースを取り出すべく、体を持ち上げている。涼しい顔でスクリーンを見つめながら、煙草を抜き出し、その先に唇をつけ、顎を元の状態にした。それからライターをはじき始めた。炎を使い終わると、親切にも列を見下ろして、火が欲しい人が誰かいないか見た。

ディッキーのライターから出る炎が上下して、彼らの膝の列の下の谷間を見せた。その炎はダフネのハンドバッグのクロミニウムの留め金をとらえ、ウォレスの腕時計が列の終点に見えた。そしてダフネのふくらはぎの引き締まった金色のシルクを回り、床に落ちた銀紙に炎の明かりが当たって光った。煙草を吸いたい人は吸っている。誰も炎は要らなかった。しかしディッキーはライターの炎をまだ上下させ、ライターを差し出して様子を見ていた——その様子があまりにも目立ったので、ポーシャは、ディッキーに頭をグッと押されたみたいになって、彼が見ているものを見ようとして視線を向けた。炎は、悪意に満ちた正確さで、カフスのへりをめぐり、スティールのバングル、そして親指の爪を照らした。二つの座席の間の割れ目にのめり込むでもない姿勢になって、エディとダフネは、意識して手をつないでいた。エディの五本の指がしきりに揉みしだく動作を続けている。彼女の親指は指の関節に合わせて、ぬかりなく動いている。

六

無人の下宿屋が海鳴りにかさこそと音を立てて、砂利を舐める波浪と何年にもわたる海のこだまが、煙突や、半分開いた衣装棚を棲家としているようだった。ポーシャとエディが上がっていくと階段は軋み、階段の手すりは軸受がすでに緩んでいて、手を置くとぐらぐらした。海の湿気でたわんだドアが、全部半開きのまま止まっていて、破れた壁紙の切れ端が部屋に吹き込む隙間風に鳴っているのが聞こえた。フロントルームの天井は、海の反射でギラギラしている。後ろの窓は北向きで、潮の原野をにらみつけている。ミスタ・バーンスタブルのジュニアパートナーのミスタ・シェルドンは、昨夜カード遊びをしに来たときに、この家の鍵をうっかりワイキキ荘に置き忘れた。キーにはラベルが貼ってあり、ウィンスロウテラス5とあった。ディッキーがそれを見つけ、エディがディッキーからもらい受け、いま、エディとポーシャが入り込んでいた。空っぽの家を探検することほど楽しいことはない。

日曜日の朝、十一時少し前だった。教会の鐘が、閉じた窓を通して、丘の上から部屋の中に入ってくる。ミセス・ヘカムは一人で教会に行った。ディッキーは何かのことで男性と面会するために出て行った。ダフネは家に残り、サンポーチの長椅子《シェーズロング》で『サンデー・ピクトリアル』を読んでいる――だが太陽は出ていない。彼女は髪の毛を新しいスタイルに、額の上でおかっぱ《バング》に切りそろえ、顔色ひとつ変えないでいたが、エディはポーシャの肘をとって、ワイキキ荘を出て遊歩道を降りていった。

ここの最上階にある表側の寝室は修道院の個室のようで、外のシャッターのフックが外れていた。壁はカビで青く、死んだ空みたいで、天井に走るギザギザのひび割れを見て、休日の人たちが起き出してくると思う。むっとする焦げた臭いが火格子から流れてくる――ワイキキ荘は何マイルも彼方に感じられた。これらの部屋は、何階か上がると、それで行き止まりだった。空疎さ、死滅した感じが背後にのぼってきて、降りるのを遮断していた。ポーシャは追いかけて来るなにものかに追い詰められて木のてっぺんまでよじ登ったような気がした。彼女はこの家を後ろから最初に見た時の怖いような高さを思い出した、あの最初の日の午後、ミセス・ヘカムとタクシーで一緒だったとき、この高さは本当に怖かった。今日、二人で鍵を回し、固まったドアを大胆に押し開けたら、玄関ホールで紙がめくれる音がした。しかしポーシャは、エディと一緒にいるのが怖いのは、ここだけではなかった。

彼は煙草に火を点け、マントルピースに寄りかかった。彼はこの小さな部屋を目算しているのか、鍵紐の輪を指に掛けて鍵をくるくると回している。ポーシャは窓に行き、外を見た。「ここの窓は全部、二重ガラスなのね」

「すごく役に立つだろうね、家が吹き飛んでも」

「それ本気で言ってるの?……教会の鐘がやんだわ」

「ああ、君は教会にいなくちゃいけなかったんだ」

「先週の日曜は行ったわ――でも大したことじゃないから」

「じゃあ、どうして先週の日曜日は行ったの？　このつむじ曲がり」

ポーシャは答えなかった。

「ねえ、ダーリン、君は今朝ヘンだったよ。君はどうして僕に対してヘンになるんだい？」

「私が？」

「そうさ、分かってるくせに。バカ言うんじゃないよ。なぜなの？」

ポーシャは背を向けて、窓の留め金を黙って引いた。しかし、エディが二度口笛を吹いたので、やむなく彼のほうを向いた。彼はさっきの紐を指にきつく巻きすぎていて、肉がニコチンのヤニと一緒に間節の畝に盛り上がっていた。彼の眼は明るさの裏に警告するまなざしを秘めていて、世界の終わりが来ているみたいだった。衝動的に片方の手を頬に当てて、彼女が見ると彼の歯が唇の間に見えた。

「あなたはなぜダフネの手を握ったの？」

彼が言った。「さて！」

「いつのことだい？」

「映画館で」

「ああ、あれね。だって、ほら、僕はみんなを追い払いたくてさ」

「なぜ？」

「だって、みんなとやってられないし、ああやってると僕はおかしくなっちゃうんだ。うん、気が付いたよ、君がヘンな顔をしていたのは」

「あなたは、あの時私に微笑んだつもりだったの？　あの時彼女と手をつないでいたの？」エディは考えた。「そうだったかもしれない、と思う。悩んだの？　君は早めに寝室に行ったと僕は思ったよ。しかし僕としては、君はああいう僕を承知しているでしょ。僕はさわるのが好きなんだ、ああ」

「私はああいうところに行ったことがないの」

「ああ、そうだろうと思う」彼は目を伏せて指の紐をほどいた。「ああ、そうか、行ったことがないんだ」彼はかなり愛想よく言った。

「それって、僕は自分がどう振舞うか知らないんだ、と浜辺であなたが言ったことの意味なの？」

「それで君はさっと戻って書きとめたんだね？　僕は君に言ったと思うよ？　僕については何一つ書きとめるなと」

「まさか、エディ、日記に書きとめたりしてないわ。あなたがほんの昨日言ったことよ、お茶の後で」

「とにかく、君が言ってるのは、僕が振舞いと呼ぶものじゃない——それにそれほど大したことじゃないよ。こと新しいことなど意味してないよ」

「でも私には意味したわ」

「そうか、でも僕にはどうしようもない」彼はそう言って、分かったように微笑んだ。「君にはついていけないよ」

「分かったの、ディッキーがライターを動かす前に、何かが起きていたことが。あなたの微笑み方でそれが分かったの」

「君みたいな少女がねぇ、そうだよ、君はノイローゼなんだ」

「それほど少女じゃないわ。あなたはいつか私と結婚するって言ったわ」

「君がそういう少女だったら、さ」

「あれは関係ないということ？」

「ないよ、それに僕が思うに、君は完全にゆがんだみんなの見解は取らないよね。でもいまの君は浜辺にいる女の子みたいに、いつも見張って判定して、そこにないものに僕をはめ込もうとしている。君は僕を――」

「ええ、でもどうしてあなたはダフネの手を握ったの？」

「気安い感じがしただけさ」

「でも……だって……私がそんなバカじゃないのは知ってるでしょ」

エディの金属的な気分が壊れたか、または完全に変わった。彼は部屋を歩いて壁の戸棚に向かい、そこに眼を据えて、注意深く掛け金をかけた。それからここに泊まっていたみたいに部屋を見回して、残った私有物を持ち出そうとしているみたいだった。さっきの消えたマッチを拾い上げ、火格子のなかに落とした。それからぼんやりと言った。「さあ、もう降りよう」

「だけど私が言ったこと聞こえたの？」

「もちろん聞こえたよ。君はいつも愛らしいね、ダーリン」

下に降りるにつれて、彼らは一階分ずつ温和な海の音色に近づいていった。エディは居間に一歩入ってもう一度見まわした。床のカーペットが敷かれていたところが跡を残していて、赤っぽいニスが染みつき、貼り出し窓の上の木彫りはフックになっていて、鳥籠が吊り下がっていたに違いない。

窓から入る海の光がエディの顔を照らし、彼は急いで振りかえって、もっとも軽い、もっとも優しい口調で言った。「僕がどんなに嫌な気持ちでいるか説明できない。ただのお遊びだったんだ。正直に言って、君が気付いて悩むなんて思わなかったよ、ダーリン――というか、もし悩んだなら二度と思い出すんじゃない。君と僕は互いによく知っているし、僕がどんなにバカかよく知ってるでしょう。でも、もしあのことが君を動揺させたなら、もちろん僕が悪かったんだ。君が傷つくなんてダメだよ、さもないと僕は死にたくなる。これが僕のもう一つのやり方で、次々とトラブルを引き起こすんだ。そんなこと口にすべきじゃないと分かっていても、ごめんと言ったその口で、しかし実際は、ダーリン、すごく小さなことだよ。だからさ、君がダフネ嬢に訊くんだ。ほとんどみんながやってることなんだから」

「いいえ、ダフネには訊けないわ」

「じゃあ、僕から聞いたことで」

「でも、エディ、彼らはあなたを私の友達だと思っているわ。それが私の自慢だったの、みんながそう思っていたのよ」

「でも、ダーリン、僕が君に会いたくなかったら、ほかのデートをみんな断ってわざわざ来ただろうか？　君は分かってるだろ、僕が君を愛してるのは。バカはやめなさい。僕の願いは、君と海辺にいることだけ、そしてここにいて、楽しい時を過ごしているじゃないか。たったひとつのなんの意味もない事で、なぜそれを台無しにする？」

「でもあれはなにか意味があるのよ——なにかほかの意味があるんだわ」

「君がただひとりの人だ、僕が真面目になるのは。ああいう連中とは僕は絶対に真面目にならない。だから僕は彼らが僕にして欲しがっているであろうことをやっているだけなんだ……。分かってるだろ、僕が君には真面目なのは、ねえ、ポーシャ？」彼はこう言いながらそばに来て、彼女の瞳を覗きこんだ。彼自身の瞳には、シャッターがふと開き、ほんの半秒の間だけ露わになったのは、暗闇のその奥と、そこにいるエディだった。


今までになかったことが起きた、この半秒間のあと、最初に目をそらしたのはポーシャだった。彼女は、白茶けた栗の葉の模様の壁紙に映ったキャビネットのお化けのような輪郭を見つめた。「でもあなたは言ったわ」と彼女。「上のあそこで」（天井に向かってうなづいて）「私がまだ少女だから、あなたは自分が言うことに意味を持たせる必要はないと」

「いい加減なことを言うときは、もちろん僕は真面目じゃないさ」

「結婚については、でまかせに話してはいけなかったのよ」

「でも、ダーリン、君はアタマがおかしいと本気で思うよ。どうして君は誰かと結婚しなければならないの？」

「浜辺で話したときも、でまかせだったの？　あのときあなたは、私はあなたを怖がるべきだと言ったのよ」

「よく覚えているなあ！」

「昨日の夜のことよ」

「おそらく昨日の夜は、僕はそう感じていたんだ」

「あなたは覚えていないの？」

「いいかい、ダーリン、僕を追い詰めてはいけないよ。どうして僕が一回感じたことを感じ続けられるんだい、ほかに感じることが山ほどあるのに？　感じたことをいつも感じていると言うやつらは、たんに自分を騙しているだけさ。ぼくはペテン師かもしれないが、偽者《にせもの》じゃない――この二つはまったく別物だよ」

「だけど、どうして僕は真面目だなんて、あなたが言えるのか私には分からない、つねに感じ続けられるものが一つもないなら」

「ああ、それじゃ、僕は真面目じゃないんだ」エディはそう言って声に出して笑いながら煙草を足で踏んで消したが、追い詰められた様子だった。「君は要するに僕に慣れなくちゃいけないよ。はっきり言うと、慣れていると思ってた。ぼくが真面目だなんて、思わないほうがいいよ、最も些細なことで君がそんなに動転するなら。昨夜君に言ったことで僕がちゃんと覚えているのは、僕がすることの半分も君は知らないということだ。ぼくは君が必ず嫌うことをやらせてもらうよ。うん、僕はすごく間違っていたのがいま分かる――一度は思ったんだ、僕がなにかしたことを君に話してもいいと、君に見つけさせようとすら。だけど君は髪の毛一本乱さないだろうと、だって、そういう人が一人はいて欲しいと思っていたし、僕は自分をけしかけて、バカげた、あり得ない君のイメージを作っていたに違いない……。いや、いまなら分かるんだが、実は、愛しいポーシャ、ダーリン、君と僕は、むかつくとは言わないが、病んだ状態にいつの間にか陥っていたんだね。僕にとってそれは、ダフネとネッキングする現場より、何倍も増して悪いことさ。そしていまここまで来て——君は僕をけしかけて木の上に追いやり、ほかのやつらみたいにその根元で吠え立てている。ああ、さあ、降りようじゃないか。もうこの家にはうんざりした。鍵を掛けて、ディッキーに鍵を返そう」

彼は決然とした様子で居間のドアに向かった。

「ああ、ちょっと、エディ。待ってよ！　あなたにはこれですべてが台無しになったの？　あなたを幻滅させるくらいなら、私は死んだ方がいい。お願い……。あなたは私が生きている理由のすべてなの。約束します、お願い、約束するわ！　つまり、なにも嫌いにならないことを約束します。私は物事に慣れなくてはいけないの、ほとんどすべに慣れていないだけなの、まだ。ただバカだから、理解しないのね」

「でも君は絶対に理解しないよ。僕にはそれが分かる」

「でも私、完全に理解しないのはいやなの。理解しないでバカになるつもりはないの。お願い——」

ポーシャは近いほうの彼の腕を両手で乱暴に引き、袖と肉体の区別もしなかった。乱暴というよりは悲しい決意をもって、そのまなざしで彼の顔全体をとらえた。彼が言った。「もういい、黙れ。君のせいで、僕は自分がポン引きになったような気がする」彼は腕を放して、彼女の両手を両手で包み、迷惑そうでも優しく扱い、捨てられて途方にくれた二匹の子猫みたいになった。「ものすごく騒ぎ立てて」と彼。「人の幻想を解くのに、金切り声をあげて家を壊さなくちゃ気がすまないのかい、バカなおちびちゃんの君は？」

「あなたに幻想を解いてほしくないの」

「よかった、僕は解いてないよ」

「約束して、エディ。誓ってくれる？　私は自分のことだから言ったんじゃなくて、あなたが言ったからなの、あなたにはほとんどないと――幻想が、って。はっきり約束してくれる？　あなたはただ私を黙らせているんじゃないと？」

「ああ、いや――つまり、うん。約束する。僕が言ったことは全部僕の眼中にあったことだ。つまり最悪の対話だった。ではもうここを出ようか？　なにか飲めたらありがたいな、そういうものがあるなら」

彼らの声のこだまがうしろについて降りた。また階段がきーと軋む。また階段の手摺りが揺らぐ。玄関ホールには日光が一筋、ドアの郵便受けから射し込んでいた。彼らは回覧紙や古いカタログを蹴飛ばした。最後に見た玄関ホールは、表の部屋から入る光が造っているだけのチョコレート色の壁がもたらす、見苦しくいじけた情景だった。この家にまた人が来るのだろうか？　しかしまだそれは太陽に向かい、海を映し、幸せなホリデーのシーンではあったのだ。

彼らはワイキキ荘の門の所でディッキーに出会い、エディは鍵を彼に返した。「どうもありがとう」とエディ。「立派な資産じゃないですか。ポーシャと僕は注意深く見て回りました。下宿屋を始めてもいいかと思ったくらいで」

「あれ、そうだったの？」ディッキーはどこか不用心《メフィアンセ》にそう言った。彼は二人のゲストに先立って庭園の道を進み、二人がはいった後でカチッと門を閉めた。ダフネがまだサンポーチに寝そべっているのが見え、日曜新聞が膝の上に広げてあった。

「みんなで、ただいま」エディが言ったが、ダフネは反応なし。彼らはダフネの長椅子の回りに集まり、エディはマスターぶった動作で『サンデー・ピクトリアル』を彼女の体からパッと取ると、自分で読み始めた。大袈裟な読み方をして、ニュースの事項ごとにヒューヒューと口笛を吹いた。十二回吹いた後、彼はやや不安そうにワイキキ荘のラウンジを見回したが、何のサインも見当たらず（現になにもなかった）、シェリー酒もジンライムもなかった。ついに飲みに出ようと提案したら、ダフネが「どこへ？」と訊き、言い足した。「ここはロンドンじゃないのよ、お分かりでしょ」

ディッキーが言った。「それにポーシャは飲みませんよ」

「ああ、だが、一緒に来たらいい」

「バーに少女は連れていけない」

「どうしてダメなの、シーサイドでしょ」

「あなたにはそうでも、我々にはちょっと無理だ、残念ながら」

「ああ、そうか、そうか、当たり前だ――まあ、えーと、ディッキー、君と僕でぶらりと出ないか？」

「いや、僕はいいけど、僕がもし――」

ダフネがあくびをしてから言った。「そうよ、男子二人で行けば。つまり、ここでうろうろしてないで」そこで男子二人は出て行った。

「あなたの友達って、すごく喉が渇く人なのね」彼らの後を見送りながら彼女が言った。「彼は昨夜、彼と私で一緒にどこかに立ち寄りたかったのよ、映画の後で、でももちろん、どこももう閉まってるわと私が言ったの。あの男性二人はうまくやれると思う?」

「誰が?」ポーシャはそう言って、パズルのところに戻った。

「彼とディッキーだけど?」

「ああ……。考えたくないわ」

「ディッキーは彼がしゃべりすぎると思ってるのよ、だって、ディッキーはもちろんそう思うわよ。名前はなんだっけ、ああ、エディね、人気者なの?」

「どういう意味だか分からないけど」

「女の子たちはすぐ彼が好きになるの?」

「私は女の子はたくさん知らないから」

「でもあなたの義理のお姉さんは彼が好きでしょ、あなた、そう言わなかった? 彼女はもちろん女の子じゃないわよ。そう言うと彼女のイメージがおかしくなるわね。どういうことかというと、彼はものすごく新鮮なのよ。あれは彼のいつものやり方なんでしょ?」

「やり方って?」

「彼のここでのやり方よ」

ポーシャはパズルの回りを歩き、逆さまに見た。指でピースを押しやり、曖昧に呟いた。「彼はいつも同じようにやっていると思う」

「彼のことはあまり知らないみたいね、違う？　彼とあなたはすごい友達なんだと言ったように思ったけど」

ポーシャはなにかよく分からないことを言った。

「ねえ、いい、あの男をそんなに信用しちゃだめよ。分からないけど、確かよ、もし私がなにか言わなくてはならないなら、あなたはまったくの子供で、見ていてなんだか恥ずかしいくらい。いい気になって彼にのぼせるもんじゃないわ、まったく。あの男に害があるというのじゃなくて、彼はちょっと楽しくやりたいタイプの男なのよ。彼に意地悪したくはないけど、正直な話——まあ、あなたには言っておくわ——もちろん彼はすごく浮かれてるわ、あなたにつきまとわれて、誰だって同じよ。あなたはとっても素敵ないい子だから。そして男の子って、自分の周囲に女の子がいるのが好きで——ディッキーとクララを見たらいいわ。あなたがセシルのような理想的なタイプの男の子と出歩いても別に害はないと思うけど、正直、エディは理想的でもなんでもないわ。彼があなたでなにかを試しているると言ってるんじゃないのよ。彼は試したいわけじゃない。彼はあなたを子供としか見ていないのよ。でもあなたが彼が何者かを見ないで、彼にそんなにのぼせるなら、ひどい目に遭うわよ。私、これであなたに言いましたからね。私の言う意味は、彼はあなたとは遊んでいるだけ、それをあなたが分かるべきだということ——ああやってここまで来て、そのほかも全部遊びなの。人と遊ばないではいられないタイプの男よ。子猫と遊ぶわよ、もしここに小猫がいたら。あなたはなにも知らないのね、まったく」

「あなたの手を握った彼のことを言ってるの？　彼は気安かったから握ったんだと言ってたわ」

ダフネの反応はすぐ来なかった。長椅子の上で全身がこわばるのに二秒ほど掛かった。両目が一緒に動き、顔の造作が曇った。この中断でポーシャの驚くべきコメントがゆっくりと薄まっていく。その中断の間に、ワイキキ荘の文化が土台で揺れているようだった。ダフネがまた話し始めたとき、その声は軋るような音がして、モラルの共鳴室《サウンド・ボックス》に亀裂が入ったみたいだった。

「ねえ、いいかしら」彼女が言った。「私はただ一言あなたに言っただけよ、ある意味気の毒に思ったから。下品になってはいけないのよ。はっきり言うけど、驚いちゃった、あなたがボーイフレンドがいると言ったときは。その人はおそらく間抜け《サップ》に決まってると思ったわ。でもあなたが彼を手離すまいと必死なので、彼が来るのが私もすごく楽しみで、分かるでしょ、マムジーにもちゃんと頼んだのよ。私は自分を誉めたくないし、誉めたことも一切ないけど、ひとつ言うわね、私は猫じゃないのよ、女の子のボーイフレンドにちょっかいなんか出すもんですか。でもあなたがあの男をここに連れてきた途端、私はすぐ分かったわ、誰でも彼とつきあえるんだって。彼の全部にそう書いてある。お塩を回すだけのときでも、色目を使わないではいられないのよ。それでも、はっきり言うけど、ちょっと面白いと思ったわ、あのとき――」

「彼があなたの手を握ったとき？　そうね、私は初めはちょっと思ったわ。でもあなたはおそらく思わなかったと思う」

「ねえ、ポーシャ、いいわね――もしレディのように話せないなら、そのパズルをどこかに持って行って、どこかほかで全部やって。それが場所をすっかりふさいでいるのよ！　あなたがそれほど下層の生まれだなんて、全然知らなかったし、マムジーだって絶対にまさかそんなとは。さもなければあなたの義理のお姉さんの言いなりになって、あなたをここに泊めたりしなかったわ、便利だかなんだか知らないけど。これでなにもかもが丸見えね、あなたが家でどんな育てられ方をしたか、私、みなさんには本当に驚いたわ、はっきり言って。その恐ろしいパズル、もしそんなにやりたいなら、いますぐあなたの部屋に持って行って、そこで仕上げて。あなたは私の神経にさわるの、いつもこせこせとそればかり。それにここは私たちのサンポーチだから、もしそう言ってよければ」

「それがいいならそうするわ。でもパズルはしませんせん」

「もう、そのへんでうろうろしないでよ。誰だって気がヘンになるわ」ダフネの声と顔色がどんどん上がった。彼女はここで咳ばらいをした。さらに、やかんが沸騰するときの音が鳴る前の息苦しい緊張に似た間があった。「私たちに関しては」とエネルギーを増して彼女が続けた。「あなたはここで頭が完全に裏返っちゃったのよ。注目されたから。セシルはあなたが孤児だから可哀相に思った。ディッキーはあなたにちやほやして、クララを怒らせた。私は自分の仲間とあなたを一緒にしてあげたけど、少しはあなたの経験になるかと思っただけ、あなたったらいつもネズミみたいで内気だったから。あなたは素敵な可愛い人だという哀れなマムジーの言葉を真に受けたのよ。でも、いま言ったように、これで丸見えね。あなたの義理のお姉さんとそのお仲間がどんな振舞いをするのか、私はなにひとつ知らないわ、でも悪いけど、ここでは私たち、ちょっと特別なの」

「だけど、もしそれがあなたにそんなにおかしく見えたことだったら、どうしてあなたはエディの手を、親指で撫ぜたの？」

「みんなこそこそしてスパイするんだ」ダフネは身を固くして言った。「それから下品にしゃべる。

この二つは私がいちばん耐えられないことなの。私がヘンなのかもしれないけど、そう、ヘンなのね、でも、昔も今も絶対に耐えられないの。あなたには腹が立つ。私は自分をこれ以上貶《おとし》めないわ。あなたが赤ん坊の気持でいるのは私のせいじゃないわよ——恐ろしい赤ん坊、そう言わせていただいてよろしければ。あなたがお行儀よくできないなら——」

「私はなぜ行儀よくするのかが分からないんです……。だからエディが私に、今朝言ったのよ、やっていけないなら、降りるほかないって」

「あら！　では二人でずいぶん話し合ったんだ！」

「あの、私が彼に訊いたんです、ええ」

「なによ、あなたは嫉妬深い小さな猫なのよ」

「いいえ、いまはもう違うわ、ダフネ、本当よ」

「でも、あなたはそれでちょっとやっていけると感じたんでしょ——ええ、そうよ、私は見たのよ、あなたが彼に体を押し付けているのを」

「そっち側しか場所がなかったのよ。ディッキーが私の座席のもう一つのアームを使っていたから」

「兄を巻き込まないでよ！」ダフネは金切り声を立てた。「まったくもう、あなた、何様のつもり？」

ポーシャは手を後ろに回して、はっきりしないことをつぶやいた。

「失礼？　なんと言ったの？」

「私は知らないと言いました……。でも分からないわ、ダフネ、どうしてエディがそんなにショックなのか？　あなたと彼がしていたことが楽しくなかったら、どうして私が嫉妬するの？　それにもし、あしたことが好きじゃなかったなら、いつだって逆らえたはずだわ」

ダフネは音を上げた。「あなたって、完全にイカレてるわ。もう行って横になったら。簡単なことも理解しないんだ。そこに突っ立っていても、いないのと同じよ。いいわね、ほんとよ、もしそう言ってもよければ、あなたは生まれつきのバカだと人は思うかもしれない。考えというものがないの？」

「分からない」ポーシャはボーッとなって言った。「たとえば、まだ生きている私の親類は、どうして私が生まれたのか、分からないの。つまり、なぜ私の父と母が――」

ダフネがふくれた。彼女は言った。「もう黙ったほうがいいわ」

「いいわ。私に二階に上がって欲しいんですか？　ごめんなさいね、ダフネ」ポーシャは言った――うつむいた眼はパズルの向こうから、ダフネの靴の先から、長椅子の上に伸ばしたふっくらとした確かなカーブと、「ぴったり」したウールのドレスの裾へと移動していた――「困らせて、ほんとにごめんなさい、私にはいつも優しくしてくれたのに。あなたとエディのことは言わなかったと思うの、ただあなたが言っているのはその事だと思ったものだから。それに、エディがこう言ったのよ、もし人が気安く感じるという意味が分からないなら、あなたに訊いたほうがいいって」

「ちょっと、どういう神経してるのよ！　要するに、あなたもあなたの友達もやっぱりマヌケなんだわ」

「そう思っていると彼にはどうか言わないでね。彼はここで幸せなんだから」

「それは間違いないわね——さてと、あなたは走っていったほうがいい。ほら、ドリスが支度に来てる」

「私はしばらく上にいたほうがいいのね？」

「違うわよ、バカね、ディナーはどうするのよ？　でもね、ネズミを飲みこんだみたいに見えないように努力してよ」

ポーシャはシュニール織のカーテンを押し開けて上に行った。立ったまま寝室の窓の外を見つめ、髪の毛に機械的に櫛を当てた。膝の関節にヘンな感じがあって、膝は震えていた。サンデー・ディナーにドリスがもも肉を焼いているにおいが、部屋のドアの下の隙間から忍び込んできた。ミセス・ヘカムの姿が見え、傘と祈祷書を持って、友達と一緒に遊歩道を楽しげに歩いてくる——ランチタイムの微風が立ち昇ってきたのだろう、彼女たちのグレイの髪がなにかでふわりとなっている。と同時にポーシャの部屋の丈の短いカーテンのへりが窓枠に触れて音を立てた。二人の婦人はワイキキ荘の門の前で立ち止まり、いっそう熱心にしゃべっている。それから友達のほうの婦人が立ち去った。ミセス・ヘカムは赤いモロッコ皮の祈祷書を窓に向けて振り、そして小道を進みながら、歓声を上げたいような勝利に酔ったような感じで、恩寵を余分に一個いただいて帰宅したみたいだった。ポーシャが窓辺に立っていた間、エディとディッキーは相変わらず気配がなかったが、その後になって彼女は遊歩道で彼らの声がするのを聞いた。

寺院のひと揃いの鐘はまだディナーの時間を告げておらず、だからポーシャは整理箪笥《たんす》のそばに座り、アナのパステル画の肖像画をじっと見た。パステル画のなかに自分がなにを探しているのか分からなかった――もっともそれらしくない人々が苦しむという確認、または、苦しむ人々はみな同じ年だという確認か？

しかしほとんど苦しまないアナは――画像からはみ出していて滝のようなヘアスタイルに囲まれて障害者のように見えた――不出来な肖像画のなかでさまよう必死な魂は、電気の光が当たると生き返った。だが昼日中でも、似ていない似顔が余計に人をまごつかせた。なにに似ていないのか？　全然似ていないだけか――あれが本当の顔なのか？　だが肖像画は、力不足でも、現に生きていて知っている表情の裏にある、受け身ななにかを突きとめている。実物から描いたものに駄作はない。さらなるなにかを打ち立てている。認められていないものを認めている。ミセス・ヘカムが自分の大切な仕事にもたらしたのは、パステル画のほかに、感じることであった。もっと丁寧な言葉で言えば、彼女はネガティブなアーティストだ。だが、そういうアーティストは、一種の曇った指南を受けるものと見える。絵に見えるどの顔も、家も、風景も、いかに下手くそでも、微妙にとらえ難く力強く変更されて、いわゆる本物の実物のなかに残っている――絵がまずければまずいほど、これは強まる。ミセス・ヘカムのパステルによる習作は、永遠にアナを変えていた。日の光で見ると、これは人間の地図、パステルチョークの麦わらのようなマークが一面に付いている。しかし電気の光が当たると陰影のない三角形をとらえている――髪の毛と顔と子猫と、彼らの見交わす視線で――つまり道を誤った権威を帯びている。この顔がポーシャのここで見た最初の夢に入り込み、目覚めた心のなかにも入ることをやめない。子猫は胸元にしがみついて、なぜとも知らぬ悲しみに体をすくめている。

絵に見い出せなかった手がかりを、彼女は絵のオーク材の額縁と、マントルピースの下に見つけたか。心の騒動の後は、動じない物に固着することが重要である。物が動かないこと、何事も起きないというその空気は、我々の保証を更新する。絵画は、暖炉の中央部にまっすぐ掛けられないだろうし、絵柄を切らないように継ぎ目を完璧に貼り合わせた壁紙にも掛けられまい、もし実物がはっきりそれと判断できないなら。こういう意味で我々は文明について話しているのだ。これらは我々に思い出させる、見苦しい物、または予見できない物が、頭角をあらわすことはまずもってあり得ないことを。この意味において、建物や家具の破壊は人間生活の破壊よりも、目に見える分、精神にとってはより恐ろしいのだ。ダフネとの会話は唖然とするものだったが、振り返ってみると、最終的にはそれほど致命的ではなく、地震や爆撃ほどではなかった。ガスストーブがポーシャが火を点けるとぼっといって燃え上がり、その勢いでこの素敵な部屋を粉々にしたら、ポーシャがスパイと言われ下層の生まれと言われるより災難だっただろう。彼女が言ったことは明らかにひどいことだったが、海上からの砲撃よりは被害が少なかっただろう。外側の災難だけは修復できない。少なくとも、いまにもディナーになる。少なくともポーシャはヴィノリア石鹼で手を洗える。

寺院の最後の鐘が鳴る前に、ミセス・ヘカムは料理のカバーを持ち上げて、もも肉を切っていた。男の子たちがパブに行っていたことは知らなかった。気分転換をしたことは理解していた。ポーシャがこっそり入って来て、ダフネとディッキーの間の席に着くと、彼女はすぐさまブロッコリーを回してと頼んだ。ワイキキ荘のサンデーディナーでは、カーテンはいつもさっさと上に上げられていた。彼らは食べるマラソンのように食べた。エディはディッキーに集中しているようだった――ドリンクは見るからに快調だった。彼はときどきダフネに楽しげな視線を向ける。彼はマトンのお代わりをするために皿を差し出したとき、ポーシャに言った。「君は見るからに清潔だね」

「ポーシャはいつも清潔ですよ」ミセス・ヘカムが誇らしげに言った。

「とても清潔に見える。きっと洗ったんでしょう。彼女はまだレディじゃない。顔に石鹸を使っているから」

ディッキーが言った。「石鹸で顔が悪くなる女の子はいないよ」

「彼女たちはみなそう考えている。壜のグリースで清潔にしているんだ」

「間違いなし。しかし問題はだ、彼女たちは清潔なのかい？」

「あれ、君は心の毛穴を拡大したんだね。そういう心配事は、僕はオフィスに置いてきたんだ。心配事は僕らの最大の資産のひとつだよ。事実、僕はその事で一筆書いていたんですよ。まず、『多くのイギリス男はなぜ目を閉じてキスするのか？』で始めたんだが、誰かに取り消されました」

「はっきり言って、なぜとは思いませんよ」

「でも、イギリス男はそうするらしい。もちろん僕は聞き書きだけど。調べる方法がないのでね」

テーブル中にエディがまたもや度を越したというサインが散らばっていて、もっと気を付けたらいいのにとポーシャは思った。しかし、プラムのタルトが来る頃には、会話はもっと明るいほうに向かっていた。夜間の絶食について、効かない美肌用化粧水のこと、肥満、自己不信、それから艶のない髪の毛について検討した。エディは趣味のいいところを見せて、彼の職業上の二大事項を持ち出さなかった——口臭とペッタンコの胸である。ドリスは九ペンス分のクリームがなかで固まっていてカートンから掘り出せなかったので、そのまま出して、ミセス・ヘカムを赤面させた。ダフネが言った。

「大変だ、バターみたい！」そしてエディがスプーンで相当量をこすりとってあげた。このころになると、ダフネはエディをブタのようだが友達めいた目で見ていた。クリームクラッカーにゴルゴンゾーラチーズを乗せると二人は立ち上がって、長椅子にドシンと座った。エディが言った。「僕らのチェスの手《ギャンビット》がもうひとつ、食後に王手になるんだよね」

イヴリン・バーンスタブルが立ち寄る予定らしく、ポーシャのボーイフレンドを品定めするために来る。しかしながら、あと十五分で三時になるころ、ダフネがいつまでみんなでここにいるつもりと言う頃に、なにかいい、もっと重大なことが起きた。ミスタ・バースリーがまた現れたのだ。ディッキーがまず聞きつけて、窓の外を見て言った。「あれえ、誰かが来たと思ったら」ミセス・ヘカムは休もうと二階へ行く途中で戻ってきて、わざわざはるばるサンポーチまで出て行って、言った。「あのミスタ・バースリーじゃないかしら」

二枚目俳優のロナルド・コールマンばりの帽子をかぶったミスタ・バースリーは、社交をとても意識してエックス脚みたいな歩き方で小道をやってきたが、彼についてすべてを聞いているエディが言った。「軍人のおえらいさんにはかないませんよ」ダフネは寄り目になって編み物を見ている。エディはポーシャのほうに身をかがめて、彼女のうなじをつねった。そして囁いた。「ダーリン、僕、興奮しちゃうよ！」ミスタ・バースリーは自分でラウンジに入ってきた。「残念ながら、食事に間に合わなかったようですね。今週はやや混み合っていて、約束ばかりしてしまって」彼はズボンの膝を摘《つま》み上げてから、長椅子のエディの隣に腰を落とした。ポーシャは顔をひとつひとつ順に見た。

ミスタ・バースリーがポーシャに言った。「この家のお客さんはお元気ですか？」

「ええ、とても、ありがとう」

ミスタ・バースリーは彼女を一瞥してから、次にダフネにしかるべき挨拶を送った。「車を置いてきてしまった。君と僕でちょっと涼みに出ようと思っていたんだけど」

「あら、私はいま抜けられないわ、残念だけど」

「でも、抜けたらいいのに？　さあ、いい子になってくれないと、もう嫌われたのかな。みんな連れ出せないなんてひどいじゃないか、だけど小さな車って、わかるでしょ。僕の車はカブトムシ《ビートル》というんだ。がさごそ進むんだ。あれは――」

「――実のところ」とディッキー。「僕はゴルフをするので」

「クララはそんなこと言ってなかったが」

「僕がイヴリンとプレーするからでしょう」

「そうか、それじゃあ、みんなでサウストンのどこかに集合というのはどうかな？　E・C・Pあたりで。みんなで集合しないか？」

「ああ、わかった」

「オッケー、じゃあ六時ころに」ミスタ・バースリーが言った。

七

みんなで内陸の方に歩き、丘を上がり、駅の裏の森に行った——森の境はポーシャが海岸壁の上から見たものだった。あの土曜日、エディに会うのを楽しみにしていたとき、心のなかで見た風景では森は何の役割もしていなかった。

しかしいまこの日曜日、彼らは枝編みの垣根を越えて森に入り、「私有地」と書いて寝ずの番をしている看板の隙間を抜けた。ハシバミの茂みがなかのへだたりに紗《しゃ》をかけている。木々の幹が茂みから丸く春の空に伸びていた。伸びた枝々を光が洗い、茂みの中へうつろい、若葉を小さな緑の炎にしていた。木々の葉は、渓谷の窪みの温かさに抱かれ、まだ臆病にむしむししていた。丘の上の森はまだ大枝に春がそっと触れただけで、緑色の霧になって空に駆け込んでいる。蕾《つぼみ》から落ちた芽鱗《がりん》がポーシャの髪の毛に引っかかる。小さな桜草は、まだ土のなかのボタン状のまま、葉脈の葉のひだから見上げている——そして太陽が当たったオークの木の根元の金髪色の空間には、イヌスミレが人間が呼吸しない空気に乗って青く燃えていた。森が持っている秘密の生気が谷あいを満たし、舐めるように木々を縫って奔放な丘を上がっていた。

トンネルはあったが道はなかった。ハシバミの茂みの下を戻りながら、彼らは二、三分ごとに立ち止ってストレッチをした。「僕ら訴えられるかな、どう思う？」

「委員会が知らされるのは、森を汚したときだけさ」

ポーシャは顔の前の小枝をどかして言った。「海の近くを歩くとばかり想像してた」

「僕は海辺にはもううんざりさ——どっちみち」

「でも君は楽しんでいるよね、エディ、だといいけど？」

「君の髪の毛はハエで一杯だよ——触らないで。とても愛らしい」

エディは立ち止まり、座り、それからオークの木の根元の空地に横になった。肘から腕を伸ばしてぱたぱたやり、彼女が座るまで自分のそばの場所を手の甲で叩いた。それから顎を二重にして、親指の爪を使って木の葉を細く裂き始め、ときどきその手をとめて空を仰いだ——空で誰かが彼が前に聞いたはずの何事かを言ったかのように。ポーシャは両手で膝を抱き、ハシバミの小枝のトンネルの向こうをじっと見ていた。しばらくして彼が言った。「まったくひどい家だよ、あれは！　というか、僕らはひどいことを言ったもんだ」

「あの誰もいない家で？」

「いうまでもないさ。ワイキキ荘に戻れてすごく嬉しかったね。僕はあそこは怖いよ、でも、僕には、ややいい気持ちだ。マトンは血が出ていたね、見た？　——いや、今朝のあの家でさ。僕は君を傷つけたかい、ダーリン？　僕がなにを言おうと、誓って言うよ、本気で言ったんじゃないからね。僕はなにを言った？」

「あなたが言ったほかのことも、本気で言ったんじゃないって」

「うん、本気じゃなかったんだ、わかるね――あるいは、それは君が大事にしてきたことなの？」

「それにこう言ったわ、私たちのことで好きじゃないことがあるって」ポーシャは顔をそむけたまま言った。

「それは違うよ、心に誓って。僕らは完璧だと思うよ、ダーリン。でも僕の言うことが本気でないときは、君には分かっていてほしいんだ、だから、戻って訂正することはないさ」

「私はなにを頼ればいいの？」

「自分自身だよ」

「でも、ダフネは私がおかしいと思ってる。ボヤッとしてないでって言われたわ、ランチの前に」

「きちんと座ってないで、顔がちゃんと見えないよ」

ポーシャは横になり、頬を芝生に付け、同じレベルに来た彼と目を合わせた。彼の気軽な好奇の目が彼女の目を覗きこむ――彼女は片方の手で両目を覆い、体を固くして横たわり、指をしっかり開いた。「彼女は私があなたにボーッとしてるって。私には何の考えもないって」

「あのあばずれ《ビッチ》」とエディ。「寄ってたかって君を変態にしようとしてるけど、僕のほかにそれができるやつはいないからね、ダーリン。いつか君も自分の考えが持てるさ、でもそう思うと僕は怖いよ。いまのままの君でいることが、僕が君を唯一愛せる人にしているんだから。でもそれが僕をいかさま師《チート》にしているのは分かる。僕にボーッとしたりしちゃ絶対にいけない。僕は君のためになにもできない。あるいは、少なくとも、僕はなにもするつもりはないよ。君には変わってほしくない。

共食いはしたくない」

「ええ、そうね。エディ――どういう意味？」

「そうだな、アナとトマスみたいかな。もっとずっと悪いかもしれない」

「どういう意味？」彼女は気遣うように言い、手を一インチほど目から上げた。

「いつもいつも起きていることさ。彼らが愛と呼んでいるものだよ」

「あなたは誰も愛さないって言うわね」

「どうして僕がそんなバカなことをする？　僕は無意味なおしゃべりは全部お見通しなんだ。でも君は僕をいつも幸せにしてくれる――今朝はダメだったけど。変化の兆しさえ見せちゃいけないよ」

「ええ、それは大丈夫だけど、みんなが待っているように感じるの。みんなもうじりじりしている。私はこのままではいけないのよ。一年か二年のうちになにかもっと期待してるんだわ。いまはマチェットやミセス・ヘカムは親切にしてくれるし、ブラット少佐はパズルを送ってきてくれるけど、でも、それは続くわけじゃない――思えば、彼らはいつもいるわけじゃないのね？　私には分かるの、ダフネが私のことで見下すときがあるのが。それに、あなたが今朝言ったことが怖くて――私たちにはなにか自然じゃないところがあるの？　私がバカだから、一緒にいると安全な気がするの？　私が持っていない考えって、ダフネはどういう意味で言ったの？」

「彼女の考え、だと思うよ。でも――」

「でもどういう考えを、あなたは私に持ってほしくないの？」

「ああ、そうなるともっと悪い」

「あなたは私を絶望でいっぱいにする」彼女はそう言って、場所を変えず横になった。

エディは手を伸ばして、なんとなく彼女の手を目からどかした。彼女の手を二人の間の芝生におろし、彼は彼女の指を一本ずつそっとほぐし、指の先で手のひらにさわり、そこに点字で書かれたなにかがあるみたいだった。ポーシャはふたりの頭上にある空を、木の枝越しに見て、そっとため息をつき、また目を閉じた。エディが言った。「僕が君をどれほど愛しているか、君は知らない」

「それで、あなたは脅すのね、そうでしょ――もし私が成長したら愛さないって。私が二十六歳だとしたら?」

「そんな侘しい年寄りに?」

「ああ、笑わないで。私をもっと絶望させたいのね」

「笑うしかないよ――君が言う色々な事が僕は嫌いなんだ。君が言うことがどれくらい恐ろしいか、分かってないんだろう?」

「私は理解していないんだ」彼女は非常に驚いて言った。「なぜかしら?」

「君は僕を不道徳な人間だといって責めている」彼はそう言って、彼女のそばの芝生の上で苦しげに横になった。

「あら、責めてないわ!」

「こうなることは分かっているべきだった。いつもこうなる。いまこうなっている」

彼の声と鉄のような顔に恐れをなし、ポーシャは泣き声を上げた。「ああ、そんな!」

二人の間にある芝生の空間を無視して、彼女は片方の腕で彼の体を覆い、体重を彼の体の上に乗せて、自失のあまり彼の頬に、口に、顎にキスした。「あなたは完璧よ」彼女は泣きながら言った。「あなたは私の完璧なエディなの。目を開いてよ。そんなあなたを見ていられない！」

エディは目を開いたが、その目は彼女の影で天からくる光を完全に断たれていた。狂乱し、同時になにも受け付けない彼の目が、恐ろしいまでに彼女を見上げた。自分を見るのをやめさせようとして、彼が彼女の頭を引き下ろしたので、彼らの二つの顔が一つに重なって、彼女の口に戻ってきたのは自分自身のキスの味で、その辛さは自分が流した涙だった。そこで彼は彼女の体をそっと押し戻した。

「もう離れて」と彼。「頼むから離れて、静かに」

「じゃあ、考えないで。そういうあなたは耐えられない」

ころりと一回転して彼女から離れると、エディは追い詰められたように立ち上がり、茂みの回りを歩き始めた。彼女は彼のコートを鞭打つハシバミの音を聞いた。彼はトンネルの入り口に来るたびに立ち止り、閉じたドアを前にしたように、靴のかかとを足元の無音の苔にねじ込んでいる。ポーシャは芝生に横たわった姿勢のまま、彼女のそばに横たわっていたときに彼が押しつぶした跡を見て、そして振り返ると、二、三輪のスミレが目に入り、手を伸ばして摘み取った。摘んだスミレを頭上にかざし、それをすかして日光を見た。離れた位置からその彼女を見て、動作をスパイした彼が言った。

「どうして摘んだの？　気持ちを休めるため？」

「分からない……」

「人は物事を放っておけないんだね」

ポーシャは上に上げた彼女の手のなかで揺れているスミレを見上げることしかできなかった。エディの動作の切れ目ごとに、海のような音がさらさらと木々の向こうから聞こえてくる。地面の下を潮流が流れているのだ。「哀れなスミレ」とエディ。「どうして無駄に摘むんだ？　僕のボタンホールにでも挿したらいい」彼は歩いてきて、いらだたしげに彼女のそばに膝をついた。彼女は膝まで立って、花の茎で手間取る間、その顔が彼の顔の少し下にあった。そして茎を穴に通し、スミレが彼のツイードのコートから彼女のほうを見るようにした。もっと上のほうを見ないうちに、彼が彼女の両手首をつかんだ。

「君がどのように感じているのか、僕には分からない」彼が言った。「自問することもない。一切知りたくないんだ——そうやって僕を見るな、よ！　そんなに震えないで——僕には耐えられない。なにか恐ろしいことが起きるよ。君が感じていることを僕は感じられない。僕は自分に閉じこもっているんだ。僕に分かるのは、君がとっても愛らしいということ。僕にしがみついてもムダだよ、君を溺れさせるだけだ。ポーシャ、君は自分が何をしているか分かっていない」

「ちゃんと分かってます」

「ダーリン、僕は君が欲しくない。君の住む場所が僕にはない。僕は君が与えるものだけが欲しいんだ。僕は誰かの全部が欲しいんじゃない。君に悪さをしようなんて思ったことはないよ。どんな形でも、僕は君に触れたかったことはない。君に真実を示そうとしたら、君を大きな絶望でいっぱいにしてしまった。人生は君が思う以上に不可能なことだらけだ。分からないかな、僕らはみんな恐ろしい力にみなぎっていて、どれほど愛し合っていても、互いに争っていることが？　無残に苦しむ君が、僕を苦しめる。ああ、大声で泣いたらいい、そうしたいなら。泣きわめけ、わめくんだ——恐ろしい柔和な涙をそうやって頬にこぼすのだけはやめてくれ。君が欲しいのは僕の全部なんだ——そうなの、そうなんだろう？　——だけど僕の全部なんか、誰にとってもどこにもないよ。あらゆる意味で君は、どこにもいない僕を欲しがっているんだ。何がこの恐ろしい問題を君のなかに起こしたのかしら、君が得た僕の真実と一緒では、君は幸せになれないという問題は——それがどんなに小さなことでも、その向こうになにがあるというの？　君が僕に帽子をくれたあの夜からこっち、僕のなかではできる限り君には真実であり続けてきた。不実が始まるところに僕を追いやらないで。君は、なにがあっても僕を憎まないと言ったね。でも一度、僕に自分を憎ませてみたらいい、そうすれば君は、君を憎む僕を作る」

「でもあなたはすごく自分を憎んでるわ。私はあなたを慰めたいの」

「もう慰めてるよ。僕に帽子を渡してくれたときから」

「どうして私たちキスしちゃいけないの？」

「すごくみじめになるから」

「でもあなたと私は——」彼女は言いかけた。しかし途中でやめて、彼のコートに、スミレの下に顔を押し付けて、力ない彼の両手のなかで手首をぐりぐりと回し、聞きとれない声を出し、最後にうめいた。「あなたの話は耐えられない」そして手首を自由にすると、もう一度両手で彼を羽交い絞めにして、情熱はないのに力づくで体を揺らし始めたので、二人して膝を付き、彼は両腕に抱かれて揺れた。「あなたは自分に閉じこもって独りぼっち、独りぼっちでいたらいい！」

エディは石のように白くなって言った。「僕のこ、僕のことは、ほっ、ほっておいて、くれ、くれ」

ポーシャはしゃがみこんだ格好になり、本能的にオークの木を見上げ、まだ垂直かどうか見た。それから両手を合わせた。エディから手荒く引きはがされた両手は、彼の粗いツイードのコートによって掌が温まっていた両手だった。彼女の最後の泪が、頰に点々と粒になっていた。やがて運動量を失った涙の粒は、傷心の断片にまとまった。彼女はコートのポケットを探って言った。「ハンカチがない」

エディは自分のポケットから、一ヤードあるシルクのハンカチを取り出した。彼が片方を持っている間に、彼女はもう片方で鼻をかんでから、涙のほうも丹念に拭った。エディは心配性の幽霊のように、そんな手にさわられても感じないだろうが、両手の人差し指を使って、彼女の湿った髪の毛を耳の後ろ深くにたくし込んでやった。それから哀しいキスをして、彼らの二つの永遠に意味を持たせ、いま言ったことについては一言もなかった。しかし彼を急襲し、傷つけ、裏切ったことがあまりにも恐ろしくて、彼女はキスされても身がすくんだ。彼女の膝は冷たい大地から一種の震えを受け取っていた。茂みの壁は、光が当たって木の葉が輝き、まなざしの向こうでちらついて、列車に乗って通り過ぎる森のようだった。

二人がまた芝生の上で落ち着くと、間に一ヤード近い間隔があり、エディは二十本入りの煙草のプレイヤーズの包みを取り出した。煙草がつぶれている。「これも君の仕業だ、見てごらん!」彼が言った。しかし彼は一本に火を点けた。煙の糸が彼の鼻孔から泳ぎ出す。吹き消したマッチは冷たい苔の中に投げ込まれてジュッという。煙草が終わると、苔のなかに墓穴を掘り、吸殻を生きたまま埋めた——だがその前に回復する数分間があった。「さて、ダーリン」彼は自然な明るい調子で言った。

「君はアナに僕がひどいノイローゼだと言わせたんだろう」

「彼女がそう言うの？」

「君は知ってるはずだよ。もう半年も彼女と一緒にいるんだから」

「いつも聞いているわけじゃないの」

「聞かなきゃだめだよ。彼女はときどきすごく正しいんだから……。ほら、離れたところから僕ら自身を見ようよ、それから考えるんだ、彼らがいかに幸せなことか！　僕らは若い。いまは春だ。これが森だ。なにがどうあれ、僕らは互いを愛していて、僕らの人生は目の前にある――神よ、我らを憐れみたまえ！　鳥の声が聞こえた？」

「あまり聞こえない」

「ああ、あまりいないんだよ。しかし君は鳥に耳を澄まさないと――僕のゲームでやってよ。何のにおいがするの？」

「苔が燃えていて、森も全部」

「何が苔を燃やしたんだ？」

「ああ、エディ……あなたの煙草よ」

「ああ。僕の煙草か、森のなかで君のそばで吸ったんだ――愛しい君。ダメ、ダメ、ため息なんかつくんじゃない。古いオークの木の下に座っている僕らを見て。さあマッチを擦ってください。僕はまた煙草をふかすけど、君はダメだ、まだ若すぎる。僕には理想があるんだ、ディッキーみたいに。僕らは君をバーに連れて行かないし、敬虔な、病的な思いを、僕らに与えてくれるから君が好きなんだ。このスミレは君の髪につけないと――ああ、プリマヴェーラ、春の女神、どうして彼らは君にこんな最低のリーファーコートを着せるのかな？　お手をどうぞ――」

「――だめ」

「じゃあ自分の手を見るんだ。君と僕は誰のハートでも破ることができる――僕らのハートだって破れないはずないね？　僕らはこの森で溺れてしまい、海で溺れたようなものさ。だからもちろん僕らは幸せさ。幸せじゃないはずないよね？　このことを覚えていてよ、僕が今夜列車に乗っても」

「今夜？　あら、でも、私はてっきり――」

「明日の今頃はオフィスにいないといけないんだ。だから、僕らはいま幸せでよかった」

「でも――」

「でもは無し」

「ミセス・ヘカムがとてもがっかりなさるわ」

「ああ、僕は彼女の箱みたいな部屋でまた寝るなんてできないよ。僕らは明日、同じ屋根の下で目を覚ますことはないでしょう」

「信じられない、来たと思ったら去るなんて」

「ダフネに訊いたらいい。彼女が確かめてくれる」

「ああ、お願い、エディ、まさか――」

「僕のなにがまさかなのさ？　僕らはなにかやってないとね、分かるでしょ」

「僕らは幸せだよなんて言わないで、その恐ろしい笑顔で」

「僕の笑顔には一切意味なんかないさ」

「どこかほかを歩かない?」

犬の道を上にたどり、ハシバミの枝を分けて、茂みを通って道を登り、森の背に着いた。ここで視界が開けた。太陽が木々の斜面にぶつかって、緑白色の蕾の被膜をきらめかせている。粘つくようなにおいが午後の温かい薄靄《うすもや》からにじみ出ていた。南の方に白亜質の青色の海、北にはなにもない草原。彼らは鉄道が光るのも見た。精神的には彼ら二人は、シャボン玉のような人生の頂点に登りつめていた。エディは彼女の腕をとって自分の腕に通した。ポーシャは頭を彼の肩に付けて、彼の隣で目を閉じて太陽を浴びて立っていた。


サウスストンで乗り込んだバスの上の階で、エディはポーシャの髪の毛に付いた苔の繊維と鈍く光る蕾の殻を摘まみ取った。それから自分の髪の毛に櫛を入れ、その櫛を彼女に手渡した。彼の襟がしわになっていて、彼らの靴は泥だらけ、二人とも帽子もなかった。ポーシャは手袋もなし。パヴィリオンにはふさわしくない身なりだ。しかしサウスストンのバスが海辺に降りていくと、彼らは陽気な気分になった。光を閉じ込めたこの大きなガラスの箱のバスの旅が楽しくなった。エディは次々と絶え間なしに煙草を吸った。ポーシャはそばの窓を押し下げて、その上に肘を乗せた。海の風が額に吹きつけ、彼女は彼の櫛をまた借りた。バスはサウスストンの丘の麓でギアを落とし、彼らが時計を見たら、まだたったの五時だった――みんなが来る前にお茶をする時間がある。

「ダフネに訊こうとしたのよ、人が気安く感じるのはなにかって」

「いや、君は食えない奴だ。どうしてそんなこと訊くかなあ？」

「だって、前に思ったのよ、パーティのときに、ミスタ・バースリーはあなたに似ているかなって」

「バースリー？——ああ、うん、あいつか。うーん、実を言うとねえ……。不思議だな、彼とダフネはどこでべらべらしゃべったんだろう、ねえ？」

「ドーヴァーまで行ったかもしれないわね」

彼らがパヴィリオンでまだお茶をしているときに、ディッキー、イヴリン、クララ、セシルが一列になって入ってきた。イヴリンはカナリア色のツーピース、クララはテディベアコートを着て顎の下にリボン。ディッキーとセシルは全身ピンストライプだ——明らかにみんな着替えている。このころになるとパヴィリオンは、まだ火が灯っていないランタンがピンク色めいた空気に浮かんでいるようだった。オーケストラはオペラ『サムソンとデリラ』のなにかを演奏している。イヴリンは最初の視線でエディをとらえ、ハイキングが好きなの？と訊いた。セシルは好奇心のないことを示して、やや沈んで見えた。クララはディッキーに目を向けたまま、なにも言わない。ときどき不安げに自分のスエードのバッグを覗きこんでいる。これはミスタ・バースリーのパーティと思われていて、彼が来るまでなにも始められなかった。ディッキーはガラスとクロミニウムのドアを押し開けて、女の子たちは景色を見たいんでしょと言った。

バルコニーから彼らはロウワー・ロードを見下ろし、松林のいただきとスケートリンクの屋根を見た。エディは鉄柵の上から身を乗り出し過ぎたので、彼が（彼女に見せたように）どのくらい遠くまで唾を飛ばせるか見せるつもりかと不安になった。しかし、起きたことは、彼のボタンホールの隙間からスミレの花が落ちただけだった。「ほら、あなたは花をなくしちゃったわよ」とイヴリンがはしゃいで言った。

「僕、めまいでもしたかな」エディは言って一瞥した。

「あら、あなたって、そんな腰抜けだった？」

「目を見張るような君の黄色いコートが、僕の頭をおかしくしたのかもしれない」

「呆れた」イヴリンはこれを受け止めかねた。「ねえ、ディッキー、あなたのお友達は頭痛なのね。もうみんなでなかに入らない？」

ディッキーは自分の腕時計を、前よりずっと厳しい目で見た。「理解できないよ」と彼。「バースリーには言っておいたのに、君たち女子を六時までにはここに連れてくるって。そういうことだとばかり——もう二十分から二十五分過ぎている。トラブルがないといいが」

「まあ、いいじゃない、ダフネ次第なんじゃない？」イヴリンは元気にそう言って、口にまたなにか塗った。ディッキーは彼女が口紅を片付けるのを待ってから、冷たく言った。「車があるのに」

「あら、あれはもう気楽な車で、私も運転したし、クララだってしたわ。はっきり言って、ダフネが今日の午後は運転してるのよ。見てよ、クララが震えてる。あなた、寒いの、ディア？」

「ちょっとね」

ドアを入り、鏡と円柱に囲まれたなかに彼らが見たのは、一杯やって寛いでいるミスタ・バースリーとダフネだった。非難と苦笑いが取り交わされると、ミスタ・バースリーはウェイターを呼んで、みんなにしかるべく対処した。クララとポーシャはオレンジエード、衛生的なストローは紙にくるん

郵　便　は　が　き

恐れ入りますが、52円切手をお貼りください

101-0051

東京都千代田区
神田神保町1-11

晶　文　社　行

◇購入申込書◇

ご注文がある場合にのみご記入下さい。

■お近くの書店にご注文下さい。
■お近くに書店がない場合は、この申込書にて直接小社へお申込み下さい。
送料は代金引き換えで、1500円(税込)以上のお買い上げで一回230円になります。

宅配ですので、電話番号は必ずご記入下さい。
※1500円(税込)以下の場合は、送料530円(税込)がかかります。

(書名)	¥	(　　)部
(書名)	¥	(　　)部
(書名)	¥	(　　)部

ご氏名　　　　　　　㊞　TEL.

ご住所 〒

晶文社　愛読者カード

お名前《ふりがな》　　　　（　　歳）　ご職業

ご住所　　　　〒

Eメールアドレス

お買上げの本の
書　　名

本書に関するご感想、今後の小社出版物についてのご希望などお聞かせください。

ホームページなどでご紹介させていただく場合があります。（諾・否）

お求めの書店名		ご購読新聞名	

<table>
<tr><td rowspan="4">お求めの動機</td><td>広告を見て</td><td>書評を見て</td><td>書店で実物を見て</td><td rowspan="4">その他</td></tr>
<tr><td>（新聞・雑誌名）</td><td>（新聞・雑誌名）</td><td></td></tr>
<tr><td rowspan="2"></td><td rowspan="2"></td><td>晶文社ホームページ〃</td></tr>
<tr><td></td></tr>
</table>

ご購読、およびアンケートのご協力ありがとうございます。今後の参考にさせていただきます。

であった。ダフネはジンとベルモットとオレンジジュースのカクテル、ブロンクスをお代わり、イヴリンはリキュールとオレンジジュースのカクテル、サイドカーだ。男たちはウィスキーを飲んだ――例外はエディで、ダブルジンに強壮剤のアンゴスチュラを一振り落としてもらった。この一振りを彼は自分でやると言い張った。あまりない大騒動になった。ダフネは紅潮して面白そうにしている。帽子も脱いでいた。しゃべりながら片方の手や残りの手を使って髪の毛のカールを整えてみたり、緑色のベルベットのチョーカースカーフにある短剣の絵柄を自信たっぷりに見たりしている。ミスタ・バースリーと彼女は――並んで座り、あまり話はしなかった――互いに相手をものすごく意識しているように見えた。

静かにすすりながら、パーティから引き下がり、長いストローの先で独りぼっちになったポーシャは見物していた。ときどき眼を時計に向けている――あと三時間でエディが去るのだ。彼女が見つめる彼は興奮してきて、次は僕が奢《おご》ると言っている。彼の手がポケットに入る――お金はちゃんと持っているのだろうか？　彼はポケットブックのなかにあるものをイヴリンに見せた。それからカフスを巻き上げて手首の毛を見せている。彼はミスタ・バースリーに、タトゥーはしているの？と訊いた。クララの使い終わったストローを摘まみ上げて、それで彼女の首筋をくすぐったら、彼女はバッグのなかをほじくり出した。「ああ、そうだ、クララ」と彼。「君は僕に一言も口をきいてないよ」彼女は彼をネズミみたいな横目で見た。彼は二杯目のダブルジンにアンゴスチュラを落とし過ぎてしまい、もう一杯ジンをオーダーして、調合しなくてはならなかった。彼はセシルの肩に肘を乗せて、みんなでフランスに行けたらすごくいいのにと言った。イヴリンの口紅でクララのストローからとった紙切れに自分の名前をサインした。「僕を忘れないで」と彼。「きっと君は忘れるよね。ほら、僕の電話番号も書いておくよ」

ディッキーが言った。「僕らはちょっと騒ぎすぎだよ」

だがミスタ・バースリーもコントロールが利かなくなっていた。彼とエディは、酒が入ったあとに限って持ち上がる本物の契約のひとつを結んでいた。涙ぐんだような、夢見るような賞賛の念で互いの目をとらえ合っている。疑いの余地はない、エディはミスタ・バースリーを思い切りからかっている――まずミスタ・バースリーにドナルド・ダックの真似をして見せ、それからダフネのセルロイドの緑色の櫛をひょいと取って、それでオーケストラの介添えをしようとした。音楽がやむと、彼は自分でメロディーをやろうとした。彼が言った。「僕は羊飼いで、僕の羊に説教しているのさ」「あなたが羊なのよ」ダフネはそう言ったが、三杯目のブロンクスで相当のぼせていた。「それ、返してよ！私の櫛で遊ばないで！」「あのさ」とディッキー。「ここでまた騒いじゃいけないよ」「いけないことなんかないよ」ミスタ・バースリーが言った。「僕らには」

ポーシャの背後で物音がした。カーテンが引かれていた。黄色いシルクの被布《ひふ》が、暗いモーヴ色の夕闇をさっとかすった音だった。セシルはウィスキーをあおり続け、なにも言わない。「あのさ」ディッキーが、エディとミスタ・バースリーに言った。「君ら二人が黙らないなら、僕は女の子たちを家まで送るよ」

「いや、いや、それはするなよ。女性無しでは僕らはダメだ」

ディッキーが言う。「じゃあしゃべるな、さもないと放り出されて終わりだよ。ここはカジノ・

ド・パリじゃないし……僕は女の子たちを家に送るよ、そろそろ」

「仰せの通りです、ムッソリーニ殿。なにか私めがいたしましょうか」

「女の子全部じゃないよ、無理だ」とミスタ・バースリーは言って、片方の目を閉じて、ダフネの櫛越しに向こうを見た。

「無理かな?」エディはくすくす笑って、セシルの肩をバシッと叩いた。「セシルに訊いてみたら。彼はフランスを知ってますから」

「いいかしら」イヴリンが落ち着いて言った。「あなた方男の子たちは最悪よ」

「なに、セシルに言えよ。セシルはまるで夢のなかさ」

「セシルはいつだって紳士よ」ダフネは優しくセシルのグラスを指で撫でた。「セシルは本当にナイス・ボーイよ、私の言う意味が分かればだけど。二人とも子供のころから知っているの。私たち、子供のころから知り合ってるわよね、セシル?……頼んでいるのよ、私の櫛で遊ぶのはやめてって。私の櫛をあなたが持ってるの。その櫛を返してよ!」

「いやだ、僕はこれを吹いてるのさ。僕の羊に吹いているんだ」

ディッキーは組んでいた足をほどき、テーブルから背をそらせた。「セシル」彼が言った。「女の子たちを家に送ったほうがいいな」

セシルは注意深くほほ笑んで、手を額に当てた。そして立ち上がり、いきなりテーブルを離れた。

数個のテーブルの間を縫って進む彼が見受けられ、自在ドアをさっと開いて姿を消した。クララが言った。「これで私たち、たった七人になったわ」

「彼の抜けた穴は大きいな」エディが言った。「彼は我らのなかのただ一人の考える人だったから。僕は感じるのが怖いんだ。クララが感じるのを怖がっているのは知っている。彼女の顔でそれが分かる。感じるのが怖いんでしょ、ねえ、クララ？　ああ、どうしよう、時計を見て。ねえ、ダフネ、列車はどこで見つかるかな？」

「早ければ早いほどいいわ」

「いつなんて訊いてないさ、知ってるもの、僕が言ったのはどこだって？　やれやれ、君は固いお嬢さんだ――ねえ、イヴリン、ロンドンまで車で行ってくれないか？　夜を徹して飛ばそうよ」

だがイヴリンは、黄色のコートのボタンをとめて、あっさり言った。「そうね、ディッキー、私は行くわ。父が何と言うかしら――いいえ、どうも。ミスタ――ええと――私、あなたの電話番号は要りませんから」

「ああ、どうしよう」とエディ。「じゃあ、君は僕を見捨てるんだね？」

そこで彼はテーブル越しにポーシャのほうに、その狂喜じみた泳ぐような視線をまともに向けてきた。そして大声で言った。「ダーリン、僕はどうしようかな？　ひどい振舞いばかりして。どうしよう？」彼はそこで視線を落とし、くすくすと笑い、マッチを擦り、口紅で彼の名前を書いた長い紙切れを燃やした。「ほら、僕が消える」彼が言った。灰がテーブルに落ちて、エディは少し息で吹きとばし、あとは親指ですりつぶした。「もう行くよ。でも、どこに列車があるか知らないんだ」

「訊いてみましょう」ポーシャが言った。彼女は立ち上がり、立って待った。

「じゃあ、さようなら、みんな、僕はロンドンに戻らないと。さようなら、さようなら。色々ありがとう」

しかし。「さようならと言ってもムダだよ」ディッキーが見下すように言った。「ワイキキ荘に戻って、君の私物を持って行かなくちゃいけない——もし君が、それがどこか覚えていたらの話だけど？——それに君は十時の列車に乗ると言ってた。いま八時を五分過ぎたところだ。だからここでさようならと言っても無駄なんだ。ハーイ、ご覧の通り、みなさん。みんな行くのかい？　誰かがセシルを待たないと」

エディは真っ青になって言った。「いや、セシルのことは君がやれよ、チキショー。僕はポーシャにやってもらう。僕らはいつも酔っ払いをそうやって家に帰すんだ」

あとの三人の女の子たちは、こういう言葉のやりとりを聞いて、ウサギみたいに先を急いだ。ポーシャが振り向くと黄色いカーテンがあった。カーテンを二つに分け、ガラスのドアをこじ開けた。暗い空気が激しく部屋に吹き込んだ。数人の人が震えて周囲を見た。ポーシャが、黒い海に張り出しているバルコニーに出ると、海は黄色にくすんだ窓の光に照らされていた。すぐにエディが後についてきた。彼は暗闇を見回して言った。「どこなの？　君はまだそこにいるの？」

「ここにいるわ」

「よかった。端のほうに行くんじゃないよ」

エディはもう一つの窓の枠に寄りかかって腕を組むと、堰《せき》を切ったようにすすり泣いた。窓に沿って彼女が見ると彼の肩が震えていた。かくもすすり泣く人には近づくものではない。

八

日記

月曜日

今朝、ミセス・ヘカムはなにも言わなかった、昨日のすべてが私の夢だったみたいだ。私はパズルを続け、行き詰まり、仕上げた部分をやり直し、途中でやめたところは再開できなかった。サンポーチでのやり方のせいだろうか？　ダフネもなにも言わなかった。雨が降っているが、雨降りよりも暗い。

火曜日

目が覚めたら、雨が降るだけ降ったのか、もうやんでいて、遊歩道が輝いて見える。ミセス・

ヘカムと私は今朝はトインの店に行き、物が風で吹き飛ばないようにクリップを買い、トインの店から出て来たとき、彼女はなにか言いそうに見えたが、なにも言わず、おそらくなにも言わないつもりなのだろう。雨の日の道路は潮の香りがいっそう強い。午後は誰かと一緒にお茶に行き、教会の行事について話し、彼女らはあなたがもうそこにいないのは残念だと言った。行事は六月にやるのだろうか、六月には何が起きるのだろう？

水曜日

誰かが去った場所にいるのはヘンな気持ちだ。二つの異なる場所ではない、一緒にいた場所と、誰かが来る前にそこにあった場所とは。私はこの第三の場所に馴染めないし、そこに残されていることにも馴染めない。

ミセス・ヘカムはサウスストンに新しいピアノの生徒を得て、レッスンをするときに私を連れて行った。彼女がレッスンをする間、私は崖の座れる場所で待った。イースト・クリフ・パヴィリオンの旗が見えたが、そばまで行かなかった。

木曜日

ダフネは、セシルが私のことで気を悪くしていると言った。そして、エディのベッド用にセシルの母が貸してくれた羽根布団に彼が焼け焦げを作った、だからセシルの母親との立場が厄介になったと言う。ダフネは、それは仕方がないことだけど、あなたは知っておくべきだと思う、と言う。

金曜日

エディから手紙が来て、ミセス・ヘカムにも来て、彼は彼女に、ここでの思い出はいつまでも忘れないと書いている。彼女は手紙を見せてくれて、素敵な事ねと言ったが、エディについてはもうなにも言わなかった。一度なにか言いそうに見えたが、言わなかった。おそらく本当はなにも言いたくなかったのだろう。

夕方セシルが来て、心のなかで寒気がしたのだと言った。彼が私のことで本当に傷ついたとは思わない。

土曜日

先週の今日がエディの来た日だった。

ディッキーが親切にもホッケーを見に、サウスストンに連れて行ってくれる、クララも一緒に来る、私たちは彼女の車で行く。ダフネとイヴリンはザ・スプレンディードのダンスに行く、ミスタ・バースリーと彼が連れてくる男性と一緒に。セシルは言う、まだ少し寒気がすると。

日曜日

今朝はミセス・ヘカムと一緒に教会に行った、雨が降っていて、教会の屋根を強く叩いた。内陸一帯はほとんど見えず、それもみな雨のせいだ。今日はセシルのお母さんとお茶に行く。

月曜日

ブラット少佐から手紙、パズルのお礼に書いた手紙のお礼状だ。彼は私たちがいつ戻れるのかと思っている。

私は彼らが起きたことを全部忘れたのだと思う。

クララはとても親切に、一緒にイヴリンの家に行って、バドミントンの練習をしようと言ってくれて、私たちはそうしたが、あまり上達しなかった。私はその後戻ってクララとお茶をした。彼女の父親は金持ちで、お茶は一緒に。彼女の家のなかは暑くて、ビッグ・ゲーム（ライオンなどの猟銃狩り）・ラグが敷かれていて、階段の踊り場には大きな真鍮の壺に活けた花が飾られていた。クララは二階の自分の寝室に私を案内して、ベッドわきにディッキーの写真、そこには、「君のディッキー」と彼がサインしてあった。彼女は、あなたも私も退屈よね、だってほかの人たちはみな一日中働いているから、そしてクララは、何かしてみようかと思っているのよ、と言った。彼女は使ったことのないシフォンのハンカチと、トレーからネックレスを二本とって、私にくれた。これをすぐディッキーに見せて、クララがすごく親切なところを見せよう。

火曜日

エディから手紙、僕は元気だ、みんなはどうしていると書いている。それにトマスからも手紙が来て、アナの追伸が一ページにあった。アナは、エディがワイキキ荘にいると思うと笑っちゃうと書いてきた。彼がここに来ていたと私は書いたことはないが、おそらくミセス・ヘカムが伝えたのだろう。彼女は私が楽しく過ごしたかどうかは書いてこないで、彼らはもうすぐ戻るから、そうしたらニュースが聞けるだろうとあった。

水曜日

ミセス・ヘカムは突然、私のことでは驚いた、と言った。セシルが散歩に海岸へ連れ出してくれて嬉しかった。

木曜日

ミセス・ヘカムは、自分が言いすぎていないといいけれど、と言った。一晩まったく眠れなかったと言った。私は、あら、いいえ、言いすぎてなんかいません、セシルのことでも、と言った。私がなにかやったのでなければいいけど、と言ったら、彼女は、いいえ、そういうことじゃないのよ、ただどうかなと思っただけ、と言った。どうかなって、なにがですかと私が言ったら、彼女は自分が何をするべきだったか、それがどうだったかなと思ったのよと言った。いつすべきだったんですかと訊いたら、彼女はそれなのよと言って、いつすべきだったのかが分からないのよ、つまり自分がなにかしたのかが、と言った。彼女は、自分が私を大好きなことを知ってほしいと言い、私は嬉しいですと言った。

金曜日

まだ通り過ぎることができない場所がいくつもあって、といっても、まだこの二日歩いただけだ。私は歩くとき、まだ行ってない場所を探す。私は今日、運河の橋の上に立ったが、今までに立ったことのないもう一つの運河の橋だ。白鳥が二羽いるのが見え、橋の下を滑って行った。彼らの話では、白鳥は巣作りをしているとのことだが、この二羽は互いにそっぽを向いたままだ。今日は雨ではないが、とても暗くて、空気はどこも真っ黒、しかし常緑樹は非常に明るい緑色をしている。過ぎゆく日々は、最後にエディを見た日から、ますます私を遠ざけるばかりのように思う、また彼に会う日がだんだんと近づいているというのではなく。

土曜日

エディが来たときから二週間たった。ここでの最後の土曜日。

ディッキーがホッケー・ランチから三時に戻ってきた。一年がかりで彼らはチームに活を入れているらしいと彼が言う。私はサンポーチでパズルをしていたが、彼は、僕が入って来たときに君はどうしてそんな顔をするんだと訊いた。ここの最後の土曜日なのよと私は言った。そこで彼は、僕がゴルフをする間、君はその辺を散歩するかい、と訊いた。そこでクララが彼を呼びに車で来たとき、彼らは私を後ろの席に乗せて、ゴルフリンクに向かった。クララはディッキーゆえにゴルフをやってみるが、ディッキーは一人でゲームをしているみたい。ゴルフ場から森が見える、渓谷の真横に、あそこは素晴らしいが、ハリエニシダだらけだ。終わってからディッキーがみんなでお茶にしようと言ったので、クラブハウスでお茶をした。なかは立派で、大きな火が焚いてあり、張り出し窓でお茶にした。とても楽しかった。私がいることでクララはディッキーの妻になったように感じたらしく、もっとジャムを、と盛んにすすめた。お茶が終わると、クララがバッグを取り上げたが、ディッキーが、ああ、ここは、と言い、彼がお茶代を払った。ダフネの前にいるときだけ、彼はクララに優しくしない。

みんなで長居をしたので、クララは、ああ困ったわ、と言い、自宅のディナーに判事が来るので急がないといけないのだった。それでディッキーがまっすぐ家に飛んで帰ったほうがいいと言い、彼女がそうしたので、私と彼は歩いて帰った。彼が言った、君は去るのが残念なの？　私が残念だった（残念だ）と言うと、彼はぐるりと回って、私の頭のてっぺんをチラッと見て、みんなも残念だよ、と言った。君はすっかり仲間のひとりになっていたよと彼が言った。それで私は彼に訊いた、あなたはエディも好きだったの？　彼が言った、もちろんだよ、彼は愉しい奴だ。私は言った、あなたがエディを面白いと思ってくれて嬉しいわ。彼が言った、彼はどこかしら女たらしのロサリオ（十八世紀に活躍した英国の劇作家・詩人・桂冠詩人ニコラス・ロウの劇『悔いあらためし者』から）みたいじゃないかい？　私は言った、エディは本当は違うのよ。すると彼が言った、いやなに、彼はちょっと取り乱すね、僕の言う意味が分かるかな。私は言った、あまり分からないけど。すると彼が言った、僕の気持ちとしては、それはおおかた性格の問題なんだよ。彼が言った、僕は人を性格で判断するんだ。私は言った、いつもそれが判断するいい方法なの、だって人の性格は時によってものすごく違うし、自分の身に起きることにすごく左右されるわ。彼が言った、いや、君は間違っている、人の身に起きることは人の性格が決め手なんだよ。私にはディッキーの言う事は正しく聞こえるが、彼が正しいとは感じない。私たちが遊歩道に出たころには、日没が目の前にあった。私が海がガラスみたいねと言うと、彼は、うん、僕もそう思うと言った。私がクララは好きだわと言うと、彼は、ああ、彼女は大丈夫だけど、取り乱すねと言った。私は、じゃあ、クララはエディみたいだとあなたは言うの、と言ったら、彼はそうじゃないと言った。そこで私たちはワイキキ荘に着いた。

日曜日

私の最後の日曜日。天気がとてもよくて暑い。栗の木に葉が出てきて、まだ大きくないが、ほかの木々もフリルでいっぱいに見える。教会のあと、ミセス・ヘカムと私は誰かの庭園に招かれてヒヤシンスを見た。あらゆる色に彩色した陶磁器みたいなヒヤシンスたち。庭園でミセス・ヘカムはそこのご婦人に、来週の日曜日は、哀しいかな、ポーシャはもう私たちと一緒じゃないんですよと言った。私は、来週の日曜日は、エディにも会えるだろうと思ったが、ああ、まだここにいたい、とも思った。もう夏が近づいていて、彼らはあらゆる事をするのだ、私がまだ見たことがないことをしている彼ら。ロンドンでも私は誰かがしていることは知らないし、人々がすることで私が見つめることができることなどない。ここに置いて行かれて以来、多くのことが私を傷つけたが、そういう事と一緒にここにいるほうが、なにが起きるか分からない場所に戻るよりいい。

ヒヤシンス・ガーデンからの帰り道で、ミセス・ヘカムが、とても残念だわ、運河の舟遊びにあなたがいないなんてと言った。夏にみんなで舟遊びをするのよと彼女。私が、でもみんな海で舟遊びはしないんですね、と言ったら、彼女は、そうね、海は人目に付きすぎるけど、運河は少しは物陰だから、と言った。彼女は、私がセシルに訊いてみるけど、この午後に私とあなたを舟遊びに誘ってくれるかしら、と。そこで遠回りしてセシルの家に寄ったら、彼は外出中だったが、彼のお母さんが、私たちが彼に舟遊びをお願いしていることを彼に伝えると言った。

そこでこの午後にそれをした。セシルが船を漕ぎ、私にオールの扱い方を見せてくれて、ミセス・ヘカムはパラソルをさしていた。モーヴ色のシルクの傘で、一、二度私が漕いでいない間、私は手で海藻をつかんだ。海藻は強くて、オールにも絡みついた。だからみんな黙りがちで、その間セシルは船を漕いだ。ミセス・ヘカムは物思い、私は水の中を覗きこんだり、目を上げて木々を見たり。太陽は喧《やかま》しいくらいに照っていた。一羽の白鳥がやってきて、ミセス・ヘカムがあれは巣作りをしているだろうから、気が立っているかもしれないと言って、パラソルを閉じて、それでシッシと叩いたら、セシルが、私のオールを叩いたほうがいいと言った。しかし白鳥は知らん顔だった。あとで白鳥の巣を通ったら、別の一羽がなかに座っていた。

ほかの人たちはみなテニスをどこかで。私が初めてここに来たとき、ミセス・ヘカムは毛皮のコートを着ていた。いまはまだ全体に緑色が淡いけど、季節は夏だ。一年のこの時期はなにもかも変化が速く、なにかが毎日起きる。冬はずっとなにもまったく起きない。

今夜、ミセス・ヘカムは聖誕楽曲オラトリオで歌う。ダフネとディッキーとクララとイヴリンとウォレスとチャーリーとセシルは、みな階下でトランプゲームのラミーをしている、彼女がいないから。しかしミセス・ヘカムは私をベッドに早めに行かせた、私が運河で頭痛がしたからだ。

月曜日

ミセス・ヘカムはオラトリオの後疲れてしまい、ダフネとディッキーは晴れた月曜日が好きではない。さて私は外に出て、浜辺で横になろう。

火曜日

私はエディが書くと言っていた手紙をまだ受け取っていないが、それは私が戻って来るということがあるからだろう。ここは新しい場所、この一週間、ここは夏の場所だ。遊歩道は焼けたタールのにおいが立ち込めている。しかしみんなは、これはむろん長く続かないと言っている。

水曜日

明日、私は出て行くのだ。今日が最後の丸一日だから、ミセス・ヘカムとセシルのお母さんが廃墟を見に連れて行ってくれる。お茶をバスケットに詰めて、バスで行く予定だ。

クララが車で明日はジャンクションまで送ってくれることになっていて、乗り換えしないで済む。クララが自分はすっかり気持ちが動転していると言っている。これが最後の夜になるということで、ディッキーとクララとセシルがサウスストンに連れて行ってくれるので、私は彼らがスケートするのを見ることができる。

去ることについて私はなにも言えない。この日記でも何も書けない。おそらくなにも言わないほうがいいのだろう。エディにもなにも言わないように努力しなくてはならない、私がいろいろ言ってきたのは、いつも間違いだった。さあもう出発だ、廃墟に行くバスが出る。

木曜日

私はここに帰ってきた、ロンドンに。彼らは明日まで帰らない。

第三部　悪魔

トマスとアナは金曜日の午後まで帰ってこないだろう。

一

彼らが帰ってきて生活する準備はすべて整っていた。その金曜日の朝、ウィンザーテラス2番地は、目もくらむような太陽の眩しい矢に射抜かれ、太陽そのものはワックスの利いた床の上を人知れず移動していた。明るい湖と葉の茂った栗の木を虚ろに見渡しながら、屋敷は理想的な生活の鋳型を呈しながらも、そのなかに生命が流れこむことはめったになかった。時計はすべて時間に合わせて巻かれていて、染みひとつない無人のなかでチクタクと時を刻んでいる。ポーシャは――ドアを次々とそっと開き、部屋をすべて見回り、回顧するまなざしですべての時計に目をやり、どの電話器にも視線を向けている――一個の存在としては数に入らなかった。

スプリング・クリーニングは完璧だった。洗われて磨かれた物がひとつひとつ、なにも見ていない空気のなかに並んで立っている。大理石は白砂糖のように輝いている。象牙色のペンキは象牙以上にすべすべしている。青いアルコールが鏡を覆っていた冬の薄い被膜を取りのぞいている。いまそこに映る映像は鋭角がきつ過ぎて目に痛い。鏡がそのなかにリアリティーを擁しているようだ。飾り棚《キャビネット》の上板が栗色に輝いている。階上と階下、あらゆるものが磨かれた匂いを放っている。清潔な石鹸のような匂いが書物の後ろから流れてくる。洗濯部屋からパリッと洗い上がった内側のネットカーテンが、気乗り薄げに開け放たれた窓の上で揺れ、四月の空気がかすかな煤煙《ばいえん》の名残とともに入ってくる。そう、もうすでに、屋敷を通り過ぎる息吹きのすべてに汚染がきざしていた。

暖房は切られていた。階段には中立的な空気が斜めに射していて、どこかでドアや窓が開けられるたびに、身震いする春を受け止めていた。今朝、裏の部屋はどれも日射しがなく、むしろ寒かった。地下室はもっと寒かった。石の床などが磨かれこすられた匂いがした。日光がここにはお化けのように入り込んでいる。シティの暗さ、忙しい暗さ、この二つが屋敷の実働部門に集められていた。四週間にわたり、ポーシャは地下にいなかったのだ。

「すごいわね、マチェット、あなたは全部綺麗にしたのね！」

「ああ——そう、あなたはこちらでしたか？」

「ええ、私、全部見たわ。ほんとにすごく綺麗になった——いつもは違うというんじゃないわよ」

「あなたがよく見るようになったんですよ、戻って来てから。ああいう海辺の家、私は知ってますから——行き当たりばったりでしょ」

「はっきり言って」ポーシャはそう言いながら、マチェットのテーブルに座った。「今日はひとつだけお願いしたわ、あなたと私がここに暮らせるようにって」

「まあ、そんな恥ずかしいことを！　それに、いいですか、トマス夫妻という方がおられないと、あなたにはこんな場所はないのよ。そしたらあなたはどこにいられるの、教えてくださいな？　いいえ、私が準備をしているので、彼らは帰ってくるのが当たり前なんです。さあ、そんな目で私を見ないで——一体どうしたんです？　きっと、ミスタ・トマスはがっかりなさいますよ、あなたがまだ海辺にいたかったと思っているのを知ったら」

「でも私そんなこと言ってないわ！」

「ああ、言ったことがすべてじゃないの」

「マチェット、あなたは飛び過ぎるのよ、私がいま言ったのは——」

「はい、はい、はい、よく分かりました」マチェットは編み物の針で自分の歯をコツコツと叩き、目を丸くしてポーシャのほうをゆっくりと見た。「あきれたものね、彼らはあなたに口答えを教えたんですね。誰もあなただとわからないわね」

「でも、あなたは私を責めているのね、私が遠くにいたからでしょ。でもあれは、私が行ったんじゃなくて、遠くにやられたのよ」

マチェットの地下室の客間でテーブルの上に座ったまま、ポーシャは両足を伸ばして爪先を見て、マチェットが探り当てた変化は（変化なんてほんとにあった？）、そこで始まったかのようだった。マチェットはベッドソックスを編みながら、火のないガスストーブのそばにある椅子に座り、もうひとつの椅子の横木に足を乗せていた——彼女は、むくんで見える向《むこ》う脛《ずね》を縛っている横紐のボタンを今日は全部はずしていた。正午の十二時だった。時計の二本の針が意味のある時刻を告げているようだった。正午十二時——しかしあらゆるものはぬかりなく整っている、後に来るものは、午後の列車がヴィクトリア駅に蒸気を上げて到着し、一台のタクシーが生皮のトランクを上に積んでロンドンを南西地区から北西地区にやって来るだけ。だから、いま、驚くべき中断が起きていたのだ。キッチンではコックとフィリスがべちゃくちゃ話しながら、お茶をしているに違いない。ここでは二脚の椅子が、マチェットのどっしりしたくつろぎ方にきしんだ。

彼女には烈火の如きやり方があった。編み針に集中しながら（エネルギーの消費なしにリラックスすることもできなかった）、熱湯、苛性ソーダ、石鹸に絶え間なく浸しているから、彼女の指は漂白され、皮膚はしわだらけ、古い林檎の皮のようだった。手の爪は青白く繊維状になり、爪先は割れていた。煤《すす》けたロックガーデンから窓の格子を通って入ってくる光線も、マチェットに見出すべき色はなかった。彼女の黒っぽい青のドレスは、吸い込んだ光線を消していた。彼女の体つきそのものが、エプロンの固い防水仕様の後ろの半暗闇に、作り付けになっているように見えた。ヘルメットのようないかめしい毛髪には、新しく出てきた白髪が光っていた――しかし光沢のない顔の造作の背後には抑制力があり、疲労でたるむことは赦さなかった。抑制力というだけでは足りなかった。その外観は満ち足りた者にある威厳があった。地下室の上の各階が、染みひとつなくそびえ立つ彼女の屋敷であり、そうと自覚した意識が目となり、編み物の上に落とした彼女の瞼を通してその目が現れていた。

ポーシャは、窓の格子から外を見て言った。「ロックガーデンを洗えなくて残念ね」

「ええ、まあ、蔦を這わせたんですが、十分そこまで行かなくて、野良猫たちがシダの茂みを荒らすんですよ」

「忙しいあなたを想像していたのよ――でもそれほどでもなかったかな、マチェット」

「誰かのことを想像するのはあなたの使命じゃありませんよ、あなたが一緒にこれまでやってきた階上の人たちはとくに」（これは、言葉は厳しかったが、口調は厳しくなかった。マチェットは話すとき、いつも編み物をしていた。編み針のチクチクという音に平和な響きがあった）。「あなたは二つの場所なかにいたくないでしょ、その年齢では。海辺にいるときは海辺にいたらいいのです。想像力は必要が来るまでとっておきなさい。いったん春が来たら、いま来たような春が来たら、去るものは日々にうとし、で十分です。ああ、空気の入れ替えにはうってつけの春だわ――ミセス・クウェインのカントリーのお屋敷だったら、私のマットレスもみな外に出していたでしょう」

「でも私はあなたのことを考えていたのよ。あなたは私のことは考えない？」

「さあ、どう思っているの、私に一分間があるとでも？　もしあなたがここにいたら、トマス夫妻が出かけないで家にいるよりも、私の邪魔になって迷惑だったわ。いいえ、あなたはつまらない毎日だったなどと言うんじゃありません。あなたはあちらで友達がいっぱいいたんだし、いろんな事があったのは間違いないんですから。たくさん話さないでいいの、全部自分にしまっておきなさい。もっとも、あなたはいつも話さないわね」

「あなたは訊かないんだもの。いつもとても忙しくて。いまが初めてだわ、あなたが耳を傾けてくれたのは。でも私、どこから始めたらいいか分からない」

「あら、そうなの、.まあゆっくりおやりなさい。夏の残りはまだあるんですから」とマチェットは言い、時計をちらりと見た。「でも正直、彼らはいい色になったあなたを送り返してきましたね。この変化に害があったのかどうか、私には分かりません。大変化もないし。あなたはますます静かになって。これほど静かな娘さんは見たことないわ、その年にしては。あのミセス・ヘカムが、哀れな人ね、誰かにノーと言えと教えられる人だとは言いませんよ。彼女がミセス・トマスに言っていたのは、私が聞いたかぎりでは、いつもイエスばかりでした。でもあちらのあとの人たちは、粗野な方々のようですね。ストッキングは十分あったんですか？」

「ええ、ありがとう。でも残念ながら、一足は膝を破いてしまって。走っていて、遊歩道でもろに転んじゃって」

「お聞きしますが、なんだって走ったりしたんです？」

「ええ、海の風で」

「まあ、風が、風がねえ？」とマチェット。「風で走ったの」編み物の手をとめないで、瞼を半分開けて、視線は十分かたむけていたが、その隙間から別になにも見ていなかった。この二つの存在、彼女とポーシャの存在は、過ぎる数週間、いかに広い空間を挟んで隔たっていたことか。いまも二人はどのくらい隔たっているのだろう。去ったことで起きた損害の修復が望めるのかどうか、とうていわからない。椅子の横木から片方の足を不恰好に動かしたら、その拍子にマチェットはピンク色の毛糸の玉を引っかけて、毛糸玉を転がしてしまった。ポーシャはテーブルを立って、毛糸玉を拾い上げ、マチェットに手渡した。そして大胆に訊いた。「そのベッドソックスは、あなたの？」

マチェットは半分だけうなずいたが、よそよそしく、極めて面白くなさそうだった。誰が知ろう、彼女が寝るとか、ベッドに入るとかなんて。夜間、彼女はただ消えた。ポーシャは彼女を侵害したのが分かった。急いで言った。「ダフネは編み物をしてたわ。図書館でたいてい編み物をするの。ミセス・ヘカムも編めるけど、ランプの傘の絵付けをするほうが多いかな」

「で、あなたはなにを？」

「ああ、私はパズルの続きを」

「大した楽しみじゃなかったわね」

「でも新しいパズルだったし、なにもすることがないときにしただけよ。どうやるか知ってるかな――」

「いいえ、知りませんよ、それに訊いてもいないし、私は秘密なんか要りませんから」

「私だって秘密なんかないわ、忘れたことを除けば」

「話してくれなくてもいいんです。訊いてませんよ。あなたがすることは、全部ホリデーあってのことだから。もうそれも終わり、さあもう頭を空っぽにして――ブレザーの肘が擦切れてますよ。ミセス・トマスには、あれはもちがいい素材ではないと言ったのに。ベルベットのを着なかったの？あるいはあれを荷物に入れた私が悪かったのかしら？」

「ええ、ベルベットは着たわよ。私は――」

「まあ、じゃあディナーにはみんなドレスアップしたのね？」

「いいえ、私はパーティに着たの。ダンスパーティよ」

「では、あなたのオーガンジーをお荷物にいれるべきでした。でも押しつぶされるのが怖くて、それに海の風がプリーツをよれよれにするから。あなたのベルベットはよれよれになったでしょ」

「そうなの、マチェット。みんな褒めてくれたけど」

「まあ、あれは見た目よりいい物なのよ。カットがいいんです」

「ねえ、マチェット、私、楽しかった」

マチェットはまた横目で時計を見て、もっと急いだほうが身のためよ、と時間を説得しているみたいだった。さらに、私は知りませんよ、という様子。編み物のスピードに催眠状態になったのか、同時に、自分個人の悦楽のために、聞こえない調べをハミングしているのか。ほぼ一分経ってから、彼女はポーシャの言葉を受け止めて、顎をぐいと上げた。だがその言葉は、もうすでに、この部屋の下の階段の暗闇に呑まれて萎《しお》れていた——マントルピースの上で、野生のラッパ水仙の花束が、誰のプレゼントか、ガラスの壷に邪険に投げ込まれていた。これらもまた、マチェットを悩ますだけの贈り物だったに違いない。

「あなた、喜んでいるのね、違う?」ポーシャはさらに小声で言った。

「あなたが訊いてくることは……」

「きっと海の空気のせいだったと思うな」

「そこで言わせてもらうと、海の空気はミスタ・エディには合っていたんですか?」

この一矢に対する備えがなかったので、ポーシャはテーブルの上で姿勢を変えた。「あら、エディですか?」とポーシャ。「彼はたった二日間いただけだから」

「それでも、二日は二日です、海辺の二日。ええ、私は彼がそちらで快適だっただろうとは理解していますよ。少なくともそれが彼の言葉でした」

「それって、いつの彼の言葉? どういう意味?」

「ちょっと、そんなに急に、ぐうの音も出ないほどとっちめないで」ピンク色の毛糸玉からほどいた毛糸をささくれた指に掛けて、マチェットは回想するように、聞こえない小節を二、三節ハミングした。「そうね、昨日の五時半頃だったでしょうか。帽子とコートで身支度をして階下に降りてきたときに、無駄にする時間もなくて、あなたの列車を迎えに行くところに、王子さまが電話を掛けてきて——ああ、お屋敷全体が壊れそうな音で。重要かもしれないと思って、私は行って返事をしました。そのときに思いました、彼は追い払えないと——ひっきりなしにしゃべり続けるんですから。とはいえ、そのためにミスタ・トマスのオフィスに電話があるに違いありません。電話線が三本あるんですから。『すみませんが、サー』と私は言いました。『いまから列車を迎えに行きますので』」

「彼は私の列車だと知っていたの?」

「彼は訊かなかったし、私はそうとは言いませんでした。『いまから列車を迎えに行きますので』と言いました。でもそれで彼が話をやめたかしら? 人が話さねばならないとき、列車は待つことができる。『ああ、長引かせないから』と彼が——それから何か別の話を延々と」

「なにを延々としゃべったの?」

「ミスタ・トマスがまだ戻っていないか、うるさく聞いてきて、あなたのことも、まだだね、と。『おお、ディア、ディア、僕は日にちをごっちゃにしたらしい』と言ってました。それから、必ずミセス・トマスに伝えてくれと、あなたに伝えてくれと、僕は翌朝(つまり今朝のことですよ)にロンドンを離れるが、週末には電話したいと。それから、あなたが海辺で健康そうに見えたのが嬉しいと。『君も喜ぶよ、マチェット、彼女は本当にいい色になってさ』と言ってました。私はお礼を言い、まだなにかありますかと訊きました。彼はミセス・トマスとあなたに愛してると伝えてくれって。それで全部だと思う、と言ってました」

「それであなたは電話を切ったの？」

「いいえ、彼が切りました。ティータイムだったんでしょ、間違いなく」

「また電話するって言ってた？」

「いいえ、言うべきことは言い置いていましたから」

「私が戻ってくる途中だと言った？」

「いいえ、どうしてそんなこと私が？　彼は訊きませんでしたし」

「彼はどう思ったかな、私が戻って来るのを？」

「あら、まあ、私には分からないわ、とてもとても」

「彼はどうして金曜日の朝に出かけたのかしら？」

「それも分かるはずないでしょ。オフィスの仕事でしょ、きっと」

「なんだかすごくヘンだと思う」

「あそこのオフィスは色々と、すごくヘンだと私も思います。でもそれは私が言う事ではないので」

「だけど、マチェット――あとひとつだけ。彼はその日の晩に私が帰るのを知っていたかしら？」

「彼がなにを知り、なにを知らないか、私には分かりません。私に分かるのは、彼がしゃべり続けたことだけです」

「彼はほんとによくしゃべるわ、ええ。でもあなたは思うかな――」

「ちょっと待って。私は思いませんよ。思う時間がないの、ほんとに。私は、自分が思わないことは思わないわ――これは知っておいていただかないと。隠しごともありませんから。だけど、彼が言おうと思わなかったら、あなたが私に言おうと思わなくてもよかったのでは、彼がミセス・ヘカムのところにいたなんて？　さあ、私のテーブルからどいてください、はい、いい子ね、私はアイロンのプラグを入れますから。アイロンかけがあるんです」

ポーシャは生きているとは思えない声で言った。「全部済んだとあなたが言ったと思ったわ」

「済んだ？　一つでも済んだものを見せてくださいな、おまけに全部だなんて。いいえ、私が手をとめるのは、彼らが私を棺桶に入れてねじ釘を打つ時ですよ、でも、何もかも済ませたって、そうはならないでしょ……。お願い、ひとつだけ私のためにしてくれますね。走って上がって、いい子らしく、そしてミセス・トマスの寝室の窓を閉めてきて。あの部屋も空気が通ったはずだから、もう煤など入ってほしくないから。そしたら私を静かにさせてくださいよ、アイロンかけをしている間は。どうして公園に行かないんですか？　外はきっと綺麗でしょうに」

ポーシャはアナの窓を閉めて、アナの大型姿見《シュヴァルミラー》に映った自分を一目ぽかんと見た。窓を閉める前に求愛している鳩の声が聞こえ、光る道路でスリップする車の音がした。新しいネットカーテンの向こうに見える木々が太陽に輝いている。ドアの外に出る決心がつかず、というのも孤独を感じたからだ。独りで歩くとすれば、いろいろな楽しい思いと一緒でないと。いまごろミセス・ヘカムは今日も独りで、朝のショッピングを終えてワイキキ荘に戻っていることだろう……。ポーシャはのろのろと階段を降りて玄関ホールに出た。大理石張りのテーブルに二束の手紙がトマスとアナを待っていた。これで三回、ポーシャは注意深くこれらを確かめた――まだ可能性はある、ミス・P・クウェイン宛てのなにかがこのなかに紛れこんでいるかもしれない。そうではないことが分かった——前もそうではなかった……。彼女はまた手紙を調べ、今度は興味だけで見た。アナの友達の誰かの筆跡は用心深く、またある人のは威勢がいい。これらの手紙のうち衝動的なものは何通あるか？　注意深い計画で段階を踏んでいるのは何通か？　彼女はいくつかの筆跡を見て想像できた。これらの人たちを見たことがあり、みんな互いに様子をうかがっていた。例えばここにセント・クウェンティンのいかにも上質な灰色の封筒がある。すでに言ったことに、彼はなにを付け足さなくてはならないのか？

トマスに来た個人的な手紙は多くはなく、アナの手紙の一山との釣り合いはまさに芸術の問題だった。ポーシャは想像していた、タクシーから降りたら自分の名前が何度も書かれているのを見つけるところを。これでこそ名前が意味を持つ——ああ、絶対にそうだ——もっと多く。

芝居じみたうめき声を上げてアナが言った。「ちょっと見てくださいな、この手紙の山！」彼女は最初手紙を手に取ろうとしなかった。電話のメモ帳の伝言を一つ二つ読んで、椅子の上にある花屋から来た金色の箱を見た——物で一杯のテーブルにはこれを置く場所がなかったのだ。アナはトマスに言った、「誰かがお花を贈ってくれたんだわ」と。しかし彼はすでに書斎に入っていた。だからアナは、ポーシャに微笑みかけ、彼女にそっと言った。「何もかも開けようなんて無理よね？……あなたはなんて元気そうなの？　すっかり小麦色ね、なんだか太ったみたい」それから階段を見上げて言った。「まあ、すっかり清潔になって。あなたは昨日の夜に戻ったんだって？」

「ええ、昨日」

「ものすごく楽しめたんでしょ？」

「ええ、そうよ、楽しめたわ、アナ」

「あなたはそう言うけど、本当に楽しめたらいいと思ったのよ。マチェットには会ったの？」

「ええ、はい」

「ああ、当然だわね。あなたが昨日帰るなんて、すっかり忘れていたわ……。さて見て回らないと」とアナは言って、手紙の束を取り上げた。「なんだかヘンな感じ。その花を開いて、誰からなのか教えてくれる？」

「箱が綺麗ね。お花も素敵でしょうね」

「ええ、きっとそうね。でも誰から来たのかしら」

アナは手紙を持って階上に行き、浴室を使った。ポーシャは上がってきて五分後に浴室のドアを叩いた。アナはまだバスタブに入る前で、ドアを開け、少し体を見せ、いい匂いがする湯気がひとかたまり立ち昇った。「ああ、ハロー？」と彼女。「それで？」

「カーネーションでした」

「何色？」

「すごく明るいピンクというのかしら」

「おやおや——誰から来たの？」

「ブラット少佐から。カードに、このお花でお帰りを歓迎すると」

「ありそうなことね」アナが言った。「彼には散財だったでしょうに。きっとランチを抜いたんだわ、おかげで私はヒステリーを起こしそう。町で彼に出会ったりしなければよかった。こちらはなにもしていないのに、向こうは思い込んじゃったのよ。それ、下に持って行って、トマスに見せて。あるいはマチェットに上げて。彼女の部屋に似合いそうよ。恐ろしいことするでしょ、でもなんだか非現実的な感じ……。それから一筆ブラット少佐に書いてちょうだい。もう寝室に引き取りましたって。あなたから一筆もらう方が彼には都合がいいと思う。ああ、エディはどうだった？　電話して来たわね」

「マチェットが出たの」

「まあ！　てっきりあなたが出るとばかり。では、ポーシャ、話は後で」アナはドアを閉めて、風呂に入った。

ポーシャはカーネーションを持ってトマスのところに行った。「アナは、この色が間違っていると言うのよ」と彼女は言った。トマスはまたアームチェアに戻っていて、そこからどいたことがないのか、片方の足を膝の上に置いていた。午後の日が落ちた照り返しが、暗く書斎に入り込み、光がまぶしいのか片方の手を目の近くに置いた。そしてなんの興味もなくカーネーションを見た。「ああ、この色が違うって？」彼が言った。

「アナが違うって言うの」

「誰から来たって？」

「ブラット少佐」

「ああ、そうか、ああ、なるほど。彼は仕事を見つけたかな？」彼はもっと近づいて、ポーシャが不幸な花嫁のように捧げ持っているカーネーションを見た。「仕事なんてゴマンとあるんだ」と彼。「少佐はなにか見つけたんじゃないかな。見つけて欲しいよ。僕らはなにもできないからね……。で、ポーシャ、元気かい？　本当に楽しかったの？　――こうやって座りっぱなしで悪いね、でも頭痛がするみたいで――シールはどのくらい気に入ったの？」

「とっても、ええ」

「それは何よりだったね。僕もすごく嬉しいよ」

「あなたに送ったお手紙に、私は気に入りましたと書いたでしょ、トマス」

「アナが、本当かなと思ってたから。きっと素敵だったんだね。僕は行ったことがないけどね、むろん」

「そうね、あなたは来たことがないって彼らも言ってました」

「うん。残念だよ、ほんとに。で、また君に会えるのはいいね。すべて順調かい？」

「ええ、ありがとう。春が楽しいわ」

「そう、春はいいね」とトマス。「僕には寒い感じがするけど、むろん……。気分転換に後で公園に行きたくない？」

「それは素敵でしょうね。いつ行く？」

「そうだね、後にしようか、どう？……アナはどこにいるって？」

「お風呂を使っているところよ。ブラット少佐に何か書いてほしいって頼まれたの。どうかしら、トマス、あなたの机で書いてもいい？」

「ああ、いいよ、どうぞ、どうぞ」

この善意で重荷を降ろしたトマスは、気づかれぬように書斎を出たが、一方、ポーシャはメモ帳を開いてブラット少佐に手紙を書いた。トマスは自分で酒を作り、グラスを二階へ持って上がり、その途中で居間を眺めた。平らな無感覚なその位置取りからもぎ取られた物はひとつもなかった――アナがまだここに入っていないことが手に取るように分かった。そこで彼はグラスをアナの部屋に持ち込み、彼女が浴室から出て来るまで大きなベッドの上に腰かけていた。重苦しいはっきりしない黙想がのしかかり、その姿は石像みたいだった――アナは、ドアを回って来て彼を見て、ギョッとした。化粧着の前が開き、湯気に滲んだ開いた手紙の束が手にあった。浮ついた調子で彼女が言った。「あなたは私をギョッとさせる名人ね！」

「手紙があるかなと思って……」

「ありますよ、もちろん。でも、どれも全然面白くないわ。だけど、ダーリン、さあこれがお手紙よ」彼女は手紙をベッドの上の彼のそばに落としてから、鏡のほうに行き、髪の毛のウェーブを保護していたネットキャップを脱いだ。それから鏡に映った自分に怖い顔をしてから、乳液を両手で顔にすり込み始めた。容器や瓶の間に指を走らせ、すべてが元通りの場所にあるのが分かった――こういう馴染んだことをしていると、なにかがたちまち彼女をとり囲んだ、ロンドンの彼女の化粧台のムードだった。手紙をかき混ぜて見ているトマスに背を向けたまま、彼女は言った。「さて、これで私たち、家に帰ってきたのね」

「いまなんて言った？」

「また家に帰ってきたわね、と言ったのよ」

トマスは部屋中を見回してから、化粧台を見た。彼が言った。「マチェットは荷解きが早いね」

「化粧ケースだけよ。その後で彼女を外に出して、戻って来てから片付けてと言ったの。なにか言うつもりだったのが、彼女の顔で分かったけど」

トマスは手紙に見切りをつけ、腰を下ろして身を乗り出した。「おそらくなにか言う事があったんだよ」

「なによ、トマス、ちょっと待ってよ——まったくもう。いま私が言ったのが聞こえたの、やっと家に帰ったわねって？」

「聞いたよ、ああ。僕になにを言わせたいんだ？」

「なにか言ってくれたらいいのに。私たちの人生はコメントひとつなく進むのね」

「君が欲しいのは、吟遊詩人みたいなものだろ」

アナは指に付いた乳液をティッシュで拭き取り、化粧着のサッシュをスマートに締め直して部屋を横切り、その途中で、友達ともそうでないともつかぬ感じでトマスの頭を軽く叩いた。そして言った。「あなたってまるで坐像ね、どこに動かしても座ったままの坐像みたいよ。私はなにか起きていることを感じていたいわ。私たち、家に帰って来たのよ、トマス。家について考えてみたら——」彼女はさっきより軽く、さらに手控えせず、彼の頭をまた叩いた。

「黙れ。叩くなよ。頭痛がするんだ」

「あら、あら、まあ、まあ！　お風呂に入ったら」

「後で。だがいまは、頭を叩かないでくれ……。ポーシャは僕らを歓迎してくれたと思ったが」

「哀れな子、ああ、哀れだわ、ええ。ポーシャは天使みたいに立っていたわ。力不足は私たちよ。私はとくに、違う？」

「いいや、君は力はあると思うよ」

「でもあなたは自分に力があると思ってる？　書斎に逃げ込んだわね。あなたの気持ちのなかにあるのは、私が事に当たらないなら自分が当たるまでもない、ということでしょ？　ごまかさないで――誰が力があるの？　私たちって、守れない立場を互いに築き上げて、その立場が立ち行かなくなってハートが破れる。愚かになるために恋に落ちる必要はないのよ――実際思うんだけど、人は恋に落ちないともっと愚かになるのよ、一事を万事にしてしまうから。少なくとも私がそうだった。ブラット少佐はああやってカーネーションを贈ってよこして、私をヒステリーにした。あなた、見た？紅色の色素みたいなコチニールピンクのカーネーション」

「僕は立場なんか築いてないし、思わない」

「いいえ、あなたは築いてます。頭痛になってひとつ築いているじゃないの。それに、私のキルトがあなたのおかげでしわくちゃだわ」

「ごめん」トマスは言って立ち上がった。「下に行くよ」

「ほら、また立場を築いてる。私が一番したいのは着替えをして、もうしゃべらないこと、だけど、あなたを夜のなかへ出て行かせられないの。それにマチェットが待っていて、衣ずれの音をさせてパッと戻ってきて、私になにかを着せるでしょう。あなたをがっかりさせているのは分かっているのよ、ダーリン、あなたは書斎にいるほうが幸せなのね」

「ポーシャが下にいて、ブラット少佐に手紙を書いてる」

「あなたは下に行ったら、こう言わないといけないと感じているんでしょ、『やあ、ポーシャ、ブラット少佐に書く手紙はどうなっている？』って」

「いいや、そう言う必要はまったく認めない」

「あら、ポーシャは、あなたがそう言うまで、じっと見上げているわよ。いま、ブラット少佐が私にカーネーションを贈ってきたことは、ポーシャが喜びそうなことなのよ」アナはそう言って、化粧台のそばに座り、シルクのストッキングを巻き上げながら履きはじめた。「そうなの、いつも思うんだけど、あなたと私は自然じゃないわね。でも私、自分にも言うのよ、じゃあ、誰が自然なの？って」

トマスはグラスを絨毯の上に置き、ベッドの上で思い切り足を跳ね上げ、染みひとつないキルトの上でその足を伸ばした。「入浴しても、あまり効果はなかったのかな」と彼。「それとも君はだいたいいつもそうやってしゃべるのかい？　僕らめったに話さないから。めったに一緒にいないし」

「私、きっと疲れたのよ。非現実的な感じがする。さっきから言ってるけど、着替えをしたいの」

「ああ、着替えろよ。君は着替えたらいい、僕は横になる、そのどこがいけない？　僕らは始終なにか言い続けなくてもいいんだ。君がどんなにひどいモンスターだろうと、僕は君のそばでもっと自然な感じでいられるよ、もっと自然な人たちのそばにいるより——そんなことがあるとして。その恐ろしいグリーンのスエードの靴を履かなくちゃならないのかい？」

「そうよ、だってほかのはまだ荷解きできていないから。午後の太陽がなんて暑いのかしら」アナはそう言って、化粧台の後ろのカーテンを閉じた。「向こうにいる時は、イギリスは涼しくて灰色だと想像してたのに、眩しい光の灼熱地獄に上陸、というわけね」

「天気は崩れると思うよ。君は何もかもあまり好きになれない、そうだろ?」

「ええ、全部ね」とアナは言って、意地悪で素敵な得意の微笑を満面に浮かべた。カーテンのかげの暗いなかで着替えを済ませると、ピンクとイエローのカーテンを通して午後の太陽が戦っていた。閉じた窓を通して、地厚なチンツ布を通して、車の往来の振動が伝わってくる。アナはもう一度トマスに目をやって言った。「あなたは分かってやってるのね、私のキルトが台無しだけど?」

「クリーニングに出せばいい」

「クリーニングから戻ってきたばかりのキルトなの……。ポーシャのこと、どう思った?」

トマスは煙草に火を点けたところ(頭痛には最悪)で、言った。「春が楽しいって言ってた」

「どうしてそうなるの? あの年齢の少女って、気候を楽しんだりしないものよ。誰かが焚きつけたんだわ」

「彼女は別に春を楽しんでいるわけじゃなくて、なにか礼儀上言わなくてはと感じたんだよ。彼女がシールで楽しかった可能性はある——となると、あそこにもっと長く置いておいてもよかったかな」

「ダメよ、彼女が私たちと一緒にいるべきなら、一緒にいるべきよ、ダーリン。それに、レッスンが月曜に始まるから。彼女がもし春が楽しくないとしたら(彼女が楽しんでいるのかいないのか、あなたの印象では見当がつかないもの)、彼女はどこか違うのよ、だからそれがなにか見つけたほうがいいわ。知ってるでしょ、彼女は私とは口を利かないから。もし彼女を落胆させる人がいたら、それはエディよ、言うまでもなく」

トマスは手を伸ばして空になったグラスに灰を落とした。「とにかく、もうあれに蓋をしていいころだ。どうしてここまで引き延ばしたのか、さっぱり分からない」

「あら、あれは定位置のまま。もう何か月もそのままよ。明らかにあなたはエディが何者か知らないわね。彼は人をがっかりさせるのに、遠くまで行くことはないの。彼はどの段階でも人を失望させられる人よ。で、あなたは私になにを言えと、なにをしろと言いたいわけ? 自分が人に言えることには限界があるし、実はなにをするかという問題でもないのよ。ともあれ彼女はあなたの妹でしょ。エディに話をするについては、彼が私に対してどんなにピリピリしているかを心得ていないと。それにポーシャと私は恥ずかしがり屋よ、恥ずかしさって、人をすごく残酷にする……。いいえ、哀れなエディちゃんは人喰いライオンじゃないから」

「そうだ、彼はライ、オ、ン、じゃない」

「意地悪しないでね、トマス」

やっと着替えができたアナは嬉しくなり、グリーンのドレスのなかで満足げに一回体を震わせて、羽の毛づくろいを済ませた鳥みたいだった。煙草のケースを探して、一本火を点け、近づいてきてベッドの上のトマスのそばに座った。彼は頭をめぐらして、すぐさま彼女の頭を枕の位置まで引き下げた。「それでも」とアナは、キスした後で座り直し、滑らかにカールした髪の形を指で整えて、首筋に沿って撫で上げながら言った。「そのキルトからどいてくれないかな」それから化粧台のほうに戻り、容器や瓶のキャップを元通りに捩《ねじ》る一方で、トマスは身を起して、むっつりしながらも細心の注意をしてサテンのしわを伸ばした。「お茶の後」彼が宣言した。「ポーシャと僕で、気晴らしに公園に行くから」

「ぜひそうして。いいじゃない?」

「君が、見せかけどおりの半分もハートのない女だったら、ゾッとするほど退屈な女だろうね」

お茶の後、トマスとポーシャは二方向の車の往来をうまく避けて道路を渡り、公園に入った。橋を越えて、湖の向こう側に向かった。チューリップが並んでいて、花を開く準備をしていた。まだ灰色で先がとがっていたが、いずれそうなるように深紅、モーヴ、黄色の静脈が鮮やかだ。湖沿いと明るい芝生の上にデッキチェアが置かれていて、そこに座る人々の顔に午後遅い太陽が注いでいる――目を覆ったり、うつむいたり、閉じた瞼を太陽に打たせながら、赤く染まっていく石のように座っている。

水が騒ぐ。光がオールの水かきからこぼれ、身震いしながら島々を巡る色つきの帆や白い帆を輝かせている。漕ぎ手たちは身をかがめて、湖面に映る景色を横切る。早朝が果たすエーテル化の作業が細長い木立の島々から立ち昇り、島々には上陸が許されていないので、謎めいた先端に白鳥の巣がいくつも見えている。誰も訪れない島々の心臓部に光が射し込む。銀色の柳の木の枝がそよいで、輝く光を通している。木々と、帆船の映像が水面を深く色どり、水鳥が騒いだ後に長いさざ波を残す。

人々が、湖のそばとか斜めに走る散歩道に集まっていて、お互いの顔を大胆に覗き見たりして、まるで知り合い同士のようだ。女たちのドレスの裾がコートの下ではためく。子供たちは行ったり来たり、なにか悪さを仕掛けては、わあっと叫んで終わり。この賑やかな夕暮れには、急ぎ足で歩く大人はいない。公園は行き場のない空想と安らぎに満ちている。

トマスとポーシャは、よく似た横顔を、微風が吹いてくる方に向けた。これが内陸のにおいだとポーシャは思った。薄い黄緑色に燃える木々の上のトルコブルーの空を、じっとしたまま見上げていると、トマスが天気が変わりそうな気がすると言った。

「このチューリップが咲く前に変わらないで欲しいな。ここのチューリップのことは父が話していたから」

「チューリップか――どういうこと？　彼はいつ見たの？」

「あなたの家を通り過ぎた日に」

「彼が我が家を通り過ぎたの？　いつ？」

「ある日、一度。ペンキ塗りの最中だったって言ってました。大理石みたいだったと。あなたがここに住んでいるのを喜んでました」

トマスの顔がゆっくりと固く引き締まり、父の孤独な年月の重さを、自分の孤独の重さのようにかみしめた。彼はポーシャをじっと見て、そこに彼らの父親の眉を見て、ここにはもっとデリケートな線があると見た。彼の表情には、なにも言わないと書いてあった。湖の向こう、ウィンザーテラスの手すり壁《パラペット》と上部の窓だけが木々の上に見えた。漆喰壁のシルエットが、今はもうペンキも古くなり、薄汚く、もろく見えた。「四年ごとに塗り替えているんだ」と彼が言った。

車の往来のなか、道路を半分渡ったところで、ポーシャは突然、客間の窓を見上げて手を振った。

「気を付けて！」トマスが鋭く言って、彼女の肘をつかんだ——一台の車が彼らの横をまるで巨大な魚が泳ぐようにすり抜けて行った。「どうしたんだ？」

「アナがいたの、あそこの上に。もういないけど」

「車の往来にもっと気を付けないなら、独りで外出できないよ」

二

窓で姿を見られ、手を振られたアナは、本能的に一歩引いた。窓から外を見ている人は、家の外から見られるといかにバカみたいに見えるか、アナは承知していた——起きもしないことを待っているか、外の世界からなにか貰おうと思っているみたいだ。理由もなく窓にある顔は、親指を口にくわえているのと同じ顔。そこにあるのは子供じみたなにかだけ。あるいは、もしその顔がバカみたいでなければ、脅している顔だ——室内の暗がりで白く消され、室内の邪悪な力を思わせる。ポーシャとトマスはアナが彼らをスパイしていると思っただろうか？

それに彼女は、手に手紙を持っているのを見られた——今日受け取った手紙ではなかった。手紙から受けた考えから逃れようとして、窓に行って外を見たのだ。彼女はこの大きな明るい部屋の片隅の暗がりにあるライティングデスク《エクスリトワール》に戻ったが、このデスクはメモ以上のものを書くにはふさわしくなかった。彼女はその仕分け棚に予定帳と会計簿をしまっていた。蓋の下にある引き出しは鍵がかかるので便利だった。いま、引き出しは開いたままで、手紙の束が見えた。さらに多くの手紙が折りたたまれて、古臭いにおいを放ち、輪ゴムからはみ出していた。トマスの合鍵の音と、玄関ホールのドアが開くのと、ポーシャの安心した声を聞いて、アナは手紙を全部引出しに放り込み、膝をついてすべてに鍵を掛けた。しかし、時間内に間に合わせたこの小さな哀しい勝利は無駄に終わった、クウェイン家の二人は書斎に直行したからだ。二階に上がって来なかった。

彼らは、彼女の居場所を知っているのに、上がって来て彼女に合流しなかった。手のひらのデスクの鍵を見つめながら、アナは手紙からさらに切り離されたと感じていた。孤独のひとつがもう一回ハンマーを振るった。二人がお茶のあと出て行くとすぐに、彼女はこの引き出しに向かい、ピジョンの裏切りとエディの裏切りを比べるという、はっきりとした目的を持っていた。感情の諸相には、もっとも奇妙な振舞いが非常に意味をもつことがある。彼女は少なくとも自分について真実を語っていた、この一月にセント・クウェンティンに語ったときに、その経験は、いま繰り返されるまでは何の意味もなかったのだ。今にして彼女は分かった、彼女の人生におけるあらゆることが、同じことの繰り返しだった――愛について、彼女は迷いに迷うばかりで、定式のなにが間違っていたのかについて、十分に悲しむことすら自分に許してこなかった。定式は役に立たないと彼女は思った。時には、自分が間違っていると自問する瞬間はたくさんあった。彼女はむしろそう考えてきた。後悔していると思うこと、は防御の欠如、行き過ぎたわがまま――しかし、彼女は想像する以上につねに防御してきたか、欺いてきたか、見破られていたか？　つねに起きたことを、彼女はいまだに説明できなかった。彼女の知らない方法があって、人々はそれによって互いに理解し合っているようだ。

私がトマスに言ったのは、キルトからどいて、ということだけ。その後、彼はポーシャを公園の散歩に連れ出す。

彼女の目には、安楽と知性は不毛の終点への導きのように見えた。考えながら彼女は、鍵のかかる引き出しの鍵をハンドバッグのなかのポケットに入れ、バッグをパチッと閉じた。アナのように、表面的に傷つきながら、同時に深く迷っている人は、自分の目にはさまよう希望であるように見える。これこそが、人がごく感じよく淡々としていること、人々の体面を保ち、自分は髪の毛一本失わないでいることから得ているものである。彼女は、自分がこの鍵のことでなぜそんなに騒ぐのか考えられない、なぜなら引き出しに秘密はないからだ。トマスは何でも知っている。それは本当だ、彼女はこうした手紙を彼に見せたことはなかった。彼はなにが起きたかは知っていたが、どういうふうに、なぜ起きたかは知らない。この手紙の束を全部ポーシャに投げつけて、こう言ったらどうなるか、「これみんなあなたに上げる、このおバカさん！」と。

ここでアナは煙草に火を点け、黄色いソファの上のバッグの横に座り、どうして私はポーシャが少しも好きでないのか自問した。この考えのせいで私は穏やかにしていられないし、この部屋に入ってくると彼女は私を氷上に追いやる。彼女が私にすることはみな無意識だ、もし意識してやっているなら、痛くもかゆくもない。彼女のせいで、私は自分がひねられたことがない水道栓になったような気がする。彼女は私を非現実的な地位に押し込め、その挙句、セント・クウェンティンですら、なぜ君はそこまで過剰反応するのか？と問う。彼女が私を追い込んだトマスとの関係は、互いを嘲るような熱いジョークの関係に成り果ててしまった。私に残された唯一の正直な方法は、二人に刺々《とげとげ》しく当たることで、正直それが私なのだ。この午後、ポーシャは私たちのタクシーの音を聞きつけて、すぐさまドアをつかんで開けて、当然のように待ちかまえていた、目を皿のようにして。私は自分の窓辺に立つことすらできない、いつも彼女が立ちどまってたくさんの車に囲まれながら手を振るからだ。彼女が車に挽かれていたら、ショックだっただろうが。

そうだ、結局、死があの家族に流れている。とどのつまり、彼女は何者なのか？　道に外れた性行為から生まれた子供、パニックから生まれた子供、老いぼれの哀れな性欲から生まれた子供。ノッティング・ヒル・ゲイトのフラットくんだりで、なくしたヘアピンとワンちゃん達のスナップ写真に囲まれて受胎された。同時に彼女はすべてを相続している。彼女はまるで「大レース」のようにこの家を行進している。彼らは彼女が若潜王《ヤング・プリテンダー》（訳注：ジェイムズ二世の孫チャールズ・エドワード・スチュアートのこと、ボニー・プリンス・チャーリー）であるかのように扱っている。ああ、あのマチェットの共謀者みたいな口。エディはモンスターよりひどい。まったくもってバカげている。あれに関する限り——まあいい、天よ助けたまえ。なぜ私が助けなくてはならないのか、私には分からない。

まあいい、彼女はここでは何の答えも見出せないだろう、とアナは考え、ソファに足を上げて横になり、両手を組んで頭の後ろにぎこちなく当てて、あの兄と妹は階下でなにか互いに話すことを見つけたのかと自問してみた。そうやってあらゆる場所を見て回るなんて無駄なこと。彼女の問題をここに持ち込んだ我々は何者なのか？

電話器を引き寄せてアナはセント・クウェンティンの番号を回した。ベルが何回か鳴っているのを聞いた——どう見てもセント・クウェンティンは外出している。

月曜日の朝、トマスはオフィスに戻り、ポーシャはキャヴェンディッシュ・スクエアにあるクラスに戻った。穏やかな灰色の春の雨が降りしきり、木々の上で震えている。トマスは些細なことが正確なのが好きで、天気の変化も前もって聞かされていたかった。チューリップは第一週に開き、太陽は射さなかった。チューリップはモーヴ、珊瑚色、深紅色とあり、肉感的に濡れていたのに、そばで見る人もいない。そう、この五月の午後は、ミスタ・クウェインが公園にこっそり入ってきた五月の午後とは違っていた。ポーシャがやっとエディに会ったのはその週の終わり、土曜日の午後に帰宅したら、アナとお茶をしている彼がいた。彼はとても嬉しそうにしていて、彼女を見て大いに驚き、跳び上がって、満面の笑みを浮かべ、彼女の手を取り、アナに向かって叫んだ。「元気そうじゃないですか、まったくもって！」そして自分が座っていた所に彼女を座らせ、彼はアームチェアの肘に座った。その間アナはチラッと見るふりをして、もう一人分のカップを追加するためベルを鳴らした。ポーシャはミスをした。予定されていなかったのだ。この午後はリリアンとお茶をすると言ってたのだ。「どうなの」エディが続けた。「三人だけで会うのは、もう何か月ぶりになるかな？」

セント・クウェンティンは、先週の水曜日、もっと熱心だった。ポーシャは早足であてどなくウィグモア・ストリートを歩いている彼に出会った——黒いホンブルグハットを目深にかぶり、手袋をしっかりと握った両手は背中に回していた。ときどき半ば立ち止まり、体全体をくるりと回して、磨かれた暗い窓のなかの贅沢な品々に、取り乱した強い視線を投げていた。その振舞いは、なぜか、わざとらしくなかった。ポーシャは不安になった、彼に近づいて行ったのに、セント・クウェンティンは本当にこっちを見なかったのか、見たのに、見なかったふりをして見せていたのか。どうしよう——

道路を横切って行くべきか？——だが、そうなると舗装道路に降りて、カバンをぶら下げて、強すぎる風に逆らう小さすぎる船になってしまう。立ち止まる理由はなかった。窓に映った彼女の映像のなにかがセント・クウェンティンの視線をとらえ、彼がくるりと振り向いた。

「ああ、ハロー」彼はすぐ言った。「ハロー！　そうか、君も戻ったんだね。素晴らしい！　君はなにをしているの？」

「レッスンが済んで帰るところです」

「君はラッキーだなあ——僕はなにもしていないのさ。つまり僕は時間をつぶしてるんだ。君はマンデヴィル・プレースまで行くかい？　マンデヴィル・プレースへ行こうか？」

そこで二人は一緒に角を曲がった。ポーシャはカバンを持つ手を変えて言った。「あなたの新しい本はどうですか？」

返事をする代わりにセント・クウェンティンは窓を見上げた。「大きな声で話さないほうがいい。ここは介護ホームがいっぱいだから。病人がどんなに聞き耳を立てているものか、知ってるでしょう……。楽しく過ごしたの？」彼は声をひそめて続けた。

「ええ、とても」彼女はほとんど囁き声にして言った。彼女はなかの様子を知っている、白い高いベッド、体温表、蠟みたいな花々。

「すまないが、君がどこにいたのか思い出せない」

「シールに。海辺です」

「それはいい。さぞかし名残惜しいでしょう。僕も遠くに行きたい。実際そうしようと思ってるんだ。そうしちゃいけない理由はないんだが、いま僕はノイローゼがひどくて。なにか話してくれないか。君の日記はどうなってる？」

見ると、ポーシャの顔が彼に向けてキラッと光った。そしてすぐさま投げてきた視線は、罠にかかって必死になった鳥の視線だった。彼らが歩みをとめると、タクシーから降りた人が歩道を横切り、花束を持って介護ホームの硬い階段を上がって行った。また歩き出したとき、セント・クウェンティンはまたなにか上を見て、ポーシャは真っ直ぐ前を向いて、石になったみたいに、突然の春の暗がりの中で怯えている曇った道路の渓谷を下っていた。「当てずっぽうで言ったんだ。君は日記をつけているに違いないという感じがする。僕が思うに、君にはきっと人生について考えがあるよね」

「いいえ、私、あんまり考えませんから」

「マイ・ディア・ガール、その必要はまずないね。君にあると僕が思うのは、反応なんだ。僕は、君を見るたびに、その反応がどういうものかが知りたくなる」

「それがなんだか、私は知らないわ。つまり、反応ってなんですか？」

「なに、説明はできるが、しなくちゃダメかい？　君は感情はあるよね、もちろん？」

「ええ。あなたはないの？」

セント・クウェンティンは上唇を陰気に噛んで、口髭を下に曲げた。「うん、さほどないな。つまり、あまりないな。感情は僕にとって大して面白くないんだ。さて、どうして僕は、君が日記をつけているなんて思ったのかしら？　いま君を見てみると、君はそれほど無謀じゃないと思う」

「もし私が日記をつけていたら、それは絶対に秘密にするわ。どうしてそれが無謀なの？」

「色々と書きつけるのは狂気です」

「だけどあなたは、ああいう本を一日中書いているでしょ？」

「しかし本のなかにあることは決して起きないよ——起こりそうだが、決して起きない。そして本のなかで感じられることは、可能性だけだ——実際、苛々させられるものの、多くの人が認める以上に可能なんだ——まずはありそうもないのに。だから、いいかい、あれは最初から僕のゲームでね。しかし僕は起きたことを書き留めたりしないよ。人の本性は忘れることで、人はそれで行かないといけない。記憶はまったく我慢ならないが、それでも記憶はたくさんのことを置き忘れるからね。記憶は、半分以上が偽物でなければ、あんなに人をそっと慰めたりしないよ——我々は自分に都合のいいことだけ覚えているんだ。いや、本当だよ、えーと、ポーシャだっけ、いいね。人がいくつかウソを自分で飲みこんでいなかったら、人はどうやって過去を持っていられるのか、僕には分からない。ありがたいことだ、その一刻を除いて、赤裸々な真実なんてものはあり得ないんだ。十分たったら、半時間たったら、人は同じ種類の沈殿物で事実を言い繕うのだ。僕が汝、いとしき愛、と呼ぶものと過ごした時間たちは、僕にとっては真珠の首飾りのようなものだ。だが日記は（もし日付を追って付けているとしたら）、定点に近づきすぎる。人はしばし秘密にしておかないといけない、何であれ振り返ってみようとする前に。すべての回想があらゆる事とどれほど和解しているか……。それに、もしかしたら誰かが読んでいるかな？」

ここでポーシャは一歩踏み外し、カバンを握った手をずらした。セント・クウェンティンの鮫のような横顔をじろりと見つめ、その目をそらし、黙ったままでいた——沈黙があまりに重かったので、彼は振り向いてもう一度彼女を見た。

「僕だったら鍵を掛けるね」と彼。「僕は一インチも人を信用しないことにしている」

「でも私、鍵をなくしたの」

「あれ、君が？　いいかい、話をストレートにしよう。僕らは仮説上の日記の話をしていたんじゃないの？」

「私の日記はただの日記よ」彼女は絶望して言った。

セント・クウェンティンは咳をして、多少の良心の呵責を匂わせた。「大変すまなかった」と彼。「僕はまた先廻りしすぎたかな。でも僕にはなんの得にもならないんだ、とどのつまり」

「知られたくなかったんです。私の物というだけのことだから」

「いや、そこが君の間違いなんだ。あの種の物は、それだけでは終わらない。君は大変危険なことをしている。四六時中、君はコネクションを作っている──それはときに悪徳になる」

「どういう意味か分かりません」

「君は我々を動かして、我々を何物かにはめ込んでいる。フェアじゃないよ──我々は君に対して防御の姿勢でいるわけじゃないんだから。たとえば、いま僕は君が日記をつけていることを知って、この先ある種の計画に巻き込まれたとつねに感じるだろう。君は色々な物事を分泌するんだ。はっきり言うよ」セント・クウェンティンは優しく言った。「君が書くことはまったく馬鹿げているが、それでも君は自由にやっている、君は我々に罠を仕掛けている。我々の自由意思を踏みつけている」

「私は起きたことを書いているのよ。私は発明なんかしてないわ」

「君は物事を構築している。君は非常に危険な少女だ」

「私がすることは、誰も知りません」

「いや、僕を信じて、我々はそう感じている。我々がいかにかき乱されたか、君はわかるはずだ」

「みなさんがどうなっているのか、私は知りません」

「我々だって知らなかった。だからうまく行ってたんだ。なにがフェアでないかというと、君が隠すからだ。神さまのスパイ、だかなんだか。もうひとつ腹が立つのは、君が愛する性質を持っていること。君は真空に浮かぶ愛する性質だな。僕がこう言っても、気にしちゃいけない。結局、君と僕は同じ家に住んでいないんだからね。我々はほとんど君に会わないし、君はほとんど僕が好きじゃない。それでもやはり――」

「いまは私をからってるんですか、それとも、前はからかっていたんですか？　あなたはいつだってからかっているんだわ。最初は私が日記を付けているに違いないと感じると言い、それから日記なんか付けてはいけないと言い、それから、どこにあるのと訊き、それから日記があると知って驚いたふりをして、その後は私を意地悪なスパイだと呼び、いまは私がやたらに人を愛しすぎると言う。あなたが私の日記のことを知って……。アナが見つけてあなたに言ったんだと思う。そう、でしょ？」

セント・クウェンティンは目尻から横目でポーシャをちらりと見た。「ここはうまく切り抜けられないな」と彼が言った。

「彼女は切り抜けたの？」

「僕はいくらでも嘘がつけるけど、問題は僕が忠節に欠けていることなんだ。うん、アナは切り抜けたよ、実際に。さてと、いまからどんな大騒ぎになるかな。で、君の思慮深さは信頼していいね？だって、僕のは誰も当てにしていないから」

帽子のへりを額からさらに後ろに押しやってから、さっと振り向いたポーシャは、セント・クウェンティンを大胆に値踏みした。彼は悪質な良心を持っている、と彼女は信じた。彼が本当に無思慮だという感じはなかった。「つまり」と彼女。「あなたから聞いたとアナには言うなということね？」

「そんなことをする君じゃないよね」セント・クウェンティンはしんみりと言った。「一幕演じたくないんだ。これからは君の小さな机に気を付けなさいよ」

「私のは小さな机だって彼女が言ったの？」

「そんなところだろうと思っただけだ」

「彼女はよく――？」

セント・クウェンティンは目を上にくるりとさせた。「僕が知る限りはそれほどでもない。心配しないでいい。本を隠す場所をどこか新しく見つけなさい。僕に分かる限りでは、隠す物がなんであれ、隠し場所をときどき変えたほうがいい」

「ありがとう」ポーシャは言ったが、面食らっていた。「ご親切に」彼女はこれをやり過ごす手段がなかった。彼女の足は歩き続け、彼女を無情に進ませた。会話は終って底知れぬ深淵を残した――深淵でないふりなどできない。ショックを受けた人間のように、彼女は自分の居場所が分からなかった――彼らはメリルボン・ハイ・ストリートを下り、買い物客のなかにいた――彼女はおのがまなざしの奥底から、こっちに向かって流れてくる顔また顔に、彼女のほうを見る顔また顔に、細心の用心をした非人間的な視線を投げていた。彼女は、セント・クウェンティンの存在が、自分が脇道に駆け込みたくなる原因だと気付いた。彼らはこの恐ろしい夢のなかを、早足でしばし歩き、そのとき彼がふいに大声を出した。「みんなが空洞《ラキューニ》を抱えている！」

「なんて言ったの？」

「君は僕がどうしてそんなことを言ったか、訊きもしないのか——君は自分にも訊かないんだ」

彼女は言った。「あなたは親切にしてくださったわ」

「人がするもっとも似合わないことは、もっとも性格にないことは、好奇心を呼び起こさない、友達の好奇心すら呼び起こさない。人は自分の全性格の痙攣発作には耐えられる。それに、音がしなければ、誰も気づかない。我々はたんに好奇心がないというだけじゃない。我々は互いに、相手が存在するという感覚を完全に欠いている。君だって同じだ、あの愛する性質があっても——。ささやかな形で僕はアナを裏切ったんだ、彼女が絶対に赦さないことを僕がしてね、そして君だよ、ポーシャ、君はどうしてなのと訊きもしない。僕は、意識的に、自分で見る限りなんのいわれもなく、驚くべき亀裂を生むかもしれないことをやり始めてしまった。僕のなかでは、これは性格には全然ないことなんだ。僕はいたずら好きな人間じゃない。時間もない。関心なんかそれほどあるわけじゃない。君は聴いてないね？」

「ごめんなさい、私は——」

「君が動転しているのは間違いない。だから君と僕は世界の果ての反対側にいるんだ。日記とアナのことを考えるのはよしなさい——それから僕にびくびくしないで、ポーシャ、僕は軍隊の電気訓練じゃないんだから。人がすることを人はどうしてするのか、それを解く鍵を君は求めるべきだ。君は僕ら全員が悪者だと思っている――」

「思ってません、私は――」

「そう簡単に済むことじゃない。僕らを悪者だと君に感じさせるのは、たんに僕らがちょっとばかりつるんでいるからだ。僕らは生きなければならない、君にはその必要が見えないかもしれないが。とどのつまり、僕らがうまくいかないこともあり得るさ。しかし僕らは努力してる、僕らが感じる以上にもっと礼儀正しく、もっと親切であろうと。事実、僕らは互いを相手に高望みはしていない――互いに自発的じゃない、ということさ。結束に欠けているので、僕らはある程度の主義をもって行動するしかないのだ。僕はアナが大好きだから、彼女のなかにある多くのことを見逃してあげているし、彼女も僕が大好きだから、僕のなかにある多くのことを見逃してくれる。お互いのジョークで大笑いするし、互いの顔は立てるんだ――僕が彼女を君に譲るときは、了解済みのルールを破っているんだ。これはそう何度もあることじゃないが。それは人を長引くヒステリー状態に連れ込むからね、たとえば君の友達のエディみたいに、というか、どんなルールでも破りたいときに破っていいという高位の権威があると感じている人たち（僕は確かだと思うよ、エディがそう感じていることは）も同じだよ。とにかくルールを守ることは彼にとっては一大イベントなんだ。彼がまたルールを破っても、面白くもなんともない――少なくとも、僕にはね。彼のアナ賞賛の念は、僕に言わせれば、まったく数に入らない――」

「彼はアナを称賛しているの？」

「ああ、手に取るようにわかるでしょ、そう思わない？　僕が見るに、出てきた結論といえば、彼女はきっと型にはまった精神を持っているに違いない。それに、もちろん、彼には見事なやり方が色々とあるんでしょう――いや、僕はルールを破る前に、真実を明かす前に、相当な精神錯乱が必ず起きる。愛、酒、怒り――なにかが全体像を粉砕するんだ。一瞬で人は現実離れした宇宙のなかにいる。その見苦しさと、その輝きは、表現できないね、実際。アポロンになったようなものだ……でもまだよく分からない、どうしてそんなことが起きたのか。この息苦しい春の天気のせいだろう。宗教的な天気だね、うん」

「じゃあ、アナがエディに私の日記のことを話したと思う？」

「マイ・ディア、彼らがなににについて話したか、僕に訊かないでよ――どうしてここを降りる？」

「私はいつもこの墓地を通るの」

「説明不能――君にはなにも通じてないね。いつの日か、君は誰かから聞くかもしれないよ、僕は重要人物だったと。そしたら君は頭をかきむしって、僕が言ったことを思い出すんだ。次はどこに住むの？」

「知らないんです。伯母と一緒かしら」

「ああ、そうなると僕のことは聞けなくなる」

「私は伯母のところに行って一緒にいると思うの、トマスとアナと一緒じゃなくなったら」

「そうか、伯母さんと一緒だと、哀しくなる時が来るかもしれないね。いや、僕はいま君に不公平にしているんじゃありませんよ。僕はこうやって話などしませんよ、君がこんなに小さな石ころじゃなかったら」

「それはあなたが言ったことだわ」

「まったくもってそのとおり。君は墓地を通って行きたいの？　そして、どうして墓地の真ん中に野外音楽堂があるの？　もうすぐ家なんだから、顔を少し直したらいい」

「白粉なんか持っていないもの」

「今日起きたことは、悪いことじゃなかったと思うよ。遅かれ早かれ必ず起きたことだから——あぁ、白粉のことを言ってるんじゃない。君の顔付きのことだよ。ひとつ学習すべきは、会うのが耐えられないという特別の時に、どうやってその人と対面するか、だよ」

「アナはお茶に出ているわ」

「こんな話にならなかったら、君をお店のお茶に連れて行ったのに。だけど、そうだ、僕は五時十五分前に行く所があってね。もう戻らないといけない。僕らが出会ったことを後悔してる？」

「分かってよかったと思う」

「いいや、本当は違うでしょ。事実、僕は自分がされたら我慢できないことを君にしてしまった。そして恐るべきことに、それで僕の気分がいいんだ。では、さようなら」と言ってセント・クウェンティンは、墓地のアスファルト道路の上で立ちどまり、墓石や柳に囲まれて帽子をとった。

「さようなら、ミスタ・ミラー。ありがとう」

「おや、僕はそんなこと言わないよ」

それが水曜日だった。この土曜日、ポーシャはエディが嬉しそうに後ろにずらした彼の椅子からさっさと出て、いつもの居場所である暖炉のそばのスツールに移った。薪材から、蒼白い火とこすれる音が立ち昇っていた。窓はすべて濡れた木々のパノラマで縁取られていた。部屋は雨の午後の光で高くかすんで見えた。ポーシャとアナの間にはティートレーの静物画が広がっていた。ぴたりとくっ付けた膝の上にポーシャはバランスよく皿を置き、皿の上にはロックケーキの一切れが乗っていた。ロックケーキを一口齧りかけて、ポーシャはエディとお茶をしているアナを観察した、ほかの親しいお客とお茶をするアナを観察するのと同じように。

しかし部屋に入った彼女は、ともかくその場に、気まずい中断をもたらした。彼らがその中断を彼女に見せつけたという事実は、自ら望まぬ共犯者に彼女を変えてしまった。エディは椅子の袖に肘をついて手のひらにこめかみを傾けて、暖炉の火をじっと見ていた。その瞳は、ちらちら揺れる炎の先端とともにきらきらと上下している。自分だけの楽しみから、取り留めなく口もとを魚みたいにすぼめている——下唇を捻じ曲げては、またそれを吸い込んでいる。アナは、親指の爪を使って新しい煙草のケースを切り開くと、鼈甲《べっこう》の煙草入れに煙草を並べ始めた。ポーシャはケーキを食べ終えて、トレーに近づき、もう一切れ自分でとった——エディは暖炉の火から一瞬目を離して、彼女に無責任な微笑を一回だけ添えてやった。「いつまた散歩に行く？」彼が言った。

アナが言った。「もっとお茶は？」

「二週間前に」ポーシャは理由もなく言い、カップを取りに戻った。「私はシールのゴルフクラブで、ディッキー・ヘカムとクララと一緒にお茶をしたんだけど——クララは彼がときどきゴルフを一緒にする女の子よ」

アナは顎を引いて、ぼんやり微笑し、うなずいた。誰にともなく彼女が言った。「それ、楽しかった？」

「ええ、ハリエニシダが生えていて」

「そう、シールはきっと楽しかったのね」

「あなたの絵があったわ、私の部屋に」

「写真が？」

「いいえ、子猫を抱いている絵だったけど」

アナは手を頭にやった。「子猫？」と彼女。「どういうこと、ポーシャ？」

「黒い子猫だった」

アナは思い返した。「ああ、あの黒い子猫か。可哀想なおちびちゃん、死んだのよ……。あなたが言うのは、私が子供のころね？」

「ええ。あなたは髪を長くしていた」

「パステル画ね。ああ、あれがあそこの客間にあるの？　でもクララって誰？　聞かせてよ」

ポーシャはどこから始めたものか、分からなかった――エディをチラッと見る。彼は我に返っていて、この上なく気楽に言った。「クララ？　クララの立場ははっきりしなかったな。彼女はあの一族にほとんどはいれていない。それでも、彼女はいまも僕にとりついて出てくる――そのせいだろう。ものすごく金を使って、ディッキーと結婚したがっているんです――ディッキー・ヘカムは知ってますね。金のほかに、彼女はハンドバッグのなかに一種のネズミの巣を持っていて、物事が難しくなったら、すぐにそこに飛び込むんだ。そうだね、ポーシャ？　クララがそうするのを僕らは見たよね」

アナが言った。「見たかったわ」

「いや、あなたにはその必要はないでしょう、アナ、ダーリン……。さて、僕らはクララをハンドバッグに飛び込ませたよね、あの晩、Ｅ・Ｃ・Ｐで。僕ら、お行儀がものすごくひどくて。僕がむろん最低だった。ほんとに最悪だったんですよ、アナ。ポーシャと僕は森のあたりに散歩に出ていたのに、その日を台無しにしてしまった、酔っぱらって喧嘩腰になって。ワイキキ荘にまず行ったときは、僕の印象は上々だったけど、残念ながらそれも台無しになりました」エディは横目でポーシャにどうとも取れる視線を投げてから、また振り向いてアナに話しかけた。「クララの立場には実に辛いものがあってね、ええ。彼女はディッキーしか見ていないけど、ディッキーはここにいるポーシャしか見ていなかった」

ポーシャは唖然とした。「あら、エディ、まさか彼が！」

「まあ、進行中のことがいくつかあって――彼らは完全に一方的でしたが、ディッキーが進行中のときは、すべてが進行中なんですよ。僕は彼が君に向かって吐息をついているのを見たんだから、映画のときに。彼の吐息が激しくて、僕もかぶりました」

「エディ」とアナが言った。「あなたは本当に卑しいわね」彼女は遠い目をし、その目を降ろして鋭く指の爪を見つめたが、一分後には口を開いていた。「みんなで映画に行ったの？　いつ？」

「向こうに着いた最初の晩に」エディがすらすらと言った。「僕ら六人で。一族勢ぞろいです。しかし、言っておくけど、僕にはディッキーが実にショックだった。古いファシストだっただけでなく、振舞いというものを全然知らなかったから。海辺では、みんな好き放題で」

「あなたには大変だったわね」とアナ。「それで、あなたはなにをしたの？」

「暗がりだったから、僕は自分がどう感じたかが見せられなくて。それに彼の妹が僕の手をつかんでいたし。彼らの結束は固いです──思うにアナ、ポーシャをこの次にどこかにやる時は、もっと気を付けないと」

これはうまく収まらなかった。「どう振舞うか、ポーシャは知ってるわ」アナは冷ややかに言った。

「そこが違うのよ、あなたが考える以上に」彼女はポーシャに優しい視線と受け取れるものを送ったが、その裏に最低でもその意図があっただろうか。怒りを穏やかさに籠めてエディに言った。「あなたみたいに利口な誰かに、物事を説明するのが、あなたはあまり得意じゃないわね。第一、あなたはなにが起きたか、分かったためしがないんだわ。あなたはそれでなにがでっち上げられるか、そっちを考えるのに忙しいから」

エディはプッとふくれて言った。「なるほどね、じゃあ、ポーシャに訊いてよ」

しかしポーシャはうつむいて無言だった。

「とにかく」とエディ。「話しかけるのはいつだって苦痛なんだ、そういう気分じゃないときは。しかしここでは面白くやらないとダメだから。僕の言う事が気に入らなくて残念だけど、僕は眠りながらしているんだ」

「そんなに眠いなら、帰宅したほうがいいわ」

「分かりませんね、どうして眠るという話題が見かけよりも君の反感を呼ぶのかしら、アナ。雨の春の午後には自然なことでしょう、ほかになにか強要されてすることもないし、とりわけこんなに素敵な静かな部屋にいるんだから。僕らみんな寝るべきですよ、喋りまくる代わりに」

「ポーシャは大して話してないわね」とアナは言い、火の向こうを見た。

エディの唇に出た言葉のその音で、眠りたい欲望が扇のようにポーシャの内側で開いた。彼女はトレーの上の銀器に雨が照り映えているのを見た。部屋からかき消されたような感じがして、あとの二人が実際に感じるよりも、部屋の中にほとんど存在していなかった。彼女は移動して暖炉に少しだけ近づき、公正な大理石に頰をもたせようとしたが、どこかに独りいるみたいで、移動した意識はほとんどなかった。閉じた瞼の裏で緊張が解けた。リフレッシュしていた。両足の下のラグがずれて、磨かれた床の上で少ししわになっている。部屋は、残酷なイメージを浮かべて、泳ぎ、寸断され、ゆっくりと色を失い、水に落とした型紙のようになった。

セント・クウェンティンと話して以来、裏切りの思いが彼女の中に、上にあり、眠っていても目覚めていても、あたかも自分の罪悪のようになって、どの顔にも素直に対面できず、エディを怖い存在にしていた。この部屋に彼と一緒にいる間、目を閉じることができ、頰に当たる無感動な大理石を感じることができ、おかげで責任免除の両腕に抱かれているように感じていた——睡眠免除、知覚喪失免除、終わりなき孤独の免除、母が死んだあとの二日間のスイス横断旅行の免除。彼女は、列車が理由もなく停まった時に見た木を見た。彼女は神経のなかで、近くまた遠く、公園の濡れた木々を見た。シールの海の音を聞き、つぎに海岸から離れた遠い静寂を聞いた。

客間には一時の中断があった。そしてアナが言った。「私もそうできたらいいのに。十六歳だったらいいのに」

エディが言った。「彼女は愛らしく見える、でしょ?」その後しばらくして、彼はそっと歩いて来てポーシャの頬に指で触れ、それに対してアナは、まだそこにいたのになにも言わなかった。

三

「まったく、アナ、なにかと遠くに行ってしまいましたね！」エディが、憂鬱症から抜け出して、電話口でぶちまけた。「ポーシャがいま電話してきて、あなたが彼女の日記を読んだと言ってきました。僕は何も言えなくて——オフィスに人がいたもんだから」

「いまもオフィスの電話なの？」

「ええ、でもランチタイムなんだ」

「ええ、ランチタイムは分かってるわ。ブラット少佐のほかにお二人ここにご一緒なの。あなたって非情なほど思慮がないわね」

「そんなこと、どうして僕にわかるの？　君にとって緊急事態だと思ってさ。そうなんだ。みんな部屋にいるの？」

「当然でしょ」

「では、グッドバイ。ボナペティ」とエディは辛辣な大声でつけ足した。アナが切る寸前に彼は電話を切り、アナはテーブルに戻った。三人の客は、彼女の声に恋人同士のような親密な調子を聞きつけていて、そちらを見ないようにしていた。この三人はどちらかというとナイーブだった。ペピンガム夫妻はシュロップシャーの出で、この月曜日のランチに招かれていた。彼らはシュロップシャーに差配人を探している隣人がいて、ブラット少佐が適任ではないかというわけだった。だがランチの間にだんだんと明らかになったのは、ブラット少佐はきわめて礼儀正しい人だが、なにが理由なのか世間と折り合っていけない人だ、という印象をペピンガム夫妻に与えていたことだった。運の尽きというやつか。彼は愛想のいいつむじ曲がりに見えた。彼はアナが投げてよこす話の輪をことごとく無視した。ペピンガム夫妻ははっきりと見極めていた、彼は疑いもなく大戦では立派にやっただろうが、全体的には、立派にやった戦争に従軍したことがラッキーだったのだ。アナは彼に自由に話させようとした。彼がゴム栽培をしていたこと、彼が広大な所領——あなた、経験したでしょう？——の差配をしていたことを繰り返させようとしたが、アナの努力は無駄になった。マレー半島ではもちろん、一番大事なのは——そうよね？——人々を差配する方法を知ることだわ。

「ええ、まさしくそうでしょうな」ミスタ・ペピンガムが当たりさわりなく返答した。

ミセス・ペピンガムが言った。「ああいう社会的な変化全般ですが、あれは芸術の喪失ではないのかしら。——人々を差配するって、芸術ですもの。いつも感じるんです、もしなにか尊敬するものがあると、人は二倍働くものだと」彼女は道徳的な確信から首のあたりを上気させて、きっぱり言った。「確かですわ、それが真実なんです」アナは思った。このごろは、おしゃべりにもなにか恐ろしいことがついて回る。人々の確信がどんどん表面に浮き上がってきて、しゃべる彼らを上気させる。その種のことを宗教に結び付ける方がいいと思うが、食事の時に宗教の話はしない。彼女は言った。「カントリーにいたほうが、そういう考えをするんでしょうね。ロンドンが最低なのはその点なのよ。人は一切考えないから」

「マイ・ディア・レディ」とミスタ・ペピンガムが言った。「考えるにしろ考えないにしろ、気づかないではいられないことがありますよ。伝統破壊、そして責任感を破壊するんです」

「ほんとにそうね、たとえば、あなたのご主人のオフィスでも――」と言ったのはミセス・ペピンガムだった。

「私はオフィスには決して行かないのよ。トマスが英雄崇拝を鼓舞しているとは思わないけど、おっしゃる意味がその事なら。いいえ、彼がそれにどう対処するのか、私は知らないけど」

「ああ、私は英雄崇拝と言うつもりではないんです。だってそれは独裁者につながるだけでしょ？あの、私が言うのは」ミセス・ペピンガムは、内気そうに、だがしっかり微笑しながら真珠にさわり、かすかにまた上気していた。「本能的な尊敬の念のことよ。私たちのために働いている人たちにとって、大いに意味があることだわ」

「本当に英雄崇拝を鼓舞する人がいるかしら？」

「努力はしています」ミセス・ペピンガムはそう言ったが、あまり嬉しくなさそうだった。

「そういう努力をしなければならなんて、なんだか悲しいわね。報酬を払って、それで終わり、でお願いしたいわ」

フィリスは、オレンジスフレをしっかりお回しして、ミセス・ペピンガムが階級についてこれ以上しゃべるのを禁じた。ペピンガム家の応接間のマントルピースには、「使用人の前では禁止」という言葉が「悪しき思いをする者に災いあれ」の下に刻まれていたのかもしれない。ミセス・ペピンガムはスフレを自分でとって、フィリスのカフスを横目で見て、黙った。アナは、自分の家にすべてが十分にある時に人が見せる貪欲さで、スフレにスプーンとフォークを突き刺して言った。「それに、あなたはそれが本能的と言ったと思ったけど。誰の本能のことをおっしゃってるの？」

「尊敬の念は、広くて人間らしい本能だわ」ミセス・ペピンガムは、片方の目をスフレに漂わせて言った。

「ああ、なるほど。でもいまでもそう思っておられるの？」

二人のペピンガムの目が、一秒足らずぶつかった。彼らは同じ理想を分け持っている、とアナは思った。私とトマスは？　たぶん、しかしどんな理想を？　ブラット少佐がなにか言うか、私に反論してくれたらいいのに。ペピンガム夫妻は彼は「アカ」だと思い始めるだろう。我が家の評判はなんと誤解されやすいのか――ペピンガム夫妻は「面白いおしゃべり」がしたくてここに来たに違いない、だってシュロップシャーではそれが十分得られないと感じているから。カントリー族の憧れには驚かされる。ブラット少佐は仕事が欲しくてここにいることを彼らは忘れている。彼らはおそらく今日の相客が彼一人なので腹を立てているのだ。その期待があったに違いないが、作家でも呼んでいたら、事態はこれほど絶望的ではなかっただろうし、ペピンガム夫妻だってもっといい気分でいられたかもしれない――それにブラット少佐をもう少し実用的な人間に見せることもできただろう。私の「器量」だけで、ブラット少佐とペピンガム夫妻をくっ付けられると思っていた。しかしこのペピンガムときたら、お世辞を喜ぶようなお人よしじゃない。いや、彼らは下心に身を固めている。彼らが思っているのは、私が彼らを利用しているということだけ。利用できるなら私は利用するが、彼らはその手に乗らない。彼らはブラット少佐が自分たちよりお人よしで、自分の役割をわきまえないことで、彼を蔑《さげす》んでいる。もし彼が、じっと座っていないで、上気して議論に加わってさえいれば。いやはや、やれやれ、私は彼を売り込めない。

「あなたは私の考えを認めないの？」狂気じみた命令するような微笑を浮かべて、彼女はブラット少佐に食ってかかった。だが彼はパンを割いただけ、そして静かにちぎったパンを食べた。「いや、僕は敢えて冒険したくないな。一括セールはしない。僕は少しも疑っていませんよ、あなたが言う事が大いに参考になることは」率直な灰色の目で優しく彼女を見て、彼が言った。「僕が落ち着きたい理由の一つは、落ち着いたら、自分のためにいよいよ事態を考えられるかなという事なんです。なにが出てくるかはっきり分からないと、少し落ち着かない気持ちになるし、考えようとすると、落ち着かなくなるんです——結局のところ、僕には自由な時間がまだちょっとあって——どうも調子がよくなくて、まだ考えがまとまらないんですよ。その一方で、議論に耳を傾けさせてもらって感謝ですよ、ただ僕がそこにオールを漕ぎいれる資格はないと感じたわけで」

「このチャーミングなご婦人との唯一の争点は」ミスタ・ペピンガム（不快な存在になりつつあった）が言った。「なにがご自分の考えなのか、我々に言おうとなさらぬことですよ」

アナは（もうスポンジ投入は完全に諦めて）返答した。「言いますよ、いまなんの話をしているのかが分かれば」

ミスタ・ペピンガムは辛抱強く、相手を変えてチーズを突っつくことにした。アナはテーブルの向こうに手を伸ばしてブラット少佐の手を握り、こう言いたかった。ダメだった、私はあなたにまた一つ空籤《からくじ》を引いてしまった。あなたの売り込みに失敗、正直な話、あなたは自分を売る能力がほとんどゼロ。もうダメ、ダメ、ダメ――ここではもう打つ手なし。『タイムズ』の広告欄にまた戻る、誰かに偶然出くわしたら、その人が、あなたを世話できる人かもしれない。あなたが私たちに出くわしたみたいに。つまり、あなたはそれほど遠くに飛ばされたわけじゃない。次こそはグッドラック、お若いの。もうカンベンして。

実際のところ、彼がしたことは――今日、コーヒーをおだやかに受け入れただけで、シュロップシャーの一件は受け入れなかったこと、そして家族の一員としてクウェイン家に年がら年中出入りする信頼関係によって――ポーシャと同じ立場を得る、もしくは、非難をかわすことだった。彼は暖炉のそばにもいなかったし、十分長くいたわけでもなかったから、ケンジントンに戻って来ても、ここで感じる温かみは幻想だとは思わなかった。彼の満たされぬ願望はクウェイン家に居座り続け、彼は彼でホテルのラウンジで、またはクロムウェル・ロードを歩きながら彼らのことを思っていたに違いない。彼らに関する少佐自身の考えは、もうあと一回失敗したら、ほかのことが無に帰したら、彼の希望に満ちた無数の手紙に一通の返事もなかったら、もう一個のアイロンが鉄みたいに冷めたら、金が尽きる事態に直面したら、などと切り離せなかったに違いない。彼は彼らのことを始終考えている合図を送っていた。大事に幸せに思われると、人はもっと大事に幸せになれるのか？　憐みのポリシーがあってアナは、彼をあっさり裏切れないのかもしれない。彼は完結したロバートの物語の巻末付録だった。ああ、ああ、出会わなければよかった――彼らは出会うべくして出会ったのだ、見てのとおり。ある意味で、ブラット少佐はロバートによって彼女に遺贈されたのだ。というか、少佐のなかにロバートの刺すようなジョークの最後を見たと感じたのか、突き刺さないからいつまでも痛いあのジョークを――彼女の限界の数々を刺すように暴露するジョークのひとつを、運命を雇えると思って彼が手に入れたのか？

ブラット少佐はペピンガム夫妻が帰ったあとも居残った――それが彼の長所を内緒で褒める機会を奪った、彼を得る人は誰であれラッキーなのだ、とか、彼はD・S・O（軍功勲章）の受賞者なのだと繰り返す機会を。彼は、二、三分後にさようならと立ち上がり、応接間を見渡した。

「先日贈っていただいたカーネーション、素敵だったわ。疲れていたのでポーシャに一筆書いてもらったけど、あなたにはすぐ会えると思ったし。家に戻ったときの気持ちはご存じでしょ。だからこそお花があるといっそう素敵なのね」

彼は顔を輝かせた。「ああ、なるほど。それで君が元気になれば――」

自分を揺り動かしたい、人間らしくありたいという暗い欲望から、彼女は言った。

「あなたは、どうなの、ピジョンについてもっとなにか聞かなかった、私たちが留守の間に？」

「ヘンだな、君がそんなこと訊くなんて――」

「ヘンって？」アナが言った。

「彼から僕に便りがあったということではなくて――悪魔《デヴィル》だよ、決まった住所がないなんて。手紙だってすぐ途切れる。もちろん僕は住所がありますよ、このホテルに。しかしここから手紙を書くと、永住していないみたいでしょ。僕は移動中だということになる――少なくともそうらしい。しかし僕が住所を持っていたとしても、ピジョンからは便りがなかったでしょう。手紙を書くという奴じゃない」

「そうね、彼は一度も――でも、あなた、なにを言いかけてたの？」

「ああ、そうだ。まったくヘンだということですよ。いや、まあ、僕の身に絶えず起きていることだから。二週間前だったかな、僕は三分違いで彼を見失ってしまった――文字通り三分で。いや、びっくりですよ――一インチの差で彼を見逃すとは、彼が帰国しているなんて全然知らなかったから」

「話してくださいよ」

「うん、僕がたまたまあるメンズクラブに行ったところ――男性と一緒に、ですよ――するともう一人に出くわして（彼も何年ぶりか）、そいつがピジョンと話したというんです、ほんの三分前に。そのクラブでピジョンに話しかけたって。『いやはや』と僕。『面白い。彼はまだクラブにいるの？』しかしその男はいない、と。彼は立ち去ったと。僕はどっちに行ったと訊いた――追いかけられるかと思ったんで――しかしまったく分からないと。これは素晴らしい偶然だ、あなたに話さないと、と決めたんですよ。あと三分、僕が早く着いていたら……。それがチャンスってやつですかね、結局。なにひとつ事前には見えない。ほら、たとえば、僕があなたに出会ったことだって。小説ではそんなことあり得ない話だけど」

「そうね、あり得なかったわ。この私は誰かに出会ったことなどないのよ」

ブラット少佐は両手をそろそろとポケットに入れて、なにかしら考えているようだった。彼が言った。「もちろん、あの週はあなたは海外だった」

「どの週のこと?」

「僕がピジョンを見逃した週ですよ」

「ああ、そうか、私は海外だったわね。あなたは――あなたはもっと聞かなかった? 彼はまだロンドンに戻ってないの?」

「それはちょっと分かりません。分かればいいんだが。それこそ悪魔だ。彼はどこにでもいる。いや、このもう一人の男は、ピジョンがちょっと出かけてきただけだと考えているようでした。――例の『飛んでる』というやつですよ。彼はどこかにちょっと出かけるんです。彼はロンドンが好きだったためしがない」

「ええ、彼はロンドンが好きだったためしはないわ」

「それでも、まあ、彼に会えなくて忌々《いまいま》しいが、なにもないよりはましだったかな。いったん姿を現わしたのだから、きっとまた現れますよ」

「そうね、ぜひとも現れてほしいわ――でも私のいない所にしてほしい」

運命論でもあるかのように、彼女はやっとこの話にけりを付けた。そして鏡に映った自分を恐ろしく黙りこくって見つめた。一方、ブラット少佐は、マントルピースから肩をそらして、船の形をしたグラスに活けた薔薇の花を調べ、その香りにしばし戸惑っていた。そして指先で恭しく深紅の花びらの柔らかさをつつき、その上に覆いかぶさって思い切り香りをかいだ。この芝居じみた、彼としては意識的な行為は、彼女が望まない位置に彼がそれと知って立っていることを示していた――閉じたドアの外で、返答があるかないか不明のまま忘れられたメッセンジャーか。困惑、恭順、用意周到が、彼の態度のあらゆる線に出ていた。彼女が言葉を発してくれたら、彼は喜んで動くだろう。花とかその他部屋にある小物に注意を払うのは彼の習慣ではなく、いま薔薇にいつになく注目したことで、薔薇との間に不安な関係ができてしまった。彼はもう一度花びらをつつき、そして言った。「これはカントリーからですか？」

「ええ。あなたの素敵なカーネーションが枯れてしまったので」

この合図を彼が見逃したのか、せっかくアナが作り出したこの特別な瞬間に、ぶっきらぼうにこう訊くべきだった。ねえ、いったい何があったんですか？　全部どこに行ってしまったんですか？　どうしてあなたは、ミセス・ピジョンにならなかったんですか？　あなたはいまもあなたですし、彼もあのままの彼のようです。あなたたちは二人とも元のままで、それで二人とも良かったんだ。あなたたちは元のまま——あれからなにが間違ったんですか？

彼は彼女を見た——そしてこのデリケートな状況が彼の視線を、かつてないほど、策略ありと見せた。彼は見て、彼女が彼を見ていないことが分かった。彼女は、バッグからハンカチを取り出して、素早くビジネスライクに鼻の先に宛てて鼻をかんだ。彼女が慎重に見えたとしても、それはハンカチをしまっている間だけだった。彼女が言った。「私はこんなモンスターじゃなかったわ、もしピジョンが私にそう思わせなかったら」

「マイ・ディア・ガール——」

「ええ、私はきっとそのとおりよ。みんなそう思っているわ。あの恐るべきエディちゃんは、ランチ時に電話してきて、私がポーシャに不親切だって」

「いったいまたどうして?」

「あなたは本当はエディが好きじゃないでしょ?」

「そう、彼は僕の好みじゃないですね。しかし、まあ、僕が言いたいのは――」

「ロバートは私のことなどなんとも思ってなかったわ」アナはそう言って大声で笑った。「そのことご存じだった? 彼は私のことなど、なんでもなかったのよ。実際なにも起きなかったわ。私は彼のハートも破ってないし。あの状況下だから――その状況って分かるわね? 私たち、結婚なんてとても無理、あなたの見てのとおりよ」

彼は口ごもった。「僕は結果が最高に出ればと、思っていました」

「そうね」アナは言って、今度は微笑んだ。

彼が急いで言った。「そうですよ」そして立派な部屋を見回した。

「でも、どうしたら、これからあれに乗り換えるのかしら」彼女は世界一のこの上ない気楽さで続けた。「過去は本当に問題じゃないわ――ロバートと私について、その点ははっきりしたと思うの。そうじゃなくて、私が今日危なっかしく見えたとしたら、ランチの最中に電話で呼び出されて、迷子の青年からポーシャが不幸だと告げられたから。私はどうしたらいいの? 彼女がどんなに静かか、あなた知ってるでしょ? 彼女が外の人間にそういう不満を漏らすまでに、物事は長い道のりをたどらないといけなかったのね。でも、もちろん、エディはとても詮索好きだから」

「もしこう言ってよろしければ」とブラット少佐。「彼のような者が、聞き捨てならぬ、罰当たりな生意気を言ったもんです。これでも控えめに言ったつもりです。はっきり言って、僕は二度と――」

「彼はいつも生意気で、ケチなろくでなしよ」彼女は思い返すようにマントルピースをコツコツ叩きながら言った。「でもポーシャのことが心配なの。不幸だなんて、彼女らしくないもの。ブラット少佐、あなたは私たち、家族のことはよくお分かりでしょ。あなたはポーシャが幸せだと思う？」

「可哀想に、母親を亡くしたばかりという事を斟酌しても、彼女が幸せでないという印象を受けたことは一度もないね。ここで生まれたみたいにぴったり収まっているように見えましたよ。少女として、理想的な人生を歩いていますよ」

「というか、物事を見るのはいいことかしら？　私たちは十六歳の少女には十分すぎるくらいの自由を与えているのに、彼女はもうそういう年じゃないみたい。彼女は母親の面倒を見たのよ。でもいま分かったわ、少女はもっと年を取ったら、自分の友達が選べるのよ——ことに若い男の友達は」

「つまり、あの若いのはちょっと行き過ぎてるということ？」

「どうもそうらしいのよ。もちろん悪いのは私よ。彼はほとんどこの家に入り浸りでしょ——彼は一人ぼっちだから私たちで優しく接してあげようと。それを別にすれば、冬の間、ポーシャはここで十分幸せにやっていたと思うの。落ち着いてきたみたいに見える。それから、海辺に行ったでしょ、あちらでなにかトラブルがあったのではないかと心配しているの。私の昔のガヴァネスは天使だけど、彼女の継子《まま こ》たちは大して期待できなくて、ポーシャを動揺させたかもしれない。帰宅してからこっち、彼女は前と同じじゃないわ。うちのハウスメイドだって気づいてる。あんなに内気じゃなかったのに、それと同時に、自発性が少し減っている。そう、あの休暇を入れたのは私たちの間違いだった——海外に出たでしょ——彼女はうちで落ち着きかけていたのに、早すぎたのよ。彼女を不安にしてしまった。バカだったわ。でもどうしてもトマスにはホリデーが必要だったのよ。会社でけっこう辛い冬を過ごしたから」

「ポーシャはとても愛らしい少女だ。実に愛くるしいおちびちゃんですよ」

「では、もしあなたが私だったら、悪魔に食われろってエディに言う？」

「いや、どうするか——そう、きっとそう言うでしょう」

「で、ポーシャと一言話すの？」

「あなたならそれくらいきっとやれますよ」

「ご存じでしょ、ブラット少佐、私がおそろしく内気なのは？」

「これは確かです」彼は力を籠めて言った。「彼女は、自分があなたを動揺させていると思ったら、非常に動揺するでしょう。誓ってもいい、彼女はなにも考えていませんよ」

「彼女はエディが話す調子なんて何も知らないわ」アナは自制できない烈しさで言った。「ブラット少佐、あなたにとって、今日はみじめな午後だったわね、まずランチの時のあの恐ろしいご夫妻、そしていまは我が家の心配事で。でも元気が出るわ、あなたがポーシャは幸せだと感じるなら。またすぐ戻って来てね、今度はもっと素敵な時間を持ちましょうよ。すぐまた来てくださるでしょ？」

「それ以上に嬉しいことはないな。もちろんですよ、とにかく僕の計画はまだ決まってなくて。来たものはなんでもいただかないと、主のみぞ知る、どこに追い出されるかも含めて」

「いますぐじゃないといいけど。とにかく嬉しいわ、あなたがシュロップシャーに行かないですんで。トマスも私もあの件で発狂しそうだった。あれは問題外だったわね。でも、耳を貸してくださってありがとう。まさに天使だったわ。不運な事ね」彼女は手を差し出して締めくくった。「私のような利己主義な女のよき友になるなんて」彼女は自分の手を彼の手に預け、握りしめられながら微笑んでいたが、それは高笑いになり、窓の外を見て公園にヘンなものを見たかのようだった。

そこで彼は辞去した。彼女は一瞬の間も置かず、座ってエディに手紙を書き始めた。

ディア・エディ

ランチの時にはもちろん言えませんでしたが、もし私があなただったら、オフィスの電話を使うについてはもっと用心するわ。気づかないうちに一度が何度にもなって、一度が何度にもなると、それで通ってしまうのが心配です。事実、トマスとミスタ・メレットが個人的な電話の発信と受信の両方を総ざらいするそうよ。交換台の女の子が内部告発かなにかしたんでしょう。トマスとミスタ・メレットは意地悪だなどと思わないこと。彼らは原則を問題にしているのよ。あなたはオフィスでうまくやっているようだけど、私なら気を付けるわ、一週間か二週間はとくに。あなたに予告したほうが賢明だと思いました、あなたにはうまくやっていてほしいからです。

あなたの友達があなたに何をどれだけ言いたくても、私だったら自分の部屋に戻るまで待てと彼らに言います。私だったら、そこから電話するわ。あなたの電話代が高くなるでしょうが、それはどうしようもないことだから。

あなたのものなる、アナ

これを書いてアナは時計に目をやった。いまこれを投函すれば、エディに届くのは明日の朝だ。しかし特別配達人に頼めば、エディは帰宅した時に、夜分にでも見つけるだろう。手紙が来たという感じがもっともするのはその時刻だ。そこでアナは特別配達にするべく、ベルを鳴らした。

同じ月曜日の午後の四時半に、リリアンとポーシャはミス・ポーリーの教室に来て、キャヴェンディッシュ・スクエアの半地下《エリア》の階段を降りていた。リリアンが手首を洗うのに時間がかかり、新しいバングルは派手だったが、手首に跡がついていたのだ。だから二人は、少女たちのばらけた長い列の最後になった。クラスルームが静かになった後、広場は熱い音が太鼓を打っているようだった。不規則な高さの建築物が窓を光らせながら、午後の光のなかに立って睨みつけている。中間にある木立が広場を回って入りこむ風になびき、ひるがえった葉が蒼白い裏を見せている。レッスンが済んで出てきた少女たちは、ものみな溶ける季節もしみこまない不浸透性の石の世界に躍り出た——メタリックな太陽光線を浴びている木々の枝を通して、少女たちは忘れられた春がそこに残した徴《しるし》を感じていた。

リリアンは肩から胸に重くかかる豊かな三つ編みの髪を一目見た。そして言った。「いまからどこに行く?」

「言ったでしょ。六時に人と会うの」

「そのことを言ってるのよ——六時はまだでしょ、このバカ。それで、家に帰ってお茶にするか、どうなのよ?」

ポーシャは神経質に言った。「家には帰らない」

「じゃあ、いいわ、お店でお茶にしましょう。お茶があなたの神経にいいかもしれない」

「ほんとに親切にしてくれるのね、リリアン」

「もちろんよ、あなたが興奮しているのが分かるもの。どういうことか、私、分かるわ、すごく」

「でも私、六ペンスしか持ってない」

「あら、私は三シリング持ってる。私も自分で経験した後だから」と言って、リリアンはポーシャを広場の向こうに連れて行った。「あなたは私の前では恥ずかしがらなくていいのよ。私のハンカチを夕方まで持っていていいから、誰かに会うときにまた使うかもしれないでしょ、でも明日はどうぞ返してね、洗わないでいいから、だって思い出すことがあるハンカチなの」

「親切なのね」

「私も食べ物をもどすのよ、興奮すると。無理に食べると決まって吐くわ。ランチの時に思ったわ、あなたがそうならなくてラッキーだったと、だって人目に付くでしょ。人目に付いて残念だったわね、ミス・ポーリーの電話を使っているところを見られちゃって。いいわね、私ならもう二度としないわ。彼女は完璧なケチだと思うけど？」

「彼女に叱られたわ」ポーシャが言い、また唇が震えた。「先学期から彼女は私を嫌な子だとずっと思っているの、私がもらった手紙を読んでいるのを見つけたときから。私の育てられ方のせいだと言いたいのよ」

「彼女はそういう年頃なのよ、女がおかしくなる年頃のこと、そう。どこで会うって言ったの、あなたの友達に？」

「ストランド街の近く」

「あら、お兄さまのオフィスの近くね？」リリアンはそう言って、やや寄り眼の暗灰色のゼラチン状に濡れた大きな目でポーシャを見た。「いいかしら、ポーシャ、気を付けなくちゃだめよ。信頼に値しない男は、人の人生をぶち壊すだけだから」

「人を信頼するときに、なにかがなかったら、そういう人を好きになったりしないでしょう？」

「私たちが腹心の友でいる意味が分からないな、もしあなたが、これはエディのことだと打ち明けてくれないなら」

「そうね、でも私はエディのことで興奮しているんじゃないわ。なにかが続くので興奮しているの」

「家でなにか？」

「ええ」

「あなたの義理のお姉さまのことね？　彼女は危険な女だといつも思っていたけど、当面そうは言いたくなくて。ねえ、リージェント・ストリートでその話はしないでね、もうみんなでこっちを見てるわ。ポリテクニック専門学校の前のＡＢＣストアに行きましょう。あそこならそれほど目立たないから。ティーハウスのフラーズより安全だと思う。我慢して静かにね、ポーシャ」

実際に注意を引いたのは顔をいちいち鋭く見ていたリリアンだった。女神ぶった友達のそばをポーシャはうつむいて歩き、街路を吹く風にぶつかっていた。曲がり角に来たとき、リリアンは手袋をした手でポーシャの裸の腕をつかんだ。子ヤギ皮《キッド》の手袋を通して、動物の鎮静作用がポーシャの肘に伝わってきて、関節がほっと緩んだ。彼女はわれに返ってランガム・プレイスの万霊節教会《オールソウルズ》の階段に敷かれたウェディングカーペットを眺めた――溺れて、死んで浮かんでいた状態から回復し、日のあたる表面に浮上してきた少女のように。彼女はちょこちょことリリアンのあとについてバスとバスの間を進み、小さな死体が気化したような軽さで進んだ。

「あなたは食べられるでしょうが」リリアンはそう言って、大理石張りのテーブルに肘を付き、指先を使って手袋を脱ぎ（リリアンは自分の体のいかなる部分も、一定の意識なしに見せることはない。スカーフを外すとき、または帽子を脱ぐとき、それらはいつも小さなドラマだった）「食べられるでしょうが、私だったら重いものは食べないわ」そしてウェイトレスの視線をとらえて、軽いと思うものを注文した。「ちょっと見てよ、遠いテーブルをとったわよ」と彼女。「もうなにを言っても心配ないから。ほら、どうして帽子を脱がないの、そうやって後ろに傾けてないで？」

「ああ、リリアン、あなたに話すことなんかあまりないわ、ええ」

「そんなにおしとやかにしないでよ、マイ・ディア。陰謀がある、とあなたが言ったのよ」

「どういうことかというと、彼らは私を嘲笑っているのよ」

「どうして嘲笑うの？」

「告げ口しあってさ」

「エディも、なの？」

ポーシャは、ただリリアンに追われているような視線を投げた。ポーシャは言われるままにゆっくりと、アナが彼女の年齢にふさわしいと思った小さなあどけない帽子を脱いで、それをふたりの中間に置いた。「いつだったか」と彼女。「あの日に私たち、歩いて一緒に帰れなかったときだけど、私、ミスタ・セント・クウェンティン・ミラーに出会ったのよ――あなたに話さなかった？――それで、彼は私とお店でお茶にしようとして」

リリアンはお茶をつぎながら、非難していた。「それはよくないわ。そうやってずるずるするのは。あなたは彼とお茶というので喜んでるけど、それはセント・クウェンティンが作家だからよ。でも、彼を愛してないでしょ、どうなの？」

「エディだって作家なのよ、そういうことなら」

「セント・クウェンティンはエディの半分も卑しくないと思うわ、義理のお姉さまと一緒になってあなたを嘲笑うような」

「あら、私、そんなこと言ってないわ！　まさかそんな！」

「じゃあ、あなたが彼女に怒っている理由は？　あなたが言ったのよ、家に帰りたくないって」

「彼女が私の日記を読んだの」

「あら、まあ、ポーシャ。あなたがまさか日記なんて――」

「そうなの、誰にも一切話してないわ」

「あなたはダークホースね、そうに決まってる。でも、どうして彼女に分かったの？」

「誰にも一切話してないわ」

「誓える？」

「あの、誰にも話してないけど、たったひとりエディだけは……」

リリアンは肩をすくめて、眉を吊り上げ、ティーポットに熱いお湯をもっと注ぎ、ポーシャが読み取りたくない表情をしていた。

「あーら、まあ」と彼女。「まあ、どうしましょう、あなたはもっとなにが欲しいの？　これなんだから――私が言うのはそれよ、ええ！　なるほど、これは確かに陰謀だわ」

「彼のことじゃないの。そういう陰謀のことじゃないの」

「ねえ、プレーンケーキを少しは食べたら。食べられるなら、食べないと。それに困るわ、みんなが見ているみたい。いいわね、あなたはストランド街まで歩けるほど元気じゃないのよ。ケーキを食べないなら、タクシーで行こう。一緒に行くわ、ポーシャ。私は大丈夫だから、ええ。あなたには友達がいるって、彼にちゃんと見せないと」

「あら。彼は友達よ。いつだって友達よ」

「で、私も待っててあげるね」リリアンは続けた。「あなたが興奮しすぎるといけないから」

「親切にしてくれるのね――でも独りで行きたいの」

疑いもなく、悲しみは人の誇りをくじくのが世の中だ。沈黙という貴族的な特権は、すぐに分かるとおり、幸せな状態の所有物だ――というか、少なくとも、痛みが限度内にとどまっている状態に属している。悲しみが全開にいたると、感情は破壊的となり、暴力的になる。本質の誇り高い部分は叩き潰される。そうなると、事件の現場に群がる人たちで、とりわけ死亡時とか出産時に居合わせるか、または、気兼ねが不要になった病床に立ち会うのが好きな人たちは、空気のなかにあるものを嗅ぎつけて、その場で即座に、納骨堂で交わすような挨拶に急かされる。自分の運命は、空を飛ぶそういう禿鷹《はげたか》を見て、まずそれと知るのだ。しかしもしかしたら、あれは禿鷹ではないかもしれない。あれは預言者エリヤの大鴉なのだ。彼らは、もっとも個人的な悲しみは天を衝くばかりの宇宙性を持つという感覚をもたらす。そのなかでは人間性は自らの無様な知恵、その効き目、その絶対確実な対応策、これ以上落ちようもないそのレベルの低さを思い知らされる。突発事件は人間の財産になる。生きることの中途半端な恐れだけが、我々の本質のなかの宇宙の恐れだけが、「悲しみのプライバシー」を求める素因となる。よりナイーヴな、より控えめな、より高貴な社会では、苦しむ人は公的な財産となる。いかなる災害の現場も、その孤立した輝きをたちまち失う。悲しみについての適切なコメント、悲しみを詩に帰すコメントは、正しい言葉、完全無欠な受け皿である沈黙では表わされず、探してもいない俗っぽい友達のコーラスで表わされる——趣味とか精神には無縁の友達。

事実、慰め主はどこにもいない。秘密を打ち明けられる親友でも本能の半分が受け付けない。こぼれたもの、吹き出す涙と言葉、個人的な内密の悲しみの発散は、痙攣のように、人が選んだわけではない状況の下で、自己完結する。究極の親友は——その場に居合わせる天才と、痙攣を一掃する力はあるが——いつもではないがほとんどつねにぼんやりして、病的で、くだらなくて、思春期の人々であることもあり、自分が感じる空白を埋めたいと熱望している人々である。こういう人たちに対して人は、より幸せなときには、自分の本質の秘密の泉、愛の誇り、野心、変わらぬ希望を見せたりしない。彼らとは生きていく際のデリケートな喜びを分かち合えない。彼らは議論を不可能にする人たちである。彼らの残虐性、侵害、そして無能は、同時に、人が痛みに耐えられない時に、出てくる。本質が優秀なほど、生きることを探求するそのレベルが高いほど、その痛みは、悲しみのなかにあって、ますます下へ沈み込み、もぐり込む。物乞いと山師とともにすすり泣く、こうすれば不幸の悔しさを軽減できるからだ。

そこで、あの耐えがたい月曜日の午後（アナとエディが一緒にいるのをポーシャが見てから二日後、セント・クウェンティンの暴露から約一週間後——二人の共謀背信行為が成長を遂げ、二本の樹木に育つには十分な時間だった）、リリアンほど会いに来てほしい人はいなかった。ミス・ポーリーのクラスでランチの前にかけた電話の危機こそは、リリアンが介入すべきときだった。クロークルームで泣いているのをリリアンに見出されて、ポーシャは一気に感情の亜熱帯ゾーンに連れ込まれた。ナルシストより親切な人はいない、彼の流儀で人生に反応している間は。リリアンに慰められること、理解されることとは、シダ植物の生えた洞窟で泣くのを延長するのと同じ、その蒸し暑い空気とべたべたするシダの葉の感触は、気持ちを緩め、堕落させ、全身に沁みわたる。あらゆるもののサイズが変わる。濡れた目で見上げると、木々はもはやシダ植物ほどにも怖くない。人工の感情と真の感情が、痛みにいたるとほぼ同じになってくる。リリアンのハートのアラベスク模様と、あのつれない俳優の冷淡さが働いて、リリアンは宿命的な慈愛を籠めてポーシャをにらんだ——この瞬間ポーシャはケーキの皿を引っ込め、リリアンは持ち金を数えはじめ、タクシー代をはじき出した。

「さあ、あなたが」と彼女が言った。「なにがなんでも独りで行きたいなら。でも、あなたが行きたいところでタクシーを停めてはダメよ。いいわね、脅迫されるかもしれないわよ、どうなるか分からないんだから」

「私はコヴェント・ガーデンに行くだけよ」

「マイ・ディア——どうしてそれを先に言わないのさ？」

四

エディはコヴェント・ガーデンは待ち合わせにはいい場所ではないと思っていたが、ほかの場所を考える時間がなかった——彼がポーシャにかけた電話は、彼女のほうから切られ、それは僕らにはまだもっとましなことができると彼が言いかけている最中だった。彼はありがたいと思わなければならなかった、少なくとも彼女の第一案に蓋をする時間があることを。彼女はクウェイン&メレッツ社の入り口のロビー《ホワイエ》で彼と会おうと申し出ていた。そしてこれは——ポーシャは分別のあるほんとにいい子で、トマスのオフィスに畏敬の念を抱く訓練が行き届いていたのだ——緊急事態に対する彼女の必死な思いを示して余りあった。彼女は取り乱して到着するだろうか。いや、これはあってはならぬ。

とりわけこれは今週であってはならなかった。エディとクウェイン&メレッツ社との関係は（アナから聞かされたいまも気付かれていない電話のトラブルは抜きにして）、目下のところ、不確定要素そのものだった。彼は、どこかもっと明るい風土の生息者のように、オフィスの周囲に出没しては、多くの人々を困らせていた。そういう週末が長きにわたって続いていたのだ。さらには、トマスの不在と人間の個人的な魅力に敏感なメレットの感性が、エディの度し難い能天気ぶりに拍車をかけていた。

威張り散らす。コピーを平気でとりまくる。態度は卑屈と尊大の度合いが増し（最近では彼の身についてしまった）、それがここでは限界を超えていた。彼は最近、気が滅入るような性格の通達を三通受け取っており、サインはメレットの頭文字、いつものとおりにはいかない面談をする、と脅してあった。エディが警告されたころ、近所のバーで見たくないシーンがあった。ミスタ・メレットがリクルートした下層どころではない若者といっしょで、ミセス・クウェインの秘蔵っ子も通用しない相当な好感がともなっていた。伝統社会にいる若者なら話し手をぶん殴ってがたがた言わせない時だっただろう。愛想よく、敏感に、くすぐられ、しかも面喰っていないことを同時に見せるエディの企てはどれも不発におわり、彼の機械的な苦笑いもその場の空気を晴らす役には立たなかった。ロビーに座っているミスタ・クウェインの幼い妹は、間違いなく、彼のゴールだっただろう。

コヴェント・ガーデンは六時を過ぎたばかり、アーケードのシャッターは降りていて、陽気ではなかった。日向で見るみすぼらしい芝居のセットのような正面入り口に、不毛なまばゆい空間に、薄い膜がしっかり冷たく降りていて、空に神経質な流れがあるようだった。あちらこちらに紙切れが舞い上がれないで、しつこくよじれていた。その場所には抜け殻になった廃絶状態が感じられ、永遠が遺棄されたまま続くように見えた。ロンドンはこういう砂漠に満ちていて、自分自身で調子を上げた存在が幻となって突然崩れ落ちる、そういう瞬間に満ちていた。コヴェント・ガーデンはエディに溶解剤のように働いた。彼は猫のように歩き回った。

そして彼はポーシャが見えた。彼が言ったつもりのないコーナーで待っていた。小さなケースを辛抱強く握りしめ、頭をめぐらし、細い寒々とした両腕が短い袖と短い手袋の間に出ているのが、彼のハートがあるべき場所をじかに打った――しかしその一撃は彼の内側に捻じ曲げられた。彼女を見て彼はふらりとただ近づいた。

「やあ、ここまでやって来たの」と彼。「すごく嬉しがらせてくれるんだね、ダーリン」

「タクシーで来たのよ」

「そうなの？　いったい何があったの？　電話の時、君は発作が起きたみたいだったよ、僕がもっといい待ち合わせ場所を考えていたのに」

「ここでもいいのよ、大丈夫！」

「でもおかげで僕はガタガタさ、ああやって電話を切られて」

「ミス・ポーリーのスタジオの電話を使っていたから、入ってきた彼女に見つかってしまって。あそこから電話するのは許されていないの。伝言ならお願いできるんだけど」

「ひどい目に会ったんだ、ね。誰が若くなりたいか！」

「私はそんなに若くないわ」

「だって、保護監督《イン・スタチュ・ピュピラーリ》のもとにあるでしょ。さて、どこに行く？」

「歩き回ってもいいじゃない？」

「ああ、いいよ、君がいいなら。でもあまり面白くないね、どう？」

「面白いはずないでしょ？」

「うん、そうだった」エディは速足で歩き出し、彼女が追いつけないほどだった。

「でも、さあ、いいかい、ダーリン、君のことで僕はすごく心配しているけど、こうやって自分勝手にしてほしくないよ。アナが君の日記を読んだのは汚いことだけど、いつも君に言いましたよ、置きっぱなしはいけないって。でもほんとによかった、僕らのことは書くなと君に約束させたのは。書かなかったね、もちろん？」彼はそう付け足して、チラッと彼女に目をやった。

彼女は喘いで言った。「いま分かった、なぜ私に書くなって言ったのか」

目に見える歪みがエディの顔全体に走った。「まったくもう、なんだって言うの、いまになって？」

「どうか怒らないでね、どうか私に怒らないで――エディ、あなたが私の日記のことをアナに言ったのね？」

「神の名にかけてもいい、どうして僕が？」

「冗談のつもりだったのね。いつも彼女とやり合っている冗談のついでに」

「いや、僕の大事な可哀想な素敵な仔羊ちゃん、利害関係として見ても――いや、僕じゃない……。事実として見ても……」

彼女は黙りこくって彼を見た。

「事実として言うと」彼は続けた。「彼女が僕に言ったんだ」

「でも私はあなたに言ったわ、エディ」

「うん、最初に彼女が言ったんだ。彼女はしばらくの間、あの日記につきっきりだったよ。彼女は実に下劣な人間ですよ、分かるでしょ」

「そうか、私が話したとき、あなたはもう知ってたんだ」

「うん。知ってた。だがいいかい、ダーリン、君は事を大袈裟にとりすぎる、日記をつけるにしても。とっても正直だし、素晴らしくお利口だし、愛らしくて、君らしいけど、ちょっと異常じゃないか？　日記なんて、女の子はほとんどみんなつけてるよ」

「だったら、どうしてあなたはウソをついたの、あれは自分には意味があるなんて？」

「君が僕にその話をしてくれるのが嬉しくてさ。君がいろいろ話すと、僕はいつもすごく感動するんだ」

「そして今回、あなたはそのまま私にやらせていたのね。私はちゃんとあなたのことも少し書いたわ、言うまでもないけど」

「ああ、やれやれ」と言ってエディは立ち止まった。「君は信頼できると思っていたのに」

「どうしてあなたは私に優しくしてきたのが恥ずかしいの？」

「結局のところ、すべては君と僕の内緒ごとだよ。アナに首を突っ込んでほしくないんだ」

「あなたは、じゃあ、私の残る人生はどうでもいいのね？　事実として言うと、私の人生なんて大したことないのよ。でも私の日記は私の物だから。どうしてあなたをそこから除外できるの？」

「オーケー、続けて。僕に自己嫌悪させてくれ……。ところで、君はどうして気づいたの？」

「セント・クウェンティンが私に言ったの」

「あれもペテン師だよ、いいね」

「どうしてかわからない。彼は親切だったわ」

「というより、彼はアナに飽きてきたんじゃないの。彼女は同じジョークを延々と続けるから……。で、お願いだから、ダーリン——ここで泣くなよ」

「足がすごく痛くて泣いてるの」

「痛くなるって言っただろ？　この地獄みたいな舗装道路をずっと歩いていれば。もう、黙れ――もういいだろ、ね」

「リリアンがいつも言うの、みんなが見てるって。いまはあなたがリリアンみたい」

「タクシーを呼ばないと」

すすり泣きが漏れそうになって彼女が言った。「六ペンスしか持ってないの、あなた、お金ある？」

ポーシャが石みたいに立っている間、エディは車を探しに行き、一台見つけて戻ってきて、自分のフラットの住所を言った。彼らがタクシーに乗りこむと、ヘンリエッタ・ストリートがくるくると目が回るように過ぎるなか、彼は悲しげに彼女を抱きしめ、冷たく絶望したまま自分の顔を、彼女の髪の毛が耳から落ちる場所に押し付けていた。「泣かないで」と彼。「お願いだから、ダーリン。ただでさえ最悪なんだから」

「ダメ、ダメ、私、やめられない」

「じゃあ、黙って泣いてよ、それで気がすむなら。ただそうやってやたらに僕を責めるなよ」

「森のなかの散歩のこともアナに言ったわね」

「話題にしただけだよ、ダーリン」

「でもあの森は、私があなたにキスした場所よ」

「そういう事で僕は生きてないから。僕は物事が起きるのに向いてないんだよ、ダーリン。君と僕には新しい世界があるべきなんだ。どうして僕らは二つの人生の始まりにいなければならないんだ、周囲のすべてがその美徳を失っているのに？　どうやったら僕らは成長できるのかな、相続するものが何も残っていないのに、僕らが食べるものは腐って汚染されているのに？　いけない、こっちを見ないで。僕に埋もれていなさい」

「あなたは埋もれていないじゃない。いろんなものを見ているわ。いまどこ？」

「レスター・スクエア・ステーションの近く。右に曲がるところ」

彼の腕のなかで向きを変え、ポーシャは嫉妬して上を見た。冷たい日光がエディの横に広がった目に映っている。片方の腕を自由にして彼女は彼の目を覆い、そして言った。「でもどうして全部とり替えられないの？」

「僕らみたいな人はほとんどいないからさ」

「違うわ、あなたは本当はとり替えたくないのよ。あなたはいつも遊んでいるだけ」

「僕が楽しんでいると思う？」

「恐ろしいくらい楽しんでいるわ。私に邪魔してほしくないのよ。あなたは愛するよりも侮蔑したいのね。あなたはアナが怖いふりをしている。あなたは私が怖いのよ」エディは彼女の手を目からどかして、その手を離してしっかり持ったが、彼女が言った。「いまあなたはこうしてるけど、私をあなたのところに泊めてくれないわね」

「でもどうして君が？　君はまるで子供だよ、ダーリン」

「あなたがそう言うのは、私が真実を言うからね。恐ろしいことはいつもあなたと一緒ね、私は子供じゃない。やめて、抱かないで。ちゃんと座らせて。いまはどこ？」

「キスしたかったんだ――ガワー・ストリートだ」

タクシーの自分の座席に座り直してから、ポーシャは膝の上で帽子の形を整えた。リボン結びを指でなぜて、頭を少し離して言った。「いやよ、いまキスしないで」

「どうしていまダメなの？」

「キスして欲しくないから」

「つまり」と彼。「君がした時に僕がしなかったから？」

ポーシャはゆっくりと帽子をかぶり、難関を超えた微笑をかすかに浮かべ、すべてが遠い昔のように思えた。小さな痙攣に続いて涙が流れた――彼に感づかれたが静かだった――睫毛がくっついただけだった。エディは、彼女の顔を一心に見ているうちにこれに気づき、心配そうな人差し指で彼女の帽子を真っ直ぐにしてあげた。「泣きっぱなしだね」と彼。「大変だよ、まったく……。そろそろ着くよ。だけどポーシャ、あとどのくらい時間がある？　彼らはいつごろ帰ると思ってる？」

「関係ないわ」

「ダーリン、そんなバカな――君が帰らなかったら、誰かが発作を起こす。君が僕のところに来るとなにかいいことあるの？　代わりに君を家に送りたいけど？」

「あれは『家』じゃない！　どうして入っちゃいけないの？」手入れのいい短い手袋の手を握り合わせて、彼女は頭を捩ってそらし、曇った声で言った。「もしかして、誰かを呼んでいるの？」タクシーが停まった。

「分かった、分かりましたよ。さあ、降りて。きっと小説ばかり読んでいるんだな」

タクシー代と合鍵の件、玄関ホールのラックから手紙を摑み取る件、それからポーシャをそっと二階へ押しやる件に専念した後、エディは二つ目のエール鍵を回して自分の部屋のドアをパッと開けた。だが彼の神経は面倒な即時対応のピークにあったので、誰か運命の人が窓辺に立っているか、暖炉の火格子に背を向けて立っているか、半分期待していた。彼がいるこの状況では、彼の敵はみな超自然のパワーを持っているように思われた。そいつらは鍵穴を抜けて、堅固な木のドアを通って入ってくる。ポーシャといる場面はこれまでのところ軽く済んできたが、天空は降りはじめていた——最初は黒い漆喰の破片のように、まだきわめてそっと、頭上にひらひらと落ちてきた。だが、誰もいなかった。部屋は、空気が通っておらず、肌寒くて、彼の朝食と、昨夜の煙草の臭いが残っていた。彼は二通の手紙を（一通は「持参」につき切手なし）センターテーブルに置き、窓を開け放ち、膝をついてガスに点火した。

ポーシャは疲れ切った人の鶴みたいな歩き方で、部屋を何回も歩き回り、あらゆるものを鋭く見つめた——ふたつある肘掛椅子はスプリングがつぶれている。灰色がかった鏡、長椅子にはブッチャーブルーの毛羽立った布のカバーが、枕はブッチャーブルーの枕カバーに乱雑に押し込めてあり、外国語の本は乱雑に、松材の書棚に情け容赦なく突っ込んである。彼女はここに前に来たことがあった。エディに会いに二度来ていた。だが彼女は、一冊の本のなかで迷子になったか、その本の意味合いを取り違えてしまい、スタートに戻って最初から始めなくてはならない人のような印象があった。

さらに精巧な心であれば、参考にするノートのたくわえがあるから、エディの室内から多くを学ぶことができただろう。もしこの室内が何らかの好意を示しているとしたら、それは大学の学寮《コレッジ》の部屋の所有物でない大きいだけの調度、テーブル、衣装ダンス《カバード》によってかもし出されていた。椅子はみなへこんでおり、長椅子はでこぼことあって、むしろ居心地を求めるほうが残酷であることを示唆していた。エディが見せる世間体の工夫は、実はここに戻ったときに終わるのではなく、というのも彼はしばしば仲間を連れてきた――あらゆる種類の怠慢ぶりを見せつけることで、その工夫の終わりを暗示することにしていた。孤独のなかの彼にマニアックなものが憑《と》りついて、幽霊の出るような景色のなかで戸棚やテーブルが崖に見えたり、半透明の底なし沼に見えても、ここに入ったときの効果は（少なくとも女には）、これがすなわち本質的には簡素でやや旧式な男がスリッパをはいて暮らしていることになったのだ。煙臭い黄褐色の壁と磨いてない木彫物には、ノイローゼと書いてあるはずがない。このようなむさくるしい場所にエディが迎え入れてくれることは、親友だからか、傲慢だからかのどちらかに受け取られた。もしも彼が花を一束（決していい花ではない）彼のアート花瓶に詰め込んでいたら、その配慮はつねに感動的だった。感動的なのはこれだけではなかった。カーペットと煙草の灰の臭い、書物にたまった埃の臭い、そしてすえたような紅茶の臭いが希望を失った黙従を臭わせていた。これは全部がインチキ《フォーニィ》なのではなかった――エディは母親の世話がどうしても必要だった。彼に美学はなかった。彼にはこじゃれた装飾品への蔑視があり、美しい生き方を、真実、彼が望みうる限度を超えた金があることと結び付けていた。忌まわしい借り物の家具と息苦しさに彼は黙従（傲慢さをもって）していた。こうして彼は友人たちの部屋を見つめる権利を保ち、それを行使した――その趣味と、新鮮さと、発明の才を見た――冷ややかな感嘆するようなよそ者の皮肉な目で見た。彼に多額の金があれば、彼の室内は、フランス風の古典的な赤い暗がりのなか、ブールジェの小説に出てくる街の男の室内だっただろう――掛け布や垂れ布、カットグラスのランプ、よろめくブロンズ像、鏡面、小型のピアノ、誘うデイ・ベッド、そして高級娼婦《ドゥミ・モンド》たちのジャルダンの造花たち。多くの人が趣味を抽出するときは控えめであるように、彼のいわゆる趣味は、数十年時間が逆戻りして停滞したままの、さらには興奮させるアンチモラルな色をしていた。彼の動物的な疑り深さ、彼の無味乾燥ぶり、彼の階級の下部にある道徳性、いつの日か突然すべてを野営キャンプから引き払う驚天動地の出来事への期待は、彼の少数の高価な夢の実現には考慮されていなかった――ファンタジーは守備視野が狭い。自身の「必要な」部分しか呈していない。彼が自分にある趣味を自分にとどめるしかなかったのは幸せだった。というのも成り行きだったとはいえ、この彼の部屋は離れ業の見せ所になっていたからだ――ここに住むことと（ともあれその必要がある）、そこから逃げ出すことで、収支を合わせていたのだから。彼はこの部屋（屋根裏部屋ですらない）を、口うるさい人たちとの関係の特別なファクターに、キー・ファクターにすらすることができた……。花瓶には死にかけた赤いデイジーが入っていて、先週彼にお茶のお客があった証拠だった。

「あのお花、死んでるわ、エディ」

「そうかい？　捨てて」

ポーシャは、花瓶からデイジーを持ち上げて、溶けかけてぬるぬるしたその茎を見て、意味なく腹を立てていた。「頃合いだし」とエディ。「きっとそれで臭かったんだ――くずかごに入れてよ、ダーリン、テーブルの下、そこ」彼は花瓶を持ち上げて、それを持って化粧室に行こうとした。だが、ポーシャがデイジーを持ち上げていて、水滴のしたたる音がした。彼女は言った。「エディ……」

彼は跳び上がった。

「どうしてアナから来たあの手紙、開けないの？」

「あれえ！　あったっけ？」

「私が言うのは、あなたが持って上がってきたやつよ。切手がなかった手紙」

エディは花瓶を持って立ったまま、苦しい笑いをもらした。

「なかった？　それは大変だ！　彼女は特別配達で寄越したに違いない。彼女の筆跡らしいと思ったんだ……」

「とっくに知ってるくせに」ポーシャは冷たく言った。彼女はデイジーを下に置き、テーブルクロスの上に嫌な水たまりができるのを見つめ、それから手紙を取り上げた。「では、私が」

「うるさい。さわるな！」

「なぜ？　なぜそんな？　あなたはなにを怖がっているの？」

「なにはともあれ、あれは僕に来た手紙だ。コソ泥みたいな真似するなよ！」

「じゃあ、さっさと読んだら。どうしてそんなに怖がってるの？　どんな内緒話をしたの、あなたと彼女で？」

「君には絶対に言えない。君はまだ若すぎる」

「エディ……」

「もう、放っておいてくれ、チキショー！」

「私はチキショーだってかまわないわ。あなたと彼女はなにを話したの？」

「ああ、僕らは君についてよく話すさ」

「でも、あなたが私のことを知る前から、色々といっぱい話したんでしょ？　私を愛しているとあなたが言う前とかに。あなたが応接間で話しているのを私は聞いたのよ、階段を上がったり下りたりしていたから、私が気にする前だけど。あなたは彼女の愛人なの？」

「君は自分の言ってることが分かってないよ」

「なにかあるからあなたは私の話について来ないんでしょ。あなたがすることなんて、私は気にしないけど、これからあなたが言うだろうことに、私は耐えられないの」

「じゃあ、どうしていつまでも問い詰めるんだ？」

「あなたが本当に言おうとしていることはその事じゃないなにかだと、私に話してくれたらといつも願っているからよ」

「ああ、僕はアナの愛人だよ」

「ああ……あなたが？」

「信じないの？」

「どう言ったらいいか分からない」

「大した印象は与えなかったようだ。どうしてそう大騒ぎをするのかな、自分がなにが欲しいのか知らないんだろう？　実をいうと、僕はアナの愛人じゃない。彼女は並外れて用心深くてスマートだし、彼女にパッションはまったくないと僕は思う。彼女はトラブルと縁がないのが好きなんだ」

「じゃあ、あなたはなぜ――つまり、どうしてなの――？」

「君のトラブルとは、最初の最初から、君が僕を完全に理解したくて躍起になっていたことさ」

「そうかしら？　でもあなたが言ったのよ、私たちは愛し合っていると」

「君はもっと穏やかで、もっともっと愛らしかった。そう、僕は一度言ったよね、君は以前、僕が自然に愛することができる唯一の人だった。しかし最近、君はまったく違う、シールからこっち」

「マチェットもそう言うの――エディ、火を消してくれる？」

「どうしたんだ――ヘンな気がするの？　どうしてヘンな感じがするんだろう？　座ってみたらどう？」彼は急いでテーブルを回ってくると、厳しい目で彼女の動きを制し、意を決して彼女を粉砕するか、視界の外に落とそうとするかのようだった。それから石のような手を彼女の肩に置き、肘掛け椅子に押し込めた。彼の高飛車な無感覚は、いまうまく働かなかった――彼は例によって椅子のアームに座り、彼女の頭上の空中を大胆に見つめ、くすくす笑い、このシーンがきわめて通常だろうといわんばかりだった。「君がここで気絶したら、ダーリン、君は僕を失業させちゃうよ」彼は、彼女の帽子を取って床に置いた。

「ほら、よくなった。君が煙草を吸ってくれたらいいのに」彼が言った。「まだ火は要らない？　それにどうして気絶なんかするんだい？」

「あなたはすべて終わったと言ったわ」ポーシャは言って、彼の目をまともに見上げた。彼らはこの信じがたい視線で釘付けになり、やっとエディが引き下がった。彼が言った。「僕は意地悪だった？」

「判断できない」

「できたらいいのに」彼は眉をひそめ、もの慣れた様子で唇をへの字にすると、これを彼らのもっと幸せだったおしゃべりの幽霊にして言った。「だって僕は知らないよ、君は知ってる？　僕は一種のモンスターなのかな。僕にはさっぱり分からないけど……。僕が言わなくてはいけない事は、前は言う必要がなかった事じゃないかな。僕の人生って、そんなに幽霊みたいで異常なのかな？　チェックする方法がないんだ。君がもっと年かさだったらいいのに。もっと知っていたらいいのに」

「あなたはただひとりの人よ、私がいままで——」

「それが悪魔というものなの、それが僕の言う意味なの。君はなにを期待するべきか知らないんだ」

不安そうなまなざしを彼の顔からそらさないで——その目は必死で集中して、レッスンを理解しようとしている目だった——彼女が言った。「でもねえ、エディ、起きることは、前に起きたことのないことよ。私の言う意味は、あなたと私は最初の人なのよ、私たちという人の」

「それでも、ほとんどの人は、コツを知るんだ——見ていれば分かるよ。君以外に僕が知った女性はみんな、ポーシャ、期待することを知っていて、それを僕はきっかけにして進むのさ。彼女たちがどんなに間違っていても、僕はかまわない。僕はそれでなんとかやっていける。だが君は、次から次と僕に事を持ちかけるのをやめない、僕がどうしてあの蓮っ葉な女の手を握ったかという質問をして以来ずっとなんだ。君はクソあらゆることを正しいか間違いのどっちかだと思い込んでいて、すべてに全身全霊で取り組もうとする。おそらく君は正しいだろうさ。しかしそんなの我慢できない。頭がおかしくなる気がするだけだ。ある方向で僕は生きるスタートに着いた、それが僕の生きられる唯一の道だったからだ。君が傷ついたのは分かるが、どうやったら僕に分かる、君のあり方が君の欠点ではないのかどうかなど。または、君は実はほかの人より傷ついていないのに、騒ぎだけを大きくしているのでは？　君はいつも同じ希望のない判断をすべてに当てはめている――たとえば、僕が君を愛していると言ったので、僕が君の母上のように甘くしてくれると期待するんだ。君はやたらにラッキーなんだよ、クソ、僕みたいにイノセントな人がいて。僕が君をバカにしたことはないよね？」

「あなたはアナに話したわ」

「それはまったく違う事さ。僕が君に真実を語らなかったことがある？」

「分からない」

「いや、どうなのさ？　もし僕が桁はずれのイノセントじゃなかったら、君はあそこまで僕を興奮させるかな？　ほかの奴だったら、君の顎の下をくすぐってもてあそんで、あとでバカな小娘だと嘲笑っただろうよ」

「あなたも嘲笑ったわ。みんなと一緒になってバカにして笑ったでしょ」

「いや、僕がアナと一緒にいると、君はすごくヘンに見えるよ。どうしても思ってしまうが、実際、僕以外の誰にだって君はすごくヘンに見えるよ。君は完全に狂った価値観を一揃い持っているし、一種の狂った不変の本能があって、それが君にもうひとりの狂った人を選ばせるんだ――自分がどこにいるのか分からない人を。君は知ってるね、僕は不良《キャッド》じゃないし、僕は知ってるよ、君は変人じゃないと。でも、ああ、神よ、僕らはこの世で生きていかなくちゃならないんだ」

「あなたは世の中が嫌いだって言ったわ、邪悪だって言ったわ」

「それが君のもうひとつの手なんだ。僕をいちいちピンで留めるんだ」

「じゃあ、どうしてあなたは言うの、いつも私に真実を語っているなんて？」

「僕は君に真実を語ってきた、君なら安全だと感じたから。いまは――」

「いまはもう私を愛していないのね？」

「君は知らないんだ、愛と言って、それがなにを意味しているか。僕らがすごく楽しくやってこれたのは、僕らは理解し合っていると思っていたから。君は愛らしいといまでも思うよ、でも君はホラーだ。君は僕をある種の罠に落とそうとしている感じがする。君と一緒にベッドに入ろうとは夢にも思わないよ、考えるだけで笑っちゃうよ。とはいっても、僕は君に口に出してはならないことを言わせているね、そう言う権利など誰も持っていないが。思えば僕は君にそれも言ってるね。どうだい？」

「私は知らないわ、なにが口に出せないのか」

「ああ、それはいいんだ。君にはある感覚が欠如しているんだ。実際、君と付き合ってると僕は気がヘンになる」エディは、チェインスモーカーとあって、立ち上がって肘掛椅子から離れていった。煙草をガスの火の後ろに落とし、立ち止まって火を見つめ、それから機械的に膝をついて火を消した。「ほかはともかく、家に帰る時間じゃない？」と彼が言った。「もう七時半になる」

「私がいないほうが幸せだと言うのね？」

「幸せか！」エディは言って、両手を突き上げた。

「私はどうしても人を幸せにしたいの――ブラット少佐を幸せにするわ、マチェットを幸せにするわ、秘密が全部無くなったら。ミセス・ヘカムはだいぶ幸せにしたわ、彼女は言ったわ……。でもあなたが言うのは、いまこのとき、あなたは私がいないほうが幸せになれると感じるのね、前に私といて幸せだったように、その私はいまと違う私だったというのね？」

エディはすっかり硬い表情になって、忘れられていた枯れたデイジーをテーブルから拾い上げ、茎を二重に折り、紙屑籠にきっちり入れた。部屋中を見回し、ほかに場違いなものがないか見ているようだった。そこで彼の目が、変わることなく、人間らしい瞬きもなく、去りやらぬトラブルの暗さを湛えて、ポーシャの姿にもどり、そこで止まった。「僕はいまのいま、確かにそう感じている」

ポーシャはすぐ身をかがめて床から帽子を拾い上げた。しょぼくれたクロミニウムの時計のチクタク音と、階下の部屋かどこかでリンリンリンリンリンと鳴り続ける電話の音が、ポーシャが帽子をかぶるポーズの合間を埋めた。そうするために無意識にずっと手に持っていたアナの手紙を置かねばならなかった。そして立ち上がって手紙をテーブルに置いた――エディのなにも見ていない目がそこに釘付けになった。「ああ」とポーシャ。「私、お金がないの。五シリング貸してくださる？」

「ここから家に戻るのに、そんなに必要ないでしょ」

「五シリング持っていたいの、明日郵便為替で送るから」

「うん、必ずそうしてよ、ダーリン、いいね？　君はいつでもトマスからお金をもらえると思うけど、僕はいつも足りなくて」

ポーシャは手袋をはめて、彼がしぶしぶ少額の銀貨でかき集めた五シリングを、右手の手袋のなかに滑り込ませた。それから掌に固いこぶができた手を差し出した。「じゃあ、さようなら、エディ」

彼女は相手を見ないで言った。長すぎた滞在のあとで、歓迎の気持ちが消えたのに気づき、別れの挨拶が優雅にできなくなった人みたいに。エディのこの耐えがたい社交嫌いと、ここから遠く離れたいという彼女の熱意とで、彼女の視線は伏せた瞼の下、カーペットの色々な場所をうろうろと移動した。

「もちろん、下まで送るよ。階段を独りでまごついてもいけないし――この家はわんさと人がいるから」

彼女の沈黙が言った。「その人たちは、私にこれ以上のことができる人たちなの？」彼女は待った。彼はまた石の手を彼女の肩に置き、ドアを通りぬけて、そのまま三回踊り場を降りた。来るときに気づかなかった物を彼女は見ていた――波の先っぽのような渦巻き模様の階段の壁紙、オリーブ色の腰羽目についた引っ掻き傷のあと、踊り場の窓の外のカオスのような様子、浴室のドアに貼られたタイプ文字の警告。この転落の無限の一刻《ひととき》、彼女はエディの手の下で立ち止まり、気持ちを静めるのに役立てばと思いながら、これらの物に目を注いだ。他人の沈黙の緊迫感と、彼女が無意識だった他人の人生が、閉じられたドアの裏にあることを感じていた。たくさんの肺臓によって生気を奪われ、たくさんの足が巻き上げた埃に埋もれて、疲れ切ったアパートの吐息が、階段の暗闇をつたって登ってくる――階下の玄関ホールには窓が一つもない。

下に降りると、エディはまたレターラックをチラッと見た、次の便が万が一にも来てないかと思ったのだ。そしてホールのドアをいきなり開けて、タクシーを拾ってきてあげると言った。「ノー、ノー、いいのよ、やめて。すぐ見つけるわ……。さよなら」彼女は再び言ったが、罪悪感にいっそう恥じ入っているようだった。彼は答えようとしたが――純粋に肉体的な記憶の手ざわりがあり、自分の手の下で彼女の肩が引くのを感じた――彼女は階段を降りて、道路に走って出ていった。まだ子供のひょろ長い脚で走り、みっともなく（通りを走るなんて）乱暴で、だが彼女を連れ去ったそのスピードに、彼は驚き同時に喜んだ。走る彼女の両手が飛び跳ねている。なにも持っていない空っぽの両手――ヘンだな、なにかが無くなっているという感覚が、階上に戻っていく彼に付きまとった。

そこで彼はもちろん、彼女がカバンを置いていったことを知った、レッスンのすべてが入ったカバンが一個ここに。そして、このまことに小さな気がかりが――いったいどうしたら、コメントなしに、これを返せるか？　キャヴェンディッシュ・スクエアの不運な生徒にとって、これはさらなるトラブルになるのではないか――心に重くのしかかるあまり、より心の重い、危険なアナの心配を思って、さらに心が乱れた。彼は食器戸棚から酒瓶を取り出して一杯作り、孤独の景気づけに人がやる哄笑を上げ、酒を半分飲んで下に置き、そこで手紙を開けた。

エディが読んだのは、オフィスの電話に関するアナのメモだった。

五

カラチホテルは二棟建てのケンジントンハウスから成っていて、非常な高さがあり、そのスタイルは不吉であると同時に脆《もろ》く、倒れて一棟になりそうで——というか、倒れてはいないが構造的によくぞ立っていられるという有様だったが、要所要所でアーチでつながっていた。柱廊《ポーチコ》の下の巨大な正面ドア二つのうち、ひとつはガラス張りで閉ざされていた。もうひとつのドアは真夜中過ぎまで、丸い真鍮のドアノブを押して開けることができた。ホテルの名称は、汚れた金色の大文字で、柱廊の上部にワイヤーで掲げられていた。元からあるダイニングルームのひとつが玄関ホールに面していて、ホテルのラウンジになっていた。もうひとつのダイニングルームはいまもダイニングルームで、大きさは十分だ。二階の応接間のひとつはいまでも応接間である。パブリックルームはどれも堂々として大きいが、効果は薄かった。中は空白が広がっているだけで、空間が持つ高貴で前向きなものはなかった。暖炉は何段か横金が付いていて、ドアの塑像はお粗末で、砂漠のような壁に並んだ窓は裸身を晒しているようだ。暗くなった後は、高すぎる所につけられた電燈が、にこりともしないアームチェアのはるか上空で死んでいた。こうした屋敷がホテルになってもほとんど何も与えないのは、それらがほとんど何も失っていないからだ。そういう屋敷がまだ家庭であった頃でさえ、その壁のなかで花開く親密な生活もなく、屋敷が愛しくなるような生活もなかった。彼らは最初から悲運に定められた階級の家庭であって、生まれながらの特権はなく、恩寵もない。彼らを建てた建築業者は濃霧を閉じ込めるために建てたに違いないが、濃霧は絶えず忍び込んできて、絶対に立ち退かない。消化不良、不安な願望、見せびらかし、凍傷だけが、ここに住んだ無数の家族の生活を支配してきた。

カラチホテルの内部は、応接間以外、階上の部屋はすべて、二つか三つ以上に仕切られていた。そこはウサギ小屋。寝室の仕切り壁の薄さは、恋もおしゃべりも無分別にする。床は軋み、ベッドは軋む。戸棚の引き出しを引けば、けたたましい痙攣付きだ。鏡はぐらりと揺れて、片方の目にぶつかる。プライバシーらしきものは、換気がほとんどなくてもいいなら屋根裏部屋で得られるが、小さすぎて仕切ることはできない。こうした屋根裏部屋のひとつにブラット少佐は居住していた。

月曜日の終わりに、（楽しくも忙しくもなくとも、これがその日の終わりだから）、ホテルでディナーが供された。ゲストたちはいまの季節、日光のなかで食事がとれた——というか、道路の向こうの屋敷の現実ばなれした照り返しのなかで食事をとった。ダイニングルームの個々のテーブルは、数日前に飾り付けられ、モーヴ色のスイートピーが三本ずつ添えてあった。多くのテーブルが今夜は無人で、二、三組のカップルや三人連れが点々といたが、あまりしゃべらない——おそらくはこだまを返す暗がりの高さに、または人目に晒されて食事する感覚に負けていたのだ。ブラット少佐の沈黙は不安からではないらしく、いつものとおり独りで食事をしているだけだった。彼が同類と見ている一、二の家族は、いつものとおり、もうホテルから立ち去っていた。今夜ここにいるのはほとんどが新参者だった。彼は一度か二度よそのテーブルに目をやり、次は誰と知り合おうか考えているようだった。彼は控えめなやり方ながら、孤独な男が持つ関心をかすかに意識することを学んでいた。だが、概して見ると、彼は皿を見つめるか、皿の上の空中を見つめていた。彼は、アナのところでとったランチを回顧して、このディナーに文句を付けるまいと葛藤していた――なぜなら実はホテルは見事なディナーを出したからだ。彼がルバーブとカスタードの皿を終えたとき、ウェイトレス長がやって来て彼の耳の上でなにかぶつぶつと言った。

彼は言った。「だが、よく分からないな――『若い女性が――』って？」

「あなたに会いたいとのことです、サー。ラウンジにおられます」

「しかし、私は若い女性など待っていないが」

「ラウンジです、サー。彼女は待つと言ってました」

「では、彼女はもうそこにいるということ？」

ウェイトレス長はこくりとうなずいて、小馬鹿にしたような眼をした。彼女が抱いていた彼への好印象は一瞬のうちにかき消された。彼は騎士道に反したずるい人だ、と彼女は思った。ブラット少佐はそうとは知らず、座ったまま事態を思いめぐらした――ジョークじゃないのか、だが誰が彼にジョークを仕掛けてくるか？　彼は活発な友達が持てるほど活発ではなかった。内気というか頑固というか、そのせいで彼はまたグラスに水を注いで、それを飲んでからテーブルを離れた――ルバーブの葉っぱが歯に挟まって酸っぱかった。口もとをぬぐい、テーブルナプキンをたたみ、重く注意深い足取りでダイニングルームを出た――話してもいない話を中断した人々や、食事をしている人たちのむっつりした目が追ってくるのを意識していた。

もうひとつの家から来て、ラウンジに入って一見すると、ラウンジと玄関ホールを仕切って横切る、むさくるしい柱の列が邪魔だった。最初彼は、日中の光の残りかすのせいで誰も見えなかった。立って見ている彼を見た人がいないので嬉しくなり、彼は肘掛椅子の意味のない集まりに挑戦してみた。そこで彼はポーシャを見た、離れた椅子の後ろにいて、もし違う人が来たら隠れようという用意だった。彼は言った、「ハロー、ハーロー――君はそこでなにをしているんです?」

彼女は野生動物のように彼を見ただけ、人類は怖いと知るにはもう十分大人だった――彼がこの場所に追いつめたわけだ。そう、彼女はここが恐ろしくて、部屋に紛れ込んで来た鳥のように、鏡や羽目板にぶつかって、いまにも気絶しそうな鳥だった。

彼は急いで肘掛椅子を縫って道案内をしながら言った、いかにも緊急そうに、少し不安げに、声を落として――「マイ・ディア・チャイルド、迷子になったの? 道に迷ったの?」

「いいえ。自分で来たんです」

「なに、それは嬉しい。しかし、君が住んでいるところからはずいぶん遠いけど。夜のこの時間だし――」

「ああ、もう夜なんですか?」

「なに、いや。僕はディナーを済ませたところでね。だが君はディナーをとるはずの時間じゃないの?」

「いま何時だか知らないんです」

彼女の声がラウンジ中に響きわたり、その声がいかに絶望を押し殺していようと、このラウンジでそのようなホームレスの響きがあってはならなかった。ブラット少佐は本能的に周囲を見回した。ポーターは非番で、到着する人はいなかった。ディナーの席を立って出てくる人もまだいない——チーズが出て、それからコーヒー、これはいつもテーブルに出される。彼は、ポーシャと自分をさえぎり、不確実な二つの世界に彼らを押しとどめている椅子のバリケードの周りを回った。彼はポーシャが、彼が近づいてくるのを追いつめられたものの周到さで計っているのを感じた——そのとき、いまひとつの窓にいる鳥のように、彼女は彼を目がけて飛びかかってきた。両手を彼のコートの襟に平らに押し付けてきた。彼女の指が布地に食い込むのが感じられる。彼女がなにか言ったが聞こえなかった。彼はその冷たい肘を優しげに強く握って、彼女を少し押しやった。「しっかり、しっかりして、いいね——。さあ、なんて言ったの？」

「私には居場所がないんです」

「さてと、そんなバカな、そうでしょ……。まあしっかりして、どうしたのか話してみなさい。怖かったのか、それともなにか？」

「ええ」

「それは大変だったなあ。ほら、来ないほうがよかったなんて言わないでいい。ここに少しいて、コーヒーかなにかとって、それから僕が家に送って行こう」

「私は戻らないわ」

「さあ、そんな……」

「いいえ、あそこには戻りません」

「では、ちょっと座ってみよう」

「いいえ、いいんです。みんなで私を座らせるわ。でも私はただ座っているのは嫌なんです。私は留まりたい」

「おや、僕は座りますよ。ほら、いま座った。僕はいつもしっかり座るんだ」彼は彼女の肘を放して座り、自分が座った椅子のアームに手を渡して、彼女の手首をとらえてこちらを向かせ、生徒のように彼のそばに立たせた。「ほら、いいかい」と彼。「ポーシャ、僕は君の世界を考えている。僕がこんなに考えてあげる人に、僕は出会ったことがないな。だからヒステリーの子供みたいにしないでくれるね、だって君はそんな子じゃないし、そうだったら僕は困ってしまう、わかるね。なにが問題だとしても君の頭から一瞬でもいいからそれを追いだして、ちょっと僕のことを考えてみる——そうしてくれるね、だって君はいつだって愛らしい存在だったからね。それに今度のことでなにが違うのか僕には分からない。君がここに来て、家出して来たと言うと、僕は君を知る人たちとの関係で、非常に恐ろしい立場に立たされるんだ、彼らは僕のとてもいい友達なのでね。独り暮らしの男性で、最近の僕がそうなんだが、時間があって、付き合いがちょっと途切れた感じがすると、彼らの住まいにいつでも立ち寄れるし、いつでも温かく迎えてもらえるし、そういうことは大いに意味があるんです、分かるね。あそこで君に会う、それがあそこの幸せの一部分で、あそこの最高の良さの半分はそれなんだ。しかし僕は彼らの世界のことも考えますよ。僕のために、あれを壊さないでくれないか、ポーシャ、どうだい？」

「あそこには壊すものなどないわ」彼女は消え入りそうな声で言ったが、和解を受け付けない声だった。「あなたはアナが嘲笑っていたもうひとりの人なのよ」と彼女は続け、目を上げた。「あなたには理解できないと思うけど、アナはいつもあなたのことをバカにして笑っているわ、あなたはまったく哀れを誘うって。あなたのカーネーションも色が違うって大笑い、そして私にくれました。それに、トマスはあなたが何かを狙っているに違いないと思うって。あなたが私にパズルを送ってくれたってなにをしたって、彼はますますそう思い、アナはますます大笑いしてる。あなたが去ると二人で唸っています。あなたと私は同じなの」

背後にした足音で、ブラット少佐は機械的に首を伸ばした。人々がディナーから出てくるころだった。「君は座らないといけない」彼はポーシャに言った、思いがけなくするどい声だった。「みんなに見てもらいたくないでしょう」彼はもうひとつ椅子を引き寄せた。彼女は座った、いま自分が言ったことが持つ桁外れの力にかすかに揺さぶられていた。ブラット少佐は四人の人がお気に入りの椅子に座るのを一心に見ていた。ポーシャはその彼を見ていた。彼の眼はこれらの人々に必死でしがみついている。彼が聞かされたことを彼らが知らないという一点で、彼らこそが健全な精神そのものに見えた。まったく人情味のない顔の群れを見ることで、非常に慰められる瞬間というものがある。彼らは、少なくともあるひとつの罪についてはなにも知らない。なにか見ると、彼らと視線を合わせなくてはならず、彼は目を落として、ポーシャを見ないで座っていた。この瞬間、彼女は感じた、ふたりの沈黙、身近にいながら続く沈黙がいかに衝撃的か——。不安が、視線に追いかけられている感覚が、一日のここにきて迫ってきて、石のように座ったまま、手も動かせなかった。

ブラット少佐が床に落とした目を上げねばならない理由はなさそうだった。彼は実際、頭の後ろを撫で始めた。彼女は、声を落として仲介にでた。「ほかに場所はないんですか――?」

彼はかすかに眉をひそめた。

「ここにお部屋はお持ちじゃないんですか?」

「僕はけっこうヘマばかりする人種なんですよ」

「ああ、お二階に行っちゃいけないのね? どこかほかに行けませんか?」

「僕には分からないよ、なぜ彼らは僕に会う時間を持とうとしたのか……。いま君、なんと言った?」

「みんなが私たちに聞き耳を立てていますけど」

しかしこれも流れた。彼は、奇妙な渋面を作って黙認し、さらに三人の人が円柱の間をやってきて座るのを見ていた。そこに、年齢の高いご婦人たちがセミ・イヴニングドレス姿でホールを渡り、階上に上がって行った。彼女たちは応接間からの分遣隊だった。ブラット少佐の灰色の目がポーシャの暗いまなざしに戻った。「いいや、ほかに場所はありません」彼が言った。彼は待った。ラウンジの向こうで会話が途切れた。彼はこれを機に、声のピッチを上げた。「もう少し静かに話してもらいたい。そしてなにを言うかに気を付けてね――君がそんなことを言うなんて、余計なお世話だ」

彼女は囁いた。「だけどあなたと私はまったく同じなのよ」

「それはそうだろうが」彼は顔をしかめて彼女を見て言った。「だから《ヽヽ》といってなにも変わりませんよ。なにも変わらない、なにひとつ。彼らを困らせる権利は君にはない。それが卑しいゲームだということが分からない？　いますぐ君を連れて帰る。――今だ、急いで《プロント》、待ったなし」

「ああ、いいえ」はっきりした権威をもって彼女は言った。「なにが起きたか、あなたは知らないんだわ」

彼らは膝と膝をくっ付けて、丁度いい角度で、彼らの肘掛椅子が触れ合っていた。彼らの危機、この間違いから彼を引き離す緊急事態を前にして、ラウンジも残りの世界も問題外となった――女神のように向う見ずに、彼女は小さな確かな手を椅子のアームに置いた。すると彼はいっそう震え声になって言った。「マイ・ディア・チャイルド、なにが起きようと、君は家に帰って、話はこれで終わりにしよう」

「ブラット少佐、あなたは彼らが嫌いでも、これ以上ひどいことを私がするのは望まないでしょう。止まらなくなりそう。話を終わりにすることはない、ということよ。それにトマスは私の兄です。ここではあなたに話せない……。このホテルはお好きなんですか？」

彼は二、三秒かけて再調節し、彼女に向かってものものしく鼻を鳴らし、そして言った。「僕には合っていますよ。なぜ？」

「もしあなたが昨日すぐ立ち去っていたら、彼らが考えることなど、どうでもよかったんです。ここにいる人たちに、私のことを自分の姪だと言って、痛みがあって横にならないといけない、と言ってくれたら、私たちあなたの部屋で話せるわ」

「それでもどうかな、残念だが」

しかし彼女は食い下がった。「ああ、早くして！　私、もう泣きそう」彼女は泣いていた。うるんだ暗い瞳が溶けだしている。指関節で顎を支え、口を必死で閉じている。もう一方の握りこぶしは胃に当てられ、我慢できない痛みはここだという感じだった。指関節を動かして、もぐもぐ言った。「あそこには人が一日中いて……。私は半時間でいい、二十分でもいいから欲しい……。そして、もしあなたが私はどうしても……」

彼はさっと立ち上がり、テーブルにぶつかり灰皿が音をたてたが、大声で言った。「さあ、コーヒーを探すとしよう」二人はダイニングルームのアーチを抜けて、もうひとつの階段に向かった——リフトはなかった——彼女は彼の先を兎みたいに駆け上がった。彼は重い足音を立ててついて来て、これ見よがしに素知らぬ風に、調子はずれの口笛を吹きながら、部屋の鍵をいじりながら、踊り場の内側を通り過ぎ、棒のような歩き方は夢遊病者のようだった——いつもの歩き方だ。ポーシャの一日は階段だらけだった——といっても彼女の表情はますます野性的になり、振り向くたびに彼が「上だ、上だ」と合図し続けるので、ますます信じられなくなった。この家には最上階がないのか——彼女はやっと屋根裏部屋のドアに着いた。ウィンザーテラスでは、その階は天窓に近く、召使たちの日常生活があって謎めいていた。マチェットの語られることのない睡眠の舞台だった。このホテルの天窓の下、彼は彼女の横に来てやっと並んだ。口笛もやかましく、彼は自分のドアの鍵を開けた。いままで彼女は、所有権をもってなにかに近づく彼を見たことがなかった。その一秒後、彼女が疑わしげに見ていたのは、膨らんだオリーブ色の羽根布団の向こうにある、手すり壁の上に暗く見える人形の家の窓だった。

「なかなか厳しくてね」と彼。「だがね、ここは割引き料金契約にしてくれている」

彼は必死に素知らぬ風をして――彼はまた出て行ってその他のドアを叩き、この階には誰もいないことを確かめた――彼女の口を封じたので、彼女はベッドの裾に行き、窓に向き合って、羽根布団の端に座った。彼が言った。「さあ、着きました」物々しく警告する様子があった――彼はようやく彼らの置かれた立場を完全に悟ったのだ。彼の椅子の背が引き出し箪笥にこすれている。床のマットには彼の足を置く場所がやっとあるだけだった。「さて」と彼。「続けて。どうしてさっきからそんなに泣いたの？」

「みんながどこにでもいて、ずっといたから」

「つまり、君はなぜここに来たの？　どういう事かな、君はなにから逃げてきたの？」

「彼らみんなからよ。彼らが引き起こすことといったら――」

彼はきびしくさえぎった。「なにか特別なことがあったんだと思う。なにかが起きたと思うが」

「起きたんです」

「いつ？」

「いつでもずっと起きるんです。起きるのがとまらないんです。彼らは私の父と母に残酷だったけど、その事はその前から始まっていたに違いないんです。マチェットが言うには――」

「召使たちの話など聞くものじゃない」

「どうして？　本当に起きることを見ている人は彼女なのよ？　召使たちは父と母を悪者だなんて思ってないわ。トマスとアナはただ父と母を軽蔑して、物笑いの種にしてきたのよ。それで私たち三人がヘンになったのよ、いま分かる。いまなら分かるわ、父は私がどこかに所属することを望んだの、彼は所属していなかったから。だからトマスとアナは、私をロンドンに引き取るほかなかったの。それがこうなったことを父が知らないといいけど。父と母は自分たちがヘンだなんて、知らなかったと思う。父と母は気持ちが動転したままだったのよ、だって彼らはかつて異常な事をしたからよ（彼らの結婚も異常なことだったわ）、でも彼らは、異常な事をしない人にとって、人生はとても簡単なものだと思っていたの。父はよく私に説明してくれました、人々は私たちが生きるようには生きていないと。彼は、私たちの生き方は正しい生き方じゃないと言ってました――それでも私たち、三人みんなでとても幸せだった。彼は確信していました、普通の生活が続くことを――ええ、だから私はトマスとアナのところに送られたんです。でもそうは行かなかったことが、いま分かります。もしも父と私がまた出会ったら、普通の生活なんかないと父に言わなければ」

「そんな判断をするには若すぎないかな？」

「そんなことないわ。人が若いときは、人生は普通なのだと期待することが許されるのだと私は思ってました。海辺にいると、人生はもっとそうだと思えたけど、エディが来るとすぐにおかしくなってきて、ヘカム一家でさえ、そうは信じていないことが分かりました。もし彼らがそう信じていたら、なぜ彼らはエディをあんなに恐れたのかしら？　エディはいつも言ってました、狂っているのは彼と私だって。その一方で、彼は私たちが正しいのだとも思っているみたいでした。でも今日彼は言ったわ、私たちが間違っていると。彼は言ったのよ、彼には私が恐怖《ホラー》だから、出て行ってくれって」

「そうなの？　君たち二人で喧嘩になったんだな？」

「私の間違いを彼が全部見せたの――でもどうしたらいいか、私はずっと知らなかったのよ。私が度を越して、彼のすべてを記録したがったからだと彼は言ってました。彼に、あなたはどうしていろんなことをするのって、訊くのを私がやめられなくて。ええ、私たち、お互いに知り合いたがっていると私は思ってました」

「我々なみんなそういう非難を受けるんだ――君にはこれが最初だよ、悪いけど。ほら、さあ、マイ・ディア・チャイルド、ハンカチが要るでしょ？」

「どこかに一枚持ってます」ロボットみたいに、従順に、彼女はしわになったハンカチをボタンの付いたポケットから取り出して広げて、彼を喜ばせ、それからスケッチするような不明な動きをする手に持って、強く握りしめた。「どうして『最初の』なんて言えるんですか？」と彼女。「こんなことまた起きるはずがないのに」

「ああ、人は忘れるからですよ、いいね。人はいつも自分で取り繕うんだ」

「違うわ。それが大人になるということ？」

「なにをバカな。そんなこと言ってるときじゃないし、君には頭を齧られそうだが、君はあの青年がいないほうがいいんじゃないかな。ああ、分かってますよ、彼をからかうなんて余計な事だ、でも――」

「でも、それだけがエディじゃないんです」彼女は目を見開いて言った。「要するに、彼は私が知った人でした。彼のおかげで私は、そのほかの人たちといても、余計に安心できました。物事がこれほどひどくなるとは思っていませんでした。マチェットがいたけど、エディのこととなると彼女は私に冷淡になって。彼女は私と二人だけのほうが、私のことをもっと好きになってくれた。いまは彼女と私は元通りではないの。私は間違うつもりなどなかったのに、彼女はいつもすごく怒っていて。私にも怒ってほしかったんです。でもエディと私は怒ってません。お互いになだめ合いました。でもいまは、エディはいつも彼らと一緒にいて、彼らは知ったんです。あそこには戻れません、いまとなっては」

「人の感情は傷つくものだ。それは避けられない。それでまさか戦争を起こせるわけじゃないし、いいかい。君のような少女はね、ポーシャ、本当にいい子だが、追い詰めてはいけない。人々がひどい扱いをするように見えても、彼らがかつて受けた扱いはどうだったのか、訊いてみないといけない。君はまだ若すぎて――」

「年齢がどうして関係するのか、分かりません」

彼は椅子の上でくるりと回り、小学生のようにしょげ返って、途方にくれて、藁《わら》をもつかむ気持ちですり減った黒檀のヘアブラシ、飾りボタンの箱、爪とぎを見つめた――これらの物が彼と旅路を共にして、人生を何とかくぐり抜け、世に言う「実は大したことはないんだ」という時点に到着した、彼の力の目撃者たちだった。彼のベッドの上で、この小さな息苦しい臨時の部屋でみじめになって、ポーシャはどこにも、ここにすら属していないように見えた。彼女の姿の一部に見えた、あの快適な家庭を奪われ、彼自身の願いと希望も奪われて、彼女は痛々しく打ちのめされたように、亡命者のように見えた――怖くても、根本は恐怖である憐れみをはねつける亡命者のように。彼は努力していた。「こうやって見てごらん――」しかしあとに続く言葉がなく無駄になった。彼はフィクションだったものが常識なのだと知った。

彼がどうやって決着をつけようとしたかはともかく、ポーシャはほとんど聴いていなかった。振り向いて彼のベッドの端をつかみ、固く握ったこぶしに額を付けた。体はこの姿勢のせいで捩れていた。両足は関節が外れたよう垂れ下がっている。その細い輪郭、体の凹凸、その無意識が彼女をまだ形にならない悲哀の絵にしていた。幸いにも我々のほとんどが世界を知らずに、そのまま世界と同盟を結んでいる。子供じみたファンタジーは、蕾を覆う鞘のように、守るだけでなく、必死で開こうとする蕾の精神を押さえつける、イノセンスを世界から守るだけでなく、イノセンスの力から世界を守っている。ブラット少佐が言った。「さあ、元気を出して。我々は同じ船に乗っているんだ」

彼女は自分の拳骨《げんこつ》に言った。「私がもっと年をとったと思ったときに、エディは私が結婚する人だろうと思いました。そうなったら、私は違う人にならないといけないのは分かっていたけど、できるだけ違う人になるだけだと。でも彼は、私がそう思うことは分かっていたと言うのよ。それは、彼が好まない事なんです」

「人は恋をすれば――」

「私が？　どうして分かるんですか？　あなたはどうだったの？」

「若いときは」ブラット少佐は独りで楽しそうに宣言した。「君にはヘンに映るかもしれないが、あれこれと理由があって、僕は一度も氷を割れなかった。もちろん、それですべてがおかしくなる。だがそれが僕なんだ、結局は。違いますか？」彼はそう言って身を乗り出し、籐椅子がキーといった。

ポーシャは彼のほうを見ようとしたが、頭をそらせて片方の頬を拳骨に当てた。「ええ、そうだったの。でも、彼が今日、私に行きなさいって言ったの。だから私、今からどうしましょう、ブラット少佐？」

「そうだね、大変なようだが、なぜ君が家に帰らないのか、結局よく分からないよ。なにが起きても、我々はどこかで暮らすしかないんだ。朝食、ディナーなどなど。結局、彼らは君のことを思う人たちだ。血は水よりも——」

「いいえ、違います。私のとアナのは違います。それは、それはあそこではもう通じないんです。私たち、お互いに恥ずかしい気がして。だって、彼女は私の日記を読んで、なにかを見つけ出したのよ。彼女はそれが気に入らなくて、エディと一緒になって笑い飛ばしたの。彼らは彼と私のことで笑ったんです」

これでブラット少佐は一息つぎ、顔を赤らめ、もう一度振り向いて、椅子の後ろの窓から外を見た。彼は、手すり壁と暮れていく空に向かって言った。「つまり彼らは、グル《ハンド・イン・グラヴ》になっているんだね？」

「ああ、彼は彼女のただの愛人じゃないわ。なにかもっと悪いことが……。あなたはいまでもアナの友達ですか？」

「彼女が僕にとてもよくしてくれた事実は忘れられない。その話はしたくないが……。でもほら、もし君が感じるなら、家庭になにか嫌なことがあると君が本当に感じるなら、お兄さんに頼るしかないでしょう？」

「彼も私といるのが恥ずかしいのよ。私たちの父親のことが恥ずかしいの。それに彼はいつだって、私が彼を気の毒がるのでは、と心配ばかりして。私がなにか言うと、決まって彼は一種の目配せをして、『それを言うな！』と言ってくるんです。ああ、トマスは私に頼ってほしくないのよ。あなたは彼を全然知らないのね……。私が大袈裟だと思っているのね」

「目下のところは――」

「ええ、目下のところ絶対に終わらないのよ……。私は家には帰りませんから、ブラット少佐」

彼は言い聞かせるように言った。「では、なにをしたいんですか?」

「ここにいたい――」彼女は言葉を切り、お世話が必要でしょうという重大なことを言うのが、早すぎたと感じたようだった。慎重になって、唇をキッと結び、ベッドから降りて彼のそばに来て立った――その結果、彼女が立って、彼が座り、彼女がややそびえ立つような格好になった。彼女は彼の全身を見つめ、そして彼に飛びかかり、揺り動かすと見えたが、彼のどこをつかんだらいいのか分からないようだった。両腕を体のわきに垂らしたまま、表情は固かったが、無情な絶望に囚われつつ、いつ動いたらいいか見極めようとしていた。恩寵のとりなしをいただくことはできないし、いただきたくなかった。彼女のまだ性のない現状が、厳しい召喚状を突きつけさせた。彼の肋骨の外にあるもう一つの心臓のように、彼女が彼を打ちつけているのを感じていた。「あなたとここにいたい」と彼女。「あなたは私がとても好きよね」彼女が言い足す。「私に手紙を書いて、パズルを送ってくれたわ。私のことを考えているって。あなたは感傷癖があるとアナは言うけど、彼女はなにも感じない人にそう言うの。私、あなたのためにいろいろできます。家庭を持てるわ。ホテルに住まなくてもいいのよ。私を預かりたいとトマスに言って、そうすれば彼は私のお金をあなたに送ってくるから。私はお料理もできます。私の母は、ノッティング・ヒル・ゲイトに住んでたときは、お料理をしていたわ。どうしてあなたは私と結婚できないの? あなたを元気にできるわ。あなたの邪魔はしないから、私たち、半分はそれほど寂しくなくなるわね。どうして黙りこくっちゃったの、ブラット少佐？」

「黙っているのが僕だからだと思うよ」これが彼に言えたすべてであった。

「エディに言ったのよ、私はあなたを幸せにする人だって」

「やれやれ、そうか。でも君は分からないの――」

「よく考えてくださいね、お願い」彼女は静かに言った。「待っています」

「考えるまでもないことだよ、マイ・ディア」

「待っていたいんです、それでも」

「震えているじゃないか」彼は茫然として言った。

「ええ、寒いんです」まったく新たな、彼の部屋をもう所有したような空気を感じて、彼女は居心地を考えて、こまごまと段取りをした――羽根布団をはがし、自分の靴を蹴って脱ぎ、彼の枕に頭を乗せると、羽根布団を気持ちよさそうに顎まで引っ張り上げた。この一連の行動で、たちまち住まいを獲得し、ここに根を生やし、自分自身を抹消しようというようだった――とりわけ最後の。病人のように、あるいは起き上がらないで今日一日にいかなる役割も引き受けないと決めた人のように、彼女は一気に別の世界に住みついたように見えた。我関せずとばかりに、彼女はときどき眼を閉じて、ときどき天井を見て、その天井が屋根の斜面に沿っているのを見た。「なんだか」と、数分後に彼女が言った。「あなたはなにをしたらいいか分からないみたいね」

ブラット少佐はなにも言わなかった。ポーシャは枕の上の頭を動かし、その眼は落ち着いて部屋を見回し、洗い場にある物を調べた。「スポンジと磨き粉はいろいろ揃っているのね。自分の靴は自分で磨くんですか？」

「ああ。僕はけっこう細かいんだ。ここでは誰もなにもしてくれない」

彼女は、横木に並んだ靴の列を見た。「道理でどれも素晴らしいわ。栗色みたいに見えるけど……。それも私にできることだわ」

「どういうわけか、女性はこれは決してうまくできない」

「あら、私はお料理だけは確かよ。作った料理について、母がよく話してくれていたから。言っておくけど、あなたと私はいつもホテルに住むことはないのよ」

一瞬たりとも望めない途方もない幸せの幻影に、永続は断じて許されない。ブラット少佐にはこれに応えるものがなにひとつなかったから、ただ穏やかに、純粋に彼女を憐れんでいた——だが、彼はさっと立ち上がり、それだけでなく椅子を元の場所に戻し、壁から数インチ離してそろえ、この会話が永遠に終わったことを示した。これが彼に科した努力は、なにかの決定的な終わりを意味し、彼がとった断固とした行動を悲哀ではなく冷酷に見せた。気弱な中断をするまいと、彼は動き続けた——ブラシを二つ拾い、放心状態でも的確に髪の毛を梳《と》かし始めた。そこでポーシャは、彼を見つめながら、一瞬で彼の男としての未踏のプライバシーのイメージをつかみ、彼の身だしなみのひとつひとつが演じられて行くであろう厳粛な抽象性のイメージをつかんだ。無意識ながら彼は、つねに独りで生きる覚悟のほどを、これ以上簡素には示せなかっただろう。ブラシをカタカタと拾い集め、初めと同じ音をさせてブラシを下に降ろした。「確かに君は料理ができると思うよ。それに僕は大賛成だ。しかしここ数年は、おかまいなく、僕のことは」

「そうね、お願いしなければよかった」とポーシャは、混乱したからではなく、よく考えた口調で言った。

「嬉しい気持ちはしますよ」彼は認めた。「事実、僕は舞い上がってしまった。しかし君は、僕について考え過ぎているが、僕が言おうとしていることはあまり考えていない。それで、これが終わったら、僕が君にして欲しいのは、これは忘れて家に帰れ、だ」彼はなんとか羽根布団を見ないようにしていたが、その下でなにかが動く気配はなかった。「問題は、君が最大の努力をすることではなくて、可能なことをひとつだけすることだ」

ポーシャは、羽根布団の上に両腕をしっかりと組んで、最後の砦であるその羽根布団を胸に抱きとめていた。「そんなの駄目よ、ブラット少佐。彼らは言葉もないでしょう」

「まあ、彼らの言うことを聞いてみようよ。どうして彼らにチャンスを与えないの？」彼は一息入れて、口髭の下で上唇を噛み、言い足した。「一緒に行きますよ、むろん」

「あなたが本当はそうしたくないのが分かる。なぜなの？」

「彼らをこれで驚かせたくないんだ――君は僕と一緒に現れたらいいんだ、つまり、彼らは、心配する時間はいくらでも持つがいい。電話をしないと――だって、いいかい」彼が言い足した。「彼らは警察や消防を呼び出しますよ」

「そう、どうしてもそうしたいなら、私があなたと一緒にいると彼らに話してもいいのよ。だけど、どうか私が戻るとは言わないでください。事情によるしかないのだから」

「へえ、そうなの？　どういう事情に？」

「彼らがそこでどうするか次第だわ」

「そうか、君は安全だとは言わせてもらいますよ」

それ以上の意見はなく、彼女は向きなおり、手を頰に当てた。その無関心ぶりは、女であることを放棄したみたいだった──エリザベス朝の芝居のなかの子供の誰かのようで、言いなりに連れて来られ、連れて行かれ、ほとんどしゃべらず、悲劇的な運命に縛られていて、その悲運は一行だけで語られるのだ。彼らは二度と登場しない。彼らの存在、彼らの視点は、一貫して非現実性を帯びている。同時にポーシャの体は浮かぶわくら葉かなにかのようで、流れのトリックで土手の下に瞬時留め置かれ、だがまた自由になったに違いなく、くるくると渦巻きながら無情な流れを下るようだった。彼は彼女の帽子を拾い上げ、ベッドの端に引っ掛けた。彼がこうしていると、彼女が言った。「電話がすんだら、戻ってきますか？」

「待っていなさい、いい子でしょ？」

「戻って来るなら、待っています」

「君はここにいると彼らに言おう」

「そして教えてね、そうしたら彼らがなにをするのか」

彼はもう一度彼女がいるこの部屋を見回してから、ドアを閉めて、電話をしに下へ降りて行った。夢遊病者みたいな歩みを少し早め、目覚めてはならない悪夢に追われているようだった。階段また階段を次々と下りながら、枕の上のポーシャの顔を思い浮かべ、朦朧《もうろう》状態ながら、人の知恵がいかに見かけだおしであるかがわかった。人が持っている情緒──そう呼ぶとして──そして忠誠心は本能に根ざしているので、そういう物があることに人はほとんど気づかない。それらが裏切られてはじめて、さらにむごいことに、人がそれらを裏切るときに、人はその力をはじめて知るのだ。その裏切りは内なる人生の終わりであり、それのない毎日は脅かされるか意味のないものになる。精神の背後にあるミステリアスな風景が、その無限の前景とともに、突然滅亡する。これは祖国から永久に切り離されたに等しく、街路を歩いてもその息吹きにすら出会わなくなる。

ブラット少佐は言葉にならない精神を持っていた。彼はただ、物事は悪い方に変わったと感じていた。彼の家庭は崩壊した、もはやウィンザーテラスを思い描いたり、ましてやあそこに行ってはならぬ。いま彼は頭を絞って考えていた——クウェイン家が何か意見を用意してくれていたらいいのだが、ポーシャと一緒に彼らのドアまで行かずに、彼女がロンドンを渡れるような段取りはないものかと。だが、彼は、直立した電話の棺《ひつぎ》に入り、電話をするのが正しいことを一瞬も疑わなかった。彼らは笑うかもしれない、いやきっと笑うだろう、またもや。

六

セント・クウェンティンは、彼の犯罪現場に引き戻され——または、もっと適切に言うと、モラルの根源に引き戻されていた——アナのシェリーを飲んでいるときに、アラームが鳴った。セント・クウェンティンはそれまでは上機嫌で、ほとんど罪悪感を感じないでいいことが分かってホッとしていた。日記の話が出なかったのだ。

トラブルがウィンザーテラス2番地の一階で始まり、上へ上ってきた、セント・クウェンティンとアナがシェリーをしているときにトマスが帰宅し、思いついてポーシャのことを訊いたら、まだ戻っていないと聞かされた。トマスはこの件はすぐ忘れたが、マチェットが自ら書斎のドアにやって来て、ポーシャがまだいないと言い、どうなさいますかとトマスに訊いた。彼女はドア口に立って、彼をじっと見つめた。近頃この二人はあまり顔を合わせていなかった。

「それはつまり」と彼女が言った。「八時二十分前はもう遅い時間です」

「彼女はなにか計画を立てていて、それを我々に伝えるのを忘れたんだろう。ミセス・クウェインには伝えた?」

「ミセス・クウェインにはお連れさまが、サー」

「分かってる」トマスが言った。彼は付け加えそうになった。どうしてこの俺が階下にいると思うのか？と。彼は言った。「それは、ミセス・クウェインに伝えない理由にはならないね。彼女だってポーシャがどこにいるか、知りたがっているんじゃないか」

マチェットはピクリともしない目でトマスを見た。トマスは眉をひそめて自分の万年筆を見る。

「では、彼女に訊いてみることだな、とにかく」

「もしご自分でなさらないなら、サー……」

こう強制されて、トマスは書き物デスクから身を乗り出した。明らかにマチェットはなにか考えている――だがマチェットはいつもなにか考えているのではないか？　人生を一方から見ると、警戒する理由がつねにある。トマスは階上に行き、ともあれマチェットの考えが感染した応接間の踊り場を制し、ドアをさっと開け、緊張してドアロに立ったら、二人はハッとした。「ポーシャが戻ってないんだ。どこにいるかは分かっているね？」

セント・クウェンティンはさっと立ち上がって、アナのグラスをトレーに持って行き、さらにシェリーを注いだ。この所作で彼はクウェイン夫妻に数分間、背中を向けることができた。自分にもシェリーを注いで、もうひとつのグラスにトマスの分を満たした。それからゆっくり歩いて、窓から外を見て、湖上を静かに漕いでいる人たちを見た。もしこれが起こるべきことだったら、前に起きていただろうとひとりごちた。だから論点は、これがいま起きてはならないというところにあろう。彼が墓場でポーシャに帽子を上げて挨拶してから、五日たっていた。あの時、彼はいま言ったことを彼女に言ったのだ。同時に――彼は直面していた――はてさて、どのくらい長く応答しないでいていいものか。衝撃は次々と積み重ねられていくものだ。彼の心は沈んだ。あの子供との間で結んだ新たな共犯関係を恨みに思い、彼らの家から出て行きたいと思った。彼は、非常にうろたえているアナに同意して、トマスがリリアンの家に電話するのがいいというのを聞いた。

だが、電話に出たリリアンの母は、リリアンは父親と出かけている、それは確かです、ポーシャは一緒ではない、と言った。「あら、あら」とリリアンの母親はやや気取った口調で言った。「お気の毒さま。さぞご心配でしょう！」アナはすぐに電話を切った。

そこでトマスが口を切ったが、抑えていた気持ちが溢れてきたみたいだった。「ねえ、アナ、僕らは誰もあの年の少女にロンドン中を走り回らせたりしていないね」「もう、黙って、ダーリン、上流階級ぶらないで」とアナ。「彼女の年なら、女の子はみなタイピスト」「彼女はタイピストじゃないんだ。彼女はなにかになるために学ぶ気がないようだね、ここでは。どうして午後はいつもマチェットを迎えにやらないんだ？」「そういうスケールで暮していないからよ。マチェットは手一杯だわ。ポーシャが唯一ここで学べるのは、自分のことは自分ですることよ」「ああ、理論的にはそれが一番だ。だが、学習の途中で、もしかしたら車に轢《ひ》かれるかもしれない」「ポーシャは向こう見ずじゃないわ。車をすごく怖がっている」「どうして分かるんだ、独りの時の彼女がどういうふうか？　先の夕方だったが、このすぐ外で、車の下から彼女をやっと引っ張り出したんだ」「それは彼女が突然私を見かけたから隠れたのよ」アナは、大胆だが恐怖をにじませた抑揚のある声で言った。「では、病院に電話するとしましょうか？」

「その前に」と、トマスは受け付けない声で言った。「なぜエディに電話しない？」

「だって、ひとつには、彼はいたことがないもの。それに、いったいどういうわけで私が電話するのかしら？」

「いや、君はしょっちゅう電話してるからさ。そうさ、エディは聡明じゃないが、アイデアがあるかもしれない」トマスは、セント・クウェンティンが注いだままになっていたシェリーのグラスを取り上げて飲んだ。それから言った。「ともかく、彼らはべったりじゃないか」

「なにはともあれ、すべてやって見ましょう」アナは氷のすべすべした滑らかさで言った。彼女はエディの番号を回して、少し待った。彼女の言うとおりだった。彼はいなかった。受話器を戻して彼女が言った。「電話ってすごく助かるわ！」

「彼女のほかの友達は？」

「思いつかない」アナは眉をひそめた。そしてバッグから櫛を取り出して、髪に櫛を当てた――この何気ない行為は、彼女が無関心ではいられないことを表明していた。「彼女は友達がいるはずよ。でも、私たちは彼女の友達じゃないの？」彼女の目が部屋中を渡り歩いた。「もしあなたがここにいなかったら、セント・クウェンティン、あなたに電話するところだわ」

「悪いが、仮にここにいなくてもあまりお役に立てないな……。申し訳ない、提案ひとつ思いつかない」

「あら、努力するのよ。小説家でしょう、あなたは。登場人物たちはどう、する、の？　でもね、トマス、まだ八時になっていないのよ。そんなに遅くないわ」

「彼女には遅いよ」トマスは不安が消えずに言った。「遅いよ、行く場所がない場合は」

「ああ、彼女は映画に行ったのかもしれない……」

しかしトマスは、弁護士のような声で——堅苦しい、やり手の、引き締まった声で——この件を考慮することなく却下した。「いいかい、アナ、なにか特別なことが起きたのかい？　彼女が何か動揺することがあったんじゃないか？」

他者の表情に降りるブラインドが、彼らが言うべきことを用意していないことを示していた。空気が一気にこわばり、法廷の空気みたいになった。トマスは二度目の視線をセント・クウェンティンに投げて、彼がここまで入ってきたのはなぜか訝っていた。それからまたアナを見ると、その顔の裏に、関わらないという薄笑いと伏せた瞼があって、孤独な自分を知りつくしたアナがいた。個々の深い罪悪感が、彼女とセント・クウェンティンを互いに孤立させている——彼女はセント・クウェンティンの魚に似た顔を見ようともしなかった。彼がなにか心に持っていても、彼女には思いつきさえしなかった。分裂がトマスを勇気づけ、アナが言い終わるのを許した、「今朝は彼女を見かけなかったの、実のところ」と。彼自身がその前にこう言っていた。「もちろん、彼女はたんに外出中ということかもしれないから。よくあることだろう」

「ええ、あなたはね」アナが同意した。「だけどポーシャは呆れるくらい慎重だわ。だけど、人がなにをするかなんて、誰に分かる？」

セント・クウェンティンは、機嫌よくグラスを下に置いて、話に割り込んだ。「では、君にとって彼女はミステリーということかい？」これを無視してアナは言った。「じゃあ、トマス、あなたは、彼女がそれを試してみているだけだというの？」

「我々はみな自分の感情がある」彼はそう言って、奇妙な顔をしてアナを見た。

セント・クウェンティンが言った。「あるいはポーシャは、家庭生活向きの才能をあまり持っていないとか」

「あなたたちふたりが言いたいのは」アナがソファの端から、髪の毛一本乱さぬ美しい姿で言った。「私がポーシャに優しくないということ？　物事を決めるのがそんなにすぐできるの？　いいえ、いいのよ、セント・クウェンティン。私たち、一幕演じませんから」

「マイ・ディア・アナ、演じたいならどうぞ。要するに僕は役立たずらしい。そうだとしたら、帰るほうがいい？　なにかできるなら後でまた来ます。帰るけど、家で電話のそばに座っていましょう」

「おや、おや」皮肉にアナが言った。「まだそれほどの危機じゃないわ。まだ半時間は危機ですらないわ。でもかれこれ八時――まとめてみて、食事にしますか？　食事はしたくない？　どうなってるのまったく。この種のことは起きたことないけど」

セント・クウェンティンもトマスもどう感じているか分からないらしいので、アナは階下に通じるベルを鳴らした。「そろそろ食事にするわ」と、彼女は言った。「ポーシャは待たないでいいの、少し遅くなるから……。それがいいと思う、半分ずつできないでしょ。食事にするか、警察に電話するか……。あなたにできる一番いいことは、セント・クウェンティン、ここにいて助けてくれることよ――ほかで食事をする予定がないならだけど？」

「それはないんだ」彼は言ったが、実は困っていた。「でも、僕がここにいる意味がなにかあるかい？」

「要は、あなたは家族の古い友達なのよ」

その夕方はいっそう暗い曇が出てきた。雲が鋼鉄のような色の早い夕闇をもたらし、公園の木々を金属製のようにしていた。アナはディナーのために蠟燭を灯したが、外がまだ明るいので、カーテンは引かれていなかった。卓上の大きなオダマキの花の鞘が青黒く芝居がかって見えた。外の公園では、いまも人々がボートを漕いでいる。フィリスはトマスとアナとセント・クウェンティンにディナーを供した。誰も時間は見なかった。ダックの皿が出たすぐ後に、ダイニングルームの電話が鳴り響いた。数秒鳴らしておき、その間彼らは顔を見合わせていた。

「私が出るわ」アナが言った——だが動き出さない。

トマスが言った。「いや、僕が出たほうがいいだろう」

「私も出られる、もしお二人がどうとかなら」セント・クウェンティンが言った。

「なにを、バカな」とアナ。「どうして私じゃダメなの？　なんでもないでしょう？」

セント・クウェンティンはせっせと食べて、目は皿をしっかり見ている。アナは受話器を持つ手を持ち変えていた。「ハロー？　ハロー？……まあ、ハ、ハ、ハロー、ブラット少佐」

「ええ、彼女は彼のところにいるって」アナはそう言って、また座った。

「うん、分かった、だがどこに？」とトマス。「どこに彼女がいるって言うんだ？」

「彼のホテルに」アナが顔色も変えずに言った。「彼が滞在している種類のホテルでしょ、きっと」

アナはもっとワインを、とグラスを差し出して、また言った。「さて、というわけらしいけど？」

「そのようだね」トマスは言って、窓の外を見た。セント・クウェンティンが言った。「彼女がなにをしているか、彼は言ったの？」

「ただいるだけよ。彼女が現れたって」

「では、いまはどうなの？」とトマス。「彼が連れて帰ってくるということだろう？」

「いいえ」驚いてアナが言った。「彼はそんなことほのめかしもしなかったわ。彼は——」

「じゃあ、彼はなにがしたいんだ？」

「私たちがどうするか知りたいのよ」

「君はそう言ったのか？」

「あなた、聞いていたでしょ——私は、また電話するって言ったのよ」

「それはつまり、我々はどうしたらいい？」

「私が知っていたら、彼に言ったわ、そうでしょ、トマス？」

「まったくもう、どうして彼に言わなかった、真っ直ぐ彼女を連れて来いって？　あの老いぼれのバカ野郎が忙しいわけないだろう。一杯飲ませるぐらいはしてやるよ。あるいは彼女をタクシーに乗せろと、なぜ彼に言わなかった？　これ以上簡単なことあるかい？」

「そう簡単じゃないわ」

「どうして。なにか悶着でも？　頼むよ、彼はなにをしゃべっていたんだ？」

アナはワインを飲み終えても、こう言っただけだった。「さて、これが一番簡単だわ、この意味がお分かりなら」

トマスはテーブルナプキンを取り上げて、口もとをぬぐい、もう一度セント・クウェンティンをチラッと見てから言った。「君が言うのは、彼女は帰って来ないということ？」

「あまりその気はないみたい、目下のところは」

「なぜ目下のところなんだ？　後で帰るというのか？」

「彼女は見るまで待っているのよ、私たちが正しいことをするかどうか」

トマスはなにも言わなかった。眉をひそめ、窓の外を見て、テーブルの上の皿の両脇を親指でコツコツたたいた。「ではつまり、何か事が起きた？」彼がやっと言った。

「ブラット少佐はそう思っているようよ」

「何を言うか、あの野郎」とトマス。「彼は関係ないだろう？　どうした、アナ？　なにか考えが？」

「ええ、正直あるわ。彼女は、私が彼女の日記を読んだと思ってるの」

「彼女は日記をつけてるの？」

「ええ、つけてるの。そして私も」

「へえ！　君が？」トマスが言った。このことを考えまいとしたのか、彼はまた親指でコツコツやった。

「ダーリン、またそれやるの？　グラスが全部踊ってるわ――いいえ、全然奇妙なことじゃないわ。私もそれくらいしているわ。彼女の日記はとても立派よ――ええ、私たちを完全に把握していますよ。私たちのことについて私は日記を続けちゃいけないの？　日記をつけたって、私の生活の道筋を変えるわけじゃないし、むしろ生きていることについて同意しかねる感情を与える――というか、少なくとも、私であることについて」

「それでも、僕は分からないな、なぜそれが彼女を行き止まりまで追いやったのか。彼のホテルはケンジントンのはずれでしょ？　それになぜブラットなのか？　どこに彼の出番がある？」

「彼女にパズルを送ったわよ」

「だけど、それだって大したことだ」とセント・クウェンティンが言った。「それだって、きっと、元気を与えたと思う」

「私にはハウスメイドのコツがあるのよ」アナは続けた。「それにハウスメイドよりも空き時間があるわ。だけど、ぜひとも知りたいわ、私が彼女の日記を見たのを、どうやって彼女が知ったのか。私はあれを元に戻したのよ、あれがあった所に。指紋だって残さなかった。私なら分かったわよ、かりに彼女が用心に日記を糸で巻いていても。マチェットが告げ口するはずはないし、マチェットがいると知っていれば、私は絶対に日記に手を触れないから……。そこが謎なの。どうしても知りたいわ」

「知りたいって？」とセント・クウェンティン。「なに、そんなの簡単だよ、僕が彼女に話した」彼はむしろ批判的にアナを見て、彼女が明らかに疑っていることを言ったみたいだった。中断が入り、その間トマスは超然として見せるのに忙しく、そこへフィリスが流れるように入って来て、中断を強調しつつ、せっせと皿を新しくし、ストロベリーコンポートを持ってきた。セント・クウェンティンは、自分がいま言ったことに面食らい、悠然と微笑しながらもうつむいた。一方、「ああ、フィリス」とアナ。「マチェットに言ってもいいのよ、ミス・ポーシャが電話してきたと。彼女は遅くなるの。私たちは彼女が遅く帰ると思っているから」

「はい、マダム。お食事を温めておきますか？」

「いいえ。食事は済ませてくるでしょう」フィリスが出て行くと、アナはスプーンを取り上げて、イチゴを見つめてから言った。「ああ、あなたがしゃべったのね、セント・クウェンティン？」

「どうしてだか、知りたい？」

「いいえ、知らないでいいわ」

「ポーシャそっくりだ――彼女も興味なしだった。もちろん、ポーシャはショックを受けたし、私は自分について彼女に話したくてたまらかったが、彼女は耳を貸すような様子じゃなかった。彼女には、メリルボン・ハイ・ストリートにいるときに言ったんだが、僕らは互いに完全にふたりきりだった……。だが、僕はやはりどうしても知りたいねえ、彼女が知っていることをどうして君が知ってるの？」

「ああ、そうだよ」と急に生き返ってトマスが言った。「どうして君は彼女が知ってることが分かったんだ？」

「分かりきってます」アナが言ったが、やや声が高くなっている。「誰かがなにをしたとしても――信頼を裏切るとか、ブラット少佐のところに駆けこむとか――責めを買うのは私です、最初の最初から。ねえ聴いてセント・クウェンティン、聴いてトマス。ポーシャはこの件で私には一言も言ってないのよ。彼女のやり方は私を通さないの。違うの、彼女はただエディに電話して、エディが私に電話してきて、私が意地悪ばかりしていたと文句を言ったの。それが今日起きたことよ。あなたはいつ彼女に言ったの、セント・クウェンティン？」

「先週の水曜日に。それをよく覚えているわけは——」

「——わかったわ。で、水曜日の後、きっとなにかが起きたから、ここまで煮詰まってしまったんだわ。土曜日に私はポーシャの様子がどうも奇妙だと思ったの。彼女が入ってきて、エディがここでお茶をしているのを見たの。どうもシールにいた時に、彼と彼女の間でなにかが破裂したみたい。たぶんエディのほうが怖くなって逃げ出したのよ」

「ああ、彼はセンシティブだから」セント・クウェンティンが言った。「煙草吸ってもいいかな？」自分とアナの煙草に火を点けてから、彼は補足した。「僕はエディが嫌でたまらない」

「ああ、僕もさ」トマスが言った。

「トマス——一度もそんなこと言わなかったじゃない！」

自分を落ち着かせようと大袈裟な様子をして、トマスが言った。「うん、彼は見ての通りのケチなネズミさ。それに彼の仕事ときたら、もう上っ面だけで。メレットは首にしたがっている」

「それはできっこないでしょ、トマス。彼は飢え死にするわよ。どうしてエディが飢え死にしなくちゃならないの、たんにあなたが彼を嫌いだからって？」

「どうして彼は飢え死にしないでいいんだい、君が彼を好きだというだけで？　その主義は僕にはマンネリに見えるし、まずいよ。まずいことが起きれば起きるほど、いい人がますます迷惑する」

「それに」とセント・クウェンティンが穏やかに言った。「エディは飢え死になんかしませんよ。彼はここに食事どきには現れるさ」

「やめて、首にしないで、トマス」アナは乱暴に繰り返し、パールのネックレスをひねくり回した。「もし彼がいい加減なら、ちょっと脅かしたらいいじゃない。いきなり首にするなんていけないわ。別に彼に恨みはないんでしょう、あんなにバカなことを除けば」

「いや、僕らはバカに週給五ポンドは払えない。彼を雇って欲しいと君が言った時、彼はとても聡明だと君は言い張った――正直に言うと、最初の一週間はそのとおりだったかな。どうして君は彼が聡明だなんて言ったんだ、いまではあんなバカと言ってる、それにあんなバカな彼が、どうしてここに入り浸っているんだ？」

アナはセント・クウェンティンのほうを見たが、トマスは見なかった。パールから手を放して、コンポートをひとさじ食べてから言った。「彼はポーシャの追っかけだから」

「で、君はそれがいいことだと思っているの？」

「あなたには言えなかった。結局、彼女はあなたの妹よ。あなたが彼女をここに置きたがったのよ。いいえ、大丈夫よ、セント・クウェンティン、私たち、一幕演じるつもりはないから――置きたくなかったなら、トマス、どうしてそう言わなかったの？　この事については、前に話し合ったと思うけど」

「ポーシャは彼女なりになにがどうなったか、分かったらしい」

「実際には、あなたは向き合わないで、私に向き合って欲しかったのよ」

「だけど、どういう意味、彼らがシールで破裂したというのは？　彼はなにをしにシールくんだりまで行ったんだ？　ロンドンにいられなかった？　あのミセス・ヘカムばあさんとラン、デ、ブー、かい？」

アナは蒼白になった。彼女が言った。「そこまで言いますか？　彼女は私のガヴァネスだった人よ」

「ああ、そんなの知ってるさ。でも彼女、ほとんど付き添い役《シャペロン》をやってたんだろう？」

アナは一息おいて、蠟燭に照らされた花を見た。それからセント・クウェンティンにもう一本煙草をねだると、彼は思慮深いスピードで差し出した。そこで彼女は振り向いて、きっぱり言った。「残念だけど、私はあなたが全然理解できないわ、トマス。あなたはポーシャを信頼していないと受け取っていいの？　そうでしょ、ポーシャを信頼するのが正しいのかどうか、知るべき人はあなたですよ。あなたは、あなたたちの父親を知っているのよ。私はまったく知りません。私が彼女をスパイする理由はどこにもないわ」

「彼女の日記を読んだのは抜きにしてか」

セント・クウェンティンは窓を背にして座っていたが、振り向いて外をよく見た。そして言った。

「外は相当暗くなってきましたよ」

「セント・クウェンティンは、ここにいたくないと言ってるのよ」

「アナ、僕はブラット少佐に電話するべきだと言わなかった？」

「そうね、彼は待っているでしょうね？　そうでしょうね、きっとポーシャも」

「よし、わかった、では」トマスはそう言って、後ろにもたれた。「どう言おうか？」

「要点をはずさないようにしないと」

「もうそれはやってるよ」

「なにか言わないと。彼は私たちのこと、すごく奇妙だと思ってるわよ」

「彼にはいくらでもあるからね」とトマス。「僕らを奇妙だと思う理由が。君の話では、僕らが正しいことをすれば、彼女は帰ると言っているんだね」

「私たち、なにが正しいことか、知ってる？」

「いまそれを決めているところだ」

「決めなくても分かるわ。簡単なことよ。ポーシャは向こうでブラット少佐と一緒にいるの。ああ、お願いだから」アナは言って、ため息をついた。「私に、また若い人を侮辱させないで！　だけど私だけじゃないのよ――そうよ、我々全員が巻き込まれてるわ。我々がしたと思うことは我々には分かるけど、我々がなにをしたのかは我々は知らないのよ。彼女はなにを期待したのか、いまなにを期待しているのかしら？　たんに今夜、彼女を家に連れてくればいいという問題じゃないわ。ここで三人で暮らしていくのかどうかの問題なのよ……。そうよ、これが現状なのよ。彼女が造った現状よ」

「いや、彼女はただそれを悟っただけさ。造るのとは全然違うことだ。彼女には視点があるんだ」

「あら、誰にだってあるわ。外から見たら、私たちは値打ちがないかもしれないけど、私たちお互い同士には値打ちがあるのよ。みんなが感じることを人が考えたりしたら、その人はきっと発狂してしまう。人が感じることを考えても、なんにもならない」

「残念だが」セント・クウェンティンが言った。「この場合は、それしかないでしょう。つまり、どうしても彼女を家に連れ戻したいなら。彼女が言う『正しいこと』はある意味、絶対者で、絶対者は感情のなかにだけに存在するんですよ。向こうでふたりで、ケンジントンで待っているんだ。実際にあなたたちは、なにか急いでしないといけない」

「なにかすぐしたいとしても、ほかの誰かが感じていることが、どうしたら分かるのよ」

「ああ、もういい」とセント・クウェンティン。「この場合だけど、我々の立場はそう悪くない。僕は小説家だ。君は、アナ、彼女の日記を読んだ。トマスは彼女の兄だ——どれも似ていないわけじゃない。我々がどんなにしたくなくても、彼女の立場に直面しないとね、どっちみち彼女の立ち位置はなにか、それを見ないでいい理由はないんだから……。続けていいの、アナ？」

「ええ、続けて。でも私たち本気で決めないと。どうしますか、トマス？」

「カーテンを引いて。人が見てる……。コーヒーくらいもらえないの？」

「セント・クウェンティン、コーヒーが来るまで待っててよ」

コーヒーが運ばれてきた。セント・クウェンティンは額をゆっくり掻いた。そしてついに言った。

「君は彼女に嫉妬してると思う」

「彼女はそれを知ってるの？　もし知らないなら、それは彼女の立ち位置とは呼べないわね」

「いや、彼女ははっきりとは意識していないでしょう、君が嫉妬していることすべてが楽しいとは。そんなの彼女も楽しくないかもしれない。彼女の異常なまでの愛したい気持ち——」

「——ああ、そんなお返しはまっぴら——」

「何がきっかけであれ、彼女がそれに抱く異常なまでの期待は、君をどこかへ連れて行くきっかけになるのさ。彼女がなににたどりつきたいのか、我々には分からないが。彼女は君とトマスの周囲をさまよいながら、そこにないものを探り出して、その糸口を日記に書いている。いわばある意味、彼女がここにたどり着いたのは不運だった。もし君たちがもっといい人で、カントリーに住んでいたら――」

「なにか証拠があるかい」トマスが初めて割り込んできた。「もっといい人が本当に存在するという証拠が？」

「存在すると仮定して、君たちがそういういい人だとしたら、彼女のことを面倒に思ったりしないよ――僕の言う意味は、そこまで悩まないだろうということなんだ。しかし、君たちはふたりとも不自然なくらい彼女を意識している。誰だって思うよ、彼女が犯罪の糸口に立っているのかと……。トマス、君の母上は、たとえばカントリーに住んでいたら、もっといい人だったに違いない」

「そうだよ、事実、僕の父だっていい人だった、恋に落ちるまでは。セント・クウェンティン、気楽でいい人たちに共通していることは、彼らにはなにひとつ染み通らないということだ。だが、なにがなんでも染み通らないというわけではない。ああ、君が思い描く種類の人たちは分かるよ――君は小説家で、ずっとロンドンに住んでいる――だが僕の経験でいうと、彼らはみな圧力に負ける限界点がある。そして僕の信念でいうと、ポーシャのような純粋少女は、間もなくそこに行き着くに決まっている。いや、実は、あそこまで純粋な少女を得ることができる人はいないが」トマスはグラスにブランデーを注いで続けた。「僕は、もし僕らが彼女に自転車を与えられるような場所に住んでいたら、僕らは物事の表面でいつまでもうろうろしてはいなかっただろう、とは言わない。もしそうだとしても、彼女は永久に自転車を乗り回していられただろうか？　彼女は、遅かれ早かれ、なにかが起きたことに気づいたに決まっている。アナと僕は僕らにできる唯一の方法で生きているし、それを調査されるのはちょっと困る。一例として、いま僕らがしている会話を見たらいい。僕にはこれが悪趣味の極みに見える。もし僕ら夫婦が気楽ないい人で、カントリーに住んでいたら、一瞬だって君には耐えられないよ、セント・クウェンティン。事実、僕らは親密な間柄が大嫌いでね、おまけに、疑いもなく僕らが正しい。ああ、疑いもなく僕らはいまの僕らよりずっと愉快な人間になっているさ。だが結論的に言うと、僕らはポーシャの役に立たないかもしれない。すでにひとつ、僕らは彼女にひどく後ろ暗い気持ちを味わわせている」

「彼女が後ろ暗いのよ」アナが言った。「エディに身を任せるなんて」

「あれ、君はなにをしたっけ、彼女の年まで行かないうちに？」

「なぜいつもそれを持ちだすの？」

「なぜいつもそれを忘れない？　……違うんだ、彼女はこの途方もなくくだらない世界で成長しているのだから、まったく自然なことなんだ、あんなオデキのかさぶたみたいな悪がきのエディが、彼女の目にはほかの誰かと同じように映ったとしても。もしも、アナ、君と僕がかさぶたと引っかき合っていたら、彼女はもしかしたら――」

「いいえ、彼女は彼女よ。エディを憐れに思いたかったのよ」

「犠牲になったんだ」とセント・クウェンティン。「彼女には犠牲者のキャラクターが見える。彼女には彼に加えられた一連の長い攻撃が見えるんだね。彼女は、自分が招いた間違いはすべて計算に入れない——あいつは腕を骨折して学校に復帰するのを拒否しておいて、ひどいいじめがあったと言うやつなんだ。寝室の椅子につかまって自分を鞭打つのは、出て行って泥棒に立ち向かわないため——ああ、彼女は彼がプロメテウスだと思っているんだろう。失意には見せびらかす要素があって、それが臆病者《ファンク》の劇場版であることを見抜くには相当なウィットがないと。から騒ぎを盛大にするには強気でないと、で、我らのエディにはその強気はちゃんと備わっている。だが、騒ぎ立てないためには度胸が必要になり、その度胸が彼にはない。もしあったら、彼はいつまでもアナの物になってないよ。ああ、彼は月に吠えるのをやめるもんか、聴いてくれる誰かがいる限り、で、ポーシャは誰かが月に吠えている間、ずっと聴いているんだろうよ」

「きっとそのとおりね。でもやはりあなたはとても残忍ね。残忍さで人はそこまで行くものかしら?」

「それは絶対にない」とセント・クウェンティン。「僕ら三人がいまいる所を見てごらん。迷いは一切ないのに、なにも決められない。今宵、心の清い者は、僕らなど思いのままですよ。彼女がどんなに面白がっているか、見るといい——彼女は英雄たちの世界にいるんだ。彼らが僕らの思惑通りのインチキだなんて、僕らの誰が確信できる?　この世界が本当に舞台なら、大役がいくつかないといけない。彼女が求めているのは、同時にちょい役で出ること。彼女は実に正しい——主役を出し抜いて、どのみち消えていく小柄な美男子より、このドタバタ劇ではうまくやっている（少なくともそこは議論しないと）。なにもお化けじゃない美男子がいるわけではないが。誓ってもいいよ、僕らは各自、肥え太った内なる自分がいて、狂える巨人なるものを抱えている――社会的には不可能なフルスケールの巨人を――そして、そいつがときどきお互いのなかで暴れ回るのを聞くおかげで、僕らの付き合いが陳腐にならずに済んでいるんだよ。ポーシャは始終こういうことを聞いている。実際ほかにはなにも聞いていない。彼女がほとんどいつも間抜け《グーフィ》に見えるのも不思議じゃないね？」

「そうね。でもどうやって彼女を家に連れてくる？」

セント・クウェンティンが言った。「トマスはどんな感じ、もし君が自分の妹だったら？」

「存在しない場所で生まれたみたいな感じかな。抜け出して、離れていたいよ。同時に、ありがたいことに僕は女だから、特別な見せ場を作らないでいいんだ」

「そうね」とアナ。「でもそれは、男であることがあなたの中にいきわたっているとあなたが感じているからにすぎないわ。度胸がないのがあなたの特徴だわ。あなたがもしポーシャだったら、男であることは免れるけど、自分を結びつける何かを見つけるでしょうよ。でもそれはセント・クウェンティンが言おうとしたことじゃないわね。要は、もし今夜、あなたがポーシャだったら、私たちにさせて、あなたが唯一我慢できることはなに？」

「目に見えるはっきりしたこと。騒がないですること、だね」

「でもねえ、マイ・ディア・トマス、私たちと彼女の関係で、はっきりしたと言えることがひとつもないのよ。最初から試行錯誤ばっかりだった」

「いや、僕なら呼び求められて連れ出してほしいよ、高飛車に出て騒いだりしない誰かさんに。誰だって、分析を打ち切るなら、好きなだけ腹を立ててもいい」トマスは言葉を切って、アナを厳しく見た。「彼女はどの場所からもちゃんと迎えに来てもらったことがないんだ」トマスが言った。「彼女が迎えにきてもらうとして、だいたい誰が迎えに行くの？」

「マチェットよ」

「マチェット？」とセント・クウェンティン。「ハウスメイドのマチェットのこと？　彼女たちは仲がいいの？」

「ええ、とても仲良しよ。私がお茶で外出すると、ふたりは一緒にお茶をして、私が出ていると思ったら、お休みと言い合って。もっとたくさん話してるわ――だけどなんの話か、まったく知らないの。ええ、憶測はしてるけど。過去について話してるのよ」

「過去？」とトマス。「どういう意味かな？　なぜだい？」

「ふたりの相互に通じる偉大な過去――あなたのお父さまよ、当然でしょ」

「どうしてそう思う？」

「二人は固く結ばれている。ときどきそっくりに見えるわ。ほかのテーマでは――もちろん愛情を除けば、誰もあんな顔つきにならないのでは？　あの話し合いは始終クライマックスなのよ。陶酔状態よ。堕落行為だわ。一種の完全な世界になってる。ポーシャは最近、責務不履行になってるかも、エディのせいね。でもマチェットは絶対にあきらめませんよ。それが彼女の存在意義《レゾンデートル》なんだから、家具は別にして。そして、ポーシャと一緒に屋敷を捨てるなんて、あり得ないわ。ポーシャがここに来るのは、ある種の請願成就なのよ、ええ」

「請願成就とは、こはいかに。本当にそこまできてるの？　そんな兆しがあったら、マチェットはすぐ解雇していたな」

「あなたはよく知ってるでしょ、マチェットは家具と一緒に残ります。ダメよ、あなたはイカサマを袋いっぱい相続したの。マチェットが考えているのは、あなたのお父さまの世界。ポーシャは自分の父親について、彼を『人物』とみなす人から話を聞くに決まっているでしょう？　ただの哀れな無知な老人としか見ない人からではなく」

「君がそこまで言うことはないと思うよ」

「前は一切言わなかったわ……。そうよ、セント・クウェンティン、彼女がおもに話す相手はマチェットなの」

「マチェットねえ——大きな石みたいなエプロンを付けたあの女だね、僕が通り過ぎると壁に後ずさりして、女人像柱みたいになる。だいたいいつも階段にいるね」

「ええ、彼女はたいてい階上と階下を行ったり来たりしてる……。マチェットでいいじゃないの、結局は？」

「いまのは『いいじゃない』であって、『どうして？』じゃないんだね？　さて、君はどう感じる、アナ？」

「私がもしポーシャだったら？　私たちみんなをひっくるめて軽蔑する、自分の人生ばかりこねくり回して、私が私の人生を生きるのをストップさせたから。退屈、ああ、この退屈、なんにもないことで、秘密の社会をつくって、どうでもいい合図を送り合って。なにがどうなっているのか知りたいとも思わない。外の世界の誰かが警笛を吹いて、全体をストップさせたらいい。自分の試合をしたい。

結婚して、頑張っている奴らを軽蔑する。結婚しないで、用心深く、ピリピリしている奴らを軽蔑する。どんな感じと訊かれたい、当たり前に扱われたいと――」

「まったくの新局面だ、アナ。いまさら日記がどうした、君がどうした？」

アナは静かになっていた。彼女が言った。「あなたは言ったわね、もし私がポーシャだったらと。当然だけどそれは無理よ。彼女と私が同性とは思えない。彼女と私が新しくスタートしたいと思っても、まずできないわ、残念ながら。私はつねに彼女を侮辱する。彼女はつねに私を迫害する……。さあ、では決まりね。トマス――マチェットを迎えにやりましょうか？　まったく、もっと前にそう考えてもよかったんだわ、ここまで引きずらないで」

「では決まった、マチェットをやるとしよう。同意するかい――セント・クウェンティン？」

「ああ、もろ手を上げて――

マチェットが彼女をお迎えに、
お迎えに、お迎えに、
マチェットが彼女をお迎えに、
寒くて霜が降りた日に――」

「セント・クウェンティン、ロンドン橋が落ちたなんか、天罰が――！」

「ごめんよ、アナ。なんだか解放されちゃったよ。段取りが付いてとても嬉しい」

「まだ考えることがあるわ。マチェットになんと言いましょう？　どっちがブラット少佐に電話しますか？」

「誰もしない」トマスがすぐ言った。「これはクーデターでも何でもない。僕らは話し合わない。明らかなことをするだけだ」

アナはトマスを見た。その額は穏やかになっていた。「ああ、分かったわ」彼女が言った。「では私が彼女に帽子を取って来なさいと言いましょう」

マチェットは言った。「はい、マダム」彼女は立ったまま、アナがダイニングルームに入るのを待った。そして重い体で静かな階段を上がった。ふたつ目の踊り場に来ると、彼女は後ろでエプロンをほどいた。ポーシャの部屋で立ち止まってドアを開け、暗がりの中で周囲を素早く見た。ベッドは返してあったが、ナイトドレスが横たえてあり、部屋は誰の帰りも待っていないようだった。空っぽの部屋は夕暮れに向かうと、この表情になる——その一日がここで孤独に死んだようだった。マチェットは、ほどいたエプロンの紐を背中のくびれで一緒にして片方の手に持ち、電気ストーブのスイッチをひねった。また立ち上がり、また窓の外を一目見る。鋼緑色の空の下で、木々の頂が順序よく並び、公園はまだ閉園していない。マチェットはさらに上に上がり、自分の部屋に向かった、彼女のほかに誰も見たことのない部屋へ。

彼女は帽子に黒っぽいコート、黒のスエード仕上げの手袋を手に持ち、モロッコ皮のハンドバッグを小脇に抱え降りてきた。玄関ホールにいたトマスが彼女のためにドアを開けて押さえていた。階段の上での彼女を心配そうに待っていたのだ。タクシーが一台、音を立てながら外階段のすぐそばにいたので、玄関ホールになにかいるみたいだった。

「お前のタクシーだ」トマスが言った。

「お礼申します、サー」

「金をいくらか渡した方がいいかな」

「必要なだけは持っております」

「じゃあ、分かった。乗ったほうがいい」

マチェットはタクシーに乗りこんだ。乗った後で自分でドアを閉めた。真っ直ぐに座り、両方の窓から一度ずつ無表情に外を見て、手に持っていた手袋をほどいて、手にはめていった。窓ガラスを通して、トマスが運転士に方角を指示しているのを見つめた――それからタクシーのギアが唸って入り、のそのそとテラスを下って行った。

マチェットは手袋のボタンを留めただけでなく、手袋に残った最後のしわも伸ばした。ここまでに彼女はベーカー・ストリートの半分を費やした。す、る、と、電流が走ったようにびくっとなり、いったん休み、親指と親指を互いに重ねて声に出して言った。「さあ、考えないと……」彼女は不安そうにガラスの仕切り越しに運転士の背中を見た。そしてバッグを傍らに置いて、体を前に乗り出して、ガラスの仕切り戸を開けようとした――だが手袋をした手はガラスを引っ掻くだけ。運転士は一、二度振り向いた。そのとき交通信号が彼を遮った。彼はブレーキを引き、ガラス戸を横に開け、仕方なさそうに覗き込んだ。「マーム?」と彼は言った。

「あの、あなたはどこに行くのか知ってるんですか?」

「彼が言ったところだよ、違うかい？」

「あら、あなたが分かってるなら。でも私に訊かないでね。私は関係ないんですから。自分が行く道は知っててもらわないと」

「ほー、なんだい」運転士が苛立って言った。「こっちが言い出したんじゃないよ、だろう？」

「もういいから、お兄さん。自分の仕事をお願いするわ、あの紳士が言った住所がどこか分かっているのね」

「ほー、というとあんたはそいつが知りたいんで？　なぜストレートにそう訊かないんだい？」

「あら、私は知りたくありませんよ。あなたが知っているか知りたかっただけ」

「オッケーだ、おばちゃんよ」と運転士。「じゃあ、出たとこ勝負だ。人生って、ピーター・パンじゃないが、冒険じゃないかい？」

マチェットはもたれて座り、もうひと言も言わなかった。ガラス戸を閉めることもなかった。信号が変わり、彼らはまた前に発進した。彼女は座席に置いたバッグを取り上げ、両手で抱え、あとは銅像が座っているみたいになった。時計も見なかった、時計に用事はなかったからだ。オクスフォード・ストリートの大きな無駄な眩しさを横切って、メイフェアの切通しを進んだ。曲がり角のたびに、タクシーが曲がるたびに、彼女は片方の手をついて固くなって体を支えた。

内側では必死の努力を続けて、精神と肉体がバランスを取っていた。彼女の体がタクシーのなかでバランスを取るように。なにか考えるときには、彼女は言葉に出して考えた。

さっぱり分からないわ。

ミセス・トマスはなにか口に出すつもりは全くなくて、私は訊く気もなかった。いったい私はどうしてしまったのか？　ミスタ・トマスが言ったことは、私をタクシーに乗せたときに、私が持っている以上のお金が必要かということだけだった。いや、ミスタ・トマスもまたなにも口に出さなかった、ミセス・トマスが言ったに違いないと思ってのことだ。だから、そう、あのドアを開けたままにしていたら、彼が運転士の男に言ったことが聞こえただろう。だが私はドアを閉めてしまった。いったい私はどうしたのか？　いや、私は彼があの男に言ったことに注意しようとは思わなかった。それに彼にも問いただそうとしなかった、あんな失礼があったんだから。運転士なんか当てにならない。いい階級の人間じゃない。

まあ、なに、ヘンな感じ。自分に言い聞かせないと、そうよ、物事を見落としてしまう。それもあるし、なんだってこんなに急ぐのよ。ホテルと彼女は言った、ホテルとだけ。でもホテルなんて、どこにでもある。心配するわよ――ああ、自分に腹が立つ、訊こうと思わなかった自分に。正しい場所がどの場所なのか、どうしたら分かる？　彼はどこかで止めて私を降ろすかもしれない、私が知らないだろうとは知らないのをいいことに。私が知らないのを、私がばらすいわれはなかった。それでは私が間違っているみたいに見えた……。運転士なんてみんな、私たちの立場を外れている。

で、どうしよう、彼らが、オーノー、ブラット少佐はここにはおられない、とか、オーノー、そのお名前の人は存じません、と言ったら。私はどう言おうか、そういうことでなく、そうだ。ここが私が言われた場所ですの、ここで待つように命じられたんです、と。ああ、彼らは私を摘まみ出すわ、住所も知らないんだから。手袋の小さなボタンが間違いのもと。ああ、彼は失礼なことばかり言うかもしれない、あなたは違う場所に来ておられますよ、と。

彼らが言うべきだったのよ、もういいけど、書いてもらっておくべきだった。慌てていたのはミセス・トマスだった。私を急き立てて。そんなに急ぐなら、どうしてもっと前に下に降りてきて命令しなかったのか？　フィリスが降りてきて、はい、みんなで全部聞きましたと言ったけど、フィリスは急いでなくて、私は出かけるのを待って帽子をかぶっていただけ。フィリスが言うには、彼らは向こうでまだ話し中だと。一晩中、呆れた人たちです、と彼女は言って、あのミスタ・ミラーに違いありません、と。

話すのを減らせば、もっと決心できたのに。あんなに大急ぎのミセス・トマスは見たことがない。話し終わるのが、ほとんど待てないほどだった。人に頼むのを半分嫌がっているみたいだった。なに、私は彼女の命令を受けるのに慣れているから大丈夫。往復ともタクシーで、と彼女は言って、タクシーを呼んだのだ。じっと私を見つめ続ける彼女は顔色を失って見えた。同時に彼女は、もっと手品をしろ、と私に言っているみたいだった。そしてあんなに急いでダイニングルームに駆け戻って、ドアをピシャッと閉めるとは。彼らはみんな、なかにいた。

ああ、ハイド・パークなの？……。いや、私には分からない、ええ。

そうだ、私は独り言を言った、帽子を取りに上に行くとき、そう、彼女が言わなかったなにかがあるわ、と。帽子を手に持っている間それがずっと心にあった。それから下に降りてきたら、そこにはミスタ・トマスがいて、私は彼を見つめて、また独り言を言った、ほら、なにかがあるのだ、私は質問しなくてはならない、と。ミスタ・トマスが運転士に言ったことを、私が注意して聞いていたら。

しかし私は手袋をはめるのに気を取られて、あわてていたから。やっと気持ちが落ち着いたのは、ベーカー・ストリートに入ってから。そこで独り言を言った、さて、出発だわ、と――そこで独り言をやめた。おお、ヘンな気持ちだった。体中がヘンだった。

そうやって出発した私を思い描いてみよう。自分が知りもしない場所に向かって出発した私。イメージだけが出発したみたいだ。番地も知らないで出発するとは。

いや、彼は知っていると思う。彼が知らないと思う理由はない。しかし彼みたいなやつに頼っている私を思い描くと。ああ、彼らは私に言ったと思い込んでいるのだ、彼らのうちの一人か誰かが。彼らは考えたはずだ。物忘れはひとつある。だがこれは自然ではない、まったくのところ。

私はさらに間違う。だって、私が言えることはひとつもないから。

そういう彼らなのだ。そこが彼らの違うところだ。彼らがミスタ・クウェインのようではないところだ。

ミスタ・クウェインのようではない。彼はいつもひとつのことを考えていらした。彼は話すにしても、なぜ話すかをおっしゃった。彼は相手をその種の立場には決して置かなかった、タクシー運転士との立場のような。彼は相手を間違った立場に追いやるようなまねはなさらなかった。おお、彼はフェアな方だった。彼がなさることは、すべてフェアだった。

そう、こんな時間にロンドン中を走り回って、彼はあなたのことをどう思うだろう？　いいえ、あなたは正しくなかった、なんのヒントも私に見せなかった。あなたのお父さまはなんとおっしゃるだろう？　できれば知りたい。まず始めに、あなたはお茶には帰るつもりはないと、一切私に言わなかった。美味しいお茶を淹れて温めていたのよ。五時半になって私はひとり思った、ああ、そうだ！　彼女はリリアンと一緒なんだ、だが私にそう言うべきだった。だからあなたを六時には、と期待した。いいえ、あなたは私にヒントをくれなかった。時計はほとんど信じられなかった。表の玄関で音がした時、いたのはミスタ・トマスだけだった。

時計が信じられなかった。あなたらしくなかった、実際。あなたは前のあなたではない。いったいなにが降りかかったの？　ああ、あなたにはとくに最近、馬鹿げた発作があって。まずこれが、そしてもうひとつ。枕の下にバカなものを押し込んで――私はあの時、あなたに言えば言えたのに。あなたは自分をダメにするわよ。前のあなたとは似ても似つかない。エディじゃない時は、ヘカムの連中、あれやこれやでシーサイドに行って。海には行くべきじゃなかった。あなたは、あそこから馬鹿げた発作を持ち帰ったのよ。もっとよく考えるべきだった、私がいろいろ言ったでしょう。秘密が吉と出ることはないの――お父さまを見てごらんなさい。おまけにあなたは、紳士のいるホテルに行くなど、もってのほかでした。

サウス・ケンジントン・ステーション……。いえ、私は知りませんよ、ええ。

それで、夕飯はちゃんととったんですか？　あなたはこんな場所、知らないでしょう。彼らはできることをはっきりさせようとしています。で、ブラット少佐はただ無邪気な人。彼は決して知らないでしょう。彼とパズルと。でも……。いいえ、私が気にしているのは、あなたがこうして外に出てしまう、ここを去る、私をギョッとさせる。いいえ、もうこのバカげた騒ぎをやめていいころです。静かにしていますね、いまは、で、私が言った事を思い出して。暖炉の火をつけておきました。あなたのお部屋はすっかりいい感じですよ。あなたの好きなビスケットもとっておいてあります。大丈夫ですよ、前のあなたでいれば、それでいいんだから。

いいえ、責めていませんよ。もう済んだことですから。私は自分が言ったとおりの私です。もう興奮しないでバカをしないで。マチェットと一緒に帰って、いい子にしていましょう。あれまあ、ホテルはこの通りにあるんですね！　干し草のなかで針を探すみたい。

それで、彼はなにを狙っていたんでしょう？　ああ、ではこれで終わった、のかしら？　いえ、よく分かりませんが。

運転士は、ゆっくりと路肩に付けて、ガラス越しに大胆な目で彼女を見た。車をとめてから、ドアを開けようとして、てくてくと回ってきた——しかしマチェットはもう外に出て、立って上を見ていた。ホテルのこけおどしの悲しい壁面が頭上にそびえ立ち、色をなくした日の光が、そのてっぺんの上に見えた。「さあ、マーム、こいつは小さなサプライズでさあ」と運転士が言った。おかしがたい威厳をにじませて居住まいを正した彼女はザ・カラチホテルと読んだ。彼女の石のような眼はロビーからガラスドアへ、暗い黄色の真鍮製のドアノブから、多くの足で擦り減った急な階段へと巡り歩いた。辺りは見ないで彼女は言った。「さて、間違った場所に連れてきたなら、お金をもらえると思わないことね。このまま真っ直ぐ戻ってくれたら、私があの紳士に話しますけど」

「はいよ、だけど、あんたがここから戻って来るのが、どうしたら私に分かりますかね？」

「もし私がここからお若い女性と一緒に出て来なかったら、あなたが私を連れてきた場所が間違いだったのよ」

マチェットは両手を使って帽子をまっすぐにして、バッグをさらにしっかりと握って、階段を上がった。階段の下方には、灰色の道路が漆喰とこだまになり――ときどきタクシーが一台、ときどきバスが一台通る。夕暮れの照り返しが明かりのない窓に幽霊のように映っている。灯された明かりはサロンを蒼白くむき出しに見せている。カラチホテルのサロンで、誰かがピアノを危なっかしく弾いている。

とはいうものの、そばを走る道路はモーヴ色の夕闇のなか長く伸びて、夏が来ることをほのめかしている――夏は、あらゆるものを熱気と眩しさで元気にする。ロンドン郊外の庭園では薔薇が燃えいでているが、その他はすでに闇に消えている。疲労、だが一種の悦びが、すべての心のなかで幕を開ける。なぜなら夏は生きることの高みと豊かさであるのだから。すでに暗闇の香りが強くなっている。雲が出た未熟な夜に、空は暖かく、建築物は拡張しているようだ。ピアノの上で指がとまり、正しい音を叩き、メロディにつながる。

ガラスドアを通してマチェットは明かりと椅子と円柱を見る――だがどこにも押しボタンがない、人もいない。「まあ、なんという場所なの！」と彼女は思う。ベルなどどうでもいい、だってここはパブリックスペース、彼女は真鍮のノブを押す、権威ある者の気配をさせて。

（完）

エリザベス・ボウエン略年譜

――以下の年譜はエリザベス・ボウエンの生涯と創作活動を中心に、その小説と短編の幾つかを紹介し、『心の死』の鑑賞の一助になると思われる事項を補足して作成した。

一八九九年

六月七日、エリザベス・ボウエン、ダブリン市ハーバート・プレイス15番地に生まれる。父母の結婚後九年目に生まれた一人娘。父ヘンリーはアイルランド南部コーク州にビッグ・ハウス「ボウエンズ・コート」を所有するアングロ・アイリッシュの地主であり、同時にダブリンで法廷弁護士を開業。ダブリンに現存するこの家は正面玄関わきの壁面にプラークがあり、エリザベス・ボウエン生誕の家とある。ボウエンは二〇世紀と自分は同時に生まれた双生児だという認識があった。

一九〇〇年（一歳）

同性愛で有罪となり獄に下ったアングロ・アイリッシュの作家オスカー・ワイルド死去。享年四十六。なお、一九六五年、同性愛合法化。二〇一五年には世界各国で同性結婚認可。ボウエンは早くからホモセクシャルの問題に無関心ではなかった。

一九〇一年（二歳）

ヴィクトリア女王崩御。治世六十四年。エドワード七世即位（在位一九〇一―一九一〇）。ジョージ五世（在位一九一〇―一九三六）。エドワード八世（一九三六年、退位）。ジョージ六世（在位一九三六―五二）。エリザベス二世（在位一九五二―現在）。ヴィクトリア朝の終焉と、それに継ぐ英国王位の継承者五名、二度の世界大戦を経験する二〇世紀がボウエンの時代背景。

一九〇六年（七歳）　エリザベスの幼少期の愛称は「ビタ"Bitha"」。七歳の時に父ヘンリーが心気症を発症、DV（家庭内暴力）も出たことから、母とともに渡英。住まいを転々とした。本書のポーシャと母アイリーンの経験に重なる。エリザベスに吃音症が出る。

一九一二年（十三歳）　母の肺癌が末期で判明、半年後に死去。エリザベスの吃音が顕著となり、マザーの「M」でとくにどもったという。父が退院。ハートフォードシャーにあるハーペンデール・ホール校に入学。学校生活は初めて。アイルランドで建造された豪華客船タイタニック号が処女航海で難破沈没。

一九一四年（十五歳）　ケント州のダウン・ハウス女学校に入学。七月、第一次世界戦争勃発。八月四日、イギリス対ドイツ宣戦布告。一九一四年の一年間に出た戦死者は世襲貴族六人、準男爵十六人、ナイト爵六人、ナイト爵の子弟八十四人を数える。

一九一六年（十七歳）　十八歳から四十一歳までの独身男性全員を対象に徴兵制度導入。サマータイム導入。ヴェルダンの戦い、ソンムの戦い、パッシェンデールの戦いなど、酸鼻を極めた塹壕戦でそれぞれ死者数十万人。

一九一七年（十八歳）　アメリカ参戦で兵力増強、戦況に転機。ロシア革命、ソ連邦誕生、一方的に戦線離脱。エリザベス、ダウン・ハウス女学校卒業。

一九一八年（十九歳）　十一月、第一次世界大戦終結。ボウエンは塹壕戦で被弾後遺症のシェル・ショックを発症した帰還兵の看護を経験。ボウエンより九歳年長のアガサ・クリスティも同じ体験。

一九一九年（二十歳）　婦人参政権（第四次選挙法改正）議会通過。アメリカ兵が流入、国籍離脱者、亡命者が社会現象。「失われた世代」、性の解放が進む。スペイン風邪全欧州で大流行、死者多数。エリザベス、ロンドンに出てアートスクールに通うも二学期で退学。のちに最初の短篇は絵を描くように書いたと語る。

一九二一年（二十二歳）
父、再婚。継母メアリとの仲は良好。エリザベス、イギリス軍将校のジョン・アンダソン中尉と婚約、すぐ解消。

一九二二年（二十三歳）
アイルランド自由国誕生。アイルランド北部六州は英国領に残る。
T・S・エリオット『荒地』、およびマルセル・プルースト『失われた時を求めて』が出版される。文学史上の「驚異の年」。

一九二三年（二十四歳）
作家ローズ・マコーレーに認められ、最初の短篇集 *Encounters* 出版が実現した。ここに収録された短篇「ラッパ水仙」は「少女もの」のテーマに、「第三者の影」は「第三者」のテーマに、「死者のための祈り」はホモソーシャルな問題に、「カミング・ホーム」は母と娘の離別のテーマに、それぞれこの先つながっていく。
同年、アラン・キャメロンと結婚。アランはオクスフォード大学出身、ノーサンプトン州の教育局補佐官。第一次世界大戦で塹壕戦を体験、毒ガスの後遺症の眼病に苦しむ。戦功十字賞授与。酒と猫好き。

一九二五年（二十六歳）
アランがオクスフォード州の教育長になり、同市郊外のオールド・ヘディントンにあるウォールデン・コート荘（現存）に住む。

一九二六年（二十七歳）
第二短篇集 *Ann Lee's and Other Stories* 出版。表題作「アン・リーの店」は独創的な帽子を作って帽子屋を経営しているアン・リーが、過去から来た男に殺害されたかもしれない話。「チャリティ」は少女もの、「奥の客間」はアングロ・アイリッシュ文化の残照が照らし出す客間劇。「嵐」と「段取り」はボウエン・ゴースト・ストーリーの習作。

一九二七年（二十八歳）
長篇小説第一作 *The Hotel* 出版。イタリアにあるイギリス人相手の中流ホテルが舞台。結婚に代わる人生を模索するヒロイン、シドニーに介入する中年女ミセス・カーという構図とテーマを導入。フォースターの『眺めのいい部屋』（一九〇八）に似すぎているとの評も。風習喜劇のコミカルな伝統が味わえる作品として評価。

一九二九年（三十歳）
第三短篇集 *Joining Charles and Other Stories* 出版。表題作「そしてチャールズと暮らした」

は夫が待つフランスに渡る妻が、自分を乗せないで船が出港してしまう幻影を見る話。「ザ・ジャングル」は「チャリティ」の後日談。「バレエの先生」は恋愛よりキャリアに将来を見たい若い女の話。「死せるメイベル」はスクリーン上のヴァンプ女優に身を焦がす青年の話。

長編小説第二作 *The Last September* 出版。アイルランドとイングランド間の積年の問題の総称である「ザ・トラブルズ（紛争）」がビッグ・ハウス焼き打ち事件でピークに達した、一九二〇年のアイルランドを背景にした小説。確かな創作手法が認められ、作家ボウエンの知名度上がる。この小説は一九九九年、ジョン・バンヴィル脚本、デボラ・ウォーナー監督、マギー・スミス、フィオナ・ショーらの出演で映画化、カンヌ映画祭正式出品作。本邦未公開、DVDあり。

ウォール街で株大暴落、世界大恐慌。

一九三〇年（三十一歳）

父、他界。三〇〇年の伝統ある居城ボウエンズ・コートを相続、一族初の女性当主となる。V・ウルフら、多くの文人、友人を招くボウエンの晩餐会は機知に富んだ会話と大盤振舞いで有名。

一九三一年（三十二歳）

長編小説第三作 *Friends and Relations* 出版。ローレルはエドワード・ティルニーと結婚、ローレルの妹ジャネットは、ロドニー・メガットと結婚。ロドニーはバッツ・アビーという壮大な荘園屋敷の所有者コンシダインの後継ぎである。だがエドワードの母レディ・エルフリーダはかつてコンシダインと恋仲だった。その情熱を再燃させる旧世代が新世代を操る構図がここにも見られる。

一九三三年（三十四歳）

長編小説第四作 *To the North* 出版。電車、飛行機、バス、タクシー、マイカーといった交通網と、電報、電話といった通信網の発達、そこに付随する旅行、出張、不在、都会、田舎、企業の発達といった社会問題が人間をどのような悲喜劇に誘うか、いまの時代にも当てはまる読み方もできる小説。

ドイツでヒットラー政権成立。イギリスではO・モズレーのネオナチズム運動。

一九三四年（三十五歳）　第四短篇集 *The Cat Jumps and Other Stories* 出版。表題作「猫が跳ぶとき」は夫が妻を殺してその心臓を取り出すスプラッター・ホラー。「針箱」は出来の悪いマンスフィールド・パークみたいな屋敷に雇われてカーテンを新調し、パーティ・ドレスを仕立て直す裁縫師の話。「相続ならず」は二十九歳でまだ独身のダヴィナは伯母の屋敷で寄生虫生活、WWⅠの帰還兵で、いまはダヴィナの伯母のお抱え運転士をしているプロセロは、上流社会の女だった愛人を殺した過去を秘めている。退廃、衰微、堕落、崩壊に潜む美と神秘。いずれも秀作とされるボウエンの「長い短篇」四篇のうちの一篇がこれ。

一九三五年（三十六歳）　長編小説第五作 *The House in Paris* 出版（阿部知二・良雄訳『パリの家』、集英社、一九六二。太田良子訳『パリの家』、晶文社、二〇一四）。二〇世紀の五〇冊にも選ばれたボウエンの代表作。少年および少女のテーマ、無垢と経験の相克、世代交代、道ならぬ恋、姦通の結果生まれた子供、アイルランドに流れる時間、元ガヴァネスのその後、などがこの小説に結実。読むたびに違った顔を見せる小説がボウエンの小説の特徴となる。

一九三六年　アランがイギリスBBC関係の要職に就き、ロンドンに移住。リージェント・パークの西に位置する高級フラット、クラレンステラス2番（現存、プラークなし）に居を定め、WWⅡの空爆に耐えて、一九五二年までここに居住。ジョイス、ベケットらは祖国を捨ててスイスに移住。

スペイン内乱。共産主義の脅威。

一九三八年（三十九歳）　長編小説第六作 *The Death of the Heart* 出版。（太田良子訳『心の死』、晶文社、二〇一五）。ヒロインのポーシャは十六歳、ボウエンの「少女もの」の総決算。性と愛と将来を意識することで少女期を脱しようとするポーシャが知ったことは？　無垢の喪失は避けられないのか？　なお、右に述べたクラレンステラス2番地が本書のウィンザーテラス2番地のモデル。本書はボウエンの小説では最もよく売れた作品で、その印税でボウエンズ・コートを電化できた。

一九三九年（四十歳）
イギリス徴兵制度導入。九月、対独宣戦布告し、第二次世界大戦突入。アイルランドは中立を表明。

一九四〇年（四十一歳）
チャーチル首相就任、連立内閣。五月、ダンケルクの撤退。パリ陥落。フランス降伏。七月から十月、バトル・オブ・ブリテン。大戦中、アランは国防軍、エリザベスは空襲監視人。エリザベスはまたイギリス情報局調査官として中立を標榜したアイルランドの国情を調査して首相チャーチルに報告。その調査報告書は、*Notes on Eire* として二〇〇八年出版。

一九四一年（四十二歳）
V・ウルフ入水自殺、J・ジョイス死去。十二月八日、日本軍の真珠湾攻撃でアメリカは第二次世界大戦に参戦。ソ連も参戦。第五短篇集 *Look at All Those Roses and Other Stories* 出版。表題作「あの薔薇をみてよ」は、咲き誇る薔薇に包まれた一軒家に起きたかもしれない夫殺しの話。「割引き品」は雇い主を殺害したかもしれないガヴァネスの話。「ラヴ・ストーリー　一九三九」は、WWⅡの勃発時にアイルランドのホテルで夜を過ごす四組のカップルの話。「夏の夜」は右で述べた「長い短篇」の一篇。WWⅠの元軍人の妻がアイリッシュの愛人と逢引する夜に、母の浮気を察知する娘と、アングロ・アイリッシュの男と耳が聞こえない彼の姉がそこに絡み、アイルランドのWWⅡにおける中立政策が暗に問われる。

一九四二年（四十三歳）
カナダのイギリス駐在外交官チャールズ・リッチー（七歳年少）と知り合う。リッチーは戦後帰国してカナダ国連大使などを歴任。十七世紀のクロムウェルのアイルランド討伐に参戦し、コーク州南部にボウエンズ・コートを築いて三百年を過ごしたボウエン一族の年代記、*Bowen's Court* 出版。

一九四三年（四十四歳）
七歳までダブリンで過ごした七回の冬の回顧録 *Seven Winters* 出版。

一九四四年（四十五歳）
再開したロンドン大空襲でクラレンステラス損壊。ボウエンは後日、WWⅡのすべてが何物にも代えがたい経験だったと。

一九四五年（四十六歳）　六月六日、連合国軍によるノルマンディー上陸作戦開始。
広島、長崎に原爆投下。第二次世界大戦終結。東西冷戦始まる。

一九四六年（四十七歳）　短篇集第六作 *The Demon Lover and Other Stories* 出版。表題作「恋人は悪魔」は、第一次大戦で婚約者を失い、いまは人妻となった女が第二次世界大戦下のロンドンで、その婚約者のイニシャルが付いた手紙を受け取る話。「幻のコー」はライダー・ハガードの『洞窟の女王』が下敷きになったロンドン大空襲下の一夜の話。「蔦がとらえた階段」、「幸せな秋の野原」は秀作とされる「長い短篇」四作品に入る二篇。ここに収められた短篇の大半が戦争と幽霊の話。そこに必ずコミカルな味が添えられているのがボウエンの手腕。

一九四八年（四十九歳）　大英帝国勲章ＣＢＥ叙勲。王立文藝協会叙勲士。

一九四九年（五十歳）　長篇第六作 *The Heat of the Day* 出版（吉田健一訳『日ざかり』、新潮社、一九五二／太田良子訳『日ざかり』、晶文社、二〇一五）。チャールズ・リッチーに献呈。ヒロインは若い未亡人のステラ・ロドニー。世界大戦という「時代の熱気」のなかで出会った男は、ドイツのスパイだった。一九八九年、ハロルド・ピンター脚色、クリストファー・モラハン監督でＢＢＣが映画化。配役はハリソンをマイケル・ガンボン、ステラをパトリシア・ホッジ、ロバートをマイケル・ヨーク、ルウイをイメルダ・ストートンら実力派がぞろり。
同年、ダブリン大学名誉博士。死刑問題検討委員会委員。アメリカに招かれ女子大などで講義・講演。
アイルランド独立。国名を「エール」から「アイルランド共和国」とし英連邦脱退。

一九五二年（五十三歳）　アランの病状悪化に伴い、ロンドンを離れボウエンズ・コートに移住。アラン死去。

一九五五年（五十六歳）　長編第七作 *A World of Love* 出版（太田良子訳『愛の世界』、国書刊行会、二〇〇八）。『最後の

九月』に次ぐボウエン二作目のビッグ・ハウス小説の顔もある。ボウエンズ・コート存続の望みが託されたとも見える内容。

一九五九年（六十歳）
アランの死去、戦後の物価高騰と人手不足から経済的に維持困難となり、ボウエンズ・コート売却。家具調度品は競売に付される。

一九六〇年（六十一歳）
イタリア旅行記 *A Time in Rome* 出版（篠田綾子訳『ローマ歴史散歩』、晶文社、一九九一）。訳本のタイトルに「歴史」が入ったように、ローマという都市の歴史に重ねた追憶的な紀行文。

ボウエンズ・コートを購入したコーネリアス・オキーフがボウエンズ・コートを解体して、屋敷の森林の伐採木材と建材の石を売却し、所領は農地に。「廃墟にならずに済んだ」とボウエン。

一九六四年（六十五歳）
長編小説第九作 *The Little Girls* 出版（太田良子訳『リトル・ガールズ』、国書刊行会、二〇〇八）。セント・アガサ女学校の三人組が二度の戦争のあと五〇年後に再会し、それぞれが少女の面影を残している三人の老女がそれぞれに美しい。

同年、ケント州ハイズに住居を購入。母方のビッグ・ハウスにちなんで「カーベリー」と命名。作家ボウエンが住んだ家というプラークあり。

一九六五年（六十六歳）
第七短篇集 *A Day in the Dark and Other Stories* 出版。表題作「暗闇のなかの一日」は、少女バービーが、母方の若い叔父に十五歳で初めて出会い、慕わしい気持ちを初めて経験する。その叔父は評判の女たらしで、「今度はあんたがお相手ね」とバービーに告げる老女も、じつは彼を愛しているのだと知る、少女のひと夏の物語。その他、すでに発表された短篇数篇が再録されている。

一九六九年（七十歳）
長編小説第十作 *Eva Trout, or Changing Scenes* 出版（太田良子訳『エヴァ・トラウト――移りゆく情景』国書刊行会、二〇〇八）。チャールズ・リッチーに献呈。本書『心の死』に出てくる「狂える巨人（a lunatic giant）」の問題を引き継いだようなヒロインがこのボウエン最後の小説のヒロイン、エヴァ・トラウトなのかもしれない。『エヴァ・トラウト』の正しい読解、または、正しい鑑賞を経ないと、エリザベス・ボウエンという作家の全体像は明らかにならないように思う。

一九七〇年（七十一歳） 『エヴァ・トラウト』、第二回ブッカー賞の最終候補、受賞は逸す。

一九七一年（七十二歳） 第三回ブッカー賞審査委員。肺炎で入院治療。

一九七二年（七十三歳） 以前よりチェイン・スモーカー。声が出なくなる。チャールズ・リッチーがカナダからたびたび渡英、ロンドンの病院に入院させ、薔薇とシャンペンを持って病床を見舞う。

一九七三年（七十三歳八か月） 二月二十二日早朝、ロンドンのユニヴァーシティ・カレッジ・ホスピタルで永眠。アイルランドに眠ることを選び、ボウエンズ・コートの礼拝堂だったセント・コールマン教会で葬儀、同墓地に眠る父と夫の横に埋葬。その一切をリッチーが取り仕切った。雪が降る中、近隣の住民が多数参列。ボウエン一族の墓は今も同地にあり、墓参できる。

＊　＊

なおボウエンの短篇は『あの薔薇を見てよ』（ミネルヴァ書房、二〇〇四）に二十篇、『幸せな秋の野原』（同、二〇〇五）に十三篇収録。『ボウエン幻想短篇集』（国書刊行会、二〇一二）に十七編収録、このうち五篇は拙訳を改訳して収録。ここにはボウエンの短篇論、ゴースト・ストーリー論など評論四篇を併せて収録した。

訳者あとがき

二十年前の一九九四年四月から一九九五年三月まで、私は大学のサバティカルでケンブリッジ大学に一年間留学した。いまもその細部のすべてが甦る。ディケンズ・フェロウシップのU氏夫妻の協力で王立植物園の近くのパントンストリートに見つかったテラスハウスに住み、日曜日の早朝に、トランピントン通りの、ターバンをかぶったインド人らしきおじさんがやっている新聞屋さんに行って、タイムズやオブザーヴァーなどの日曜版を買うのが楽しみだった。いま手元に一九九四年十一月十日付けのデイリーテレグラフの記事の切り抜きがある。その「特集記事」は、まずヘッドに左からロザモンド・レーマン、ゴロンウィ・リーズと妻、そしてエリザベス・ボウエンの写真三枚が大きく並び、その下にある大見出しは「ゴロンウィ・リーズの秘密の人生」とある。リーズの娘ジェニー・リーズが書いた父の伝記、『ミスタ・ノーバディを探して』（ワイデンフェルド＆ニコルソン）の出版を機に組まれた記事で、小見出しのひとつは「リーズはカルメンの闘牛士のように鳴り物入りで現れた」、もうひとつは「この家を売春宿に使うなど許しがたい」とあり、これはV・グレンディニングのボウエンの伝記（一九七七）で読んだ事件のことだったからびっくりした。

学者とはすべからく中世の研究者なり、We are medievalists. が暗黙の了解のなか、大学のカリキュラムにボウエンなどあるはずもなかったが、ケンブリッジに立ち並ぶ大型書店にはボウエンの著作が並んでいた。ケンブリッジの町の朝市にも単行本のボウエンが出ることもあり、マイ・ディア誰それという献呈の辞がある初版が手に入ったこともある。ボウエンを贈るような親しい関係は壊れたのだろうか。ともあれボウエンはまだ多くの読者がいて、とくに九〇年代はボウエン生誕百年という時期でもあり、ボウエンの評価を一新する研究書が出始める時期でもあった。この新聞記事もボウエンが絡んでいるからこその記事だったかもしれない。たとえば、ラファエル前派のコレクションで有名なレディ・リーヴァーズ・ギャラリーに行ったとき、受付嬢が『日ざかり』を読んでいた。表紙を見てすぐわかった。

私は本務校でボウエンの短篇を使って授業をしていたが、粗筋を取るにもボウエンの作品は構文が複雑で一言一句精読する必要があり、早くから短篇や小説をぽつぽつと訳していた。ボウエンの翻訳が世に出るなど夢にも思っていなかったが、いまでは短篇集が三冊、後期の三部作（国書刊行会）、このたび『パリの家』と『日ざかり』の新訳を出し、いま本邦初訳の『心の死』が出ることになり、黄ばんでしまったこの記事に出番が与えられてとても嬉しい。

ゴロンウィ・リーズは一九〇九年生まれ、オクスフォード出身で、ケンブリッジ・スパイにも一枚かんでおり、ボウエンと親しい関係にあった当時は『スペクテーター』の副編集長をしていた。リーズはあのルパート・ブルック（一八八七―一九一五）には及ぶまいが、長身と華やかな美貌で知られ、ジェニー・リーズも父親が「とてつもないハンサムで、バイロニックな黒い巻き毛」をしていたと書いている。数知れない女性と浮名を流していたリーズは、ボウエンとも親密な関係にあり、一九三六年九月にボウエンのビッグ・ハウス、ボウエンズ・コートに招待客として滞在した。そこで彼はこれまた美貌で知られ、作家としても名を成していたロザモンド・レーマンと初めて会い、二人の美男美女は即恋に落ちた。リーズの登場を「闘牛士のように現れた」とは相客としてやはりボウエンズ・コートにいたアイゼイヤ・バーリンの言葉であり、「うちは売春宿ではない」というのもバーリンにボウエンが語った言葉である。

「多くのことが起きた週末」として伝説化したこの一夜は、リーズとレーマンの世紀の恋だけに終わらなかった。ボウエンズ・コートに来ていたボウエンの従妹、まだ十代半ばのノリーン・コリーは、マコーレーとリーズが隣の部屋で何かしているのを知る。ノリーンはボウエンとリーズの関係も知らなかったし、レーマンの小説のファンでもあったが、この夜の男女二人がしたことは、エリザベス伯母さまのお屋敷で起きてはならない恐ろしいことであり、彼女のホスピタリティを裏切る行為だと感じた。ノリーンは起き上がって階段に座り（ボウエンの少女のお決まりの居場所）、思い余ってバーリンに相談する。しかしこの話はボウエンの耳に入れてはならぬとバーリンに言われ、ノリーンはその言いつけに従う。だがその後何週間もたってから、今度はボウエンのロンドンの住まい、クラレンステラスでハウスパーティがあり、リーズとレーマンが来ると聞いたノリーンは、私は出ないと言って、ついに事の全容が明らかになった。ノリーンがとった一連の行動に、ポーシャの原型があると思うのは私だけだろうか。性というものを最後まで未知の領域に置き、知らないものは覗かない、いわばゲスの勘ぐりをしない、できない。これがボウエンの少女のイノセンスだと思うがいかがだろうか。一方、ボウエンともあろう人が元恋人の裏切りに気づかないはずがない。ボウエンはのちにリーズに「私の父はここで気が狂ったの。あなたと私がここに残り、気が狂ったら素晴らしいわね」と書いた。レーマンとリーズの関係はその後泥沼化して四年も続いた。リーズは独身、しかしレーマンは夫もいて子供も二人いた。

　ボウエンズ・コートの一夜が私たちに伝えるのは、イギリス知識階級のここまできた実態、ボウエンを取り巻いていた爛熟した人間社会と時代の空気である。この「週末」の二年後に出た『心の死』を読んだリーズは最初エディのモデルは自分だ、とばかりに大喜びしたものの、その後は一転、名誉棄損がらみで訴訟に持ち込む動きすら見せた。『心の死』は「裏切りがテーマの小説で、もっと正確に言うとエディという若者の恐るべきマナーを書いた小説である」と記事は続けて書いている。

エディのモデルはリーズ、アナのモデルはボウエン自身であるとは、多くの批評家が指摘するが、なぜエディのような「不良」(原語ではa cad)がロンドンのアパーミドルのトマスとアナの友人になり得るのか？　ポーシャに対するエディの言動は時に真面目で時にでたらめ、その裏切り行為は時と相手を選ばない。オクスフォードを放校になり、生まれは下層に近く、しかも本文ではエディはエドワードですらなく、ファミリーネームすらない唯一の登場人物である。

エディの理解を助けてくれたのが海野弘の『ホモセクシャルの世界史』(二〇〇五、文藝春秋)だった。「二〇世紀　性の世紀」と題された第二部の第九章、「太陽の子　二つの大戦の間」で著者は、一九二〇年代、三〇年代には、オクスフォードやケンブリッジを出た若者が文化史的な役割を果たしたとするマーティン・グリーンの著作を引き、そこにゴロンウィ・リーズが名前だけ出てくる。「ブライト・ヤング・ピープル」(『心の死』のエディは「ブライト・リトル・クラッカー」と呼ばれている)と呼ばれた彼らの代表は英国皇太子エドワード(エディ？　一九三六年退位)であり、彼らの特徴は「ダンディであること、ローグ(悪党、腕白坊主)であること、そしてナイーヴ(天真爛漫、無邪気)であること」だと言う。これらはボウエンのエディの特徴そのものである。とくにボウエンはエディを「ローグ(a rogue)」の代わりに「不良(a cad)」と呼び、少女がまず好きになるのは「不良」である。これはボウエンの観測でもあり、世界中で通用する少女の通過儀礼でもあろう。

ボウエン研究はA・ベネットとN・ロイルの『エリザベス・ボウエン——小説の消滅』(一九九五)に

よって革命的に一新され、「V・ウルフはG・エリオットとボウエンをつなぐ輪である」、「ベケットとともにボウエンの小説は英語で書かれた今世紀最高のコミック小説だ」、そして「ボウエンの小説はモダニズムのあとに起きた現象であって、ボウエンの小説は二〇世紀小説の消滅を図示したものにほかならない」という売り言葉で彼らのボウエン論を始めている。M・エルマンは『エリザベス・ボウエン——ページに射す影』(二〇〇三)で『愛の世界』のガイ・ダンビーをホモないしはバイセクシャルと見ているが、『心の死』のエディを「アナのジゴロ」と呼び、「彼はもしゲイだとしても、本人はそれを知らない。彼は男も女も愛さない」(一三二頁)としている。『パリの家』(一九三五)を評して、第一部の終わりと第三部の初めに来る「あなたのお母様は来ないのよ。来られなくなりました」という九歳の少年レオポルドが聞く台詞を、英文学史上最も哀切な言葉だと評したN・コーコランは『心の死』を「母のない子」と題した章で論じ(『エリザベス・ボウエン——最強の帰還』、二〇〇四)、ポーシャとその母アイリーンとの貧しくささやかな暮らしぶりを本文から長く引用している(一〇四—五頁)。英国国教徒である二人が罪悪感を覚えながら小さなスイスのカトリックの教会を訪れるあたり、ルツェルンのクリニックで最愛の母を見送るポーシャ。十三歳で母を亡くしたボウエンもポーシャも「母のない子」、ポーシャが哀しみを語らないだけに、その心の死には深く籠められたものがあるのだと思う。『心の死』はボウエンの小説のなかで最もよく読まれたもので、母のない子、行き場のない若者、生還しても歓迎されない元兵士、価値観の断絶に呆然とする大人たちなど、『心の死』は当時も、そして今も多くの人間の心にある声なき声を代弁しているのではないか。WWIが終わり、WWIIが始まる直前の空気が漂う。しかし、いったん起きた戦争に戦後などない。戦争には終わりがないのではないだろうか。

本務校や非常勤だった一橋大学、東京女子大学で、英文講読にはボウエンの少女もの、または少年ものの短篇を使った。みんな面白がってくれて、期末にはいいレポートも出た。ボウエンは十一歳くらいから順に年齢を追って少女のイノセンスとその喪失または生き残るイノセンスを描いてきた。「カミング・ホーム」は十二歳のロザリンドが最愛の母との別れを知る話、「チャリティ」のレイチェルの理想の男性像は父親だが、友達のチャリティは父親なんか限界だ、早く長いドレスを着て煙草を吸いたいと思っている。「森の中で」に出てくるイザベラとマフェットは公立学校の生徒で十五歳、森の中で逢引している男女を見て「くすくす笑い（giggle）」が止まらない。この二人はいまは女同士で遊んでいるが、ボーイフレンドができたらカレシ中心、もう女の子とは付き合わない。『心の死』の少女ポーシャは少女期の最終期にきた十六歳、しかし小説の終わりでポーシャに a thorough girl という新しい名がつく。私はこれを「純粋少女」と訳したが、これは少女学の泰斗、本田和子の著作にあった表現で、男性の存在が異性としてまだ意識に入らない少女、自分の目が見つけるもので充足した世界にいる少女に本田が付けた名称である。男を見ると「くすくす笑い」をするのは、純粋少女の対極にいる少女たち。あのロリータは、あのアリスは、そして海辺のアナベル・リーはどうだったのだろう。

『心の死』は三部構成で、第一部「世界」（The World）、第二部「肉欲」（The Flesh）、第三部「悪魔」（The Devil）とある題名は、さまざまな歴史を経て英国国教会の正式祈祷書（Book of Common Prayers）に入った文言で、「名利、肉欲、邪念」という訳もある。マタイ伝六章九節から十三節にある、主イエスが教えた祈りにすべてが吸収され、これが今「主の祈り（The Lord's Prayer）」として世界中のカトリック、プロテスタント、聖公会の教会で一致して採用している祈りである。「天にまします我らの父よ、願わくはみ名を崇めさせたまえ、み国を来たらせたまえ、み心の天になるごとく地にもなさせたまえ、我らの日用の糧《かて》を今日も与えたまえ、我らに罪を犯すものを我らが赦す如く我らの罪をも赦したまえ、我らを試み

(Temptation) に遭わせず悪 (Evil) より救いだしたまえ、国と力と栄えとは限りなく汝のものなればなり。アーメン」。主の祈りはみな暗記している。ほかのことを考えていてもポーシャはミセス・ヘカムとともに教会に行き、そこで主の祈りを唱えただろう。ボウエンは教会に行く人だった。長い歴史を秘めた教会の儀式が好きだった。

『心の死』の出版後すぐWWⅡが始まり、夫アランとともにロンドンにとどまったボウエンは空襲監視人を務め、英国情報局の仕事をして、短篇は書いたが長編小説が書けない時期に入った。『心の死』はその空白を埋めるに足る物語が語られ、イノセンスは時にホラーである、忘れるのが人間の性質だ、人の記憶の半分は作り物だ、ファンタジーは世界をイノセンスから守る働きもする、など、聞き捨てならぬ叡智が詰まっている。なお、セント・クウェンティンは三世紀のイタリアにいた聖人、記すべき事跡はないようだ。誤訳や勘違いをたくさんした不安はありますが、ともあれ、大作『心の死』を読んでいただきありがとうございました。

最も暑かった夏のその日ざかりに　　太田良子

著者について

エリザベス・ボウエン

一八九九―一九七三。アイルランドのダブリンに生まれ、ロンドンに没する。生涯で十編の長編小説と、百余りの短編小説を執筆。代表作「パリの家」がイギリスで二十世紀の世界文藝ベスト50の一冊に選ばれている。晩年の作「エヴァ・トラウト」は一九七〇年のブッカー賞候補となる。二〇〇〇年前後からボウエン研究はさらなる高まりを見せ、欧米の気鋭の文学研究者の関心を一身に集めている。

訳者について

太田良子（おおた・りょうこ）

東京生まれ。東洋英和女学院大学名誉教授。日本文藝家協会会員。二〇一三年、エリザベス・ボウエン研究会をたちあげ、二〇一六年春にはボウエン論集（共編著）を刊行予定。訳書に、ボウエン「パリの家」「日ざかり」（晶文社）、「エヴァ・トラウト」「リトル・ガールズ」「愛の世界」（国書刊行会）、同「あの薔薇を見てよ」「幸せな秋の野原」（ミネルヴァ書房）、ベルニエール「コレリ大尉のマンドリン」（東京創元社）ほか多数。

心《こころ》の死《し》

二〇一五年九月三〇日初版

著者　エリザベス・ボウエン
訳者　太田良子
発行者　株式会社晶文社
東京都千代田区神田神保町一―一一
電話（〇三）三五一八―四九四〇（代表）・四九四二（編集）
URL http://www.shobunsha.co.jp
印刷・製本　ベクトル印刷株式会社

ISBN978-4-7949-6892-0　Printed in Japan